GLÜHWEINOPFER & LEBKUCHENLEICHEN

EIN FRÄNKISCHER ADVENTSKALENDER IN 24 KURZKRIMIS

ARS VIVENDI

Die Geschichte *Unter dem Apfelbaum* von Elmar Tannert erschien erstmals in der von Thomas Kastura herausgegebenen Anthologie *Tatort Garten* (2012).

Originalausgabe

Erste Auflage Oktober 2015
© 2015 by ars vivendi verlag GmbH & Co. KG,
Bauhof 1, 90566 Cadolzburg
Alle Rechte vorbehalten
www.arsvivendi.com

Lektorat: Stephan Naguschewski
Umschlaggestaltung: Mascha Kirchner unter
Verwendung einer Fotografie von isses/istockphoto
Druck: CPI Ebner & Spiegel, Ulm

Printed in Germany

ISBN 978-3-86913-576-2

Glühweinopfer & Lebkuchenleichen

INHALT

1. Anne Hassel
   Adventsseligkeit — 10

2. Blanka Stipetić
   Weißes Rauschen — 24

3. Angelika Sopp
   Ein ganz besonderes Weihnachtsgeschenk — 40

4. Susanne Reiche
   Liebesinsel — 52

5. Theobald Fuchs
   Wenn dann die Kinderlein kommen — 64

6. Christian Klier
   Nahtod, mehrfach — 84

7. Lucas Bahl
   Lebkoungmoo — 96

8. Horst Prosch
   Die Rache der Hühnergötter — 112

9. Bernd Flessner
   Trommel, Pfeife und Gewehr — 128

10. Tommie Goerz
    Neun Bier — 142

11. Helwig Arenz
    Kleine Opfer — 156

12. Killen McNeill
    Der Dunkelschlag — 170

13 Elmar Tannert
Unter dem Apfelbaum 184

14 Barbara Dicker
Der Engel im Grab 198

15 Claudia Blendinger
Davidoff 214

16 Roland Spranger
Christbaum Psycho 230

17 Jan Beinßen
Schopenhauers schöne Bescherung 244

18 Sabine Fink
Last Christmas 254

19 Thomas Kastura
Der kleine Eisenbahnraub 264

20 Hans Kurz
Erst eins, dann zwei, dann drei, dann ... 284

21 Georg Körner
Böse alte Zeit 302

22 Petra Rinkes & Roland Ballwieser
Aischgründer Goldkarpfen 316

23 Tessa Korber
Statistik 330

24 Friederike Schmöe
Das nackte Licht 348

Die Autorinnen und Autoren 359

ANNE HASSEL
ADVENTSSELIGKEIT

Ein wenig naiv und sentimental ist die Katja, das weiß sie.

Aber wenn sie nun mal die Adventszeit und Weihnachten mag, dann ist das eben so.

Andere haben auch ihre Eigenheiten, Macken und Marotten, es muss ja nicht ein Mensch wie der andere sein.

»Wäre dann auch wirklich langweilig«, sagt die Katja, wenn sie auf ihre »Adventsseligkeit«, wie sie es nennt, angesprochen wird.

Der Werner weiß das auch, das mit der Sentimentalität. Seit zwölf Jahren schon, denn so lange kennen sich die beiden. Acht davon sind sie verheiratet, mal weniger gut, mal besser, sagt Katja.

Während sie in den anderen Monaten manchmal traurig über das »weniger« ist, stört sie ab dem 1. Dezember bis zum Heiligen Abend nichts, aber auch überhaupt nichts. Da zieht sie sich in einen Kokon aus Adventsseligkeit zurück, da kann der Werner tun und lassen, was er möchte, die Katja sieht darüber hinweg. Es waren ja auch bisher nur Kleinigkeiten, wie das Lästern über die beleuchteten Tiere im Vorgarten, Beschwerden über den erhöhten Stromverbrauch oder Kopfschütteln über den ständigen Besuch von Weihnachtsmärkten. Sonst ließ er sie gewähren.

Dass sich das mal ändern könnte, darüber hat die Katja nie nachgedacht. Gab bisher auch keinen Anlass dazu.

Katja hat schon viele Weihnachtsmärkte gesehen. Schön fand sie den in Würzburg, dort, wo sonst die Marktstände sind, weit um die Marienkapelle herum, und den Christkindlesmarkt am Schönen Brunnen in Nürnberg. Aber am allerschönsten ist für Katja der Weihnachtsmarkt im romantischen Miltenberg.

»Der hat etwas Heimeliges, Geheimnisvolles, etwas, das mich berührt«, sagt sie zu Werner. Der grinst nur, ein seltsames Grinsen, bei dem die Mundwinkel sich nach unten verziehen und einen kurzen Augenblick dort verweilen. Katja gefällt das nicht, doch Werner kann es nicht lassen.

Jedenfalls ist sie dann an jedem der vier Wochenenden, meist schon am Freitagnachmittag, in der Stadt. Läuft von Bürgstadt nach Miltenberg bis zur Pfarrkirche am Schnatterloch, dort, wo sich der große Tannenbaum und ein Teil der Verkaufsstände befinden, obwohl ihr das Laufen wegen ihrer Körperfülle nicht gerade leicht fällt. Katja bleibt dann erst mal eine ganze Weile am Marktplatz stehen, friert, trinkt Glückwein, um sich aufzuwärmen, isst Bratwürste und schaut den Kindern beim Fahren im Kinderkarussell zu. Anschließend schlendert sie weiter zum alten Rathaus in der Fußgängerzone. Kauft jedes Mal drinnen bei den netten Leuten eine Kleinigkeit, Christbaumschmuck oder irgendwas, das ihr gefällt und nicht so teuer ist. Weiter vorne, am Engelplatz, bleibt sie wieder stehen. Bestaunt die Lichtergirlanden am Rathaus, trinkt wieder einen Glühwein, manchmal auch zwei.

Dann geht sie wieder die zwei Kilometer nach Hause, in sich dieses schöne Gefühl, diese Adventsseligkeit, eine besondere Stimmung, die der Werner nicht nachvollziehen kann. Vielleicht kommt das daher, dass er als selbstständiger Maler und Tüncher eher rational denken muss, sich keine Sentimentalitäten leisten kann. Sagt er jedenfalls. Doch so ein klein wenig Vorfreude auf das

Fest würde ihm auch nicht schaden, meint Katja, wenn er mal wieder schlecht gelaunt ist.

In das Haus nebenan ist im November eine alleinstehende Frau eingezogen. Mit den Neumanns, der Susanne und dem Heinz, die vorher da gewohnt hatten, hatte sich die Katja gut verstanden. Leider ist dann die Susanne im letzten Jahr gestorben, und der Heinz kam ins Altenheim. Kurz danach wollte er auch nicht mehr leben und folgte seiner Frau.

Anschließend wohnte ein paar Monate niemand im Haus. Ja, und nun ist diese Frau dort eingezogen.

»Zum Glück«, sagt Werner. »Den Winter über ist es nicht so gut, wenn nicht geheizt wird«, und die Katja nickt und freut sich, denn das Haus von den Neumanns hat es verdient, dass wieder Leben in ihm herrscht.

Katja steht hinter dem Vorhang im Wohnzimmer und schaut zu, wie ein Gegenstand nach dem anderen aus dem Umzugsauto geladen wird. Schöne Sachen. So wie Katja sie gerne hätte, aber dazu fehlt das Geld.

Am Abend, als der Wagen nicht mehr da ist, klingelt es an der Haustür. Die Katja will aufmachen, doch der Werner ist schneller.

Die neue Nachbarin sieht jung aus, richtig hübsch mit ihren nussbraunen Locken, die fast auf den Schultern aufliegen, und dem schmalen Gesicht, geradeso wie das einer Puppe, mit der die Katja früher gespielt hatte.

Und dünn ist sie. Bestimmt kocht sie nicht, denkt Katja. Sie selbst kocht jeden Tag, damit der Werner was auf die Rippen kriegt. Doch der kann essen, was er will, die ganzen Speisen verschwinden in ihm, ohne irgendwelche Spuren auf Hüften oder Bauch zu hinterlassen.

Bei der Katja ist das anders. Sie braucht Leckereien nur anzuschauen und schon nimmt sie zu. Das ärgert sie oft. Doch dann fragt sie den Werner, und er sagt, dass er sie gerade so mag, wie sie ist. Dann geht es ihr wieder besser.

»Auf gute Nachbarschaft«, sagt die Frau, und dass sie Janina heißt, mit »Sch« am Anfang gesprochen, also Schanina. Sie wolle das »J« nicht, klinge irgendwie blasiert, und das sei sie nicht. Der Werner probiert gleich aus, ob er das richtig aussprechen kann. Die Frau lobt ihn und seine Mundwinkel wandern auf beiden Seiten nach oben, fast bis zu den Ohren.

»Da gibt es viel zu tun«, meint die Janina und deutet mit dem Kopf nach nebenan. »Die Leute vorher haben ja nichts gemacht. Vielleicht hätte ich das auch nicht mehr, wenn ich so alt gewesen wäre«, fährt die Janina fort, und der Werner nickt zustimmend. Dann bietet er seine Hilfe an. Tapezieren, streichen, aber auch für alle anderen Arbeiten wäre er geeignet.

Und jetzt nickt die Katja, denn das weiß sie ja. Weiß, dass ihr Mann das gut kann.

Als Janina dann gegangen ist, sagt Katja: »Die Neue ist eine Hübsche.«

Da antwortet Werner nur: »Na ja, sie kann es aushalten«, und Katja findet das komisch, denn sonst stimmt er ihr immer zu.

Inzwischen ist der 1. Dezember.

Katja schmückt. Das Haus. Den Garten.

In allen Zimmern ist kaum ein freier Fleck. Überall verteilt sie Weihnachtsdekoration. Engel aus Holz, Keramik und Wachs stehen auf der Kommode. Weihnachtsmänner mit roten Mänteln blicken vom Schrank. Der

Adventskranz mit goldenen Kerzen ist so mächtig, dass auf dem Tisch kaum noch Platz zum Essen ist. In den Ecken befinden sich große Holzfiguren, und grüne Girlanden aus Kunststoff hängen über dem Fernseher, an den Fensterrahmen, den Türen.

Zufrieden betrachtet Katja ihr Werk, bevor sie nach draußen in den Vorgarten geht.

Der Tag ist grau, so ein blasses Grau, das den ganzen Himmel überspannt. Ein Grau, das schmutzig aussieht und das sie sonst am liebsten wegwischen würde.

Heute stört es Katja nicht. Nicht am 1. Dezember, zu Beginn der Adventszeit.

Sie fasst nach dem Rentier aus Peddigrohr, das das übrige Jahr mit den zwei Rehen im Keller verbringen muss. Nun stellt Katja es zwischen die kahlen Rosensträucher.

Sie holt eine Leiter und klettert schwer atmend bis zu den oberen Ästen der einzigen Tanne. Es ist nicht einfach, die Lichterkette zu befestigen, aber irgendwann ist es geschafft. Am Abend, wenn es dunkel wird, erhält Katja die Belohnung. Dann leuchten unzählige kleine Lichter wie Sterne am Nachthimmel.

Katja hofft, die Neue wird auch etwas tun. Wird dem Haus etwas Glanz zukommen lassen. Doch da tut sich nichts, nicht mal die Haustür ist geschmückt, keine Vase mit grünen Zweigen steht vor dem Eingang.

Der Werner ist schon wieder im Nachbarhaus. Auch die Tage zuvor war er dort. Hat sogar einen Auftrag vergessen, den er hätte ausführen sollen. Eine ganze Wohnung streichen. Wäre nicht schlecht gewesen. Das Geld hätte die Katja gut für Weihnachtsgeschenke brauchen können, da Werner immer etwas zum Fest will. Eigentlich hat er meist große Wünsche, im Gegensatz zu ihr, denn sie weiß ja, dass es um den Verdienst nicht so gut bestellt ist.

»Gibt die dir auch was für deine Arbeit?«, fragt Katja den Werner, und er druckst herum, sagt erst nicht Ja oder Nein, nur dann, als sie wieder nachhakt, meint er: »Die hat ja selbst nicht viel. Und außerdem sollten Nachbarn sich gegenseitig helfen.«

Dabei starrt er den Engel mit den Rauschgoldhaaren auf der Kommode an, als ob der ihm beispringen könnte.

Weil der 4. Dezember ist, geht Katja dann mit der Schere in den Garten, schneidet vom Kirschbaum fünf Zweige ab und klingelt bei Janina. Es dauert ein wenig, bis sie öffnet und ganz erstaunt die Katja betrachtet, grad so, als habe sie jemand anderen erwartet.

»Barbarazweige! Wenn die ins warme Wasser gestellt werden, blühen sie zu Weihnachten«, sagt Katja und schaut in den Flur, ob sie vielleicht schon etwas von der Arbeit sieht, die Werner erledigt. Doch da ist nichts zu erkennen.

Anfangs kam er wenigstens immer pünktlich zum Abendessen. Es gibt zwar meist nichts Besonderes, nur Brot, Wurst, Käse und manchmal ein hart gekochtes Ei. Doch nun wird es immer später. Das Streichen sei zwar fertig, erklärt er und blickt dabei wieder nicht zur Katja, sondern dieses Mal in die Ecke neben dem Fenster, dort, wo der große Nikolaus aus Holz von Onkel Albert steht, aber es sei noch so viel zu tun. Das würde man gar nicht glauben, wenn man das Haus nur so von außen betrachte.

Die Katja sorgt sich, denn der Werner ist ja auch nicht kräftig, und wenn er so viel da drüben arbeiten muss, schadet das eventuell seiner Gesundheit. Wäre das der Fall, schadete es auch ihr, denn wovon soll sie denn leben, wenn ihrem Ehemann was passiert, er vielleicht umkippt und nichts mehr arbeiten kann? Außerdem ist es jetzt schon ziemlich kalt, und wenn es eventuell mit dem Heizen in dem alten Haus nicht so klappt, dann friert der Werner auch. Krank an Weihnachten, das ist so ziemlich das Schlimmste, was Katja sich vorstellen kann.

Schon der 7. Dezember.

Heute hat sie endlich Plätzchen gebacken.

Schneeflöckchen, Vanillekipferl, Butter- und Zimtsterne, Schokotaler, Mandelherzen, Marzipankipferl.

Jede Sorte schmeckt köstlich, alle hat Katja probiert.

Aber dann sorgt sie sich wieder. Heute ist es besonders spät. Wie kann man nur so viel und so lange arbeiten.

Sie nimmt einen großen Teller, legt von jeder Sorte zehn Plätzchen drauf und geht aus ihrem Haus durch den Vorgarten hinüber zum Nachbarhaus. Heute Mittag hat es kurz geschneit, die Tanne ist mit einem leichten weißen Bezug übergossen, der Katja an Schaumgebäck denken lässt. Sie freut sich über den schönen Sternenhimmel, der sich wie ein besticktes Tuch über ihr von einem Ende der Landschaft bis zum anderen zieht. Als Kind kannte sie alle Sternbilder, den Großen und den Kleinen Wagen, den Polarstern. Irgendwann hat sie das alles nicht mehr interessiert, bis heute. Heute schaut sie ganz genau hin, denn sie ist glücklich und sentimental und noch mehr, sie kann gar nicht beschreiben, was noch alles. Schließlich ist ja wieder Adventszeit.

Im Vorgarten von Janina ist alles kahl und klein. Da gibt es nicht viel zu tun, das kann sie im Frühjahr alleine bewältigen, dazu braucht sie bestimmt keine fremden Ehemänner, und der Werner ist ja außerdem kein Gärtner.

Zum Glück sind keine Stufen zu laufen, Katja mag das nicht. Da muss sie zu sehr schnaufen. Nun kann sie ihren Atem sehen, so kalt ist die Nacht.

Im Haus ist es bis auf ein Zimmer dunkel – das Wohnzimmer. Katja kennt alles von früher, von den Neumanns her, denn manchmal waren der Werner und sie dort eingeladen.

Katja drückt ihren kalten Daumen auf die Klingel. Sie hört das Läuten im Flur, sonst nichts.

Keinen Werner, keine Janina.

Aber die müssen da sein, Katja weiß es.

Es brennt doch Licht.

Katja läuft um das Haus herum bis zu dem Fenster, das erleuchtet ist. Sie drückt ihr Gesicht gegen die eisige, nackte Scheibe, die Nase schmerzt.

Und da sieht sie die beiden auf dem Sofa. Der Werner liegt unten, die Janina sitzt auf ihm. So ein wenig kann Katja das Gesicht ihres Ehemanns erkennen, den geöffneten Mund, die geschlossenen Augen. Und die spitzen Schreie von Janina kann sie jetzt hören, wenn auch nur leise.

Die zwei haben mich nicht bemerkt oder wollten mich nicht bemerken, denkt Katja. Von Werner kennt sie das ja, der lässt sich nicht stören, ganz gleich bei was. Beim Liebesakt schon gar nicht, das war zu Beginn ihrer Ehe damals schon so, da konnte das Telefon läuten, wie es wollte. Aber dass die Janina auch so war?

Da geht die Katja zurück. Geht in den Schuppen hinter ihrem Haus.

Sie ist zwar ein wenig naiv und sentimental, aber das ist jetzt vorbei. So wie ihre Adventsseligkeit, von der sie auf einmal nichts mehr spürt. Nichts ist mehr da von dem, was sie noch zuvor gefühlt hat. Kein bisschen.

Da ist nur ein Schmerz, der alles andere tilgt, nichts sonst mehr zulässt.

Sie denkt auch gar nicht lange nach. Es geht eigentlich alles wie nach einem Plan, der plötzlich in ihrem Kopf entsteht. Stück für Stück. Immer ein wenig mehr. Wie ein Puzzle, das sich zusammenfügt.

Sie braucht nicht groß zu suchen. Sie nimmt den Kanister mit Benzin, den der Werner für den Rasenmäher dort stehen hat, randvoll gefüllt, denn Werner war noch vor Beginn des Winters bei der Tankstelle. Und die alten Zeitungen, die im Eck für den Papiermüll liegen, klemmt sie sich unter die Arme.

Das Gehen fällt ihr schwer, als sie wieder durch den Vorgarten zum Nachbarhaus schlurft. Auch das Atmen, wegen der Anstrengung und der Aufregung.

Als sie am Wohnzimmer vorbeischleicht, hört sie noch immer die Janina, aber das stört die Katja jetzt nicht mehr. Sie findet die Tür zum Keller unverschlossen vor, genauso wie früher bei den Neumanns, der Susanne und dem Heinz. Geht durch, langsam, Schritt für Schritt nach oben, in die Küche.

Ein Glück, dass die Janina nichts abgesperrt hat, denkt die Katja. Aber der Mensch muss auch mal Glück haben.

Dann tränkt sie das Papier mit Benzin.

Es stinkt, doch das stört die Katja nicht.

Zündet es an. Beobachtet, wie das Feuer daran entlangzüngelt.

Sie freut sich, fast so wie an dem schönen Sternenhimmel. Als die Vorhänge brennen, läuft sie den Weg zurück, den sie gekommen ist.

Wenig später leuchtet es rot-gelb von drüben.

Die Feuerwehr von Bürgstadt hört Katja nicht. Sie liegt in ihrem Bett, den Kopf in dicken Kissen vergraben.

Sie schreckt erst hoch, als es laut und heftig an der Eingangstür klopft. Als ob jemand mit den Fäusten dagegenhämmerte. Ein wenig dauert es, bis Katja aufsteht und durch den Flur schlurft. Draußen stehen der Werner und die Janina. Fast hätte Katja sie nicht erkannt, so schauen die beiden aus, in graue Decken gehüllt, die Haare angekokelt.

»Mein Gott«, sagt Katja und weiß nicht, ob sie vor Mitleid gleich umkippt, obwohl sie die beiden ja eigentlich für das, was sie ihr angetan hatten, bestrafen wollte.

»Mein Gott«, flüstert Werner und nimmt sie in den Arm.

Katja führt Janina ins Gästezimmer.

Da bleibt sie. Auch die nächsten Tage.

»In das kaputte Haus kann sie schließlich nicht zurück«, sagt der Werner.

Und die Kaja stimmt zu. Sie kann einfach nicht anders, das ist ihre Gutmütigkeit.

Die Polizei verhört die junge Nachbarin ein paarmal, auch den Werner, weil der doch zu der fraglichen Zeit drüben bei ihr war. Ob beide denn niemanden bemerkt, ob sie vielleicht sogar selbst den Brand gelegt hätten. Die Janina rastet fast aus bei den Fragen.

Irgendwie ist es in der kommenden Zeit wie früher.

Der Werner geht wieder arbeiten. Katja besucht den Weihnachtsmarkt in Miltenberg und kommt mit solch einer frohen Stimmung zurück, sie ist nur noch glücklich. Auch, weil der Werner sich wieder um sie kümmert und auch ein wenig um Janina, aber wirklich nur ein wenig.

Dass es dann doch immer mehr wird, bekommt die Katja anfangs gar nicht mit. Erst zwei Wochen vor dem Heiligen Abend. Da bemerkt sie, dass ihr Mann nachts aus dem Ehebett hinüber ins Gästezimmer schleicht. Auf Zehenspitzen. Doch sie hört ihn trotzdem, denn die Tür knarrt ein wenig. Katja liegt so lange wach, bis er nach zwei Stunden wieder unter die Bettdecke kriecht. Und auch die kommenden Nächte ist der Werner bei der Janina.

Wenn die wenigstens ein schlechtes Gewissen deshalb gehabt hätte, vielleicht wäre dann Katja nicht auf diesen Gedanken gekommen. Doch das hat die ebenfalls nicht. Sitzt am Frühstückstisch, lässt sich von der Katja bedienen und tut so, als sei alles in bester Ordnung.

Da beschließt die Katja, die Junge endgültig zu beseitigen. Jetzt wirklich. Dann gehört der Werner wieder ihr.

In der Abstellkammer befindet sich noch was von den Tropfen, die Katja damals der Tante Jule in den Kaffee getan hat, als diese sterben wollte, aber nicht konnte. Ließen Tante Jules Herz einfach stillstehen.

»Wein? Heute, an einem gewöhnlichen Donnerstag? Gibt es was zu feiern?«, fragt Werner und schaut mit einem Lächeln die Katja an.

»Ja, darauf, dass wir uns alle drei so gut verstehen, und weil doch bald Weihnachten ist«, antwortet sie, und das Lächeln fällt ihr schwer.

Sie stellt vor jeden ein Glas mit Rotwein auf den Tisch. Das vollste, in das sie so viele Tropfen gefüllt hat, dass es einen Elefanten umhauen könnte, direkt vor Janina.

»Prost«, sagt sie und hebt ihres.

»Prost«, sagt der Werner und will nach seinem greifen. Doch die Janina ist schneller. So schnell kann Katja gar nicht schauen, wie Janina die Gläser tauscht.

»In deinem ist weniger«, meint sie zu Werner und trinkt.

Der Werner trinkt auch. Aus dem mit den Tropfen.

»Auf uns! Auf uns drei!«, sagt er mit Blick zu den beiden Frauen.

Katja will schreien, doch ihr Hals ist wie zugeschnürt. Erst als der Werner getrunken hat, als die rote Flüssigkeit ganz in ihm verschwunden ist, fängt Katja wieder an zu denken. Ein wenig wird es dauern, bis der Werner umfällt. War bei der Tante damals auch so. Also Zeit zum Handeln.

»Noch ein Glas?«, fragt sie die Janina. Die nickt.

Dann geht Katja in die Küche. Es ist von allem noch da – vom Wein und von den Tropfen.

Naiv ist die Katja, aber nicht dumm.

BLANKA STIPETIĆ
WEISSES RAUSCHEN

Wie immer kommt Bruno als Letzter. Er klingelt Sturm, und als ich die Tür aufreiße, steht er da mit einer Nikolausmütze auf dem Kopf, umgeben von weißen, weichen Flocken, wie in einer Schneekugel.

Er tritt beiseite und ich erkenne, dass er nicht alleine gekommen ist. Eine schmale Gestalt schlüpft an ihm vorbei in mein Haus und schiebt die Kapuze ihres Mantels vom Kopf. Mein schlimmster Albtraum wird wahr.

***

Alles in mir bebt. Doch ich greife nach dem Vorlegebesteck und zerlege mit ruhiger Hand wie ein Profi die Karpfen. Max füllt die Gläser der Erwachsenen mit irgendeinem erlesenen Silvaner, den mein Schwiegervater wie jedes Jahr zu Weihnachten mitgebracht hat. Die Kinder zappeln herum, und es ist nur eine Frage der Zeit, bis ein Glas umkippt oder ein Teller auf dem Boden landet. Sie können es nicht erwarten, das Glöckchen des Christkinds zu hören.

»Ich hoffe, Sie mögen Fisch, Frau Berger?«, frage ich und spüre einen Anflug von Schadenfreude, als sie versichert, sie esse alles, obwohl ich genau weiß, dass sie Fisch hasst. Ich gebe auf jeden Teller zwei Petersilienkartoffeln, ein Stück Fisch und etwas von der zerlassenen Butter. Anerkennendes Nicken von allen Seiten, nur die Kinder sind unzufrieden. Es kostet mich Kraft, den Tischgesprächen zu folgen, meiner Schwiegermutter die erwartete Aufmerksamkeit zukommen zu lassen, über Brunos Scherze zu lachen und nicht ständig zu ihr hinzustarren. Frau Berger. Sie sieht gut aus. Ihr Haar verrät den teuren Friseur, das Kleid ist gediegen, aus edlem Stoff. Allein ich weiß, wer und was sich dahinter verbirgt, nur das Warum ist mir ein Rätsel.

***

»Glaubst du die Geschichte?«, fragt Max, während wir zusammen die Spülmaschine einräumen. Bruno hat sie als seine Geschäftspartnerin vorgestellt, die in Würzburg gestrandet ist, weil der Frankfurter Flughafen wegen des vielen Schnees dichtmachen musste. »Was für Geschäfte macht Bruno denn?«, murmle ich, doch Max hört mir gar nicht zu. »Die haben doch was miteinander«, mutmaßt er.

»Dann tut Bruno mir jetzt schon leid.« Die Worte sind raus, und ich kann sie nicht mehr zurücknehmen. Dieses Mal hat Max zugehört. »Wieso? Sie macht doch einen ganz netten Eindruck. Auch wenn sie so ihre Probleme mit dem vielen Besteck hat.« Mein Mann ist ein Snob. Ich zucke die Achseln. »Auf mich wirkt sie wie eine Klette.«

Um Mitternacht sind die Kinder endlich im Bett, und Max schläft nach fünf Minuten ein, der Frankenwein hat neben dem Geschmack auch andere gute Eigenschaften. Ich wälze mich hin und her und schlafe mit dem Gedanken ein, der mich quält, seit sie die Kapuze vom Kopf gezogen und sich mit falschem Namen vorgestellt hat. Was will sie?

***

»Was ist es dir wert, dass wir uns nicht kennen?« Ihre Stimme klingt sanft an meinem Ohr. Das Handy hat geklingelt, kaum dass Max zur Haustür raus ist, um seine frühmorgendliche Laufrunde zu absolvieren.

»Von mir aus können wir uns kennen, du hast dich schließlich unter Angabe eines falschen Namens an Bruno rangeschmissen und hier eingeschlichen«, sage ich und halte das lange Schweigen aus, das folgt.

»Du kannst so cool tun, wie du willst. Es beeindruckt mich nicht mehr.« Doch ihre Stimme zittert leicht, und ein Lächeln stiehlt sich auf meine Lippen. Vielleicht ist die Situation noch zu retten. Doch dann spricht sie weiter, und mein Lächeln verschwindet. »Überleg dir, was es dir wert ist, und ich halte den Mund.« Sie legt auf.

Ich gehe ins Kinderzimmer. Jan und Hanna sind schon auf und spielen mit ihren neuen Sachen. *Was ist es dir wert?* Natürlich meint sie nicht *was*, sondern *wie viel*. Ich hingegen ziehe bei *wie viel* schnell die Grenze, das *Was* beflügelt meine Fantasie.

***

»Wie viel willst du?«

Sie lächelt ihr kleines Lächeln, um das ich sie einmal beneidet habe, zuckt die Achseln und fragt nun auch: »Wie viel ist es dir wert?«

Ich balle die Fäuste. »Ein paar Tausend, höchstens zehn«, flüstere ich.

Sie lacht.

Ich habe sie eingeladen, mit mir und den Kindern

einen Schneemann zu bauen. Und während die Kinder eifrig Schneekugeln gerollt haben und jetzt nach Steinen für die Augen und die Knöpfe suchen, haben wir uns etwas abseits unter einen Baum gestellt. Ich will, dass sie meine Verzweiflung sieht. Doch etwas an ihr ist anders, als ich es in Erinnerung habe. Das Weiche ist verschwunden.

»Mehr habe ich nicht«, sage ich.

Das Lachen verschwindet aus ihrem Gesicht. »Verarsch mich nicht. Wahrscheinlich ist allein dein Ehering mehr wert.«

Ich versuche, an ihre Vernunft zu appellieren. »Wenn ich mehr vom Konto abhebe, merkt Max es. Oder wenn ich meinen Ehering versetze. Dann kannst du ihm gleich alles erzählen.«

Sie antwortet nicht, sieht mich nur herausfordernd an. »Überleg es dir noch mal, Schwesterherz«, sagt sie schließlich und lässt mich stehen.

***

Am Nachmittag fahren meine Schwiegereltern mit den Kindern runter in die Stadt in eine Nachmittagsvorstellung im Theater. Ich schiebe die Ente in den Ofen und hole das Gemüse aus dem Kühlschrank. Max ist nach oben gegangen und hat sich hingelegt. Bruno streckt den Kopf in die Küche. »Brauchst du Hilfe?« Die Hilfe, die ich brauche, kann er mir nicht geben, also lasse ich ihn Kartoffeln schälen. Wir reden über die Kinder und über das Wetter. »Was für Geschäfte machst du eigentlich mit Frau Berger?«, frage ich irgendwann und hoffe, dass mein Interesse nicht übertrieben wirkt.

»Ich plane die Gründung einer Unternehmensberatung, und Frau Berger berät mich in finanziellen Fragen.« Ich verdrehe innerlich die Augen. Es ist wahrscheinlich die zehnte Unternehmensberatung, die Bruno gründen will. »Was macht sie denn genau?«, hake ich nach. Ich kann mir rein gar nichts vorstellen, in dem meine Schwester Expertin wäre.

»Sie kennt einen Investor«, sagt er, und ich sehe klar. Mein Schwiegervater will ihm kein Geld mehr geben, also muss er es sich woanders beschaffen, und meine Schwester spielt den Business Angel.

Ich bin kein großer Fan von Bruno, aber ich hasse ihn auch nicht. Doch wie soll ich es formulieren? »Sei vorsichtig«, sage ich schließlich, »und überleg dir gut, von wem du Geld leihst.«

***

»Max?«, flüstere ich und höre ein Brummen. Doch als ich mich neben ihn lege, dreht er sich zu mir. Seine Arme legen sich um mich, und er zieht mich eng an seinen schlafwarmen Körper.

»Max?«, setze ich erneut an. Er rückt etwas von mir ab, bis er mir in die Augen schaut. Ich senke den Blick.

»Stimmt etwas nicht?«, fragt er. »Hat meine Mutter dich wieder geärgert?«

Stumm schüttle ich den Kopf, drehe mich von ihm weg. Soll ich es ihm einfach sagen? Fast hätte ich losgeprustet. Was für eine dämliche Idee. Ich denke an die vielen Seminare, auf die er mich geschickt hat. Stilsicher kleiden für jeden Anlass. Richtig essen. Die hohe Schule des Small Talks. Noch vor unserer Verlobung hat er mir ein Konto eingerichtet, das immer sehr großzügig gefüllt ist und für nichts als Kleider, Schuhe, Friseur, Kosmetikerin und Ähnliches reichen muss. Nur damit er sich nicht mit mir zu schämen braucht. Aber Max liebt mich, sonst hätte er mich nicht geheiratet. Ich hatte ja nichts, nur mich selbst.

***

Der Lebenslauf, mit dem ich mich für eine Ehe mit Maximilian Behringsdorf beworben habe, war etwas geschönt. Ich habe nie unterschlagen, dass ich aus einfachen Verhältnissen stamme; verschwiegen habe ich, dass »einfach« ein Euphemismus ist. Meinen Vater habe ich nie kennengelernt, und meine Mutter war schlicht eine Schlampe. Ich habe nicht verschwiegen, dass ich das Abitur auf dem zweiten Bildungsweg gemacht habe und vorher eine Zeit lang die Welt bereist habe. Verschwiegen habe ich nur, dass ich auf diesen Reisen immer diverse Drogen in größeren Mengen im Rucksack hatte. Auch was meine Beziehungen vor Max angeht, habe ich mir keinen Heiligenschein verpasst, aber ich bin nicht so weit gegangen, ihm zu beichten, dass ich mich in Stripclubs ausgezogen und auch das eine oder andere Mal gegen entsprechende Bezahlung Männer nach Hause begleitet habe. Und von den Filmen, die danach kamen, ganz zu schweigen.

***

»Fick dich« waren die letzten Worte, die meine Schwester mir nachgebrüllt hat. Vor inzwischen zehn Jahren. Weil ich alle Brücken abbrechen wollte. Weil ich Max kennengelernt hatte, was sie nicht wusste. Weil ich nur ohne sie meine Vergangenheit beschönigen und für Max ein Bild aufrechterhalten konnte, das für ihn akzeptabel war. Zuerst hatte ich versucht, sie einfach fernzuhalten, den Kontakt auf das Minimum zu beschränken. Doch sie ließ nicht locker. Wollte weiter Teil meines Lebens sein, weil wir doch Schwestern waren. Sie rief ständig an, flehte, drohte. Einfach krank. Ich tat es nicht gern, aber ich griff zu dem einzigen Mittel, das mir zur Verfügung stand, und schickte ihr einen meiner alten Freunde, um sie zu überzeugen. Danach war Ruhe. Und jetzt sitzt sie hier in meinem Haus und will alles zerstören, was ich mir aufgebaut habe.

***

»Es bleibt dabei«, sage ich, »zehntausend, mehr geht einfach nicht.« Nach dem Essen habe ich einen Spaziergang vorgeschlagen, und nun stehen wir auf der dunklen Straße. Hinter den Fenstern der anderen Häuser ist gedämpftes Licht, die Kerzen an den Weihnachtsbäumen brennen, und ich könnte wetten, dass in jedem Haus entlang des Steinbachtals *Stille Nacht, heilige Nacht* erklingt.

»Also?« Ich schaue sie herausfordernd an, bin mir sicher, dass sie einknicken wird.

»Verkauf deine Firmenanteile«, sagt sie. Ein Stein sackt in meinen Bauch. Es ist ein Bluff. »Ich besitze keine Anteile am Unternehmen, die gehören Max. Ohne seine Zustimmung kann ich gar nichts verkaufen.«

Sie verzieht keine Miene. Und dann rattert sie alles herunter, was mir gehört, jede Aktie, die ich vom Unternehmen und den Tochterfirmen besitze.

Max' Vater hatte seinen Segen zu unserer Ehe von einem Ehevertrag abhängig gemacht. Dieser Vertrag ist ein kleines juristisches Kunstwerk. Wenn ich meinen Mann verlasse, bin ich gut abgesichert. Sollte er mich verlassen, bin ich eine wohlhabende Frau, allerdings mit einer kleinen Einschränkung; dabei geht es um Täuschung vor der Eheschließung. Doch dieser Vertrag hängt nicht im Wohnzimmer über dem Kamin.

»Woher weißt du das?«, frage ich wütend.

Aber sie geht nicht auf meine Frage ein. »Verkauf das Zeug und gib mir zwei Drittel. Den Rest kannst du behalten.«

Mit geballten Fäusten stehe ich auf der Straße und blicke ihr nach, als sie aufs Haus zugeht und klingelt. Bruno macht auf und schaut suchend über ihre Schulter. In diesem Moment entspannen sich meine Hände, und ich weiß, dass alles noch viel schlimmer ist, als ich dachte.

***

Bruno gründet eine Firma. Bruno braucht Geld. *Frau Berger berät mich in finanziellen Fragen. Sie kennt einen Investor.* Es ist fast zum Totlachen. Und nun stehe ich vor der großen Frage: *Was ist es dir wert?*

Ich versuche, das Ganze als logisches Rätsel zu betrachten, und suche nach dem Geistesblitz, der einen Lösung, die so naheliegend ist, dass ich sie nicht gleich erkenne. Aber alles, was mir einfällt, ist, dass ich die beiden erwürge. Meine Schwester und meinen Schwager. Danach kämen allerdings andere, weitaus größere Rätsel auf mich zu. Und mein Feind wären dann nicht zwei geldgierige Menschen, sondern der ganze Polizeiapparat. *Was ist es dir wert?*

***

Ich verbringe den Abend in ruheloser Wanderschaft durchs Haus. Bruno und meine Schwester sind in die Stadt gefahren, ein bisschen Würzburger Nachtleben schnuppern, wie Bruno witzelte. Ich suche die Nähe meiner Kinder, blicke auf den Garten, beobachte meinen Mann und meine Schwiegereltern. Versuche mir vorzustellen, ob es nicht vielleicht doch möglich wäre, dass sie akzeptieren, wer ich war, wer ich bin. Dabei weiß ich genau, dass es undenkbar ist. Max liebt mich, aber nicht genug, um das zu schlucken. Ich bin ihm nicht böse deswegen, warum auch? Er ist ein Kopfmensch durch und durch. Leidenschaft ist ihm fremd. Wenn er es erführe, würde er die Ehe mit mir zivilisiert beenden. Genau dafür, würde er sagen, sind Verträge doch da. Wenn man rechtzeitig vorsorgt, muss man sich später nicht die Köpfe einschlagen.

Ich könnte natürlich tun, was sie von mir verlangen. Meine Aktien verkaufen und ihnen das Geld geben. Damit könnte ich leben. Aber es wird nicht dabei bleiben. Bruno wird das Unternehmen gegen die Wand fahren, so wie immer bisher. Und dann wird er mehr wollen und noch mehr und immer mehr. Und wenn ich nichts mehr habe, wird er es Max erzählen, weil Bruno ist, wie er ist. Jähzornig und unvernünftig.

***

Max hat sich früh schlafen gelegt. Seine Eltern kurz nach ihm. Ich sitze im dunklen Wohnzimmer und höre, wie Bruno und meine Schwester nach Hause kommen. Ich lausche und warte, bis sie sich oben getrennt haben und in ihren Schlafzimmern verschwunden sind. Dann wähle ich Brunos Nummer und bitte ihn nach unten. Ich kann nicht anders. Er soll wissen, dass ich ihn durchschaut habe.

»Ich werde nicht zahlen«, sage ich und muss fast lachen über die gespielte Verwirrung auf seinem Gesicht. Ich seufze. »Erspar uns beiden das schlechte Theater. Das Geld ist für dich, aber du bekommst es nicht.«

Er zuckt mit den Schultern. »Na gut. Aber du wirst zahlen«, sagt er mit einer Gewissheit, die mich so zornig macht, dass ich ihm am liebsten den Schürhaken über den Schädel ziehen möchte. Er sieht die Wut in meinen Augen und wie ich stumm den Kopf schüttle.

»Wir kennen den Rest der Familie beide gut genug. Glaubst du wirklich, Max wird das hinnehmen? Oder mein Vater?«

Ich stehe auf. »Es ist mir egal. Erzähl ihm, was du willst. Ich werde alles abstreiten.«

Er lacht höhnisch. »Die Filme wirst du kaum abstreiten können. Aber ich fange mit etwas Kleinerem an. Ich erzähle ihm zuerst von deinen Kurierfahrten mit Heroin im Gepäck, und dann mache ich ihn mit jemandem bekannt, der dich ohne Klamotten kennt. Mal schauen, wie lange du durchhältst. Zahl lieber gleich, dann bleibt dein Leben schön friedlich; und du hast doch alles, was du brauchst, und noch viel mehr.«

Er hat so verdammt recht. Aber ich kann nicht. »Tu, was du nicht lassen kannst«, sage ich und gehe zur Tür.

»Sei nicht dumm«, ruft er mir nach. »Wenn Max die ganze Geschichte hört, ist es vorbei.«

Und plötzlich ist er da, der Geistesblitz, die naheliegendste Lösung. Noch einmal drehe ich mich um und lächle süß. »Leck mich«, sage ich.

***

Kurz nach Max stehe ich auf und gehe in die Küche. Meine Schwiegermutter ist bereits wach und steht mit einer Tasse Kaffee am Fenster. Ich fühle mich ausgeschlafen und mehr als gut. Bereits als ich gestern die Treppe zum Schlafzimmer hinaufging, spürte ich förmlich, wie eine Last von mir fiel. Und immer noch fühle ich mich wie befreit. Es gibt eine Lösung. Ein leiser Zweifel war zwar da. Aber der Moment war kurz. Wenn ich in meiner Jugend auf der Straße etwas gelernt habe, dann, dass ich mir selbst der Nächste bin. Ich nehme mir Kaffee und stelle mich zu meiner Schwiegermutter. Draußen steht Bruno an seinem Wagen und spricht mit Max, der wie jeden Morgen um diese Zeit seine Joggingklamotten trägt und seine tägliche, immer gleiche Runde drehen will. Doch dann schaut er Bruno an und geht auf ihn zu. Sie setzen sich beide in Brunos Wagen und fahren los.

»Wo wollen die beiden denn hin?«, fragt meine Schwiegermutter. Aber ich weiß es nicht. Ich weiß nur, dass Max anschließend seine Runde laufen wird und dass dies meine Chance ist, die ich auf jeden Fall ergreifen werde. Ich muss Bruno anrufen, bevor es zu spät ist.

»Ich leg mich noch mal hin«, sage ich und renne nach oben.

»Ich bin es«, sage ich, als Bruno sich meldet. »Ist Max bei dir?« Eigentlich will ich wissen, ob Max mithören kann. »Na klar«, ruft er gut gelaunt, »aber du störst nicht.«

»Du darfst Max nichts sagen, bitte.«

»Und dann?«

Ich schlage ihm ein Treffen vor, in einer halben Stunde, weit weg vom Haus, wo uns niemand sehen und hören kann. »Ich brauche frische Luft«, begründe ich meinen Wunsch.

»Na also, warum nicht gleich so?« Dann legt er auf.

***

Ich bin zur Hintertür rausgeschlüpft und gerannt. Bis zur Schlucht. Und hier stehen wir nun und blicken hinunter. Der Bach ist vereist, gesäumt von spitzen Felsen, die den ahnungslosen Körper neben mir zerschmettern werden. In mir ist kein Zweifel mehr. Sorgfältig habe ich abgewogen. Ich will mein Heim behalten, meine Kinder, mein Leben. All das ist mir etwas wert. Ein Opfer wert. Ich stoße zu.

***

Als meine Schwiegermutter eine Stunde später leise die Tür öffnet und meinen Namen flüstert, stelle ich mich schlafend. Sie kommt herein und schüttelt mich leicht an der Schulter. »Wir wollen frühstücken«, sagt sie. Ich murmle etwas und schwinge die Beine aus dem Bett. »Wie spät ist es?«, frage ich.

»Bereits zehn.«

Ich reibe mir die Augen und gähne. »Ich komme gleich.«

Das Gesicht meines Schwiegervaters verrät unterdrückten Ärger. Wir sitzen um den festlich und fürstlich gedeckten Frühstückstisch, nur Bruno und Max fehlen.

Mein Schwiegervater schaut auf die Uhr über dem Kamin und seufzt. »Wir müssen in einer Stunde los, und ich wollte euch noch etwas verkünden. Und jetzt kommen die beiden einfach nicht.«

Ich greife nach einem Brötchen. »Was gibt es denn so Wichtiges?«

Mein Schwiegervater zuckt die Schultern. »Ich habe beschlossen, mich von den Geschäften zurückzuziehen und mit meiner Frau eine Weltreise zu machen.« Meine Schwiegermutter lächelt uns an und greift nach der Hand ihres Mannes.

»Ich war letzten Monat beim Notar und habe alle nötigen Schritte veranlasst, um alles an Max zu übergeben. Er wird von nun an die Geschäfte leiten. Ich habe ihm meine Aktienpakete überschrieben und nur einen symbolischen Teil behalten. Seit einem Monat ist Max Mehrheitseigner der Firma.«

Es folgt Schweigen, bis meine Schwester sich schließlich räuspert. »Na dann, herzlichen Glückwunsch an Max, und Ihnen eine gute Reise.« Doch sie sieht mich an, während sie spricht. Und ich kann ihren Blick lesen. Sie sieht ihren Anteil an der Beute in unermessliche Höhen schießen. Aber ich unterdrücke jedes kleinste Anzeichen eines Grinsens, das aus mir herausdrängt. Ich starre zurück und schüttle langsam, aber deutlich den Kopf. Unter dem Tisch schreibe ich schnell zwei SMS. *Wo bleibst du?* an Max und *Bin aufgehalten worden, warte auf mich* an Bruno.

Meine Schwiegereltern wollen irgendwann nicht mehr warten und fahren los. Meine Schwester hat sich irgendwohin verdrückt, die Kinder schauen einen Film, und ich habe das Wohnzimmer für mich. Noch eine SMS an Max, *Melde dich, mache mir Sorgen*.

Ich lege mich aufs Sofa und betrachte meine Umgebung. Das ist mein Haus, da hängen meine Bilder, stehen meine Möbel, draußen ist mein Garten. Das wird niemand mir nehmen. Mitten in meinen Gedanken wird die Tür aufgerissen. »Das wirst du bereuen!«, schreit Bruno. »Ich lass mich doch nicht von dir an der Nase rumführen. Jetzt wird Max erfahren, wen er wirklich geheiratet hat. Wo ist er?«

Ich richte mich auf. »Hör gut zu, ich werde das nur einmal sagen, aber du solltest dir alles gut merken. Ich liebe meinen Mann und bin in großer Sorge, weil er nicht vom Joggen nach Hause kommt. Ich hatte keine Affäre, er hatte keine Affäre. Du kannst fragen, wen du willst, wir lieben uns und führen eine harmonische Ehe. Max weiß alles über mich und meine Vergangenheit. Es gibt keine Geheimnisse zwischen uns, nur deinen Eltern haben wir es nicht auf die Nase gebunden. Er ist heute Morgen in deinen Wagen gestiegen. So gegen sechs. Deine Mutter und ich standen in der Küche und haben euch wegfahren sehen. Seitdem habe ich meinen Mann nicht mehr gesehen. Und jetzt nimmst du deine Frau Berger und verlässt mein Haus.«

Bruno ist blass geworden. »Was hast du mit ihm gemacht?« Seine Stimme bebt.

Ich reiße die Augen auf. »Wieso ich?« In seinem Gesicht spiegeln sich verschiedene Gefühle wider, und ich kann nicht anders, ich setze noch einen drauf. »Du hast mich selbst auf die Lösung gebracht. ›Wenn Max die ganze Geschichte hört, ist es vorbei‹, hast du gesagt. Da ich euch nicht vom Reden abhalten konnte, habe ich ihn am Zuhören gehindert.« Ich lehne mich zurück und zücke mein Handy. »Immer noch keine Nachricht von Max. Er wird doch hoffentlich nicht in die Schlucht gestürzt sein.«

***

Dann bin ich allein mit meinen Kindern in meinem Haus. Mir gehört jetzt ein ganzer Konzern. Ich bin sicher, dass mein Schwiegervater mich gut beraten wird, in wessen Hände ich die Geschäftsführung legen soll. Und sicher wird er sich auch um die ganze Angelegenheit mit der Polizei kümmern. Denn wenn Max' Sturz in die Schlucht nicht als Unfall behandelt wird, dann ist sein anderer Sohn der Hauptverdächtige und seine Frau die Hauptzeugin. Und ich natürlich.

Ich blicke mich um und bin sicher: Das alles war das Opfer wert.

ANGELIKA SOPP
EIN GANZ BESONDERES WEIHNACHTSGESCHENK

Udo Borinowski liebte Fenster. Dabei war es ihm völlig egal, ob sie groß oder klein, altmodisch oder modern, ob es Spitz- oder Rundbogenfenster, Sprossen- oder Arkadenfenster, Butzenscheiben- oder Panoramafenster waren. Letztere freilich bevorzugte er alleine schon wegen der Breitbandsicht, die gerade jetzt, in der stimmungsvollen Adventszeit, etliche Vorteile brachte. Im Laufe des letzten Jahres hatte Udo eine regelrechte Faszination für Fenster entwickelt, ja, mehr noch: Er war sich ihres eigentlichen Wertes bewusst geworden. Es ging dabei nämlich keineswegs, wie landläufig angenommen, um die Möglichkeit, einen geschlossenen Raum mit Licht und Luft zu versorgen oder ihn vor Kälte zu schützen und dabei dem Bewohner trotzdem freie Sicht nach draußen zu gewähren. Weit gefehlt! Helligkeit, Wärme und Ausblick spielten eine nachrangige, wenn nicht gar zu vernachlässigende Rolle. Der größte Vorteil, den Fenster boten, lag zweifellos in den *Einblicken,* die sie ermöglichten.

Mal abgesehen von den Schaufenstern der Geschäfte, die insbesondere in der Vorweihnachtszeit ihr üppiges Warenangebot protzig und in schnöder manipulativer Absicht darboten. In ihrer dekorativen Oberflächlichkeit, die lediglich der materiellen Verführung diente, waren sie für Udo gänzlich uninteressant.

Noch vor einem Jahr hätte er keinen einzigen Gedanken an diese bemerkenswerte architektonische Errungenschaft verschwendet, geschweige denn über ihre Klassifizierung nachgedacht, obwohl er damals ein Haus mit nicht weniger als neunzehn Fenstern bewohnte. Daniela hatte die Gründerzeitvilla von ihren Eltern vor zehn Jahren geerbt. Ein nachträgliches Hochzeitsgeschenk und eine echte Herausforderung. Den alten Kasten auf Vordermann zu bringen, hatte sich als regelrechter Kraftakt entpuppt, doch wer würde schon einer Immobilie am Burgberg widerstehen? Schließlich handelte es sich dabei um das Wohngebiet der Reichen und Bedeutenden. Hier Eigentum aufbieten zu können, war ein Muss für jeden Erlanger, der etwas auf sich hielt und es zu demonstrieren beabsichtigte.

Trotzdem hatte der Umbau kein unlösbares Problem für Udo dargestellt. Er war Ingenieur, handwerklich sehr geschickt und damals, mit Ende dreißig, im tatkräftigsten Mannesalter gewesen. Seine berufliche Tätigkeit als Vertriebsleiter in Peter Metzgers kleinem, aber florierendem Unternehmen hatte ihm zwar nicht allzu viel Zeit für die Renovierung gelassen, doch sein Ehrgeiz und seine Ausdauer hatten sich letztlich in jeder Hinsicht bezahlt gemacht. Nach sieben Jahren hatte er die letzte Silikonfuge im Gästebad gesetzt und kurz darauf mit verschränkten Armen und zufriedenem Lächeln vor einem Prachtbau gestanden, der selbst Danielas hohe Ansprüche befriedigte.

Wie verständnisvoll sie doch über all die arbeitsreichen Jahre hinweg gewesen war. Nie hatte sie sich beklagt, dass er jede freie Minute mit Bohrmaschine, Messlatte oder Malerpinsel verbrachte und deshalb oft weder Zeit noch Kraft für sie hatte. Schließlich war sie erst Mitte zwanzig gewesen, als Udo und sie vor zehn

Jahren heirateten. In diesem Alter hatten Frauen bekanntlich ihre ganz eigenen Vorstellungen vom Leben. Doch andererseits: in welchem Alter nicht? Jedenfalls hatte sich Daniela gut mit seiner häufigen berufsbedingten Abwesenheit und der häuslichen Prioritätensetzung zu arrangieren gewusst und es ihm nie übel genommen, wenn sie allein zu Partys oder ins Kino gehen musste, während er und Peter, sein Arbeitgeber und Studienfreund, wieder einmal das Wochenende mit Wandpaneelen und Bodenfliesen verbrachten. Doch Udo wusste, sie liebte ihre Shoppingtouren, ihre Fitness- und Wellnesswochenenden und die Kurztrips mit Freundinnen nach Mailand, London oder Paris. Außerdem tat er all das ja für die gemeinsame Zukunft. Und als ihr dann doch ein wenig langweilig wurde zwischen all den Friseur- und Kosmetikterminen, hatte er ihr vor fünf Jahren die Halbtagsstelle als Sekretärin in Peters Firma vermittelt.

Alles war so gut gelaufen in jenen Jahren. Danielas kindlich-naive Bewunderung für ihn und ihr hinreißender Körper, der nicht nur seinen Stolz zu wecken, sondern immer wieder auch seine Hormone in Wallung zu bringen vermochte, bescherten ihm das perfekte Beziehungsleben. Udo schätzte sich rundum glücklich.

Letzten Dezember hatte er sich ganz besonders auf die Feiertage gefreut. Er blickte auf ein beruflich erfolgreiches Jahr zurück, verwahrte einen gerade erst unterschriebenen Vertrag mit einem steinreichen japanischen Geschäftspartner in seinem Aktenkoffer und entstieg am Nürnberger Flughafen zwei Tage früher als geplant seiner Maschine aus Tokio.

Er würde Daniela überraschen, und die Aussicht auf eine heiße Dusche, einen heißen Punsch neben dem Kaminfeuer und eine noch heißere Nacht mit seiner Frau beflügelten ihn dabei wie ein vorgezogenes Weihnachtsgeschenk.

Er verhielt sich leise, als er die Haustür mit einem Schmunzeln hinter sich schloss, und entfernte das Papier von den Rosen, die er noch in letzter Minute am Flughafen erstanden hatte. Dann ging er die geschwungene Holztreppe nach oben, tunlichst bedacht darauf, ein Knarzen der alten Eichenstufen zu vermeiden. Auf der vierten Stufe lag einer von Danielas schwarzen High Heels, und er wäre im Dämmerlicht fast darüber gestolpert. Typisch Daniela, dachte er. Ihr Ordnungssinn war nie besonders ausgeprägt gewesen. Wie oft hatte er sie schon darauf hingewiesen, ihre Kleider und Schuhe nicht überall in der Wohnung herumliegen zu lassen? Auf Stufe sieben fand er den zweiten ihrer Stöckelschuhe. Gleich darauf versperrten ihm Rock und Bluse den Weg nach oben. Als er auf dem letzten Treppenabsatz BH und Höschen aufhob, hatte das nicht nur seine Vorfreude gedämpft, sondern, er musste es zugeben, einen Anflug von Verunsicherung in ihm hervorgerufen.

Vor dem gemeinsamen Schlafzimmer blieb er stehen, Danielas Slip und BH in der einen, die Rosen in der anderen Hand, und lauschte. War da nicht eine Stimme zu hören? Verflixte Eichentüren. Viel zu massiv, um etwas verstehen zu können. Dennoch, hier redete jemand. Leise zwar, doch eindeutig vernehmbar. Der Fernseher? Das Radio vielleicht? Er zögerte, drückte sein Ohr fester an das Türblatt. Dann erst wurde ihm klar, dass seine

Ehefrau eben im Begriff war, seinen guten Freund und Arbeitgeber Peter vorweihnachtlich zu beschenken.

Es ist immer traurig, wenn Visionen oder Träume sterben, aber am schlimmsten ist es, wenn es zur Weihnachtszeit passiert.

Jedenfalls verlor Udo an diesem Abend so ziemlich alles, was ihm lieb und teuer war: seine Frau, seinen Freund, das Haus, seinen Job. Jetzt wohnte er in einer kleinen Zweizimmermansarde in der Erlanger Südstadt mit Blick auf eine Autowerkstatt, die ihn zu allen erdenklichen Unzeiten mit Motorengeheule und Ölgestank belästigte, und lebte von der Abfindung, die Peter ihm gezahlt hatte, als sie sich *im gegenseitigen Einvernehmen wegen betrieblicher Rationalisierungsmaßnahmen* getrennt hatten. Peter, der überzeugte Junggeselle und Schwerenöter, war gleich nach Weihnachten bei Daniela, dieser Schlampe, eingezogen. In *Udos* Haus. Dort lebte er nun seit einem Jahr *Udos* Leben ...

Und Udo? Ein neuer Job mit Ende vierzig? Eine neue Beziehung? ... Sein müdes Lächeln war seelenlos und bezeugte lediglich die Absurdität derartiger Fragen.

Seine Tage waren getränkt von Phlegma und Lethargie, eine Folge der Schwermut, die wie Staub auf ihm lag. Abgesehen von ein paar Pflichtbesuchen bei der Arbeitsagentur, ein paar Besorgungen, ein wenig Lesen, ein wenig Schlafen, geschah nichts, die Tage gerannen zu Wochen, die Wochen zu Monaten. Seine stets geschlossene Mansardentür setzte eine klare Zäsur zur Welt. Doch sobald es dämmerte und der Abend nahte, machte er sich mit seinem Fernglas auf den Weg und holte sich ein Stück Leben zurück. Das Leben anderer zwar, doch immerhin Leben. Erst waren es nur Daniela und Peter, die er durch die Fenster seines ehemaligen Hauses beobachtete. Stundenlang stand oder hockte er im Schutz von Hecken, Mauern und der Nacht, bewaffnet mit seinem Fernglas, und nahm sie ins Visier, nährte damit seinen Schmerz und seinen Hass. Bald schon erweiterte er den Radius seiner heimlichen Beobachtungen auf die Häuser seiner ehemaligen Nachbarn und genoss die Wirkung, die sein Belauern und Ausspähen im Laufe der Monate auf ihn hatte. Seine einzigen potenziellen Widersacher waren Vorhänge und Jalousien, doch sie stellten, wie sich bald zeigte, kein echtes Problem dar, denn sie wurden so gut wie nie genutzt. Menschen konnten ja zum Glück so gedankenlos und nachlässig sein! Mithilfe der Augen in ihr Leben einzudringen, sie zu entlarven und so zu sehen, wie sie sich nur dann zeigten, wenn sie sich unbeobachtet wähnten, verschaffte Udo Genugtuung. Wahrheit und Schein klafften nie weiter auseinander als beim nächtlichen Blick durchs Fernglas, das hatte er schnell erkannt. Ein beleuchtetes Fenster ermöglichte ihm nicht nur visuell den Zutritt zum dahinterliegenden Raum, sondern führte ihn hinab in die faszinierende Welt pikanter Geheimnisse und moralischer Abgründe. Doch er war kein Voyeur, kein abartiger Spanner oder Stalker, oh nein! Solche Gedanken verscheuchte er wie lästige Fliegen. Udo war ein Mensch, der Fenster liebte.

Je näher Weihnachten rückte und damit der Jahrestag seines persönlichen Ruins, desto unruhiger wurde er. Die Nächte waren jetzt wieder empfindlich kalt und das Stehen und Hocken im Freien recht ungemütlich. In den Stiefeln, die er trug, gefroren die Füße zu Eisklumpen, und die Finger, die sich um das Fernglas krampften, bitzelten vom Frost. Das konnte auch der Hochprozentige nicht verhindern, den er in kleinen Schlucken aus seinem Flachmann trank. Trotzdem stand er regelmäßig in der Dunkelheit und richtete seinen Blick auf das Leben hinter den Fensterscheiben. Manchmal kam er diesem Leben so nah, dass er den Duft frisch gebackener Plätzchen roch, das Lachen ausgelassener Kinder vernahm oder ein Weihnachtslied hörte, das schmerzhaft an seinen Erinnerungen zerrte. Dann wusste er, Einsamkeit hatte viele Namen. In solchen Momenten tauschte er schnell die sentimentalen Gefühle aus gegen zornige und rettete sich in die Überzeugung, von Heuchelei, Talmi und Verdorbenheit umgeben zu sein. Fenster logen schließlich nicht. Fenster waren aufrichtig. Sie zeigten vorbehaltlos die Wirklichkeit hinter dieser künstlichen Glitzer-, Punsch- und Lebkuchenwelt, die ihm inzwischen derart zuwider war, dass sie mitunter sogar Übelkeit in ihm auslöste. Die lächerliche Tannenbaum- und Kerzenscheinromantik, die abends erwachte, um für ein paar Stunden über alle sieben Todsünden hinwegzutäuschen, die dort Harmonie, Wohlwollen und Gemeinschaftssinn vorgaukelte, wo die restlichen achtundvierzig Wochen im Jahr Zwietracht, Gleichgültigkeit und Egoismus herrschten, verachtete er mit dem Recht des Ausgestoßenen.

Doch die eigentliche Ursache seines inneren Aufruhrs waren Daniela und Peter. Ihnen galt wie immer sein Hauptaugenmerk. Er justierte die Schärfe seines Fernglases. Da waren sie wieder, entstiegen soeben Peters BMW, und die Linsen seines Feldstechers fingen sie ein mit der Präzision des Zielfernrohrs eines Scharfschützengewehrs.

Daniela trug einen kurzen Webpelz und schenkelhohe schwarze Lackstiefel, hatte das Gucci-Täschchen, das Udo ihr vor zwei Jahren aus Paris mitgebracht hatte, lässig über die Schulter drapiert und die blonde Mähne zum kecken Dutt geschlungen. Warum war ihm früher nie aufgefallen, dass sie wie eine Nutte wirkte mit dem grellen Pink auf den Lippen und dem puppenhaften Ausdruck im Gesicht?

Peter, dem Verräter, schien das Liebesleben mit Daniela sichtlich zu bekommen. Einen athletischen Körper hatte er ja immer besessen, doch wirkte er jetzt fit wie ein Zwanzigjähriger. Als er aus dem Wagen sprang, die schätzungsweise fünfzig Einkaufstüten vom Rücksitz zog, elanvoll und mit dem gleichen dämlichen, selbstgerechten Dauergrinsen in der Visage hinter Daniela die schneebedeckten Stufen zur Haustür hinaufhüpfte, schnürte es Udo die Kehle zu. Mieses, arrogantes Pack!

Udo wandte sich ab und trottete deprimiert davon. Während er auf die weihnachtlich geschmückte Erlanger Hauptstraße einbog und Richtung Arkaden ging, grübelte er über Senecas Worte nach.

Er war Elektroingenieur, kein Philosoph, doch der alte Römer hatte schon recht: Wir alle sind an die Launen des Lebens gekettet. Manche mit goldenen, geschmeidigen Gliedern, andere mit rostigem, eng gezurrtem Eisen, das ins Fleisch schneidet und einem schier den Atem nimmt. Udo bekam schon seit geraumer Zeit kaum noch Luft, und er schwor sich, diese Quälerei zu beenden.

Auf halber Strecke unterbrach er seinen Heimweg, betrat ein Fachgeschäft für Elektronikbedarf und kaufte eine Fernzündung.

Ohne echte Neugier mutmaßte der Verkäufer, die Anschaffung sei sicherlich fürs Silvesterfeuerwerk bestimmt, und Udo nickte rasch. Seinem Sohn wolle er es schenken, log er, damit nichts Schlimmes passiere beim Zündeln.

Das Angebot des Verkäufers, die Fernzündung als Geschenk zu verpacken, lehnte Udo jedoch höflich dankend ab. Das würde er gern selbst tun, meinte er, und in seinen Augen lag der harte Glanz bittersüßer Vorfreude.

Am Heiligen Abend gegen zwanzig Uhr stand Udo an seinem Platz hinter der schneebeladenen Thujahecke, in der rechten Hand sein Fernglas, in der linken den Fernzünder. Die Zündvorrichtung hatte er, strategisch sinnvoll platziert, im mittleren Kellerraum seines ehemaligen Hauses fixiert und schließlich die Gasleitungen in allen vier Kellerräumen geöffnet. Dort hineinzugelangen, während die Schlampe und der Gigolo letzte Besorgungen für die Feiertage machten, war ein Kinderspiel gewesen. Schließlich hatte er den Hintereingang der Villa mit einem Schloss versehen, dessen Ersatzschlüssel erfreulicherweise noch immer an seinem Bund hing.

Udo schmunzelte böse und blickte aus sicherer Entfernung durch sein Fernglas.

Daniela und Peter saßen bei Kerzenschein am Esszimmertisch, verspeisten Fasan mit Rosenkohl und Prinzesskartoffeln und tranken den Médoc, den Udo vor drei Jahren für besondere Anlässe eingekellert hatte. Wie selbstzufrieden sie wirkten! Schamlos ernteten sie die Früchte von Udos jahrelangem Schuften und waren davon überzeugt, sie zu verdienen. Der zimmerhohe Weihnachtsbaum leuchtete in bunt glänzender Pracht und bot der trauten Zweisamkeit eine lieblich-romantische Kulisse.

Wie trügerisch es doch war, dieses Idyll. Keiner wusste das besser als Udo. Und manchmal lag das Schicksal anderer tatsächlich in der sprichwörtlichen Hand eines Einzelnen. Ein leichter Druck auf den Auslöser genügte, ein einziger Impuls des Fernzünders an die Blitzbirnen im Keller reichte aus, um sie zum Bersten zu bringen, und das Gas-Sauerstoffgemisch, das inzwischen die Kellerräume füllte, würde mit einem Knall explodieren und alles zerstören.

Udos Zähne mahlten. »Frohe Weihnachten«, knurrte er und hielt den Fernzünder fest in seiner Rechten. Noch zögerte er und warf einen letzten Blick auf die hell beleuchtete Front der Villa. Ja, er liebte Fenster. Leider konnten sie, wie fast alles im Leben, zu Bruch gehen. Doch manchmal war das kein Nachteil, sondern ein Geschenk. In diesem Fall ein ganz besonderes Weihnachtsgeschenk.

Udo lächelte wieder. Dann drückte er den Auslöser.

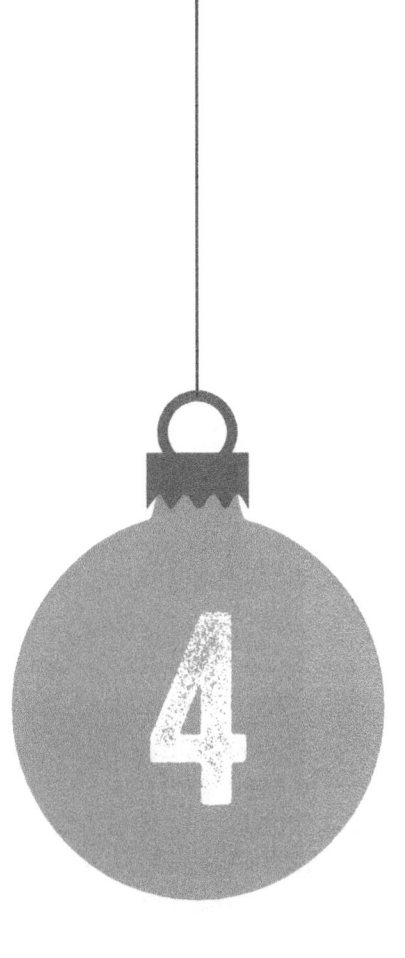

SUSANNE REICHE
LIEBESINSEL

»... keinen Bock auf euren Scheinheiligen Abend. Ich hab morgen schon was anderes vor.«

Sabine Kandolf ließ das Messer über den Artischockenherzen schweben und hoffte einen Moment lang, sie hätte sich verhört. Ein böiger Wind aus Westen trieb Schneeregen gegen das Panoramafenster, in dessen nachtdunkler Scheibe sich eine Szene spiegelte, die idyllisch hätte sein können: ein aufgeräumter Küchentresen aus poliertem Granit, darauf neben dem festlichen Adventskranz eine Salatschüssel aus blauem Kristallglas und dahinter sie selbst – obwohl das Isolierglas ihre Konturen unvorteilhaft verwischte, war sie eine immer noch attraktive und sehr gepflegte Frau.

»Was soll das denn bitte heißen?« Sie warf das Messer auf den Tresen und drehte sich zu ihrer Tochter um, die am Küchentisch lümmelte. »Das ist doch keine ... Haltung! Deine Großeltern kommen den weiten Weg von Hamburg ...«

Marlene gähnte demonstrativ und fiel ihr ins Wort. »Uh, ja, und ich weiß Wort für Wort, was sie sagen werden.« Nicht ohne Begabung imitierte sie die Stimmen ihrer Großeltern: »(Opa) *Also wir hätten uns früher eine Ohrfeige gefangen, wenn wir an Weihnachten so herumgelaufen wären.* (Oma) *Du hast doch so schöne Haare, Kind, ich verstehe nicht, warum du sie so bös verschandelst.* (Opa) *Ja, das sieht aus wie ein totes Plüschtier auf deinem Kopf, ha ha ...* (Oma) *Nimm doch ein Stück von dem Braten, mit dem deine Mutter sich so viel Mühe gemacht hat! Ein Mensch ist doch keine Ziege, die von rohem Gemüse leben kann* ... und den restlichen Abend wird das Loblied auf Onkel Roberts fade Streberkinder gesungen: ach so freundlich, ach so gescheit, ach so engagiert. Ich hab echt keinen Bock mehr da drauf!« Selbst während dieser langen Rede hielt sie den Blick auf ihr iPhone gesenkt und bearbeitete es mit flinken Daumen.

Durch Sabine Kandolfs Kopf flogen verschiedene Gedanken:

Wir hätten sie nicht als Einzelkind aufwachsen lassen dürfen. Wolfgang hat ihr zu viel durchgehen lassen. Man kann hoffen, dass es sich auswächst. Es gibt gar keinen Braten, sondern Würstchen mit Kartoffelsalat.

Aber vor allem dachte sie: Ich habe das nicht verdient!

– Was machst du morgen Abend?, las Marlene auf ihrem Display.

– Kein Plan. Du?, tippte sie.

– Können wir uns treffen? Irgendwo in der Stadt?

Marlene zögerte nur kurz. Triff dich nie allein mit Fremden, die du nur aus einem Internetchat kennst ... aber schließlich war sie kein Kind mehr, sie war siebzehn, und welche Alternative hatte sie schon? Einen Heiligen Abend mit Oma und Opa ... Und die Stadt war sicheres Terrain; es war *ihre* Stadt, ihr Nürnberg, in dem sie jeden Winkel, jede Kneipe kannte ...

»Scheißwetter«, sagte der offensichtlich Wohnungslose und schnäuzte sich in die Hand. »Scheißweihnachten. Scheißstaat. Äh ... hast du vielleicht nen Euro übrig, Prinzessin?«

Marlene schüttelte den Kopf.

Der Mann stand auf den Stufen, die hinunter auf die Liebesinsel führten – mit einer senfgelben Decke und mehreren Plastiktüten hatte er sich dort unten im Schutz der Sandsteinmauer eine Holzbank reserviert. »Scheißpunks«, fügte er nun in sachlichem Ton seiner Aufzählung hinzu.

Marlene umging die Sperrbake mit dem Hinweis *Kein Winterdienst!* und stieg die Treppe hinunter. Sie lehnte ihren Rücken gegen den Stamm der Weide, die direkt am Steilufer wuchs, und tippte hoffnungsvoll: Ich bin da.

Am gegenüberliegenden Ufer strebten Passanten der Fleischbrücke oder dem Trödelmarkt zu, aber keiner von ihnen griff nach seinem Handy oder sah zu ihr herüber. Nur ein schmuckes Pärchen, das für die ebenso feisten wie devoten Enten vom Schleifersteg aus Brotkrumen ins Pegnitzwasser warf, steckte tuschelnd die Köpfe zusammen. »Sozialschmarotzer« konnte man hören und etwas über die zunehmende Verwahrlosung öffentlicher Räume.

»Haut ab, ihr Nazis«, rief Marlene halbherzig hinauf und sah dann wieder auf ihr iPhone. Das Display blieb dunkel.

»Weihnachten schenken wir dem Führer ein Kind!«, meldete sich der Wohnungslose zum Thema und grüßte das Pärchen mit gestrecktem Arm. Marlene verdrehte die Augen und senkte den Blick auf ihre Füße, wo die Pegnitz eine ertrunkene Ratte nach Fürth hinuntertrug. Das Wasser hatte den Körper zu einem grotesken Ballon aufgebläht, an dem der schuppige Schwanz wie eine gerissene Schnur hing.

Ist ja voll geil hier, dachte sie und tippte: Wann kommst du?

Er sah sie.

Der kalte Nieselregen hüllte die Liebesinsel in graue Schatten, aber er hatte gute Augen. Sie stand neben dem

Baum, ganz nah am senkrechten, gemauerten Ufer – zu nah, dachte er, ein falscher Schritt, und niemand sieht sie je lebend wieder ...

Das war gut, aber alles andere enttäuschte ihn.

Marlene ... er hatte an Marlene Dietrich gedacht, an blonde Locken und lange Beine. Das Mädchen war jedoch kräftig gebaut; gute siebzig Kilo auf einsfünfundsechzig, schätzte er. Ein kurzer, grünkarierter Schottenrock gewährte freien Blick auf stämmige Oberschenkel in zerrissenen Netzstrumpfhosen über pinken Leggins, dazu trug sie einen schwarzen Kapuzenpulli und klobige Stiefel. Ihr kinnlanges Haar war verfilzt und rot und grün gefärbt – vermutlich verunzierte irgendein Piercing ihr Gesicht ...

Sie entsprach definitiv nicht seinem Beuteschema. Er hatte andere Eisen im Feuer. *Lady in Pink*, wie auch immer sie wirklich heißen mochte, oder *Isabella*. Aber brave Mädchen trafen sich am Heiligen Abend selten mit Fremden, sie saßen mit Mama und Papa unter dem Weihnachtsbaum ... also: *Marlene*.

Er begann, sich an den Gedanken zu gewöhnen. Schließlich lächelte er. War es nicht letztendlich egal, wie sie aussahen?

Der Wohnungslose machte Feierabend und kam die Stufen herunter. Aus einer seiner Tüten zog er eine halb volle oder aus seiner Sicht wohl eher halb leere Flasche Hochprozentiges und eine blaue Plastikplane; mit diesen Requisiten richtete er sich auf der Bank häuslich ein.

Frohe Weihnachten, dachte Marlene.

Dann musterte sie wieder das gegenüberliegende Ufer – es dämmerte bereits, nur noch wenige Menschen waren unterwegs. Alle schienen es eilig zu haben, duckten sich unter ihre Regenschirme und trugen ihre Last-Minute-Weihnachtseinkäufe nach Hause.

Das iPhone ging in den Ruhemodus.

Ich muss bescheuert sein, dachte sie nach einer Weile. Und diese Location ist auch bescheuert.

Wer konnte auf die Idee verfallen, sich auf der *Liebesinsel* zu treffen – so nah am Glühweingetümmel und dem weihnachtlichen Kaufwahn? Vielleicht filmte jemand ihr Elend, und sie konnte es sich später auf YouTube ansehen? Wahrscheinlicher schien ihr jedoch, dass *Che Guevara* sie einfach versetzen würde ... Er sei zwanzig, hatte er geschrieben, lebe streng vegan und spiele Bass in einer Erlanger Band. Natürlich konnte das alles Fake sein – sie war ja nicht blöd. Andererseits war sie auch nicht so hysterisch wie ihre Mutter, die hinter jedem Chatter einen psychisch gestörten Triebtäter vermutete ...

Der Wohnungslose begann zu singen – »Ihr Kinderlein kommet, o kommet doch all« – und dirigierte sich selbst mit der Schnapsflasche.

Yes, dachte Marlene.

Endlich surrte ihr iPhone.

– Ich bin gleich bei dir ..., las sie und entspannte sich ein wenig.

»Hi ... Marlene?«

Der Mann, der vor ihr stand, war deutlich älter als zwanzig – dreißig, fünfunddreißig? –, und obwohl er sich sichtlich um ein junges, cooles Outfit bemüht hatte, war er damit kläglich gescheitert. Still-Alive-Tour alternder Rockstars, Mick Jagger für Arme – für *ganz* Arme.

Marlene schämte sich fremd und schob verlegen die Hände in die Kängurutasche ihres Hoodys.

»Hi«, sagte sie höflich.

»Du siehst toll aus«, behauptete *Che Guevara*, ohne zu erröten. »Nicht, dass mir das wichtig wäre – ich finde schöne Frauen, die nichts im Hirn haben, langweilig. Aber wir haben ja lang genug gechattet, also weiß ich, dass du *einiges* im Hirn hast ...«

Na klar, dachte Marlene und grinste schief. Du bist der Messias, und ich hab morgen ein Covershooting für die *Cosmopolitan* – falls mir keine Nobelpreisverleihung dazwischenkommt ...

Er hatte recht behalten: Ein klobiger Edelstahlring durchbohrte ihre rechte Augenbraue, am linken Nasenflügel hielt sich ein silbernes Teufelchen fest.

Er behielt gerne recht.

Das Mädchen war unmöglich ausstaffiert, aber ihre verhuschte Art gefiel ihm. Alles an ihr sagte: Ich bin dein Opfer.

Er gab sich zerknirscht. »Ich war nicht ganz ehrlich zu dir, aber ich hatte Angst, dass du den Kontakt abbrichst, wenn du erfährst, dass ich ein paar Jahre älter bin als du ...«

Das Mädchen kaute verlegen auf seiner blau angemalten Unterlippe herum. »Schon okay«, sagte sie schließlich leise.

Ihm wurde warm. Er mochte es, wenn sie schüchtern waren, fügsam. Der Penner auf der Bank hatte sich die Decke über den Kopf gezogen und schnarchte laut. Mit einem raschen Blick vergewisserte er sich, dass die Fleischbrücke und der Fußweg zum Trödelmarkt menschenleer waren – alle waren inzwischen zu Hause bei ihren Lieben. Der Heilige Abend war *sein* Abend, und die Liebesinsel war *seine* Insel ...

»Möchtest du woanders hingehen?«, fragte er und lächelte sie an. »Hast du Hunger? Ich kann dich zum Essen einladen ...«

Natürlich würden sie nirgendwo hingehen, aber er wollte, dass sie das, ganz zuletzt, selbst herausfand.

Yes, dachte Marlene. Wir gehen schön essen, du erzählst von deinem aufregenden Leben, offenbarst mir faszinierende Facetten deiner Persönlichkeit und fummelst dabei an meinem Knie rum – was kann schöner sein?

Der Typ hatte offensichtlich einen an der Waffel. Er schien ernsthaft zu glauben, die Welt hätte auf ihn gewartet ...

Vom Fluss flog schnatternd eine Schar Stockenten auf. Es war dunkel geworden, dunkel und kalt, und auf Marlenes Hoody erstarrte das Wasser zu Eis. Sie fror, und sie wollte nach Hause, zu Oma und Opa.

Aber zuerst musste sie den Pädophilen loswerden ...

»Ins *Tasty Leaf*?«, schlug sie vor.

Das *Tasty Leaf* war ein veganes Restaurant hinter dem Hauptbahnhof. Natürlich würde sie mit dem peinlichen Mick-Jagger-Spack *nicht* dorthin gehen. Sie war dort Stammgast, man kannte sie – und man kannte ihre Eltern. Und wenn ihre Mutter je von dieser krassen Schote erfuhr, würde sie ihr bis an ihr Lebensende mit ihrer ätzenden Rechthaberei zusetzen ...

»Natürlich, wenn du möchtest«, sagte er sofort.

Seine Stimme konnte sanft sein, weich wie Samt; er wusste, dass sie seine sanfte Stimme mochten. Seine Worte hatten Macht; sie verschleierten, täuschten, verlockten, betörten ... Er konnte sie in Sicherheit wiegen, solange es ihm gefiel. Das genoss er mehr als alles andere, jedes Mal ... Er dachte an *Chiara*, deren leblosen Körper man aus einem Fürther Wehr gezogen hatte am ersten Weihnachtstag des letzten Jahres, dachte an *Jennifer*, in deren langen Haaren ein Jahr davor die Fische am Heiligen Abend Verstecken gespielt hatten ... Unfall oder Selbstmord?, hatten Polizei und Presse gerätselt – niemand hatte je etwas anderes vermutet.

Er lächelte.

Die Wahrheit war sein behüteter Schatz, sein heiliger Schrein, er allein kannte sie ...

Das Mädchen stand noch immer direkt am gemauerten Ufer, die Hände in den Taschen seines nassen Sweaters, den Blick gesenkt. Diesmal würde es besonders einfach sein ...

Er zuckte zusammen, als vor seinen Füßen etwas am gemauerten Ufer aufschlug und in funkelnde Scherben zerbarst – der verlauste Penner hatte seine leere Flasche nach ihm geschleudert. »Verpisst euch, ihr Asozialen!«, schrie er nun unter seiner Plane hervor. »Ich bin Volksdeutscher, ich habe verdammt noch mal ein Recht auf meinen Nachtschlaf ...«

In den Fenstern über dem Fluss gingen vereinzelte Lichter an.

Das gefiel ihm nicht.

Der Penner strampelte sich aus seiner fleckigen Decke und schwankte zu der Weide, wo er ohne Umstände seine Hose öffnete, um ins Wasser zu pinkeln. »Glotz nicht«, sagte er zu niemand Bestimmtem und begann dann laut zu grölen: »Es ist ein Ros entsprungen aus einer Wurzel zart ...«

Der Urin des Penners plätscherte ins Wasser.

Das Mädchen kicherte.

Ihm wurde wieder warm, aber jetzt war es die andere, die schlechte Wärme. Er hasste Störungen. Er hasste es, die Kontrolle zu verlieren – es machte ihn wütend.

Ein schneller Schritt, ein Stoß gegen die mageren Rippen des Säufers. Ein Ertrunkener mehr, einer, den niemand vermissen würde ...

Marlene sah den Körper fallen. Unwillkürlich dachte sie an die tote Ratte, die nun wohl schon die Fürther Stadtgrenze erreicht hatte. Die Pegnitz, gefangen in ihrem engen, steinernen Bett, strömte kopflos und eilig durch die Altstadt ... Es gab nur wenige Möglichkeiten, irgendwo ans Ufer zu klettern. Ein sehr guter Schwimmer konnte es vielleicht zu einem vorstehenden Stein schaffen und sich dort festkrallen, bis ihm jemand zu Hilfe kam, ihn herauszog ... andererseits war es Mitte Dezember, und der Fluss war sicher arktisch kalt.

Sie starrte ins Wasser, aber dort regte sich nichts außer boshafter Kälte und modrig riechender Finsternis, verspottet vom Spiegelbild eines bunten Weihnachtsmannes, der in einem der Fenster am gegenüberliegenden Ufer hektisch blinkte.

»... wie uns die Alten sungen, von Jesse kam die Art ...« Der Wohnungslose rappelte sich vom Boden hoch, die Hände noch immer am offenen Reißverschluss seiner schäbigen Bundfaltenhose. »Glotz nicht auf meinen Schniedel, Prinzessin«, nuschelte er, dann hielt er sich am Stamm der Weide fest und sah eine Weile mit Marlene zusammen hinunter auf den Fluss. »So was. War das ein Kumpel von dir?«

»Eher nicht.«

»Der wollte unbedingt da rein«, stellte der Wohnungslose etwas verschwommen fest. »Ich konnte grad noch Dings, mich fallen lassen, sonst hätte der mich mitgerissen. Schätze, der hatte ernste Probleme, manche kriegen ja an Weihnachten die Krise oder so ...«

Marlene zuckte die Achseln. »Also ich denke, er ist einfach ausgerutscht. Es ist sauglatt hier mit dem gefrorenen Regen ...«

»Oder so. Äh, da fällt mir ein: Hast du vielleicht nen Euro übrig?«

»Leider nein«, sagte Marlene und zog ihr iPhone aus der Tasche. Mit unterdrückter Rufnummer wählte sie die 110.

»Wasserleiche geborgen – Mysteriöser Tod in der eisigen Pegnitz – Tragischer Unfall oder Selbstmord?«, lauteten die Schlagzeilen einige Tage später. Genau, dachte Marlene, faltete ein Schiffchen aus der Zeitung und ließ es lächelnd über den Küchentisch fahren.

Dann senkte sie den Blick wieder auf ihr iPhone.
– Was machst du Silvester?
– Kein Plan. Du?

THEOBALD FUCHS
WENN DANN DIE KINDERLEIN KOMMEN

Die zwei Polizisten, die dem Streifenwagen entstiegen, waren alles andere als gut gelaunt. Der Grund dafür war nicht, dass sie an Heiligabend Dienst schieben mussten. Die beiden hätten, wären sie geradeheraus gefragt worden, ohne Umschweife zugegeben, dass sie gerne für die jüngeren Kollegen einsprangen, die zu Hause in der stickigen Bude bei Frauen und Kindern sitzen und den alljährlichen Irrsinn über sich ergehen lassen mussten, mitsamt Geschenken und enttäuschten Gesichtern, nörgelnden Schwiegereltern und überdrehten Enkeln, mit Gänsebraten, Besuch des Gottesdienstes und dem Heckmeck um den Weihnachtsbaum.

Stattdessen stapften sie im Unterholz durch den Schneematsch zur Leiche des Srajbr Thomas; zwei Beamte, einer dick und einer dünn. Dabei ist »dünn« wahrscheinlich der falsche Ausdruck. Geradezu dürr war der, der sich noch im Aussteigen eine filterlose Zuban ins erdbeerrote Gesicht steckte. In die Wolke des Rauches, den er nach dem ersten Zug ausblies, sprach er mit aus tiefstem Herzen empfundener Abscheu hinein, er habe schon immer gesagt, dass es keinen größeren Blödsinn in der Welt gebe, als einen Baum abzusägen und ins Wohnzimmer zu stellen. Der andere, der dicke, nachgerade fassförmige Beamte antwortete nicht. Seine Laune war beinahe noch schlechter als die des dürren. Denn er fürchtete um den Streifenwagen, einen nagelneuen VW Passat. Um den Ort des Geschehens zu erreichen, hatten sie das Auto, das nun im Zwielicht und durchs Dickicht kaum noch auszumachen war, auf dem Waldweg, der sich mühsam den Berg heraufgewunden hatte, zurücklassen und den letzten Anstieg zu Fuß erklimmen müssen. Die heftig schnaufenden Staatsdiener sahen sich schon auf dem Rückweg in einer der Schlammkuhlen, aus denen der Forstweg im Wesentlichen bestand, stecken bleiben und auf Nimmerwiederkehr darin versinken.

Der eigentliche Grund für die schlechte Stimmung der beiden nannte sich freilich Kopfschmerzen, die von der Flasche Korn herrührten, welche sie zusammen am Vorabend auf dem Revier geleert hatten. Geradezu perfekt passte dazu die Aussicht auf einen entsetzlich mühsamen Fußmarsch zurück aus dem dichten Wald zur Abzweigung von der Staatsstraße zwischen Vorra und Stöppach und vermutlich noch weiter, bis sie wieder auf die Zivilisation stoßen würden, wo Polizeiautos keine Gefahr liefen, im bodenlosen Morast zu verschwinden. Nasse Schuhe, dünne Uniformjacken, gaffende Bauern – bei all diesen vereinigten Zumutungen der Welt spielte der Anblick der zerschmetterten Leiche, der sich ein abgeknickter Ast tief in die Augenhöhle gebohrt hatte, auch keine Rolle mehr.

Die meisten Leute glaubten es nicht, wenn sie zum ersten Mal hörten, dass der Hackler jedes Jahr zu Weihnachten einen der größten Bäume in seinem Wald fällte, einzig und allein, um die Spitze abzusägen und daheim als Christbaum aufzustellen. Doch ebendies tat er. Jahr für Jahr am Vormittag des Heiligen Abends sägte er eine prachtvolle Fichte um, zwanzig oder fünfundzwanzig Meter hoch, um hinterher dem hingestreckten Riesen die oberste Spitze quasi abzuzwicken und als Weihnachtsbaum nach Hause zu schleppen, in seine warme

Wohnstube, wo er das Fest ganz alleine in Erinnerung an seine tote Frau und seinen toten Sohn feierte.

Das käme Kindsmord gleich, beliebte er zu schimpfen, wenn man ihn fragte, weshalb er keine junge Tanne abschnitt, die doch so zahlreich zwischen den alten Riesen emporsprossen. Und ein Kind umzubringen, sei die größte Sünde, predigte er bei jeder Gelegenheit, die es gebe auf der Welt, weil wer sich an der Unschuld vergreife, der könne sein Verbrechen mit keinem noch so fadenscheinigen Grund mehr entschuldigen. Im Dorf nahm man Hacklers Marotte samt Begründung zur Kenntnis und beließ es dabei. Man mischte sich nicht ein, zumindest, wenn die Belange der Gemeinde nicht betroffen waren. Denn wo käme man denn am Ende noch hin, wenn einer sich in die häuslichen Angelegenheiten eines anderen hineindrängte? Nichts als Mord und Totschlag beschwöre man herauf, und so lächelte man nur ein wenig mitleidig oder abschätzig und ließ den Hackler alte Fichten umsägen. Wobei bisher natürlich noch nie jemand zu Schaden gekommen war, bis eben an diesem matschig grauen Tag eines in den letzten Zügen liegenden Jahres.

Der Dorfarzt, den man gerufen hatte, zuckte nur mit den Schultern, als er die Leiche sah. Da sei nichts mehr zu machen, meinte er knapp, und die Ursache des Todes so zweifelsfrei zu erkennen, wie ob der Hund Flöhe habe. Als man die Leiche mit vereinten Kräften hervorzog, waren acht erwachsene Männer nötig, den Stamm hochzuheben, damit das, was vom Thomas Srajbr aus Enzendorf übrig war, loskam.

Außer diesem hatte sich nur der Hackler im Wald herumgetrieben, als das Unglück geschah. Nachdem der

Baum den Srajbr platt gedrückt hatte, war der Hackler plötzlich alleine, und da es damals, Mitte der Siebziger, noch keinen Funk und kein Handtelefon und nichts gab, schaltete der Hackler den schnarrenden Zweitakter seiner Motorsäge aus, ließ den Toten einstweilen einfach liegen und schaute, dass er, so schnell es eben ging, ins Dorf zurückkam. Das dauerte eine Weile, denn der Hackler war nicht mehr der Jüngste, und dann musste er zunächst dem Schwerdtfeger, den er als Erstes aufsuchte, da der sein Nachbar war, glaubhaft machen, dass ein schlimmer Unfall geschehen sei, was gar nicht so einfach gewesen war, da er, der Hackler, so sehr außer Atem war. Und wie er endlich kapiert hatte, was los war, hatte der Schwerdtfeger den Arzt in Vorra angerufen – wobei es sich wieder einmal als ein Glück erwies, dass er sich im Jahr zuvor einen Telefonanschluss angeschafft hatte, was noch immer eine Rarität war, im Dorf und im ganzen übrigen Tal – und war dann sofort mit dem Hackler aufgebrochen, den steilen, vielfach gewundenen Weg durch den grün-schwarz finsteren Forst, zurück zum Srajbr, der es sich unter dem Baum bequem gemacht hatte. Seine schwachsinnige Tochter hatte der Schwerdtfeger nur ungern alleine zurückgelassen, denn die Dreißigjährige fürchtete sich wie ein kleines Kind vor der Dunkelheit. Er versprach, ganz bald wieder zu Hause zu sein, und sah zu, dass er dem Hackler hinterherrannte, der schon zwischen den ersten Bäumen verschwand.

Sie hätten sich freilich gar nicht beeilen müssen, denn der Srajbr hatte nicht im Geringsten daran gedacht, sich heimlich davonzumachen, wie wenn er zum Beispiel jemandem einen Schrecken einjagen gewollt hätte. Im Gegenteil: Schon ziemlich abgekühlt lag er regungslos noch an exakt derselben Stelle unter dem Baum, an der ihm der Ast ins Auge gerammt war, was dem Haufen Männer aus dem Dorf, die bald im Gefolge des Arztes hinterhergekommen waren, zusätzlich ziemliche Schwierigkeiten bereitete, weil der Ast durch dem Srajbr seinen Schädel hindurch wie festgenagelt im Boden stak.

Die beiden Polizisten und der Arzt hatten sich vornehm im Hintergrund gehalten. Bäume heben war nicht ihr tägliches Geschäft, sodass sie die Bergung nicht mit ihrer Ungeschicklichkeit verkomplizieren wollten, wie es der Arzt begründete. Danach jedoch packten die Beamten mit hin: der Dürre zog einen schwarzen Lederhandschuh über die linke Hand, damit er die rechte noch für die Zigarette frei behielt, und wendete den toten Körper an einem der schlaffen Arme ziehend so hin und her, dass der Dicke, der ächzend in die Hocke gegangen war, den besten Blick auf die beschädigten Partien hatte. Der Kopf des Srajbr wackelte dabei fürchterlich hin und her, da das Genick an mehr als einer Stelle gebrochen war, und man sah, dass am Hinterkopf ein dicker Batzen Blut das Haar verklebte. Jene, die sich während der folgenden Tage über das, was sie gesehen hatten, austauschten, entdeckten, dass nahezu dem ganzen Häuflein Zuschauer das Bild einer toten Maus vor Augen stand, die die Katze im Morgengrauen auf den Fußabstreifer legt. Nein, hier kam jede Hilfe zu spät, das sahen alle ein, die betreten in gebührendem Abstand zum Toten herumstanden, an dem die Fachmänner ihre Kunst verrichteten.

Der Schwerdtfeger machte den Vorschlag, dass es sicherlich noch einiges zu bereden gebe, zwischen der Polizei und dem Hackler, der ja der einzige Zeuge gewesen sei, und dass es um einiges angenehmer sei, alles in einem warmen Zimmer zu bereden, als im ungemütlichen Wald zwischen den plappernden und gierig glotzenden Ratschweibern, die inzwischen eingetroffen waren. Die beiden Polizisten stimmten sofort zu, zumal bereits die Dämmerung anbrach, sozusagen die heilige Dämmerung. Nur die Spitze der Fichte würde der Hackler in diesem Jahr nicht mitnehmen dürfen, die müsste am Tatort bleiben, für die Spurensicherung, die rein pro forma, wie der Dicke sagte, am anderen Tage »alles das« dokumentieren und begutachten würde.

Anneliese, die Schwerdtfegertochter, saß auf der Ofenbank in der Wohnstube, als die Männer zurückkehrten aus dem Wald. Mit weit aufgerissenen Augen starrte sie auf die beiden Polizisten, die sich nicht setzen wollten, wie ihnen der Schwerdtfeger anbot, der seine Stiefel anbehielt, als er sich selbst am Tisch niederließ und mit zitternden Händen die Flasche und zwei Gläser, eines für den Hackler und eines für sich selbst, vom Fensterbrett nahm.

Nachdem sie getrunken hatten, fiel dem Hackler auf, dass die Polizisten recht neidische Grimassen machten und wohl auch durchaus Grund hatten, sich für bedenklich durchgefroren zu halten, also forderte er den Schwerdtfeger auf, den Beamten auch einen Schluck vom selbst gebrannten Schlehengeist anzubieten, was dieser auch tat. Allerdings nicht, ohne dem Dürren zu bedeuten, die Zigarette, die dieser aus der Jackentasche zog, nicht anzuzünden. Wegen der Tochter, fügte er hinzu, er wolle nicht, dass in Annelieses Gegenwart geraucht würde.

Die Befragung geriet dann auch recht kurz und wurde formal durch eine weitere Runde Schnaps abgeschlossen. Die einzige Frage, bei der der Schwerdtfeger einen nennenswerten Beitrag leisten konnte, war, ob der Srajbr Streit gehabt habe mit irgendjemandem, ob er sich vielleicht unbeliebt gemacht habe. Ehe er antwortete, stand der Schwerdtfeger auf und führte seine Tochter hinaus, indem er sie ganz behutsam, aber mit festem Griff in die Höhe zog und Schritt für Schritt zur Tür drängte.

Da sie auch nur Menschen und somit neugierig waren, fragten die Beamten, »einfach so und aus Interesse«, wie sie sagten, was nicht stimme mit der Tochter des Bauern. Und so erfuhren sie vom Hackler, dass die Anneliese als kleines Kind, noch ehe sie zur Schule gehen gemusst hätte, eine schwere Gehirnhautentzündung durchstehen habe müssen, nicht nur sie, sondern fast wie bei einer regelrechten Epidemie zugleich vier oder fünf andere Kinder in der Gemeinde. Das sei nun auch schon über fünfundzwanzig Jahre her, und da hatte in Vorra noch der alte Doktor Finderle praktiziert, ein ehemaliger Feldscher bei der Wehrmacht, dem man nachsagte, er habe seinen Arztbrief aus den Trümmern eines zerbombten Hauses in Nürnberg gezogen.

Mit nichts als einem Rucksack und seinem dicken Soldatenmantel sei der Finderle 1946 oder 1947 zu Fuß von Hohenstadt heraufgekommen, übrigens in Begleitung des Schwerdtfegers, der damals mit dem Finderle zusammen aus der Gefangenschaft entlassen worden sei. Der Feldscher habe nicht mehr zurück nach Pommern gekonnt noch gewollt, wo seine Familie samt und sonders zugrunde gegangen war.

Ganz grundsätzlich hätte ja auch nichts dagegengesprochen, dass der Finderle sich um die Bauern und ihre Sippschaft kümmerte, denn was gab es in jener Zeit schon für komplizierte Erkrankungen, die einen studierten Spezialisten erfordert hätten? So gut wie nichts nämlich, die Leute starben am Herzkasper oder dem Sekundentod, und wenn sie erkältet waren, legten sie sich drei Tage ins Bett und standen hernach putzmunter wieder auf. Der überwiegende Großteil der Fälle, zu denen er gerufen wurde, waren sowieso Verletzungen bei der Arbeit auf Feld und Wiese. Oder im Wald.

Als er solchermaßen erzählte, reckte der Hackler den kleinen Finger seiner linken Hand in die Luft – oder besser gesagt: den kurzen, knolligen Stumpf, der ihm geblieben war. »Hier«, sagte er, »hier hat mich der Finderle behandelt, einwandfrei, ich habe keinen Grund zur Beschwerde.«

Den Finger zwischen zwei Felsbrocken eingequetscht, im Steinbruch, nicht mehr von einem Fleischbrei zu unterscheiden. Also der Finderle nicht lange gefackelt, schneidet die Haut sauber im Kreis herum auf und stülpt sie, wie bei einer Hartwurst, ein Stückchen um. Dann mit der Kneifzange den Knochen durch und das Ganze mit einem Bindfaden zugenäht. Er habe alles mit angesehen, da war man nicht zimperlich, und nach drei Tagen seien die Schmerzen verschwunden gewesen, und er habe wieder arbeiten können.

Die anderen Ärzte, die später die Schwerdtfegerin, Annelieses Mutter, vergeblich behandelten, hätten den Fehler, den Finderle bei der Tochter begangen hatte, freilich nie wiedergutmachen können. Und man darf bloß nicht zu ungerecht sein, weil ein anderer Doktor vielleicht auch nichts weiter getan hätte, als strenge Bettruhe zu verordnen. Und immerhin hatten alle Kinder überlebt, obwohl es zwischendurch nicht gut aussah während der tagelangen Fieberkrämpfe bei einundvierzig Grad unter der Achsel. Die geistige Entwicklung habe halt etwas gelitten, beziehungsweise sie sei zum Stillstand gekommen, sodass der Verstand der Kinder bis heute auf der Stufe von Vierjährigen verharre. Daran, dass Schwerdtfegers Frau lange vor ihrer Zeit an einem übellaunigen Unterleibsgeschwür gestorben war, dürfte das Unglück mit der Gehirnhautentzündung der Tochter nicht unbeteiligt gewesen sein. Zumindest sei das ganze Dorf davon überzeugt.

Und dann kehrte auch schon der Schwerdtfeger zurück in die Stube und antwortete so, wie er es sich draußen sorgfältig zurechtgelegt hatte. Dass der Srajbr unbeliebt gewesen sei, stehe völlig außer Zweifel, sagte er laut und deutlich, die Herren von der Polizei dürften ruhig davon ausgehen, dass der Srajbr mit fast jedem Dorfbewohner über Kreuz gelegen habe.

Und ja, gestand der Schwerdtfeger, auch er habe mit dem Srajbr gestritten, erst vorgestern, das wolle er gar nicht leugnen. Es sei aber nur um den Baum gegangen, weil der Srajbr nicht begreifen wollte, dass man keinen jungen Baum ohne triftigen Grund fälle, weil er noch ein Kind sei. Der Schwerdtfeger vertrete da hundertprozentig die gleiche Meinung wie der Hackler, versicherte er, und umgekehrt habe der Srajbr vielleicht gar nicht gewusst, dass auch dem Hackler einst ein schwerer Schicksalsschlag widerfahren war, als dessen Sohn im Kindesalter noch ertrunken sei. Man habe die Sache schließlich auf sich beruhen lassen, weil er, der Schwerdtfeger, den Srajbr ja doch hätte bitten müssen, an seiner statt beim Baumfällen zu helfen, denn sein Ischias sei dieser Tage ganz fürchterlich.

Dann sei es zu dem Unglück gekommen, das er noch gar nicht fassen könne, so der Schwerdtfeger, und auch der Hackler konnte überhaupt nicht verstehen, wie das alles hatte geschehen können, weil der Srajbr sei im letzten Augenblick da hingetreten, wo der Baum gleich darauf auf den Boden schlug, rein gar nichts mehr habe er dagegen unternehmen können, rief der Hackler laut aus, als stünde er bereits vor dem Jüngsten Gericht.

Und dann standen sie da, die beiden alten Männer, Schwerdtfeger und Hackler, und sahen sich mit einem Mal ganz fürchterlich ähnlich, mit den tiefen Falten in den struppigen Wangen und in ihren zerfledderten Arbeitskitteln und den großen abgearbeiteten Händen und dem erkalteten Blick von Männern, denen das Leben vieles verweigert und obendrein einiges genommen hatte. Zwei alte Männer, nach vielen Jahrzehnten als Nachbarn und Freunde, inzwischen fast Geschwister, sodass das Missgeschick, das dem Hackler unterlaufen war, auf dem Gewissen aller beider zu lasten schien.

Ein paar Minuten lang sprach keiner mehr, dann wünschten die zwei Polizisten noch frohe Weihnachten und tappten durch den finsteren Hausgang zum Streifenwagen, der draußen in der diesigen, klebrig-kalten Nacht brav wie ein treuer Hofhund auf seine Herren gewartet hatte.

Zurück im warmen Revier in Hersbruck, in der Amberger Straße, nicht weit von der Baumschule Geiger, wo unzählige Büsche und junge Bäume säuberlich hinaus in die Pegnitzwiesen in lang gezogenen Reihen gleichsam strammstanden, begannen die beiden Wachtmeister mit der in solchen Fällen notwendigen Papierarbeit. Während der Dürre die eigenen Beobachtungen und die Aussagen des Zeugen Hackler sowie einiger anderer indirekt

Beteiligter wie dem Arzt per Einfingersuchsystem in die Schreibmaschine hackte, führte der Dicke ein paar Telefongespräche.

Am Ende schien alles klar zu sein, und dennoch erhob eine vielköpfige Schlange des Zweifels ihr hässliches Haupt. Nicht nur der dicke Polizist fragte sich, wieso einer, der jedes Jahr eine riesige Fichte fällt, so einen kapitalen Fehler macht und damit versehentlich einen jungen Kerl aus Enzendorf erschlägt. Einen Kerl, über dessen Anwesenheit im Wald und unter der Fichte alle Gaffer sich dem dürren Polizisten gegenüber verwundert geäußert hatten: Was der faule Hund da denn überhaupt zu suchen gehabt habe, war noch die harmloseste Bemerkung. Ein schlechter Ruf folgte dem Srajbr bis über den Tod hinaus. Das Auto schon dreimal besoffen in den Graben chauffiert, bei der Bundesbahn wegen Diebstahls von Betriebsmaterial entlassen worden, aus dem Elternhaus geflogen und im Wirtshaus als windiger Großsprecher und Randalierer verschrien.

Und fast eine Anzeige verpasst bekommen, weil er die Schwerdtfegertochter verprügelt habe. Was jedoch nie ordentlich untersucht worden war, weil die Nachbarin ihre Drohung nicht wahr gemacht hatte. Das war letztes Jahr gewesen.

Über diese Zweifel hinaus blieben die Feiertage ruhig und ereignislos, fast so, als läge das ganze Nürnberger Land nach den Abertausenden Weihnachtsgänsebraten in einem besinnlichen Verdauungskoma. Am ersten Weihnachtstag und auch am zweiten gab es »keine Vorkommnisse«, wie der Eintrag im Wachtagebuch vermerkte, den der dürre Polizist akribisch mit seiner Grundschülerschrift notierte.

Zumindest keine äußerlichen Vorkommnisse. Denn innerlich arbeitete es in den beiden Beamten, die Sache mit dem Toten unter dem verhinderten Weihnachtsbaum ließ ihnen keine Ruhe. Nun darf man freilich nicht meinen, sie hätten darüber miteinander geredet, am Ende sogar noch lebhaft diskutiert. Nein, sie sprachen während der Feiertage, während sie – wie nicht anders zu erwarten – den Betrieb in der Polizeiwache aufrechterhielten, nur das Allernotwendigste. »Bin mal kurz Zigaretten holen.« Oder: »Auch ein Glas?« Oder: »Es ist wieder kälter geworden, eine Blutschweinerei ist das.«

Dann, am Sonntag, dem 27. Dezember, gegen Mittag, hielten sie es nicht länger aus. Als der Dicke gerade das letzte der Butterbrote, die er in seiner Aktentasche von zu Hause mitgebracht hatte, verschlungen hatte und die Krümel mit seiner weichen, rundlichen Hand von der grünen Schreibunterlage wischte, stand der tiefblaue Dunst bereits so dicht in der Wachstube, dass das Licht der Schreibtischlampen wie das diffuse Leuchten einer Laterne im Nebel kaum noch bis zu den Aktenschränken in die Ecke drang. Der Dünne warf einen traurig-trauernden Blick auf die schon halb geleerte Flasche Kognak seines Kollegen und erklärte unvermittelt: »Ich sag's, wie's ist: Wir sollten mal eine Runde rauf nach Artelshofen fahren und beim alten Dorner nachschauen, ob der schon am Rad dreht.«

Der alte Dorner war der Behörde im Landkreis wohlbekannt, und besonders an den Tagen vor Silvester erinnerten sich nicht wenige Menschen aus dienstlichen Gründen an ihn. Er lebte zusammen mit seiner Frau, die noch verhutzelter und zusammengeschrumpelter als er selbst war, in einer niedrigen Hütte, aus Holz und Lehm erbaut, inmitten seines verwahrlosten Anwesens, das direkt an den Rumpelbach grenzte. Ungepflegte Obstbäume, krumm und schwarz, diverse Haufen an Unrat und Abfällen, die verrosteten Überbleibsel uralter Landmaschinen, zwischen denen mannshoch die Brennnesseln wucherten, ein im Wesentlichen mit geilem Unkraut zugewucherter Gemüsegarten – das alles trug nicht gerade dazu bei, das Ansehen des Dorner-Bauern im Dorf zu verbessern.

Wovon dieser selbst vermutlich nicht einmal Notiz nahm, denn er galt schon seit unvordenklicher Zeit als komplett verblödet und unzurechnungsfähig. Das Landratsamt in Lauf an der Pegnitz, das einem Bauern die Fahrerlaubnis praktisch niemals komplett entzog, hatte dem Dorner gestattet, im ersten Gang oder rückwärtszufahren, also nur im Schneckentempo, und nicht mehr. Man hatte kurzerhand die anderen Schlitze im Boden vor dem Sitz im Fahrerhäuschen des Bulldogs, in die der stählerne Schalthebel einrastete, von Amts wegen zuschweißen lassen, sodass der Dorner seiner alten Gewohnheit treu bleiben konnte, Passanten, denen er begegnete, während er gemächlich durchs Dorf hinauf zu seinen Feldern tuckerte, den Hitlergruß entgegenzuschmettern. Und für die Schulkinder, die allmorgendlich am Windfang der Bushaltestelle, die am gegenüberliegenden Ufer gelegen war, auf den Bus warteten, gab es kein amüsanteres Spektakel als das alte, bucklige Männlein, das mit einer blauen und zerrissenen Hose angetan und in Gummistiefeln allmorgendlich kurz nach Sonnenaufgang aus dem Haus trat und sich vor den Augen aller wartenden Schüler in den Salat hockte, um seine große Notdurft zu verrichten.

So weit also alles harmlos und eher fränkisch-rustikal. Doch wenn, wie jedes Jahr, die ersten Pyromanen schon drei Tage vor Silvester nicht mehr an sich halten konnten und regelmäßig Donnerschläge das Tal hinauf- und hinabgrollten, rastete der alte Dorner regelmäßig aus. Sei es, dass der Granatsplitter, der ihm seit 1943 im Kopf steckte, ihn gnadenlos zwickte und quälte, sei es, dass er aus Russland eine grundsätzliche Abscheu gegenüber jeglicher Art von Feuerwerk mitgebracht hatte – dem Dorner bekam Silvester überhaupt nicht gut. Bei allem Verständnis konnte es andererseits auch nicht angehen, dass er infolge seiner persönlichen Probleme andere Menschen gefährdete, indem er mit seinem Karabiner durch den Gemüsegarten robbte und sein Haus gegen die Krähen und Raben verteidigte, die in den kahlen Obstbäumen hockten und ihn verspotteten. Ein freundschaftlicher Besuch der staatlichen Ordnungshüter ergab vor diesem Hintergrund durchaus Sinn und hatte sich in den letzten Jahren bewährt.

Kaum ein anderes Fahrzeug war unterwegs auf der Staatsstraße von Hersbruck hinauf ins nördliche Pegnitztal, über Hohenstadt an Eschenbach vorbei durch Alfalter, Düsselbach und Vorra bis nach Unterartelshofen. Draußen fiel grauer Schneematsch vom Himmel, die Sonne versteckte sich hinter einer vergilbten Gardine, die über dem Höhenzug im Westen hing, doch unter dem jüngst ausgewalzten Teer der Neubaustrecke waren die Schlaglöcher und ausgefahrenen Kurven verschwunden; es war warm im Streifenwagen, sodass die Fahrt durchaus angenehm verlief. Das alte Hutzelmännchen erwies sich als absolut entspannt und freute sich sogar ein wenig über den verspäteten Weihnachtsbesuch der Uniformierten, die ihm versicherten, eventueller Gefechtslärm, den er in den nächsten Tagen bemerken möge, rühre von einer ganz normalen Übung her, kein Grund zur Beunruhigung, und er solle sich noch mal dringend überlegen, ob er nicht sein Gewehr bei Gelegenheit am Landratsamt abgeben wolle.

Und weil sie schon die weite Reise auf sich genommen hatten, schauten die beiden Wachtmeister noch beim drei Gehöfte entfernt gelegenen Anwesen des Schwerdtfegers vorbei, zumal sie Licht brennen sahen in der großen Stube und drinnen den Hackler am Tisch sitzen und heftig mit seinem Nachbarn sprechen.

Es wäre also falsch, den Besuch, der mit einem großen Geständnis endete, als etwas anderes als absolut spontan und zufällig zu bezeichnen. Höchstens eine gewisse Neugier ließe sich erneut diagnostizieren, die die beiden Beamten dazu veranlasste, an der Haustür zu klopfen und, als der Schwerdtfeger öffnete, einzutreten und am Tisch Platz zu nehmen, wo schnell zwei Schnapsgläser standen und mit Schlehengeist gefüllt waren.

Die beiden Alten waren natürlich alles andere als abgebrühte Kriminelle. Sie warfen sich einander gehetzte Blicke zu, die den Polizisten nicht entgehen konnten, und warteten gespannt, dass die Beamten das Gespräch eröffnen würden. Die hatten allerdings viel Zeit mitgebracht und schwiegen sich routiniert aus, wie sie es jahrein, jahraus auf der Wache geübt hatten.

Bis dann die Anneliese in die Stube trat und kindlich stammelnd fragte, wer die fremden Männer seien, die aus dem Dunkel gekommen seien. Sie schmiegte sich an ihren Vater und warf aus der Deckung seiner schützenden Schulter heraus den Beamten einen hasserfüllten Blick zu.

Die Polizisten seien nur gekommen, um auf das Haus aufzupassen, sagte der Schwerdtfeger, um sie zu beruhigen, und er bringe sie wieder nach oben, ins Bett, denn es sei ja schon spät, und sie müsse jetzt brav schlafen.

Als er und seine Tochter den Raum verlassen hatten, seufzte der Dicke tief, während sich der Dürre eine Zigarette anzündete. Dann richtete der Dünne endlich das Wort an den Hackler.

»Das Kind ist vom Srajbr, stimmt's?«

Er sprach leise und in ganz mildem Tonfall, als bedauere er selbst, dass er das Thema anschneiden musste. Und er fuhr fort: »Wäre es da nicht besser gewesen, ihn leben zu lassen, damit er sich kümmern kann?«

Da konnte der Hackler nicht mehr an sich halten und erzählte alles. Es war am Tag vor Heiligabend zu einem Streit gekommen zwischen dem Vater Schwerdtfeger und dem Srajbr. Der hatte die geistig behinderte Tochter des Schwerdtfegers geschwängert, jedoch vehement gefordert, dass das Kind abgetrieben würde, und gedroht, dass er es sonst nach der Geburt im Kübel ertränken werde. Daraufhin war es zu einer Rangelei gekommen, der Schwerdtfeger hatte dem ehrlosen Mistkerl eine ordentliche Watschen verpassen wollen, aber der Srajbr stolperte rückwärts über ein paar Holzscheite und knallte mit dem Kopf an die gusseiserne Ofentür.

Der Hackler half dann dem Schwerdtfeger, die Leiche in den Wald zu schleppen. Dort ließ Schwerdtfeger eine riesige Fichte meisterhaft auf den Kadaver krachen. Denn was die beiden Polizisten nicht wissen konnten: Der Schwerdtfeger konnte noch viel besser Bäume umlegen als der Hackler. In ein vollbespanntes Hopfenfeld hinein könnte der Schwerdtfeger eine jede Kiefer krachen lassen, so der Hackler voller Anerkennung, ohne dass auch nur eine Stange wackeln würde.

Der Schwerdtfeger war bald zurückgekommen, hatte sich stumm hingesetzt und zugehört, als verlese der Hackler wie der Gemeindeausrufer den beiden müden Polizisten nichts anderes als eine Erklärung, die er zuvor niedergeschrieben hatte. Und nicht nur, weil dem Hackler und dem Schwerdtfeger währenddessen mehrmals Tränen der Reue und der Rührung und der Trauer um tote Kinder und Ehefrauen über die graustoppeligen Wangen kullerten, rührten sie ganz zu unterst an die Herzen der beiden Beamten. Ja, und sogar ein bisschen Hochachtung hatten die beiden Beamten vor den alten Herren, die so präzise Bäume auf den Boden legen konnten, als seien es Mikadostäbchen.

Und was soll man sagen? Es gibt keine Gerechtigkeit in dieser Welt und keine Bestimmung. Womöglich könnte das Konzept der Hindus vom guten und vom schlechten Karma eine Erklärung liefern, wie alles ausging, aber wahrscheinlich war es schlicht und einfach entscheidend, dass Weihnachten war und die beiden Polizisten fanden, dass sich um diesen Fall eine höhere Gerechtigkeit kümmern solle, und niemand sonst. Die Schwerdtfegertochter brachte im April einen kerngesunden Jungen zur Welt. Die beiden alten Männer kümmerten sich liebevoll, als wären sie die Großeltern. Was ja genau genommen nur für den Schwerdtfeger zutraf, gegen den niemand Anklage erhob.

Und so richteten sie sich den Umständen und ihren Möglichkeiten entsprechend ein, wie wir modernen Menschen sagen. Zwei alte Nachbarn, die ihr ganzes Leben lang befreundet waren. Im Märchen heißt es am Ende immer, sie lebten glücklich und zufrieden, und wenn sie nicht gestorben sind, dann leben sie noch heute. Im Prinzip also ging alles wie im Märchen aus, ja, fast wie im Weihnachtsmärchen.

Außer dass Anneliese Schwerdtfeger bei der Geburt starb, wie es die Ärzte im Hersbrucker Krankenhaus bei der ersten Vorsorgeuntersuchung prophezeit hatten. Aber Srajbr, den der Gynäkologe in der Kreisstadt dringend vor der Gefahr gewarnt hatte, hatte die Tochter nicht retten können. Der Srajbr hatte sie aufrichtig geliebt, aber die Alten hatte er vollkommen falsch eingeschätzt. Der Schwerdtfeger hätte nämlich jedes Risiko in Kauf genommen, um Großvater zu werden, denn: Wer würde wohl sonst den Hof übernehmen, wenn er einmal nicht mehr wäre?

CHRISTIAN KLIER
NAHTOD, MEHRFACH

Es war kalt, bitterkalt, doch er spürte Hitze. Eine Hitze, die aus seinem Hirn pulsierte und in den ganzen Körper ausstrahlte. Er wartete hinter einer Ecke an der Kirche, starrte in den fallenden Schnee hinein und hielt das Messer umklammert, direkt neben dem Herzen, von seinem Mantel verdeckt. Plötzlich hörte er Schritte. Sie kamen näher. Dann sah er sie im Schein einer Straßenlaterne. Mit schnellen Schritten verließ er sein Versteck. Als er nah genug war, stach er zu.

Bertil Schlaudrauf nahm seine Finger von der Tastatur und blickte auf den Computerbildschirm. Was er gerade geschrieben hatte, war Mist. Ganz großer Mist. Zutiefst banal, völlig geist- und einfallslos. Tausendmal beschrieben in unzähligen Kriminalromanen.

Bertil Schlaudrauf hieß in Wirklichkeit Christoph Müller. Zu Beginn seiner Schriftstellerkarriere hatte ihm sein Verlag das Pseudonym Schlaudrauf verpasst, doch schlau drauf, das war er schon lange nicht mehr. Vielmehr erfüllte ihn seit geraumer Zeit eine Inspirationslosigkeit, die sich Tag für Tag stärker ausbreitete und ihm große Angst machte. Eine Angst, die er, wenn sie unerträglich wurde, regelmäßig mit Alkohol zu betäuben versuchte. Was nur im Ansatz gelang. Das Problem blieb bestehen, und vielleicht gab es nur eine Möglichkeit, dieser Sache Herr zu werden.

Bertil stand auf und ging zum Fenster. Draußen stoben die Schneeflocken umher, umwölkten das leuchtende Arrangement aus Rentieren, Schlitten und Weihnachtsmann, das sich auf dem gegenüberliegenden Grundstück befand.

Er hatte die Nase voll von seinen platten Beschreibungen, von der Trivialität der Handlungen, die er Tag für Tag niederschrieb. Wo war der Schaffensrausch der ersten Zeit abgeblieben? Die Einbildungskraft, die ihn vorangetrieben hatte und die in der Lage gewesen war, einzigartige, bedeutende Texte hervorzubringen?

Je mehr er darüber nachdachte, desto unvermeidlicher erschien ihm die Umsetzung dieser einen Idee, die er schon seit Wochen mit sich herumtrug: Wenn man einen Mord treffend in Worte fassen wollte, so blieb im Grunde nichts anderes übrig, als ihn selbst zu begehen.

Es half nichts, sich immer wieder den Kopf zu zerbrechen und in Selbstmitleid zu baden, dachte er und ging in die Küche. Als er das Messer mit der längsten Klinge aus dem Block nahm, stand sein Entschluss fest.

***

Rebecca Kauner war Krankenschwester. Und sie liebte ihren Beruf. Konnte es etwas Schöneres geben, als leidenden Menschen ein wenig Freude und Linderung zu verschaffen?

Sie blickte auf die junge Frau, die vor ihr im Krankenbett lag. Von ihren Armen gingen Schläuche und Kabel weg, teilweise an elektrische Geräte angeschlossen, teilweise an Infusionsbeutel, die bei der Wiederherstellung ihres Körpers halfen. Rebecca sah auf das Namensschild am Fußende des Bettes. »Sabine«, hauchte Rebecca leise.

Sabine war vor drei Tagen eingeliefert worden. Ein Fußgänger hatte sie entdeckt. Sie war leblos im Schnee gelegen und hatte stark geblutet. Jemand hatte versucht, die Frau zu erstechen. »Sabine«, murmelte Rebecca wieder. »Ich werde dir helfen. Du wirst das Licht sehen, und du wirst verstehen«, sagte sie und fasste in ihre Tasche. Als sie die Nadel auf die Spritze gesteckt hatte, griff sie ein zweites Mal in die Tasche. Die Ampulle. Gilurytmal, vierzig Milliliter.

Nachdem sie das Mittel gespritzt hatte, entzündete sie zwei Kerzen an dem Adventskranz, der auf einem nebenstehenden Tisch stand. Gestern war Sonntag, dachte sie, und blies das Streichholz aus. Sie hatte Kaffee getrunken mit ihrem Bruder und ihrer Schwägerin. Es hatte leckeres Weihnachtsgebäck gegeben. Danach war sie nach Hause gefahren und hatte an ihrem Buch weitergeschrieben. Es würde ein gutes Buch werden, da war sie sich sicher. Ein grandioses, ein einzigartiges Buch.

Noch einen kurzen Moment blickte Rebecca in die Flammen der Kerzen. Dann wandte sie sich der Patientin zu, kontrollierte Puls und Atem. Schwächer, stellte sie fest. Doch noch nicht schwach genug. Sie griff nach der Infusionspumpe und drehte sie auf null.

Kurz bevor der Überwachungsmonitor Alarm auslöste, blies sie die Kerzen aus. Wenige Sekunden später wurde die Tür aufgerissen. Eine Krankenschwester, gefolgt von einem Arzt.

»Kein Druck mehr!«, rief Rebecca panisch.

Der Arzt öffnete der Patientin die Lider und überprüfte mit einem Leuchtstift, ob ihre Augen noch reagierten. Dann sah er auf die Überwachungsgeräte. »Herzkammerflimmern«, sagte er knapp. »Einen Defibrillator. Schnell!«

Während die Kollegin aus dem Zimmer rannte, drehte Rebecca in einem unbeobachteten Moment die Infusionspumpe wieder hoch. Niemand hatte etwas bemerkt. Rebecca lächelte. Zum ersten Mal an diesem Tag.

Wenige Stunden später, während ihrer Mittagspause, schlenderte sie auf die Intensivstation. Es dauerte nicht lange, bis sie fündig geworden war. Sabine lag in einem Krankenbett auf dem Flur. Rebecca nahm die Hand der beinahe Gestorbenen, öffnete sanft die Finger und schob ein Kärtchen dazwischen. *Selbsthilfegruppe Nahtod* stand auf dem Papier. »Auf bald, Sabine«, flüsterte sie und strich der Schlafenden zärtlich durchs Haar, bevor sie die Station verließ.

***

»Das war großartig, ganz großartig. Geradezu überwältigend!« Rebecca lächelte und kniff die Augen zusammen, auf eine Art, die sich kokett ausnahm. Dann legte sie dem Autor das Buch hin. Bertil Schlaudrauf fragte: »Ist es für Sie?«
»Ja, für mich.«
»Und wie heißen Sie, wenn ich fragen darf?«
»Rebecca.«
Während Bertil eine persönliche Widmung vorn ins Buch schrieb, schwärmte Rebecca von den Stellen, die ihr besonders gut gefallen hatten. »Am Anfang, wo Sie den Tod der Frau, dieser Lehrerin, schildern, das kommt mir vor, als hätten Sie sich mit Nahtoderfahrungen beschäftigt. Wie sich ihr Geist, ihre Seele vom Körper trennt. Wie sie aus einer höheren Perspektive auf sich selbst blickt, umringt von denen, die sie getötet haben.«

»Da haben Sie ganz recht. Ich habe mich mit entsprechender Literatur beschäftigt, bevor ich die Szene verfasste.«

»Ich kenne mich aus mit Nahtoderfahrungen.« Sie fuhr sich durchs Haar. Eine Bewegung, von der man nicht wusste, ob sie unsicher oder selbstbewusst wirken sollte.

»Tatsächlich?« Bertil runzelte die Stirn und warf einen Blick auf die anderen Lesungsgäste, die hinter Rebecca anstanden und auf eine Widmung oder ein Autogramm warteten.

Sie kramte in ihrer Handtasche. Schließlich zog sie ein Kärtchen hervor und legte es auf den Tisch. »Ich leite eine Selbsthilfegruppe für Leute mit Nahtoderfahrung. Wenn es Sie interessiert, können Sie gerne vorbeischauen. Ich würde mich freuen.«

***

Die Aktion hatte nicht das gebracht, was Bertil sich erhofft hatte. Er hatte zwar die Gewalt erlebt, die ein Mörder empfindet, wenn er sein Opfer überwältigt, aber aus Angst, entdeckt zu werden, war er letztendlich weggerannt. Hatte den Todeskampf nicht beobachten und nachempfinden können. Und außerdem war die Sache irgendwie doch viel zu einfach gewesen. Zumindest rein technisch. Mit dem Messer zustoßen, fertig. Zu einfach, zu banal. Beinahe noch banaler als die schlechten Geschichten, die er in letzter Zeit zu Papier brachte. Kurz und gut: Sein Versuch, sich inspirieren zu lassen, war fehlgeschlagen. Vielleicht musste er es das nächste Mal anders angehen. Auf eine langsamere, bedächtigere Art. Näher dran sein und genau beobachten. Aus seiner Enttäuschung heraus hatte sich Bertil dazu entschieden, die Selbsthilfegruppe »Nahtod« aufzusuchen. Er hatte dringend etwas Ablenkung nötig.

Es war am Dienstag nach dem dritten Advent, als er die mit Tannenzweigen geschmückten Türen des Gemeindehauses Haderlingen öffnete. Es roch nach Punsch. Um einen niedrigen Tisch, auf dem ein paar Tassen standen, saßen neben Rebecca eine Handvoll Leute. Sie stellten sich der Reihe nach vor, mit Vornamen. Dieter, Brigitte, Claudia, Helmut und Sabine. Zuletzt war er selbst dran.

Es berichtete Sabine. Sie war vor knapp zwei Wochen von einem Unbekannten niedergestochen worden. Während Sabines Krankenhausaufenthalts war es zu Komplikationen gekommen, man hatte sie wiederbeleben müssen. »Mein Ich, meine Seele verließ meinen Körper. Ich konnte das Krankenbett, in dem ich lag, von oben sehen. Ich konnte auch in die Krankenzimmer und Räume um mich herum sehen. Ich sah Rebecca, die neben meinem Bett stand, den Arzt mit dem Defibrillator und die andere Schwester. Das Gefühl war überwältigend und unendlich schön. Eine Stimme sprach zu mir. Ohne Worte. Sie sagte: ›Komm!‹, und ich wollte dieses Leben verlassen. Dieser Abschied, dieser Weggang vom Diesseits, er war überhaupt nicht schwer oder traurig. Im Gegenteil, ich dachte ...«

Erleichtert stellte Bertil fest, dass Sabine ihn offensichtlich nicht wiedererkannte.

Es war Rebeccas Idee, nach der Sitzung auf den Weihnachtsmarkt zu gehen. »Auf einen Glühwein?«, hatte sie gefragt und ihn mit leuchtenden Augen angesehen. Er hatte genickt.

»Ich bin überzeugt davon, dass dieses Buch seine Leser findet. Es ist wichtig, dass eine breite Öffentlichkeit von dem Phänomen der Nahtoderlebnisse erfährt. Damit eine Sensibilität für das Thema entsteht.« Er widersprach nicht. Sah ihr dabei zu, wie sie zum wiederholten Mal das Ende ihres Schales zurück auf die Schulter warf.

Von Zeit zu Zeit nippte er von seinem Glühwein und ließ seinen Blick über die Beleuchtung der Buden wandern. Er ließ sie reden, und sie redete viel. Immer wieder sprach sie über ihr Buch. Das ultimative Werk über Nahtoderfahrungen, gestützt von den Berichten der Teilnehmer ihrer Selbsthilfegruppe. Irgendwann traute sie sich, das Thema Verlag anzusprechen. Ob er ihr da vielleicht helfen könne?

Er sah sie an, die Tasse auf Brusthöhe, sein Blick scheinbar gedankenverloren. War sie vielleicht diejenige, die ...?, dachte er und scheiterte an dem Unterfangen, seinen Gedanken zu Ende zu bringen. Stattdessen spürte er plötzlich Rebeccas Lippen auf seinem Mund.

***

Es war Heiligabend. Rebecca bereitete in der Küche einen Salat zu. Er hörte sie zur Musik aus dem Radio pfeifen. *Ihr Kinderlein kommet.* Offensichtlich war Rebecca heute Abend besonders gut gelaunt. Schön.

Er sah auf den Esstisch. Zwischen zwei Kerzenleuchtern stand der Fonduetopf, umgeben von Schälchen und Tabletts mit verschiedenen Fleischsorten, Pilzen, Paprika, Zwiebeln und diversen Soßen. Er griff nach dem Korkenzieher, dann nach dem Wein. Während er die Flasche öffnete, ging er in Gedanken noch einmal sein

Vorhaben durch. Die Sache würde funktionieren, dachte er, viel besser als beim ersten Versuch. Und er würde Zeit haben, jede Veränderung eingehend zu studieren. Langsam goss er den Merlot in Rebeccas Glas und lächelte. Dann nahm er den kleinen Beutel mit dem Rizin aus seiner Hosentasche. Ein tausendstel Gramm würde ausreichen, hatte im Internet gestanden. Er öffnete das Tütchen, die transparente Hülle knisterte. Zuerst werden langsam die Zellen des Verdauungstraktes angegriffen, Leber, Nieren, Magen und Darm. Dann kommt es zur Zerstörung der roten Blutkörperchen. Nach spätestens 72 Stunden tritt der Tod ein. Zwischen der Einnahme und dem Ende stehen Schwächeanfälle, Fieber, Übelkeit, Erbrechen, Durchfall und Schmerzen in den inneren Organen. Bertil ließ das Rizin in Rebeccas Weinglas rieseln. Alles, jede kleinste Veränderung würde er notieren, in den Windungen seines maroden Schriftstellerhirns abspeichern, um nachher davon zu profitieren. Um endlich ein Werk der Kriminalliteratur zu erschaffen, das dem Genre alle Ehre machte.

»Schaaatz?«

Bertil steckte den leeren Rizinbeutel in seine Hosentasche zurück. »Was gibt's?«

»Kannst du mal kommen, bitte?«

Bertil stand auf und ging in die Küche.

»Da.« Rebecca deutete mit einer Hand auf einen überquellenden Mülleimer, mit der anderen rührte sie im Salatdressing herum. »Wenn du das schnell runterbringen könntest?«

»Na klar. Mach ich doch.« Bertil lächelte und zog den Müllbeutel aus dem Eimer. Bevor er die Küche verließ, gab er Rebecca einen Kuss auf die Wange.

Als er wieder nach oben kam, stand der frisch zubereitete Salat auf dem Tisch, Rebecca setzte sich gerade. Er ging in die Küche, wusch sich die Hände, drehte das Radio ein klein wenig lauter, sodass man die festliche Musik auch gut im Esszimmer hören konnte, ging zurück zu Rebecca und setzte sich an den Tisch.

Sie lächelte. Zauberhaft, strahlend. Griff nach ihrem Weinglas. »Auf diesen wunderbaren Abend.«

Auch er nahm sein Glas und hob es in die Höhe. »Auf dich, mein Liebling.«

»Auf das Fest der Liebe.«

»Auf uns.«

Die beiden Gläser berührten sich. *Kling, Glöckchen, klingelingeling ...*

Das Essen war zu Ende, die Flasche Wein beinahe leer. Rebecca räumte das Geschirr in die Küche. Sie schaltete das Radio ab. Jetzt konnte man nur noch die Schnarchgeräusche hören, die von dem Sofa im Wohnzimmer herüberdrangen. Bertil hatte sich hingelegt, nachdem er auf einmal unglaublich müde geworden war. »Das schwere Essen wahrscheinlich«, hatte er noch gemurmelt, während sie ihm ein Kissen unter den Kopf schob. »Wahrscheinlich«, hatte sie erwidert und sich darüber gefreut, dass das Schlafmittel, das sie ihm in den Wein gegeben hatte, seine Wirkung tat.

Als sie Besteck und Geschirr eingeräumt und die Spülmaschine eingeschaltet hatte, öffnete sie eine Schublade. Sie entnahm eine unscheinbare Schachtel, die sie auf die Arbeitsplatte stellte, und dachte nach. Der Rettungswagen dürfte nicht zu spät eintreffen, sie wollte auf keinen Fall riskieren, dass Bertil starb. Schließlich wollte sie ihn erleuchten, nicht umbringen. Außerdem brauchte sie ihn noch. Ohne einen ordentlichen Verlag wäre ihr großartiges Buch wertlos.

Sie ging zum Telefon. »Hallo, hallo? Ist da die Rettungsleitstelle? ... Mein Freund, ich glaube, er atmet nicht mehr. Kommen Sie schnell! ... Kauner. Rebecca Kauner. Lerchenweg 3 in Haderlingen.«

Zurück in der Küche nahm sie Spritzbesteck und Ampulle aus der Schachtel, ging ins Wohnzimmer, wo sie Bertil das Herzmittel in die Vene drückte, dann räumte sie alles zurück in die Schachtel und versteckte diese wieder in der Schublade.

Während sie wartete, betrachtete sie Bertil. Sein Atem wurde langsam flacher, bis er schließlich ganz aussetzte. Sekunden später flackerte durch die Scheiben blaues Licht in das Zimmer. Rebecca lächelte. Sie hatte alles richtig gemacht.

Als sie den Sanitätern die Tür öffnete, spürte sie plötzlich ein starkes Stechen im Unterleib. So stark, dass sie zusammenbrach.

***

Rebecca Kauner * 3.7.1982 † 26.12.2015 – Bertil verschränkte die Hände und blickte auf das Grab. Auf dem Erdhügel lagen Tannenzweige und Kränze. Irgendjemand hatte einen Weihnachtsengel an das Holzkreuz gelehnt. Seine Goldbemalung schimmerte schwach durch die Schneeflocken, die auf ihm lagen.

Alles war umsonst gewesen. Zuerst der Mordversuch an Sabine und jetzt Rebeccas Tod. Während Rebecca auf der Intensivstation des Krankenhauses um ihr Leben gerungen hatte, war er wenige Zimmer entfernt gelegen und hatte sich langsam erholt. Als man ihn eine Woche später entlassen hatte, war alles vorbei gewesen. Rebecca war nicht nur schon gestorben, sondern auch bereits beerdigt worden. Nachdem er sich bei den Angehörigen gemeldet hatte, war ihm wenigstens Rebeccas Nahtodmanuskript überlassen worden. Er würde ihr Buch zu Ende schreiben, das war das Einzige, was er noch für sie tun konnte.

Bertil sprach ein kurzes Gebet – das Vaterunser, denn es war das einzige Gebet, das er halbwegs auswendig konnte – und verließ den Friedhof.

Eine knappe halbe Stunde später kam er am Gemeindehaus an. Er trat ein und setzte sich auf einen freien Stuhl. Alle waren gekommen. Dieter, Brigitte, Claudia, Helmut und Sabine. Man starrte auf den freien Platz, auf dem sonst immer Rebecca gesessen hatte, und senkte den Kopf. Nach einer Weile brach Bertil das Schweigen. »Ich heiße Bertil«, sagte er, »und ich hatte ein Nahtoderlebnis.«

LUCAS BAHL
LEBKOUNGMOO

Liebe Kinder, damals waren eure Urgroßeltern im gleichen Alter wie ihr jetzt und haben – sofern sie in Nürnberg lebten – genauso gern, wie ihr es alljährlich zur Weihnachtszeit tut, den Christkindlesmarkt besucht. Dort wollten sie vor allem eines: Lebkuchen. Und zwar ganz bestimmte. Von jemand ganz Besonderem. Auch die Eltern eurer Urgroßeltern, also eure Ururgroßeltern, kannten ihn schon seit vielen Jahren: den »Lebkoungmoo«, wie er sich selbst auf Fränkisch nannte. Und falls jemand von euch kein Fränkisch versteht, vor allem dann nicht, wenn's wie hier aufgeschrieben wurde, das heißt »Lebkuchenmann«.

Der Lebkoungmoo besaß keinen Stand auf dem Christkindlesmarkt, denn den brauchte er auch gar nicht. Auf seinem Kopf thronte ein Zylinder mit einer fast fabrikschornsteinlangen Röhre. Mit diesem enormen Hut überragte er selbst im dicksten Trubel alle anderen, und so wusste selbst das kleine Mariela schnell, wo er zu finden war, noch bevor es dem Kind gelang, ihn in seiner ganzen Pracht zu sehen. Zu der gehörten ein bis zu den Knöcheln reichender, dicker Mantel, schwarze Handschuhe und kräftige schwarz-glänzende Stiefel, deren Schäfte unter dem Saum des Mantels verschwanden. Bis auf die Stiefel waren die Kleidungsstücke des Lebkoungmoo vom Zylinder bis zu den Handschuhen und natürlich der komplette Mantel vom Kragen bis hinunter zum Saum mit Lebkuchen beklebt. Vielleicht war das köstliche Naschwerk auch festgenäht. So genau weiß ich das nicht, und auch eure Urgroßeltern oder Ururgroßeltern – sofern sie überhaupt über den Lebkoungmoo geredet haben – dürften es nicht mit Bestimmtheit gesagt haben können. Außer sie hätten zu irgendeiner Gelegenheit ein Stückchen Lebkuchen vom Mantel abgebrochen. Und das Mariela, das damals, als es zum ersten Mal die Eltern auf den Christkindlesmarkt begleiten durfte, etwa fünf Jahre alt war und heute deutlich älter als neunzig ist, kann sich ebenfalls nicht an dieses eher nebensächliche Detail erinnern.

Eigentlich heißt das Mariela Maria-Kunigunde und hat in seinem langen Leben mehrfach den Nachnamen gewechselt, weshalb wir uns damit gar nicht erst aufhalten. Aber seit seiner Kindheit nennt es jeder das Mariela, nicht zu verwechseln mit Mariela, wo das e betont wird. Bei unserem Mariela spricht man nur ein langes i, und jeder sagt *das* Mariela zu ihr, obwohl sie ja eine *Sie* ist ...

Im Grunde gab es für niemanden Veranlassung, sich ein Stückchen von der Kleidung des Lebkuchenmanns abzubrechen. Nicht nur, weil die dort hängenden Lebkuchen schon recht alt, trocken und hart geworden sein dürften, sie waren überdies mit einem Klarlack überzogen, der sie vor Wind und Wetter schützte. Schließlich besuchte der Lebkoungmoo schon seit vielen Jahren den Christkindlesmarkt und trug seitdem diese ungewöhnliche und auffällige Kluft. Vor allem aber war der Lebkoungmoo immer sehr großzügig zu den Kindern wie auch zu ihren Eltern. Es gab niemanden, der bei ihm stehen blieb, den er nicht ein, zwei kleine Stücke seiner Ware probieren ließ. Und wenn ein Kind zu ihm lief und ihn lieb bat, verschenkte er auch schon mal einen ganzen schönen, großen Lebkuchentaler, egal ob die Eltern dann noch etwas bei ihm kauften oder nicht.

Vielleicht verkaufte er seine Lebkuchen deshalb umso besser, denn seine Freigiebigkeit sprach sich natürlich schnell herum. Vor sich trug er einen Bauchladen, der an breiten Bändern über seinen Schultern befestigt war und der zusätzlich noch von einem um seine Taille gespannten Gürtel gehalten wurde und so den Kasten in Position hielt. In diesen Bauchladen stapelte er seine Ware wie eine Pyramide. Am Rand des Kastens hingen an einem Haken leere Papiertüten, in die er die jeweils gewünschte Menge Lebkuchen packte. Sobald die Pyramide in dem Bauchladen abgetragen war, verschwand er, um Nachschub zu holen.

Wenn man ihn von hinten sah, stand auf dem Rücken seines Mantels, geformt aus hellen und umrahmt von dunklen Lebkuchenstückchen, sein selbst gewählter Name: Lebkoungmoo. Kam er mit seinem Nachschub zurück, konnte er kaum über die Spitze der neuen Lebkuchenpyramide schauen. Und schon nach wenigen Schritten blieben wieder die ersten Menschen bei ihm stehen, probierten, und wenn sie gekostet hatten, kauften ihm die allermeisten auch etwas ab.

Denn das muss man zu den Lebkuchen des Lebkoungmoos sagen: Es waren eindeutig die besten Lebkuchen der Welt. Und die besten Lebkuchen aller Zeiten.

Das sagte jeder, der seinerzeit davon gegessen hatte. Jeder, der jemals einen Lebkuchen vom Lebkoungmoo probiert hat, erinnert sich für den Rest seines Lebens an den einmaligen und unübertroffenen Geschmack. Kein Lebkuchen eines anderen Lebkuchenbäckers kam auch nur ansatzweise an Geschmack und Qualität seiner Lebkuchen heran.

Und manch einer glaubt, dass genau damit seine Probleme begonnen haben. Doch weder das heute über neunzigjährige Mariela noch ich denken, dass es wirklich so einfach ist.

Das Mariela war die Einzige, die mit mir über den Lebkoungmoo reden wollte. Auch das ist ein Problem, denn die Leute, die die betagte Dame in dem Altenheim betreuen, sagen hinter vorgehaltener Hand, dass sie nicht mehr ganz klar im Kopf sei, und so kommt es, dass heute viele den Lebkoungmoo für eine Legende halten. Es habe ihn niemals wirklich gegeben. Er sei die Einbildung einer verwirrten alten Frau, die als Kind eine Geschichte aufgeschnappt habe und sie heute für die Wirklichkeit halte. Denn es existiert kein Foto von ihm, niemand erinnert sich an seinen richtigen Namen, und deshalb findet sich auch kein Hinweis in irgendeinem Archiv. Stattdessen gibt es Indizien, dass schon in den 1920er-Jahren in Nürnberg den Kindern Geschichten vom Lebkoungmoo erzählt wurden, in denen es hieß, dass er schon vor hundert Jahren, also Anfang des 19. Jahrhunderts, auf dem Christkindlesmarkt seine Ware verkauft habe.

Dr. Alfons Kuchler, ein weltweit anerkannter Experte für Lebkuchen und Legenden, schreibt in seinem Standardwerk *Naschwerk. Süße Geschichten und ihre Geschichte*: »Die in vielen Städten Deutschlands, Österreichs und der Schweiz verbreiteten Legenden um den sogenannten ›Lebkuchenmann‹ lassen sich letztlich alle auf die ›Süße Fraaw‹ zurückführen, also keine männliche, sondern eine weibliche Figur, die meistens hinter ihrer süßen Fassade als bösartig und durchtrieben dargestellt wird. Sie vermag es, mittels ihres duftenden Naschwerks unschuldige Kinder zu verführen, die sie in nicht wenigen Geschichten schlachtet und brät. Ihren Höhepunkt finden diese volkstümlichen Erzählungen im berühmten

Märchen von Hänsel und Gretel, das zum Kernbestand der Grimm'schen Sammlung gehört.«

Mit anderen Worten, liebe Kinder, ihr müsst selbst entscheiden, wem ihr glaubt und was ihr für die Wahrheit haltet!

Der Lebkoungmoo vom Nürnberger Christkindlesmarkt hatte in der Erinnerung vom Mariela jedenfalls nicht nur Freunde, sondern auch Neider und Feinde.

Ungeachtet der Tatsache, dass seine Lebkuchen von vielen für die besten der Welt gehalten wurden, waren er und seine Frau so etwas wie Einzelkämpfer, und hinter ihnen stand auch keine Fabrik, sondern nur eine kleine Bäckerei, die sie zudem nicht einmal in Nürnberg betrieben, sondern in Fürth. Während der Vorweihnachtszeit fuhr der Lebkoungmoo auf einem imposanten Dreirad nach Nürnberg zum Christkindlesmarkt. Dieses Fahrrad verfügte zwischen den beiden Vorderrädern über einen großen abschließbaren Kasten, in dem der Lebkoungmoo neben seinem Lebkuchenvorrat auch die anderen Dinge transportieren konnte, die er für seinen Auftritt brauchte, etwa den Lebkuchenmantel und den langen Zylinder. Wenn er zwischen Nürnberg und Fürth unterwegs war, trug er eine dicke Jacke und eine Schirmmütze.

Das Mariela war mittlerweile zwölf Jahre alt geworden und ging jetzt auch allein auf den Christkindlesmarkt, der seit Kurzem endlich wieder auf dem Hauptmarkt stattfinden konnte. Weil sie den Lebkoungmoo inzwischen ebenso gern mochte wie seine Lebkuchen, kamen sie – je öfter sie sich sahen – immer mehr ins Gespräch. Eines Tages bemerkte sie, dass er nicht mehr so fröhlich war wie noch zu Beginn der Saison und fragte ihn, was los sei.

»Komm mit. Ich zeig's dir«, sagte er. »Ich hab sowieso alles verkauft, was ich heute dabei hatte.«

Sie gingen durch das Gedränge auf dem Hauptmarkt am Schönen Brunnen vorbei und bogen kurz vor dem Maxplatz rechts in die Karlstraße ab. Dort hatte er sein Dreirad an einen Laternenpfahl angekettet.

»Oh, das sieht übel aus«, sagte das Mariela.

»Ja, so geht das schon, seit der Christkindlesmarkt angefangen hat«, erwiderte der Lebkoungmoo. »Letztes Jahr Weihnachten haben sie sich noch damit begnügt, mir nur die Luft aus den Reifen zu lassen. Die habe ich halt wieder aufgepumpt. Ein Dummejungenstreich, hab ich gedacht ... Doch dieses Jahr ist es schlimmer! Zuerst waren wieder mal alle Reifen platt. Als ich zur Luftpumpe griff, habe ich gesehen, dass auch die Ventile weg waren. Zum Glück hatte ich drei Ersatzventile dabei. Gestern fehlten nicht nur die Ventile, sondern der Hinterreifen war noch zusätzlich durchlöchert, als habe jemand mit einem Schraubenzieher reingestochen. Ausgerechnet das Hinterrad, das viel schwerer abzumontieren ist ... Nun ja, das habe ich auch wieder hinbekommen. Aber heute werde ich wohl den ganzen Weg bis nach Fürth schieben müssen ...«

Die Räder sahen schlimm aus. Die Reifen waren nicht nur zerstochen, sondern regelrecht zerfetzt, als habe jemand mit einem großen scharfen Messer alles drangesetzt, um ein größtmögliches Werk der Zerstörung zu hinterlassen. Zu allem Überfluss war auch noch der Sattel aufgeschlitzt.

»Sie werden nicht schieben müssen«, sagte das Mariela.

»Wie willst du junges Fräulein mir helfen? Das Rad ist schwer, auch wenn keine Lebkuchen mehr in dem

Kasten sind.« Er klopfte mit der flachen Hand auf den großen eckigen Kasten zwischen den beiden zerstörten Vorderrädern, und es klang hohl und scheppernd. »Außerdem hat es geschneit! Selbst wenn ich normal fahren könnte, wäre es eine rechte Plackerei.«

»Warten Sie fünf Minuten, ich bin gleich wieder da und bringe Hilfe«, erwiderte das Mariela unbeirrt und stapfte dann durch den Schneematsch davon, so schnell sie konnte. Sollte er sich darauf verlassen, dass ein junges Mädchen ihm Hilfe anbot, ohne zu sagen, wie es ihm helfen wollte? Er kannte sie zwar schon einige Jahre, seit sie als kleines Kind das erste Mal auf den Christkindlesmarkt gekommen war, aber was hieß das schon? Er schloss den Vorratskasten auf, legte seinen Zylinder und seinen schweren Lebkuchenmantel hinein und zog sich rasch die wärmende Jacke und die Mütze über. Waren jetzt die fünf Minuten nicht längst vorbei? Er hatte nicht auf die Uhr gesehen. Das Mariela war noch nicht wieder da, also begann er mühsam, das schwere Dreirad über das im Licht der Straßenlaternen nassglänzende Kopfsteinpflaster zu schieben. Das, was vom Himmel kam, konnte sich nicht recht entscheiden, ob es Regen oder Schnee sein sollte.

Als er den Maxplatz entlangkeuchte, hörte er auf einmal lautes Hupen, und dann kam ein nagelneuer Opel Blitz neben ihm zum Stehen. Die Fahrertür ging auf, und der Mann, der dem Wagen entstieg, sagte: »Warten Sie, ich helfe Ihnen, das Trumm hinten auf die Ladefläche zu hieven.« Der Mann trug eine Ballonmütze, war groß und kräftig, und so hoben sie zu zweit das schwere Dreirad beinahe mühelos hinten auf den offenen Lkw. »Einsteigen, und dann sagen Sie mir, wo Sie hinmüssen.«

In der Fahrerkabine saß auch das Mariela. »Das ist Georg«, sagte sie. »Er kommt aus Berlin und ist Fahrer in der Spedition meines Vaters. Meine Eltern haben ihm in unserem Haus ein Zimmer gegeben.«

Während der Fahrt nach Fürth in die Blumenstraße, wo der Lebkoungmoo wohnte und seine Bäckerei hatte, schimpfte Georg immer wieder über die verdammten Braunhemden, die die Macht an sich gerissen hätten und gerade in Nürnberg besonders schlimm wüteten. »Ich verstehe nicht viel von Politik«, sagte der Lebkoungmoo, »ich bin ja nur ein kleiner Bäcker. Aber der Herr Hitler wurde doch gewählt – nicht von mir, Gott bewahre!, aber von der Mehrheit der Deutschen.«

»Umso schlimmer, dass er gewählt wurde«, entgegnete Georg, »das verrät nichts Gutes über dieses Volk!«

Das Mariela mischte sich in das Gespräch der beiden Männer nicht ein, aber sie wusste, dass auch ihr Vater kein Freund der Nazis war, wenngleich er sich längst nicht so lautstark über sie äußerte. Zu viele seiner Kunden standen den neuen Machthabern nahe, und er hatte Georg schon oft gewarnt, seine Klappe bloß nicht zu weit aufzureißen.

Am nächsten Tag fehlte der Lebkoungmoo auf dem Christkindlesmarkt, aber am übernächsten war er wieder da. Er erzählte dem Mariela, dass er jetzt Vollgummireifen auf die Räder hatte aufziehen lassen. Es sei zwar härter, damit zu fahren, und es strenge auch noch mehr an, in die Pedale zu treten, aber nun könne man ihm nicht mehr so einfach die Reifen zerstechen.

»Ich könnte meinen Vater fragen, ob Sie das Rad bei uns auf den Hof stellen dürfen«, sagte sie, »das ist zwar für Sie ein Stück weiter zu laufen, aber da kommt niemand ungesehen heran und kann sich daran zu schaffen machen.«

»Das ist eine wirklich gute Idee«, antwortete er. »Ja, mach das. Frag deinen Herrn Papa!«

»Ich kann mich noch heute ärgern – ach, ärgern ist ein viel zu schwaches Wort«, sagte das Mariela, als wir über den Lebkoungmoo sprachen. »Ich bin immer noch tieftraurig und wütend, wenn ich daran denke. Wäre ich doch nur schon an dem Abend, als er mir die zerfetzten Reifen zeigte, auf diesen Gedanken gekommen! So viel Furchtbares hätte vermieden werden können ...«

»Sie können nichts dafür«, gab ich zu bedenken, »nicht Sie sind für die Untaten verantwortlich, sondern diejenigen, die das Übel seinerzeit eingefädelt haben.«

Denn als sie und der Lebkoungmoo in die Karlstraße gingen, wo er sein Lastenrad geparkt hatte, sahen sie es schon von Weitem.

Die weiße Farbe war noch feucht. Mit breiten Pinselstrichen hatte jemand das Wort ›Judensau‹ quer über den schwarzen Kasten geschmiert.

»Das gibt es doch nicht!«, stöhnte der Lebkoungmoo und beschleunigte seine Schritte. Doch bevor er sein Rad erreichte, traten einige uniformierte Männer aus dem Dunkel in den Lichtkegel der Laterne.

»Ist das Ihr Rad?«, fragte einer von ihnen, ein Polizist mit Schnauzbart.

Der Lebkoungmoo nickte.

»Sie sind festgenommen! Das Rad ist beschlagnahmt!«

»Aber warum?«, fragte er, als ihm ein anderer Uniformierter die Arme auf den Rücken bog und Handschellen um seine Handgelenke schloss.

»Deshalb«, sagte der schnauzbärtige Polizist und klappte den Deckel des Kastens auf. Der Lebkoungmoo und auch das Mariela schrien. Sie sahen einen winzigen, blutüberströmten, menschlichen Körper in dem Kasten.

Bei diesem Anblick wurde dem jungen Mädchen schwarz vor Augen.

Als es wieder zu Bewusstsein kam, blickte es in das Gesicht von Frau Behringer, einer Nachbarin. Etwas biss in ihrer Nase, und ihre Achseln fühlten sich seltsam an. In diesem Moment begriff das Mariela, dass es ohnmächtig geworden war und einer der Polizisten es aufgefangen und davor bewahrt hatte, aufs nasse Pflaster zu fallen. Er umklammerte sie von hinten, während sie halb niedergesunken an seinen Armen hing. Frau Behringer verschloss das Riechfläschchen, das sie dem Mariela unter die Nase gehalten hatte, und verstaute es wieder in ihrer Handtasche.

»Wo ist der Lebkuchenmann?«, fragte das Mariela und wagte instinktiv nicht, ihn bei seinem fränkischen Namen zu nennen.

»Geht's wieder?«, hörte sie hinter sich den Polizisten, der sie wieder in die Senkrechte hob. Kaum stand sie einigermaßen sicher, machte sie sich von ihm los. »Wo ist der Lebkuchenmann?«, fragte sie.

»Das hättest du gar nicht sehen dürfen«, sagte der Polizist.

»Sie haben ihn mitgenommen und das Rad auch«, antwortete Frau Behringer.

»So etwas sollten Kinder nicht ansehen müssen«, wiederholte der Polizist. »Begleiten Sie das Mädchen, Frau Schmidt? Du musst jetzt auf schnellstem Weg nach Hause, Anna.«

»Was ...«

»Jaja, wir schaffen das. Anna ist schließlich ein großes Mädchen. Los komm, wir haben noch einen weiten Weg vor uns.«

»Danke, Frau Schmidt. Was für ein glücklicher Zufall, dass Sie gerade vorbeigekommen sind.«

Der Polizist hob zwei Finger, berührte damit den Schirm seines Tschakos, dann drehte er sich um und ging.

»Gott sei Dank, dass du den Mund gehalten hast, Mariela«, flüsterte Frau Behringer, als der Beamte außer Hörweite war. »Ich habe gesagt, dass ich dich kenne, weil wir Nachbarn sind, was ja die reine Wahrheit ist. Nur bei unseren Namen und Adressen habe ich gelogen ...«

»Aber warum?«

»Du und auch deine Eltern kommen sonst in Teufels Küche! Glaub mir. Es ist nicht gut, in ihre Hände zu geraten, nicht einmal als Zeugin. Außerdem, was soll das? Du bist noch ein Kind. Ein junges Mädchen! Du hast bei der Polizei nichts verloren!«

»Ja, aber der Lebkoungmoo?«

»Ganz ehrlich, Kind? Ich weiß nicht, was mit ihm ist und was aus ihm wird. Aber wenn es stimmt und er ein Jude ist, dann sieht es so oder so nicht gut für ihn aus.«

»Aber warum? Und was lag da in dem Kasten am Rad?«

Frau Behringer seufzte. »Du hast es doch selbst gesehen. Eine Babyleiche. Natürlich ist es Unsinn, aber die dummen Geschichten von früher sind auf einmal wieder sehr populär.«

»Eine Babyleiche? Wie kommt die denn in den Kasten?«

»Ja, das werden die Polizisten den Lebkuchenmann auch fragen.«

»Und was für alte Geschichten?«

»Das ist dummes Zeug, aber die Menschen sind abergläubisch. Man sagt den Juden seit alters her nach, dass sie Babys töten und schlachten.«

»Aber das ist undenkbar! Ich kenne den Lebkoungmoo schon lange. Er ist immer nett zu mir. Wie kann jemand auf die Idee kommen, er könnte etwas mit diesem toten Baby zu tun haben?«

»Ich weiß es doch auch nicht, Mariela. Lass uns von hier verschwinden.«

»Und wieso wussten die Polizisten überhaupt von dem Baby? Ich bin sicher, dass der Lebkoungmoo nichts damit zu tun hat. Wie auch? Er schließt den Kasten immer ab, weil da seine Lebkuchen drin sind! Warum war der Kasten offen, als wir zu seinem Rad gekommen sind, und warum schmiert jemand ›Judensau‹ darauf? Ich verstehe das alles nicht! Ich muss ihm helfen!«

»Langsam, langsam. Erst mal gehen wir nach Hause, und ob deine Eltern erlauben, dass du zur Polizei gehst, um einem Juden, der in Schwierigkeiten steckt, zu helfen, das ist noch eine ganz andere Frage. Wärst du meine Tochter, ich würde es dir nicht erlauben. Sei froh, dass ich für dich gelogen habe.«

»Aber ... das ... das geht nicht!«, rief das Mariela und rannte davon.

Natürlich erzählte Frau Behringer den Eltern des Mariela von dem Vorfall. Wie die Nachbarin vermutet hatte, erlaubten sie ihrer Tochter, die schnurstracks nach

Hause gerannt war, nicht, zur Polizei zu gehen und dort zu versuchen, dem Lebkoungmoo zu helfen. Die Eltern des Mariela bedankten sich überschwänglich bei Frau Behringer für ihre Geistesgegenwart. Und am nächsten Tag log auch die Mutter des Mariela. Da es bis zum Beginn der Weihnachtsferien nur noch wenige Tage zur Schule hätte gehen müssen, meldete sie kurzerhand ihr Kind krank und behielt es bis zu den Feiertagen zu Hause. Die Eltern verboten dem Mariela zudem, bis Weihnachten unbegleitet vor die Tür zu gehen.

So vergingen die Tage, und ein Weihnachtsfest kam und ging, an das sie keine schöne Erinnerung hat. Nicht einmal Georg war da, weshalb es niemanden gab, mit dem sie über das schlimme Ereignis hätte reden können. Immerhin hatte Georg den Lebkoungmoo kennengelernt. Und er hatte ihm, ohne weiter zu fragen, geholfen, als das Mariela ihn darum gebeten hatte.

Als er aus seinem Urlaub, den er bei seiner Mutter in Berlin verbracht hatte, zurückkam, war das neue Jahr längst angebrochen. Erst jetzt konnte sie ihm erzählen, was geschehen war. Georg tat als Erstes etwas, an das sie überhaupt nicht gedacht hatte. Er kramte die alten Zeitungen aus dem Papierstapel, der sich in einer Kiste neben dem Kachelofen angesammelt hatte und begann sorgfältig zu lesen.

»Nirgendwo ein Wort«, murmelte er. »Ein totes Kleinkind, das bei einem Juden gefunden wurde, das wäre nicht nur eine kleine Meldung gewesen, sondern eine fette Schlagzeile! Da kannst du Gift drauf nehmen.«

»Glaubst du denn auch, dass er ein Jude ist?«

»Ach, Mariela! Woher soll ich wissen, ob einer ein Jude ist? Die Nazis sagen zwar, dass man den Juden ihre Rasse genau ansehen würde – große Nase und so weiter –, aber ich trau mir nicht zu, einen Juden allein anhand seines Aussehens von einem Nichtjuden zu unterscheiden. Würde man dieses Geschwätz ernst nehmen, wäre möglicherweise selbst dieser Hitler ein Jude. Ich könnt vielleicht einen Chinesen auf den ersten Blick erkennen, aber wenn ich genau überleg, könnte er statt eines Chinesen wohl auch ein Japaner sein.«

»Und was bedeutet es, dass nichts über den Lebkoungmoo in der Zeitung steht?«

»Das weiß ich noch viel weniger. Ich fürchte nur, dass es so oder so nichts Gutes ist.«

Wenig später fuhr Georg mit dem Mariela nach Fürth in die Blumenstraße, wo die Bäckerei des Lebkoungmoos gewesen war. Doch das Geschäft war leer, und hinter dem Schaufenster hing nur ein Schild: *Wegen Geschäftsaufgabe geschlossen.*

Ich fragte das Mariela, ob es denn noch irgendwann irgendetwas über das Schicksal des Lebkoungmoos und seiner Frau erfahren habe, aber es schüttelte nur verneinend den Kopf.

»Es hatte sich ja alles noch vor der Pogromnacht ereignet«, sagte sie schließlich, »und vor der Wannseekonferenz. Aber hier in Nürnberg haben die Nazis von Anfang an gegen die Juden gewütet. Ich kann noch nicht einmal sagen, ob das tote Kind wirklich ein totes Baby war oder nur eine mit roter Farbe beschmierte Puppe. Doch dass er nichts damit zu tun haben konnte, das weiß ich gewiss: Er war genauso erschrocken wie ich. Möglich, dass ich gar nicht wegen des schauerlichen Anblicks in Ohnmacht gefallen bin, sondern weil aus seinem Gesicht auf einmal jede Fröhlichkeit und alles Leben verschwunden waren – mit einem Schlag. Als Komplott gegen ihn war diese Inszenierung auch zu dämlich. Vor einem ordentlichen Gericht hätten solche Beweise nie und nimmer etwas bewirkt. Trotzdem bedeuteten sie das Ende des Lebkoungmoos.«

»Und Georg?«, fragte ich.

»Ach, Georg ...« Sie lächelte kurz, aber dann wurde sie wieder ernst. »Selbst Georg hat auf mich eingeredet, nicht zur Polizei zu gehen und mich nicht für den Lebkoungmoo einzusetzen. Es würde nichts nützen. ›Du bringst nur dich und andere in Gefahr‹, hat er gesagt. Es fiel mir schwer, aber letztlich habe ich ihm eher geglaubt als meinen Eltern.«

»Was ist denn aus ihm geworden?«

Sie seufzte. »Er kam nach Dachau, war ja ein Kommunist, hat aber überlebt. Kurz nach dem Krieg habe ich ihn noch einmal gesehen. Er schien mir völlig verändert; wer weiß, was sie dort mit ihm gemacht haben. Jedenfalls erzählte er mir, er habe in dem KZ unter den anderen Gefangenen herumgefragt, ob der Lebkoungmoo dorthin verschleppt worden war, aber niemand wusste etwas, und so dreht sich die ganze Geschichte im Kreis. Ohnehin glaubt ja jeder, ich würde mir alles nur einbilden.«

»Wer glaubt das?«

»Na, sie ...«

Das Mariela wies mit einer vagen, zittrigen Handbewegung ins Leere.

uns bleiben nur die Krüppelfichten übrig. Die Plantage bei Roßtal hat schon geöffnet. Habe ich kürzlich gesehen, als ich daran vorbeigefahren bin. Und Leute waren auch schon drin. Nicht nur ein paar. Das waren eine ganze Menge Leute. Die sind zwischen den Bäumen herumgelaufen und haben sich ihren eigenen Baum ausgesucht. Das müssen wir auch bald machen.

Wann fahren wir?

(Kurzes Geschirrklappern. Dazwischen einige Töne *Jingle Bells.*)

Was sagst du?

...

Aber heute geht es nicht. Da habe ich meinen Termin bei Manuela zur Maniküre. Und wann stellst du den Baum auf? Aussuchen müssen wir ihn ja schon früher. Mit dem Abholen kannst du dir dann Zeit lassen, so bleibt er schön frisch und nadelt nicht. Du holst ihn doch erst wieder am Vierundzwanzigsten, oder?

(leichtes Husten)

Ich muss das wissen, damit ich nicht schon vorher die Wohnung sauge. Sonst wäre ja alles umsonst, und ich müsste die viele Arbeit doppelt machen. Du hilfst mir ja nie dabei. Du schleppst mit dem Baum ja immer so viel Schmutz mit rein. Der halbe Wald hängt an so einem einzigen kleinen Baum. Dass die ihn vom Bauernladen aber auch nicht vorher sauber machen können. Ich verstehe das nicht. Das wäre mal eine neue Serviceleistung. Wirklicher Dienst am Kunden. Die wissen doch, dass so ein Baum ins Haus muss. Da könnten sie doch die ganzen losen Nadeln und die Blätter aus dem Wald und alles, was sich so im Lauf der Zeit ansammelt, schon vorher entfernen, findest du das nicht auch?

Rainer?

...

Hast du gehört, was ich gesagt habe?

...

Das wäre doch mal eine neue Erfindung. (Relativ laut. *Jingle Bells* wird deutlich übertönt.)

Mit so einem großen Nadel-und-Laub-und-Dreck-Entfernungsgerät könnten die vom Bauernladen alles absaugen, den Baum verpacken und uns gleich ins Wohnzimmer bringen. Oder vor die Haustüre stellen. Dann bräuchtest du ihn nur noch ins Wohnzimmer zu tragen. Alles bliebe sauber, und ich müsste nicht zweimal sauber machen. Wo ich gerade vor den Feiertagen immer so viel zu tun habe.

(erneutes Husten)

Aber deine Hühnergötter nimmst du selbst von der Wand, Rainer. Die bleiben da jedenfalls nicht, gleich in der Ecke für den Weihnachtsbaum. Ich habe sie lange genug ertragen; seit unserem letzten Sommerurlaub liegen und hängen die blöden Dinger im Wohnzimmer, als du sie von der Ostsee hierhergeschleppt hast.

...

Hast du gehört, Rainer?

...

Hast du gehört?

(Im Arbeitszimmer malträtieren männliche Finger die Tastatur des Laptops. Es klingt, als würden die Tasten gegen die Wand geworfen.)

Man könnte den eigenen Fußspuren am Strand folgen, um festzustellen, dass die Zeit doch nicht stillstand. Auch wenn das Meer und der eingeschlafene Wind und der nicht sichtbare Übergang zwischen dem Horizont und dem Himmel dies vorgaukelten. Zeit stand nicht still. Sie bewegte sich nur sehr langsam, zumindest in diesem Moment.

Es soll Leute geben, die nach der Zeit graben. Sie suchen die Zeit im Sand. Dort finden sie Dinge, die anderen abhandengekommen sind. Abgenagte Knochen. Kronkorken. Sektflaschenverschlüsse. Plastiktüten ohne Inhalt. Ausgeblichene Holzstücke. Planken von untergegangenen Schiffen. Das Meer trägt alles heran und legt es an den Strand. Die Wellen vergraben ihre Schätze. Doch die Zeit und die Menschen buddeln alles wieder aus.

Was wäre, wenn Weihnachten im Sand vergraben würde? Aber nicht an der Ostsee, sondern in einer Ecke dieser Welt, in die sonst kaum ein Mensch kommt. In Nieder-Unter-Außer-Sibirien. Zum Beispiel.

Rainer ...?
(im Hintergrund die Stimme des Nachrichtensprechers)
Ich habe übrigens meine Mutter für Weihnachten zu uns eingeladen. Das ist dir doch recht, oder? Mutter sitzt sonst ja immer nur zu Hause vor dem Fernseher und schaut all den Kram an, den sie neuerdings bringen. Stell dir vor, neulich hat sie mir am Telefon erzählt, im Fernsehen gebe es nun abends auch Nackte. Wie bei Adam und Eva. Die würden sie auf eine einsame Insel verbannen, und dann müsse Adam aus zwei Evas aussuchen, welche von den beiden er nehmen soll.

Mutter hat gesagt, sie würde alles sehen. Du weißt schon, was ich meine. Also wirklich *alles*! Und dann habe der Adam am Strand irgendwelche Sportübungen

mit seiner Eva gemacht, mit einem Seil, und als er die gemacht habe, da sei seine Männlichkeit mitgehüpft. Hat Mutter gesagt. Und das sei nicht erst nach Mitternacht gesendet worden, wenn keine kleinen Kinder oder Jugendliche mehr zuschauen, sondern gleich nach zweiundzwanzig Uhr. Schrecklich, oder?
    Und weil ich gerade dabei bin, Rainer ...
    Rainer ...?
    Hörst du mir eigentlich zu?
    (Zwei Arme stemmen sich bedeutungsvoll in weiblich gerundete Hüften.)

Die Welt könnte so einfach sein. Mit einem vergrabenen Weihnachtsfest in Nieder-Unter-Außer-Sibirien. Dort wäre es auch möglich, Ruhe zu finden. Kein Schiff würde über den Horizont dümpeln, und das Meer könnte all die nicht gewollten Weihnachtsgeschenke an den Strand werfen. Mit Wellen, so groß wie Hochhäuser. Das Geschenkpapier würde zu neuen Kreationen ineinander verschlungen, farblose Krawatten könnten sich um Spielekonsolen winden und neue, unlösbare Knoten bilden.

Rainer!
    Schreibst du wieder deine komischen Geschichten?
    Ausgerechnet jetzt!
    Das darf doch nicht wahr sein.
    (Ein geblümter Damenpantoffel stampft auf den Fußboden.)
    Rainer?
    ...
    Hörst du mir überhaupt zu?
    ...

Ja, dann schreib nur. Ist sowieso alles für den Papierkorb. Als gäbe es keinen besseren Zeitvertreib.

Am besten ist, du druckst es gar nicht aus. Dann bleibt es in deinem Computer und nimmt keinen Platz weg.

(Eine Tür wird geschlossen, menschliche Geräusche sind zu hören, später geht die Klospülung.)

Rainer?

Die Müllers von nebenan, weißt du, was die an Weihnachten machen? Die fahren weg. Die fahren in diesem Jahr wirklich weg. Hat mir die Erna schon vor ein paar Tagen erzählt, als ich sie beim Bauernladen getroffen habe. Aber die fahren nicht zum Skifahren in die Berge. Das machen ja fast alle, das ist nicht mehr so toll, wo es mit dem Schnee im Winter auch immer unzuverlässiger wird. Und die Schneekanonen sind auch nicht schön anzusehen, gleich neben der Piste.

Hat die Erna gesagt.

Und deswegen ...

Rainer ...?

Deswegen fahren die Müllers mit der AIDA.

...

Rainer ...?

Hörst du, die Müllers fahren mit der AaaaIiiiDaaaa!

...

(Nun etwas lauter, sehr lang gezogen, fast gesungen.)
AAAAAIIIIIIDAAAAAAA!

...

Rainer ...?

(Die Stimme kommt näher, bleibt vor dem Arbeitszimmer stehen.)

Das ist ein Schiff. Ein richtig großes Schiff. Erna hat gesagt, sie hätten sich sogar eine Balkonkabine geleistet.

Weil sie will das Meer auch sehen, hat sie gesagt, und nicht nur darauf herumfahren. Im Upgrade war das gar nicht so teuer. Das muss mal drin sein, hat Erna gesagt, weil so jung sind sie auch nicht mehr, und jetzt, wo die letzten Raten vom Haus endlich abbezahlt sind ...
Wann sind wir eigentlich mit dem Haus fertig?
...
Ich saug dann mal durch.
(Türen schlagen. Etwas rumpelt über den Fußboden.)
Und du vergiss bitte nicht, deine Hühnergötter von der Wand zu nehmen. Die schauen ja schrecklich aus. Die passen nicht zu Weihnachten.
(Der Staubsauger heult auf.)

Wenn der Wind über den Strand weht, erzählt er ein Lied. Er singt von den Klabautermännern, die einsame Matrosen in stürmischen Nächten in den Wahnsinn treiben. Sie hocken auf den Rahen der Segelschiffe, halten Laternen in den Händen und gaukeln den Matrosen vor, dort oben säßen ihre Liebsten. Die Matrosen betrinken sich mit Rum, weil sie sich in Sehnsucht nach ihren Liebsten verzehren, die noch immer an Land sind.

Aber sind ihre Liebsten wirklich zu Hause an Land, in ihren eigenen Räumen? Liegen sie nicht längst in den Armen anderer Männer, die nicht mit dem Wind um die Welt segeln?

(Das Geräusch des Staubsaugers verstummt.)
Rainer. Ich sag es jetzt noch einmal. Nimm endlich die Hühnergötter von der Wand. Die Müllers wollen nämlich noch vorbeikommen, bevor sie mit der AIDA über den Atlantik fahren. Die wollen sich verabschieden.

Und da brauchen sie deine komischen Steine nicht zu sehen.

Es könnte ja sein, dass sie mitsamt der AIDA untergehen, nicht? Das hat Erna gemeint. Aber nicht wirklich. Sie hat dabei gelacht und dann noch gesagt, so schlimm würde es schon nicht werden. Und sie wollten uns vorher noch die genaue Route zeigen, damit ich auch weiß, an welchem Tag sie wo sind.

Stell dir vor, Rainer, am zweiten Weihnachtsfeiertag liegt die AIDA im Hafen von Funchal auf Madeira. Und den Heiligen Abend verbringen sie mitten auf dem großen Meer. Außen um das Schiff herum ist dann nichts als Wasser. Nur Salzwasser! Aber auf der AIDA gibt es natürlich Weihnachtsbäume. Hat die Erna gesagt. Das wird lustig und heimatlich und romantisch und komisch zugleich.

Stell dir das mal vor, Rainer. Da fährt die AIDA mitsamt ihren Weihnachtsbäumen an Bord über den Atlantik nach Madeira, und auf Madeira blühen die Strelitzien. Die hast du mir damals in den Hochzeitsstrauß binden lassen, weißt du das noch?

...

Rainer?

...

(Ein Paar geblümte Damenpantoffeln betreten Rainers Zimmer. Zwei weibliche Hände legen sich auf seine Schultern und massieren seinen Nacken.)

...

Weißt du das noch?

Die waren wirklich schön, die Strelitzien. Ich habe den Strauß ja ganz lang aufgehoben.

....

Was schreibst du denn gerade?
(Eine männliche Hand schnellt vor und klappt den Bildschirm des Laptops nach unten.)
...
Ach. Das ist wieder geheim. Wie immer ist das geheim. Das geht mich ja nichts an.
Du und deine Geschichten.
Aber schreib nur weiter.
Vielleicht schreibst du ja mal einen Bestseller, und dann können wir auch mit der AIDA fahren.
Was meinst du?
Schreibst du mal einen Bestseller?
(Die weiblichen Hände beginnen einen männlichen Nacken zu kneten, wandern dann zum Hals, finden den Weg zwischen dem Kragen und dem Hals, öffnen einen Knopf des Männerhemdes, dann einen weiteren, und schieben sich in Richtung Männerbrust.)
...
So einen richtig schönen, romantischen Bestseller.
...
(Die behaarte Männerbrust wird ausgiebig von den Frauenhänden untersucht, ein weiterer Hemdenknopf wird geöffnet, dann wird dem Treiben Einhalt geboten.)
...
Ja, sag mal. Also ...
Magst du das nicht mehr?
Jetzt sag bloß!
Also wirklich.
Da ist man einmal zärtlich – und dann so was.
Das hätte ich nicht gedacht.
...

Die AIDA ...

Du denkst mal drüber nach, gell?

(Die geblümten Damenhausschuhe entfernen sich, der Staubsauger rollt über die Fliesen, dann heult er erneut auf, vermutlich im Wohnzimmer.)

Drei Tage später.

(Die Tür zum Arbeitszimmer wird geöffnet.)

Rainer, die Müllers sind jetzt da und wollen sich verabschieden. Kommst du?

...

Dann eben nicht.

(Die Tür knallt zu.)

Stunden später, dazwischen viel Gelächter, Geschirrklappern, endlos erscheinende Abschiedszeremonien.

(Die Tür zum Arbeitszimmer wird vorsichtig geöffnet.)

Rainer ...?

Rainer!

War das jetzt schön. Die Müllers werden nun sogar von zu Hause abgeholt. Ich glaube, die sind schon weg. Das ist vielleicht ein Service. Also wirklich. Dass die sich so etwas leisten können. Und dann fahren sie mit dem Bus nach Genua, und dort gehen sie auf die AIDA.

...

Was macht dein Bestseller?

Kommst du gut voran?

Dann lass dich nicht stören, mein Liebster.

Aber an den Weihnachtsbaum denkst du noch, nicht wahr?

Und die ... na, du weißt schon. Im Wohnzimmer. In der Ecke, wo der Baum hinsoll. Das machst du auch noch, oder?

Und denk dran, für Heiligabend hat sich meine Mutter angekündigt. Die musst du vom Bahnhof abholen. Um fünfzehn Uhr zwölf steht sie in Heilsbronn. Sie freut sich schon.

...

Mein Rainer ...

(wortloses Fummeln am Hinterkopf)

...

(Die geblümten Damenpantoffeln entfernen sich wieder, die Tür bleibt offen.)

Zwei weitere Tage sind vergangen.
Es ist später Vormittag an Heiligabend.
Wohnzimmer.

Dann mach ich das jetzt eben selbst.

Rainer! (sehr laut)

Deine ver... (zensiert) Hühnergötter können mir jetzt mal den Buckel runterrutschen. Ich weiß gar nicht, was die blöden Steine auf dem Regal sollen. Und ich weiß auch nicht, warum du die mitgeschleppt hast. Die schauen schrecklich aus.

(Die geblümten Damenpantoffeln erscheinen im Arbeitszimmer.)

Zum letzten Mal.

Nimm deine ... (zensiert) Steine da weg. Das ist der Platz für den Weihnachtsbaum. Wenn die in den nächsten zehn Minuten nicht verschwunden sind, dann ... dann ...

Ich zieh dir den Stecker aus dem ... (zensiert) Laptop. Und dann kannst du deine ... (nicht jugendfrei) Geschichten mit der Hand schreiben.

Jetzt soll endlich was passieren.

Und wenn nichts passiert, dann ... dann passiert was!

Fünf Minuten später.

So.

Jetzt ist Schluss.

Rainer. (sehr ruhig und entschlossen)

Rainer! (leicht erregt)

...

(Eine Wanduhr tickt leise.)

Ich gehe.

Jetzt.

(Eine Tür fällt zu. Die Wanduhr tickt weiter. Minuten vergehen in wunderbarer Stille. Poltern im Treppenhaus, die Tür wird wieder aufgestoßen.)

RAINER!

Ich mach das jetzt selbst.

Dann siehst du, zu was ich fähig bin.

Zu allem bin ich fähig.

Hörst du! Zu allem.

(Eine große Leiter wird über die Fliesen geschleift.)

Und ihr!

Jetzt ist Schluss.

Ich krieg euch schon.

Ihr ... (FSK 18)

Ihr ... (fränkisches Schimpfwort)

Ich werde euch Beine machen.

Hühnergötter-Ostsee-Sch... (Der Rest ist nicht im Duden verzeichnet.)

(Zwei geblümte Damenpantoffeln erklimmen die Leiter, Sprosse für Sprosse; sie kommen schließlich ganz oben an.)

Da!

(Ein faustgroßer Stein zersplittert auf den Fliesen.)

Und noch einer!

Und wieder einer.

...

Die haben ja alle ein Loch.

Ist das was Besonderes, weil die ein Loch haben?

...

Ist der schwer.

Puuh!

(schnauft)

Und das Zeug hast du im Rucksack vom Strand bis zur Ferienwohnung geschleppt.

Du bist ja so ... (zensiert)

(Großes Gepolter. Eine Bodenfliese bekommt einen Sprung.)

Da!

Schau, was dein ... (zensiert) anrichtet.

...

Rainer!

RAINER!

...

(Heftiges Gepolter. Mehrere Bodenfliesen gehen zu Bruch, im Wohnzimmerschrank klirren Gläser aneinander.)

Da hast du sie, deine Strandgötter. Ich schenke sie dir zu Weihnachten. Die kannst du dir unters Kopfkissen legen. Deine widerlichen ... (unaussprechlich) Brocken.

Das macht richtig Spaß.

(Zahllose Steine in unterschiedlichen Größen zersplittern auf den Fliesen.)

Alle deine Hühner sind ein großer Schrott, sind ein großer Schrott. Ich werf sie auf den Boden, dann sind sie alle fort. (Übermütig gesungen. Melodie: *Alle meine Entchen* ...)

Hahaha. Hihihi. (sehr künstlich)

Ich fühle mich befreit. So richtig befreit.

Fast schwebe ich.

Ich wusste gar nicht, dass ich mich so gut fühlen kann.

Das ist ja fast wie im Nicht-Hühnergötter-AIDA-Paradies.

Gell, mein Rainer. Das hättest du nicht gedacht.

Ich bin feeeertig! (fröhlich)

Und nun ist endlich Platz für den Weihnachtsbaum.

(Die geblümten Damenpantoffeln steigen vorsichtig die Leiter herunter, Sprosse für Sprosse, es geht alles gut.)

Aber denk nur nicht, dass ich die Splitter hier aufräume. Das sind deine Sachen. Ich räum doch nicht deine Sachen auf.

Und meine Mutter musst du noch abholen.

Und den Baum aufstellen.

Den hab ich in diesem Jahr extra abgesaugt.

Du hast das ja nicht gemacht.

Und wenn das Ding nicht vom Bauernladen wäre, dann würde ich denen ordentlich was husten. Die können ihren ... (sehr unweihnachtlich) Baum im nächsten Jahr mal sauber machen, bevor sie ihn verkaufen.

Rainer.

RAINER!

Du holst jetzt gleich den Besen! (sehr bestimmend)

Und dann machst du hier sauber. (mit der Betonung auf *du*)

Wie das hier ausschaut.

Und wie das knirscht.

Fast wie am Strand.

Das ist sogar rutschig.

Da muss ich ja richtig aufpassen.

(Zu spät. Die geblümten Damenpantoffeln verlieren den Halt auf den zahllosen, rasierklingenscharfen Splittern der Hühnergötter. Es folgt ein kurzer Schrei.)

Ahhhh!!!

Ein dumpfer, harter Schlag. Dann ist Stille.

Die Wanduhr tickt.

Es ist elf Uhr achtundvierzig an Heiligabend.

Die Müllers liegen auf dem Pooldeck der AIDA, nuckeln genüsslich an ihrem Drink, und eine Drei-Mann-Band intoniert gelangweilt *No woman, No cry*.

Rainer steht auf und lauscht. War da was? Kommt noch etwas nach? Oder ist endlich Schluss? Er öffnet die Tür des Arbeitszimmers und erkundet die Lage.

Im Wohnzimmer entdeckt er Brunhilde.

Ein zufriedenes Lächeln umspielt seinen Fünf-Tage-Bart.

Er greift zum Telefon und wählt die Nummer von Siegfried.

»Hallo Siggi, mein Süßer. Es ist vollbracht. Du kannst jetzt kommen – oder treffen wir uns bei dir?«

BERND FLESSNER
TROMMEL, PFEIFE UND GEWEHR

Jakob ließ die Papierfetzen fliegen. Rücksichtslos attackierten seine Kinderhände das grüne Weihnachtspapier, rissen die rote Schleife herunter, die der erschöpfte Verkäufer eines Spielwarengeschäfts kurz vor Ladenschluss noch schnell und routiniert appliziert hatte.

»Du hättest doch nichts mitbringen müssen«, sagte Simone, die im Wohnzimmer hinter ihrem zehnjährigen Sohn stand. »Und dann auch noch so etwas Großes.«

»Jetzt hör aber auf. Weihnachten ohne Geschenke? Das kann man doch einem Kind nicht antun«, entgegnete Friedhelm und verfolgte lächelnd die fliegenden Papierfetzen.

»Na, da bin ich aber gespannt«, sagte Michael, der Vater des Beschenkten, die Nähe des großen Baumes suchend, der wie jedes Jahr mit echten Kerzen bestückt war.

Jakob hatte sich inzwischen durch die erste Schicht gekämpft und legte eine kurze Pause ein. Denn statt der erwarteten Kartonverpackung stieß er unvermutet auf eine weitere Lage Weihnachtspapier. Braune Rentiere, die den Weihnachtsmann samt Schlitten über einen Nachthimmel zogen.

»Das machen die immer so«, lachte Friedhelm, der das Geschenk in letzter Minute besorgt hatte. »Es soll die Spannung ein bisschen erhöhen.«

»Keine schlechte Idee«, nickte Simone, während ihr Sohn nach einer Schwachstelle des überraschend reißfesten Papiers suchte.

»Der Klebefilm in der Mitte«, flüsterte Friedhelm.

Ohne sich für den Tipp zu bedanken, begann Jakob mit seinen kleinen Fingern, den Klebestreifen vom Papier zu pulen. Unter den sechs Augen der Erwachsenen hatte er schließlich Erfolg. Weihnachtsmann und Rentiere gaben ihren Widerstand auf und einen achtzig Zentimeter langen Karton frei, der dank seines ausgestanzten Folienfensters einen ungehinderten Blick auf den Inhalt gewährte.

Die Augen des Zehnjährigen leuchteten auf, sein Mund öffnete sich leicht.

Friedhelm strahlte, als er die Freude registrierte. Er brauchte einige Sekunden, bevor er die ernsten Mienen seiner Cousine und ihres Mannes bemerkte.

»Ist es das, was ich vermute?«, raunte Michael. »Ein ... ein Gewehr?«

»Ein Lasergewehr«, nickte Friedhelm lächelnd. »Aus dem neuen *Star-Wars*-Film! Der Sound ist absolut irre! Batterien müssten dabei sein. Falls nicht, habe ich welche im Auto. Na, was sagst du?«

Jakob sagte nichts, sondern knackte den Karton und zog die Fantasiewaffe heraus.

»Nicht auf einen Menschen zielen!«, befahl ihm seine Mutter. »Ziel bloß nicht auf einen Menschen!«

Der Zehnjährige folgte, drehte sich zur Seite und visierte den Weihnachtsbaum an. Die Mündung leuchtete orangefarben auf; ein synthetisches, futuristisches Surren signalisierte nicht nur das Vorhandensein der Batterien, sondern auch den ersten erfolgreichen Einsatz der Laserwaffe. Der Baum verlor sein Grün, verwandelte sich in eine riesige Wunderkerze und explodierte schließlich. Brennend fielen die Nadeln auf den Teppich und ließen ein schwarzes Skelett aus Zweigen zurück.

Jakob honorierte den Volltreffer mit einem triumphalen Lachen und einem weiteren Schuss, mit dem er beabsichtigte, den Zauberkasten, den er seinen Großeltern zu verdanken hatte, in Sekundenbruchteilen verdampfen zu lassen. Wieder traf er schon beim ersten Versuch. Der Zauberkasten wurde erst rot-, dann weißglühend und löste sich schließlich wie von Zauberhand in weißen Rauch auf, der sich schnell verzog.

»Na, da hast du ja was angerichtet«, stöhnte Michael. »Musste das sein? Ausgerechnet ein Gewehr?«

»Mensch, Michael! Es ist doch nur ein Spielzeuggewehr. Ein Lasergewehr aus einem Film«, verteidigte Friedhelm die Wahl des Geschenks. »Jungen lieben so etwas. Absolut harmlos.«

Jakob hatte sich inzwischen entschlossen, den Fernseher einzuäschern. Zweimal musste er auf den Abzug drücken, um das weihnachtsneue Gerät, das einen leicht konkav gewölbten Monitor besaß, in einen apfelsinengroßen, rauchenden, verkohlten, entsetzlich stinkenden Klumpen zu verwandeln.

»Ein Gewehr ist ein Gewehr ist ein Gewehr«, argumentierte Simone.

»Nein. Ist es nicht«, konterte Friedhelm.

»Ist es doch«, widersprach Michael und strafte ihn mit einem unmissverständlichen Blick.

»Kinder. Nur die Ruhe. Wir werden uns doch nicht wegen eines Lasergewehrs aus Plastik streiten. Noch dazu am 25. Dezember«, bemühte sich Friedhelm. »Ich bin auch gegen Kriegsspielzeug. Aber das Ding ist Fantasy pur. So etwas gibt es gar nicht in echt. Ein Merchandisingprodukt. Ein Gimmick aus einem Science-Fiction-Film. Ach was, aus einem Märchenfilm, der im Weltraum spielt. Jetzt gönnt ihm doch den Spaß!«

»Es bleibt eine tödliche Waffe«, hielt ihm Michael unter Beibehaltung seines Blicks entgegen. »Eine Waffe, mit der Lebewesen getötet werden, mit der Menschen getötet werden.«

»Aber nur auf der Leinwand. In der Fantasie«, verteidigte sich Friedhelm. »Ein paar Aliens aus dem Computer müssen dran glauben. Na und? Das hat nichts mit den Kriegen auf der Erde zu tun. Kinder verstehen das.«

»Eben nicht. Sie verstehen es nicht«, entgegnete Simone.

»Aber du hast doch früher auch *Star Trek* gesehen. Wenn ich mich nicht irre, warst du sogar mal in Captain Kirk verknallt«, grinste Friedhelm seine Cousine an.

»Das hat nichts damit zu tun«, empörte sich Simone. »Und schon gar nicht haben wir uns damals mit Weltraumpistolen bewaffnet.«

»Die hätten wir ja auch gar nicht kaufen können, weil es sie damals noch nicht gab.«

»Du warst in diesen ... in diesen arroganten Weltraummacho verknallt?«, fragte Michael und richtete den strafenden Blick spontan auf seine Frau.

»War ich nicht!«

»Warst du doch! Erst in Kirk, dann in Spock!«

»In Spock? Du spinnst ja!«

Jakob wurde von einem verräterischen Schatten aufgeschreckt, der an der Tür vorbeiflog. Er wusste sofort, was zu tun war, sprang auf und begann mit der Verfolgung der außerirdischen Eindringlinge. Auf Zehenspitzen verließ er das Wohnzimmer, da er hoffte, die grünen Monster im Esszimmer stellen zu können. Als er um die Ecke linste, glotzte ihn der erste Außerirdische mit großen Reptilienaugen an. Ahnungslose hätten das Alien für den nicht länger benötigten Adventskranz auf dem Esstisch gehalten. Aber Jakob ließ sich nicht täuschen. Die Tricks der Monster zogen bei ihm nicht. Ohne Vorwarnung hüpfte er aus seiner Deckung, legte das Lasergewehr an und drückte ab. Das glubschäugige, tentakelfingerige Wesen stieß einen grässlichen Laut aus und zerplatzte wie eine Seifenblase. Grüner Schleim flog durchs Esszimmer und blieb an den Wänden kleben.

»Aber darum geht es doch gar nicht!«, hallte Simones Stimme durch die moderne Sechszimmerwohnung.

»Es geht darum, dass Jakob gar nicht versteht, was der Tod ist«, erklärte Michael.

»Der gewaltsame Tod«, ergänzte Simone. »Der gewaltsame Tod durch einen anderen Menschen.«

»Genau. Und dafür steht nun einmal das Gewehr«, übernahm wieder Michael. »Dein Gewehr.«

»Das mag ja alles richtig sein«, entgegnete Friedhelm genervt. »Das mit dem Tod und so weiter. Dennoch ist das Lasergewehr nichts weiter als ein Spielzeug. Seht es euch doch an. Es ist ...«

» ... ein Symbol des gewaltsamen Todes!«, giftete Michael. »Was redest du da eigentlich immer von einem Spielzeug? Was, bitteschön, soll ein Kind denn damit Friedvolles spielen? *Momo*? *Pünktchen und Anton*? *Die kleine Hexe*?«

Jakob inspizierte das Arbeitszimmer, in dem er das Raumschiff der Invasoren vermutete. Es gab immer ein Raumschiff. Und meistens auch noch ein Mutterschiff. Das hatte er bei seinem Freund Kevin gesehen. Der besaß nicht nur viele DVDs, sondern durfte sie auch nachmittags schauen. Am liebsten mochte er Filme, die im Weltraum spielten. Filme mit Aliens und Monstern. Filme, die es bei ihm zu Hause nicht gab.

Das war es! Das Raumschiff gab sich als Deckenlampe aus! Jakob ging unter dem Schreibtisch in Deckung, kroch zwischen den Beinen hindurch und erreichte ungesehen den Papierkorb. Eine bessere Schussposition gab es nicht. Vorsichtig hob er sein Lasergewehr, zielte auf die Antriebseinheit und drückte ab. Das Heck des Raumschiffs flackerte kurz wie ein Blitzlicht auf, dann war die riesige Untertasse nicht mehr manövrierfähig. Wie ein Blatt auf den Wellen trieb es taumelnd durch das All. Er hatte den Aliens den Rückweg abgeschnitten. Falls sie nicht doch ein Mutterschiff besaßen, das er bislang noch nicht entdeckt hatte.

»Jetzt packt der diesen altlinken Schwachsinn vom gerechten Krieg aus!«, schimpfte Michael. »Das hätte ich mir ja denken können! Mensch, Friedhelm! Wach auf! Wir leben im 21. Jahrhundert!«

»Siehst du! Nicht wir, du hast ein ideologisches Problem! Du wartest hier mit Altlasten auf, die andere längst entsorgt haben. Aber du warst schon immer ein unverbesserlicher Nostalgiker«, spottete Simone.

»Ich? Ein Nostalgiker?«, brüllte Friedhelm seine Cousine an. »Wer verbarrikadiert sich in dieser Luxuswohnung vor der bösen Welt da draußen? Wer hat sich von der profanen Realität längst verabschiedet? Wer sucht denn Rat bei Schamanen und Kartenlegerinnen? Doch wohl du, liebe Simone!«

»Aber du stellst dich der Realität?«

»Und ob ich das tue! Sonst hätte ich mich ja für ein ganz anderes Geschenk entschieden. Einen Zoo mit handgeschnitzten Holztieren. Oder ein veganes Brettspiel, bei dem es keinen Verlierer gibt. Genau das Richtige für einen Zehnjährigen. Eine bessere Vorbereitung auf das Leben kann ich mir gar nicht vorstellen!«

»Aber ein Gewehr bereitet ihn aufs Leben vor?«, brüllte Michael zurück. »Was soll das denn für ein Leben sein?«

»Ein ganz normales, lieber Michael, ein ganz normales! Ich habe auch leidenschaftlich Cowboy und Indianer gespielt und bin trotzdem nicht schießwütig geworden. Das gehört nun einmal zur Kindheit dazu! Zumindest zur Kindheit eines Jungen!«

»Verstehe ich dich da richtig? Jakob fehlt also etwas, wenn er nicht Töten spielt?«

»Das habe ich so nicht gesagt! Ich habe nur gemeint, dass es ihm nicht schadet und dass es völlig normal ist, wenn Jungen mit Spielzeugwaffen hantieren!«

»Dann sind Brettspiele und Zauberkästen wohl unnormal?«, zischte Simone ihren Cousin an. »Mein Kind ist unnormal!? Jakob ist unnormal!? Hat selbst keine Kinder, weiß aber, was normal ist!«

Das Mutterschiff der Außerirdischen hatte sich raffiniert getarnt. Erst nach längerer Überlegung war Jakob auf das Bett seiner Eltern gekommen. Als er durch die Tür des Schlafzimmers spähte, war alles klar. Das Mutterschiff war riesig und hatte wahrscheinlich unzählige Raumschiffe und ganze Alienarmeen an Bord.

Jakob sah sich um. Die grünen Tentakelmonster hatten ihn noch nicht entdeckt. Sonst hätten sie längst mit ihren Laserwaffen auf ihn gefeuert. Aber im All regte sich nichts. Das Mutterschiff kreiste vor seinen Augen um die Erde. Das war seine Chance. Mit einem vorsichtigen Tritt stieß er sich ab und schwebte lautlos hinüber zu dem riesigen Schiff. Die Landung war weich. Als wäre das Schiff gepolstert. Wieder hatte er Glück, wieder hatten sie ihn nicht bemerkt. Durch eine zufällig geöffnete Bordluke gelangte er ins Innere. Licht schienen die Außerirdischen nicht zu kennen, denn er musste sich durch die Dunkelheit tasten. Mit der rechten Hand drückte er die weichen Bordwände zur Seite, in der linken hielt er das Lasergewehr. Sollte eines der Monster auftauchen, wollte er sofort schießen können. Aber es tauchte keines auf. Ohne Gegenwehr gelangte er in den Maschinenraum und erreichte die Motoren. Wie sie funktionierten, wusste er nicht. Aber das spielte keine Rolle. Er legte an und schoss. Es dauerte eine Weile, bis die fremdartigen Apparaturen zu glühen begannen.

Nichts wie raus! Jakob machte kehrt, wühlte sich durch die weichen, dunklen Gänge und schaffte es tatsächlich bis zur Luke. Hinter ihm explodierte das Mutterschiff. In letzter Sekunde konnte er sich noch abstoßen und schwebte zurück zur Erde. Als er sich umdrehte, brannte der Himmel. Glühende Teile fielen wie Sternschnuppen zu Boden.

»Abitur! Abitur! Was hat das denn damit zu tun? Was hat das Abitur mit der Einstellung zur Gewalt zu tun? Meinst du etwa, dein Sohn macht kein Abitur, weil ich ihm das Gewehr geschenkt habe? Du bist wohl völlig übergeschnappt!?«

»Wenn hier jemand übergeschnappt ist, dann doch wohl eher du! Platzt hier einfach unangemeldet rein, schleppst dieses verfluchte Ding an und schreist rum wie auf einem Kasernenhof!«

»Kasernenhof! Das trifft es auf den Punkt! Von wegen Kriegsdienstverweigerer! Dein Cousin ist ein verkappter Militarist!«

»Das muss ich mir nicht anhören! Nicht von euch! Und schon gar nicht auf diesem finsteren Niveau!«

Hatte er alle erledigt? Jakob beschlichen leichte Zweifel. In den Filmen, die er bei Kevin gesehen hatte, blieb immer ein Alien zurück, um erst kurz vor Schluss aus seinem Versteck zu kommen. Da konnte man sich unglaublich erschrecken. Wenn man ein Lasergewehr dabei hatte, sah die Sache allerdings ganz anders aus.

Die Küche! Er war noch nicht in der Küche gewesen! Seit jeher ein beliebtes Versteck von Aliens und Dinosauriern. Die konnten sogar Türen öffnen, die Dinos. Außerirdische natürlich sowieso. Selbst wenn sie Tentakelfinger hatten.

Jakob ging in die Knie und öffnete vorsichtig die Küchentür. Was war das? Er zuckte kurz zusammen. Ein Geräusch. Ein dumpfes Geräusch, das er sich nicht erklären konnte. Langsam drehte er sich um. Das Geräusch kam nicht aus der Küche, es kam aus dem Wohnzimmer. Falscher Alarm. Er warf einen schnellen Blick in die Küche. Da hatte es sich versteckt. Das letzte und zugleich auch gefährlichste Monster. In den großen Suppentopf, der auf dem Herd stand, hatte es sich verzogen. Mit seinen tellergroßen Reptilienaugen schielte es über den Rand. Und hatte keine Chance gegen ihn. Diesmal setzte er auf eine Hechtrolle, sprang in die Küche, überschlug sich wie beim Turnen und schoss. Sein Angriff war ein voller Erfolg. Der Laserstrahl traf genau den unförmigen Schwabbelkopf des Grünlings und ließ ihn zerplatzen. Jakob musste laut lachen, denn der grüne Schleim landete diesmal nicht an den Wänden, sondern im Suppentopf. Er stellte sich das Gesicht seiner Eltern vor, die von der Suppe aßen und dachten, die grünen Stückchen seien Zucchini.

Um ganz sicher zu gehen, gab er einen letzten Schuss auf den Topf ab. Statt des nun schon gewohnten Computersounds gab die Waffe ein müdes Winseln von sich. Die Mündung flackerte ein letztes Mal orange auf, dann waren die Batterien leer.

Was für ein Glück! Wenn ihm das vor ein paar Minuten passiert wäre, hätte ihn das Alien wahrscheinlich erwischt. Doch nun war er der Sieger und hatte die Erde gerettet. Jakob versuchte, so zu posieren, wie die Helden in Kevins Filmen. Der Kugelschreiber vom Notizblock seiner Mutter diente ihm als Zigarre. Leider fehlte die tolle Musik. Dafür waren wieder komische Geräusche zu hören.

»Du bist einfach nur eine blöde Schnepfe. Eine Edelschnepfe, zugegeben, aber eine Schnepfe. Und deinen wild gewordenen, bigotten Friedensapostel, den kannst du dir ...«

Die Erwachsenen stritten sich. Das war für Jakob nichts Neues. Es kam zwar selten vor, aber es kam vor. Vielleicht hatten sie einfach nur schlechte Laune, weil sie so wenige Geschenke bekommen hatten. Spontan beschloss er, sie aufzuheitern. Aber wie? Mit Carlo, seiner Handpuppe! Seine Eltern lachten immer, wenn er mit ihr zu ihnen sprach.

Jakob verließ die Küche und ging in sein Zimmer. Er legte das Lasergewehr in seine Spielzeugkiste und suchte Carlo.

»Hör auf damit! Bist du völlig verrückt geworden? Hör sofort auf damit!«

»Schmeiß ihn raus, Michi, schmeiß ihn raus!«

In der Kiste war seine Handpuppe nicht. Jakob schaute unters Bett und hinter seine Kissen. Carlo blieb verschwunden. Bestimmt hatten ihn die Monster entführt. Oder er hatte ihn bei Kevin vergessen. Jakob setzte sich aufs Bett und starrte die Decke an. Im Wohnzimmer wurde es wieder laut. Sein Vater rief ein Wort, das er nicht verstand, seine Mutter stieß einen kurzen Schrei aus.

Plötzlich hatte er eine Idee. Der Zauberkasten! Den Zeitungstrick beherrschte er schon ganz gut. Damit konnte er die Erwachsenen bestimmt zum Lachen bringen. Jakob hüpfte vom Bett und betrat den Flur. In der Wohnung war es still geworden. Außer einem sonderbaren Fauchen war nichts zu hören. Der Streit war vorbei.

Aus der nur einen spaltbreit geöffneten Wohnzimmertür stieg Nebel auf. Sollte er ein Alien übersehen haben? Nein, die Monster waren erledigt. Außerdem hatte er keine Lust mehr. Jetzt wollte er zaubern.

Jakob öffnete die Tür und staunte Bauklötze. Der Baum brannte. Die Flammen hatten bereits die Spitze erfasst und schwärzten die Decke. Vor dem Baum stand sein Vater mit dem kleinen Feuerlöscher und versuchte, den Brand zu löschen. Daher rührte also das Fauchen. Sollte etwa er den Baum ...? Aber wie ...? Konnte es sein ...?

Seine Mutter kniete auf dem Boden und glotzte ihn sprachlos an wie eines der Aliens. Ihre Augen blickten in seine, ohne ihn zu sehen. Ihr Gesicht war wie aus Stein. Ihr Körper war wie aus Stein, denn sie bewegte sich keinen Millimeter.

Vor ihr auf dem Boden lag Onkel Friedhelm. Auf dem Bauch. In seinem Kopf war ein Loch, aus dem Blut quoll. Es hatte bereits den Teppich rot gefärbt und war nun auf dem Weg zur Türschwelle. Ein bitterer Gedanke schoss ihm durch den Kopf. Das Monster im Suppentopf war doch nicht das letzte gewesen. Jetzt musste er schnell reagieren.

»Wo sind frische Batterien?«, fragte Jakob. »Für das Gewehr!«

***

TOMMIE GOERZ
NEUN BIER

Es war verdammt kalt und die Haltung, in der er hier arbeiten musste, war sehr beschwerlich. Eigentlich hatte er gedacht, dass, wenn er die Türe schlösse, die Kälte nicht mehr ganz so unangenehm wäre, doch es machte keinen Unterschied, es blieb zugig und kalt. Auf Knien kauernd und nach vorne auf die Ellenbogen gestützt, wühlte er mit seinen Handschuhen im Halbdunkel weiter. Kaum etwas zu sehen dort, nur zu spüren, und mit den kalten Händen auch nur spärlich. Sandboden, Rohre, vermodertes, weiches Holz, Steine. Und da sollte er nachher löten? Am besten wäre es, sie würden das ganze Ding hier abbauen. Er richtete seinen Oberkörper auf, drückte das Kreuz durch, atmete tief ein und aus, machte eine kurze Pause. Gegen das Abbauen aber hatte der Kirchenrat etwas. Denen war es ja egal, wie er sich hier placken musste. Sein Atem stand als Dunst im halbdunklen Raum. Er wischte sich über die Stirn. Durch das hölzerne Gitter konnte er einen Teil des Kirchenschiffs sehen. Er war allein, niemand mehr da. Die Kollegen waren schon gefahren, er wollte das hier noch so weit fertig machen, dass sie morgen die Heizungsleitungen verlegen und löten konnten. Zehn Minuten noch, vielleicht fünfzehn, dann hätte er es geschafft. Bis Weihnachten sollte alles fertig sein hier, und das waren ja nur noch zwei Wochen. Da klackte drüben die Tür. Wahrscheinlich wieder so ein Mütterchen, wie so oft. Klein, dünn, schwarz und gebrechlich. Ein Mütterchen, das so am späten Winternachmittag über den Bauschutt hinweg nach vorne wollte, um sich in alter Gewohnheit und wie jeden Tag dort ein wenig vor dem Altar auf die Holzbank zu knien, um mit seinem Gott zu sprechen, diesem alten, vertrauenswürdigen Herrn mit dem Bart. Das also ein suggestives Selbstgespräch führen und sich die Welt schönreden wollte, zumindest schöndenken.

Er lauschte. Etwas irritierte ihn: dass nichts geschah. Keine Schritte, kein Schlurfen, nichts. Er beugte sich nach vorn, blinzelte, sah durch die Gitterstäbe hinüber. Im Halbdunkel drüben im Schatten des Eingangs stand einer. Stand und sah sich um. Lauschte, prüfte. Dann tauchte er die Finger in das Becken an der Wand, in dem sie heute früh die große Spinne versenkt und dabei gefeixt hatten wie kleine Buben, bekreuzigte sich, deutete einen kleinen Kniefall an und setzte sich in Bewegung. Lenkte seine Schritte genau auf ihn zu.

Ach du lieber Gott, nein! Verdammte Scheiße – nein! *Scheiße* durfte er hier nicht denken! Obwohl – *Scheiße* vielleicht schon, aber *verdammt* ging in einer Kirche gar nicht, oder? Das brachte garantiert Unglück. Oder Verdammnis. Oder augenblicklichen Blitzeinschlag. Aber es war, verdammte Scheiße noch mal, schon zu spät zurückzurudern, denn er hatte es ja bereits gedacht. Und wenn es einen Gott gab und der so war, wie sie ihn immer beschrieben hatten, nämlich dass der alles wusste und sah, auch was man als Jugendlicher heimlich mit den Händen unter der Bettdecke und später sonst wo trieb, dann hatte der das längst gehört. Schöne Scheiße. Egal. Hätte er nur nicht noch mit diesem verdammten Beichtstuhl angefangen.

Verdammte Scheiße, weil es aussah, als wolle die Person in den Beichtstuhl. Sie kam direkt auf ihn zu – auf den Beichtstuhl, in dem er saß, besser: kauerte. Was sagt man, fragte er sich, wenn ein Beichtstuhl besetzt ist? »Besetzt« – wie auf dem Klo? Er hatte keine Ahnung, der Typ würde nur sehr erschrecken. Peinliche Situation. Scheiße. Warum? Weil das hier eine Baustelle war und er die Heizungsrohre verlegte und länger arbeitete. Damit die Sünder an Weihnachten nur ob ihrer Sünden froren, nicht ob der Kälte. Oder damit sie in wohliger Behaglichkeit genüsslich über ihre Sünden parlieren konnten und der Pfarrer es auch im Warmen genießen konnte. Die Hand draußen ging an die Klinke, dann war Stille. Keine Bewegung. Gott sei Dank, jetzt sah der Mann im Dämmerlicht endlich das Schild und las. »Beichtstuhl defekt! Bitte anderen benutzen.« Und kleiner darunter: »Dieser Beichtstuhl wird gerade mit den Mitteln, die die Mitglieder der Gemeinde St. Peter zu Rotzelsdorf zur Instandsetzung ihrer Kirche gespendet haben, renoviert. Bitte benutzen Sie den Beichtstuhl auf der anderen Seite.« Darunter wies ein Pfeil nach rechts.

Seit über einem Monat machten sie jetzt hier schon in dieser Kirche herum. Der Auftrag hatte ihm von Anfang an nicht gefallen, und er wusste gar nicht, warum sein Chef sich überhaupt darum bemüht hatte. Jeden Tag die weite Hin- und Rückfahrt, sie saßen ja täglich schon über eine Stunde im Auto. Aber der Chef hatte den Auftrag unbedingt haben wollen. Keine Ahnung, was er an dem gefressen hatte. Oder verdiente.

Sie hatten die komplette Heizungsanlage inklusive der Elektrik erneuert und fast die komplette Elektroinstallation samt der für die neuen Lampen neu verlegt. Dabei hatten sie sich bei jedem Handgriff immer mit den Schreinern absprechen müssen, die dabei waren, die Bestuhlung komplett zu renovieren; dann waren auch noch die Fußbodenleute gekommen und standen ständig im Weg, weil sie begannen, den Boden des Mittelganges zu erneuern, und schließlich tanzten auf der Baustelle auch immer noch der Pfarrer mit dem Bürgermeister und irgendwelchen Gemeinderäten oder Mitgliedern der Kirchengemeinde herum, weil der Altarraum umgestaltet werden, die Kommunionbank weg sowie der Taufstein und der Beichtstuhl versetzt werden sollten. Und bei diesen Veränderungsvorhaben waren sich die Beteiligten noch nicht wirklich grün und diskutierten und diskutierten. Der eine wollte, dass das so gemacht würde, der andere wollte es nicht, der nächste wollte es wieder anders, und einig war man sich nur in der Uneinigkeit. Da hatte der alte Pfarrer Karmann manchmal ganz schön zu tun gehabt, um alle unter einen Hut zu kriegen.

Gott sei Dank! Die Hand ließ die Beichtstuhltürklinke wieder los, und die Person wandte sich dem Beichtstuhl auf der anderen Seite zu. Der Pfarrer war doch gar nicht da, wem wollte dieser Besucher denn beichten? Die Beichtstuhltür auf der anderen Seite ging, knarzte ein wenig, schloss sich mit einem Klick, der in der Kirche nachhallte, und Georg Dotzler, genannt der Dotzlers Gerch, hielt den Atem an. Kaum einen Meter entfernt, im anderen Beichtstuhl, hörte er das schwere Atmen des Unbekannten. Vielleicht sollte er jetzt einfach, wie ganz selbstverständlich, seinen Beichtstuhl verlassen und hinausgehen? Er traute sich nicht. Was sollte denn dieser andere denken, wenn er ihn hörte?

Der Elektro- und Heizungsinstallateur Georg Dotzler hatte seinen Gedanken noch nicht ganz abgeschlossen, da klapperte drüben die Tür der Sakristei, fiel auch gleich wieder ins Schloss, und Pfarrer Karmann lenkte seine Schritte deutlich hörbar zielstrebig schlurfend auf den Beichtstuhl zu. Der Unbekannte musste sich mit Karmann verabredet haben, um zu beichten. Sonst konnte der ja nicht wissen, dass hier im Beichtstuhl einer auf ihn wartete. Der Dotzlers Gerch rutschte ganz tief hinunter auf den Boden des Beichtstuhls, dessen Sitzbank er ausgebaut hatte, damit er überhaupt an die Heizung kam, und versuchte sich so hinzukauern, dass der Pfarrer ihn nicht durch die Sprechgitter sehen konnte. Schon klackte die Beichtstuhltür nebenan auf, und Pfarrer Karmann setzte sich hinein. Klack, war sie wieder zu. In der Kammer neben Dotzler grunzte der Pfarrer und raschelte mit seinen Kleidern, rückte sie zurecht. Dann kehrte Ruhe ein.

Ein Moment des Schweigens, dann räusperte sich der Pfarrer leise.

Vom Beichtstuhl auf der anderen Seite kam ein verhaltenes Räuspern als Antwort zurück.

»Im Namen des Vaters und des Sohnes und des Heiligen Geistes. Amen.« Der Fremde von jenseits murmelte seinen Beichtbeginnspruch geübt herunter.

Dotzler hörte sich das an. Er war seit Jahrzehnten nicht mehr bei einer Beichte gewesen, trotzdem war ihm das Ritual präsent. Eingebrannt bis ans Lebensende. Die Gewalt der Kirche. Aber er stutzte. Kannte er die Stimme nicht von irgendwoher? Irgendwie kam sie ihm, auch dieser Tonfall, bekannt vor, aber es fiel ihm nicht ein, woher. Ganz sicher täuschte er sich, er kannte hier, über zwanzig Kilometer weit von daheim, niemanden.

»Gott, der unser Herz erleuchtet, schenke dir wahre Erkenntnis deiner Sünden und seiner Barmherzigkeit«, erwiderte Pfarrer Karmann genauso geübt interesselos murmelnd.

»Amen«, vervollständigte der Beichtwillige.

Es entstand eine längere Pause. Dann begann der Mann gegenüber dem Priester leise zu sprechen.

»Meine letzte ausführliche, richtige und vor allem konkrete Beichte ist sehr lange her, Bruder.«

Und jetzt will er sich so kurz vor Weihnachten noch schnell erleichtern, dachte sich Dotzler, als er das hörte.

Der Pfarrer schwieg. Hatte der andere den Pfarrer ›Bruder‹ genannt? Wie kam der dazu? War er ein Mönch? Oder ebenfalls ein Priester?

Der Pfarrer nebenan reagierte nicht.

»Jetzt bekenne ich in Reue meine Sünden«, fuhr der von nebenan fort. Woher kannte er nur die Stimme? Es lag ihm auf der Zunge, doch noch konnte er sie keiner Person zuordnen.

Wieder trat eine längere Pause ein, der Beichtwillige schien Hemmungen oder Schwierigkeiten zu haben, das auszusprechen, was er getan hatte. Schließlich begann er zu reden. Mit sonorer, monotoner Stimme erzählte er. In einer Tonlage, als lese er es ab oder habe es auswendig gelernt.

Er erzählte, legte immer wieder längere Pausen ein, räusperte sich zwischendurch, sprach dann weiter. Vom Priester währenddessen kein Wort. Der andere suchte keine Beratung und kein Gespräch, er stellte keine Fragen. Er suchte offenbar nur Erleichterung und wollte etwas loswerden, sich befreien. Aber das, was er erzählte, ließ Dotzler den Atem anhalten. Jetzt wusste er, wer der war! Aber konnte das denn sein? Dotzler war fassungslos, gleichzeitig aber wie gebannt. Ihm pochte das Herz bis zum Hals.

Was macht ein Priester, dem man solche Geschichten erzählt? Was macht er mit diesem Wissen? Und was würde er dem raten, der ihm diese Geschichten erzählte, der sich als Sünder – und vor allem als Täter – zu erkennen gab? Würde er ihn zur Polizei schicken? Würde er selbst zur Polizei gehen? Durfte er das überhaupt? Nein, so viel glaubte Dotzler zu wissen: Priester sind an ein Beichtgeheimnis gebunden, sie dürfen das, was man ihnen anvertraut, nicht weitergeben. Unter keinen Umständen. Niemandem. Es war ihnen strikt verboten. Wurden sie nicht sogar exkommuniziert, wenn sie das Beichtgeheimnis brachen? Aber was bedeutete *exkommuniziert*? Er musste feststellen, dass er keine Ahnung hatte, mit Kirche und Glauben hatte er zeit seines Lebens nichts am Hut gehabt, und Männer in Frauenkleidern, die wie einbalsamiert sprachen und sich immer und überall salbungsvoll einmischen wollten, waren ihm nur zuwider. Das war schon immer so gewesen. Seine Eltern hatten ihm das früh ausgetrieben, als sie ihn als Kind Sonntag für Sonntag in die Kirche zwangen. Haare kämmen, schöne Sachen anziehen, still sitzen, fromm tun. Er wäre viel lieber Fußball spielen gegangen. Nein, er hatte um Gottesdienste immer einen großen Bogen gemacht. Dass er auf dem Friedhof als Leichenträger gearbeitet hatte, wo ja auch immer der Pfarrer war, das war etwas anderes und hatte mit Kirche nichts zu tun. Das machte man, wie man zur Freiwilligen Feuerwehr ging, und es war eine Ehre.

Dotzler registrierte, dass er schwitzte. Tropfen rannen ihm von der Stirn übers Kinn, seine Hände schwitzten, das Hemd klebte ihm nass am Rücken. Dabei war es kalt, es war sogar Schnee angesagt.

Er wusste nicht, wie lange der andere erzählt hatte, es musste eine Ewigkeit gewesen sein. Dotzler hatte sich irgendwann wie vergessen, wie von sich weggedacht, anders war das nicht zu ertragen, er durfte sich ja nicht bewegen und kein Geräusch machen. Doch irgendwann war der am Ende seiner Beichte angelangt, atmete tief und wartete.

Vom Priester kam lange keine Reaktion. Dann raschelte ein Buch, Seiten wurden gewälzt und geblättert, schließlich kehrte wieder Ruhe ein. Der Priester nebenan hatte wohl gefunden, was er gesucht hatte.

»Ich werde dir eine Stelle aus dem Brief an die Kolosser vorlesen«, sagte er dann, sonst nichts, und nach einer weiteren kurzen Pause las er:

»Mit Christus wurdet ihr in der Taufe begraben, mit ihm auch auferweckt, durch den Glauben an die Kraft Gottes, der ihn von den Toten auferweckt hat. Ihr wart tot infolge eurer Sünden, euer Leib war unbeschnitten; Gott aber hat euch mit Christus lebendig gemacht und uns alle Sünden vergeben. Er hat den Schuldschein, der gegen uns sprach, durchgestrichen und seine Forderungen, die uns anklagten, aufgehoben. Er hat ihn dadurch getilgt, dass er ihn an das Kreuz geheftet hat.«

Dann war Ruhe.

Nichts kam mehr nach. Dotzler lauschte und war fassungslos.

Das ist alles?, dachte er sich, als er gewiss war, dass nichts mehr nachkam. So einfach machen die sich das? Gott hat uns alle Sünden vergeben ...! Da kann einer über Jahre die größten Schweinereien veranstalten und eine Spur des Verbrechens hinter sich herziehen, dann geht er zum Beichten, redet sich alles von der Seele und der

Pfaffe sagt nicht: »Mein lieber Freund, du hast wohl nicht alle Tassen im Schrank? Ist dir eigentlich klar, was du bist? Eine widerliche Drecksau! Ein abstoßendes Stück Scheiße! Eine asoziale Stinkwanze! Ich pack's ja nicht! Weißt du was? Du gehst jetzt mal schön zur Polizei, und zwar auf der Stelle, und stellst dich und erzählst denen all das, was du mir gerade erzählt hast! Damit diese Sachen endlich einmal an den Tag kommen und ein Schuldiger benannt ist und nicht weiterhin Unschuldige verdächtigt werden und deren Leben zerstört wird! Und wenn du das nicht tust, dann werde ich das für dich besorgen!« Oder besser: »Komm jetzt mal auf der Stelle raus hier, ich hau dir so aufs Maul, dass du froh sein wirst, wenn die Polizei kommt und dich errettet!« – Nein, so geht das mit den Pfaffen und der Kirche nicht, sondern der Pope sagt sinngemäß einfach nur salbungsvoll: »Alles ist gut, mach dir keine Gedanken. Schwamm drüber, es ist alles vergessen.« Statt dem die Hölle heiß zu machen oder wenigstens mit der Hölle zu drohen, verspricht er ihm den Himmel. Statt einmal so richtig ungemütlich zu werden, salbt er nur hemmungslos Honig und legt Hand auf. *Vergeben* nennt sich das, dabei ist es das Decken von Verbrechen. Verlogen ist das und menschenverachtend! Und das ist das Christentum? Dotzler atmete durch, so gut es ging, er durfte ja keine Geräusche machen.

Der Pfarrer nebenan hatte das Buch wieder zugeklappt und wartete ab. Da sprach der von der anderen Seite:

»Ich bitte Gott um Vergebung.«

Der Priester räusperte sich, erlegte ihm eine Wallfahrt zur Buße auf und schwieg. Das Beichtgestühl knackte in die Stille hinein. Schließlich sprach der andere:

»Ich danke dir, Bruder. Ich glaube, ich muss nicht mehr sagen.«

Doch ganz so leicht wollte es ihm der Priester dann offenbar doch nicht machen. Nach einer kurzen Pause sagte er mit einem ganz eigenen Unterton: »Du machst es mir schwer, Bruder, aber du solltest wissen, was du sonst noch zu tun hast.«

Na also, dachte sich Dotzler, wenigstens etwas. Als darauf von der anderen Seite aber keine Antwort kam, sprach der Priester leise:

»Gott, der barmherzige Vater, hat durch den Tod und die Auferstehung seines Sohnes die Welt mit sich versöhnt und uns den Heiligen Geist gesandt zur Vergebung der Sünden. Durch den Dienst der Kirche schenke er dir Verzeihung und Frieden. So spreche ich dich los von deinen Sünden: Im Namen des Vaters und des Sohnes und des Heiligen Geistes.«

Der andere erwiderte feierlich: »Amen.«

Schließlich schloss der Priester:

»Deine Sünden sind dir vergeben. Gehe hin in Frieden. Gelobt sei Jesus Christus.«

Der Dotzlers Gerch stieß innerlich einen Schrei aus, so markerschütternd, dass sich die Ziegel vom Kirchendach lösten und herabfielen.

Der andere bestätigte das Ende der Beichte:

»In Ewigkeit! Amen.«

Es dauerte einen Moment, dann ging im Beichtstuhl nebenan die Tür, schwer schlurfende Schritte entfernten sich wie mahnend langsam, dann klackte die Sakristeitür und hallte kurz im Kirchenschiff wider. Der Pfarrer war gegangen, der andere aber saß noch in seinem Verschlag. Dann ging auch dessen Tür.

Der Beichtende ging, dem Geräusch seiner Schritte nach zu schließen, erst zum Altar, dann trat wieder Ruhe ein. Wahrscheinlich sprach diese Ratte ein Gebet und dankte seinem Herrn dafür, dass er so glimpflich davongekommen war. Glimpflich? Komplett ungeschoren!

Gerch spürte, dass seine Beine eingeschlafen waren. Aber er konnte sich jetzt nicht bewegen, kein Blut hineinlassen, sonst würde ihn der andere bemerken. Schließlich, nach einer gefühlten Ewigkeit, vernahm er endlich wieder Schritte, die sich, nicht mehr ganz jung, aber trotzdem noch zügig, zum Ausgang hinbewegten. Schuhsohlen knirschten auf sandigem Steinboden. Der Dotzlers Gerch blinzelte durch einen Spalt im Holz, um zu sehen, wer dieser Mann war. Ob es tatsächlich der war, den er vermutete. Ja, er war es! Er erkannte ihn im Lichtschein der Straße in der geöffneten Kirchentür. Dann fiel diese ins Schloss. Er hatte diesen Mann Jahrzehnte nicht mehr gesehen oder von ihm gehört – und ihn schon längst vergessen. Doch jetzt kam alles wieder hoch. Er streckte die Beine und ließ das Blut wieder zirkulieren.

Erst Minuten später traute er sich aus seinem Beichtstuhl. Leise drückte er die Tür auf und wand sich heraus. Inzwischen war es komplett dunkel draußen, das Licht einer Straßenlaterne warf einen hellen Fleck auf den Kirchenboden. Dotzler kribbelten die Beine. Es wäre gut gewesen, sich einen Moment auf eine der Kirchenbänke zu setzen, aber er wollte nur hinaus, nur weg von hier. Auf wackeligen Beinen wankte er hinüber zum Nebeneingang und drückte sich hinaus in die Dunkelheit. Sein Werkzeug hatte er einfach stehen gelassen, das würde er morgen aufräumen.

Als er später am Abend daheim war, ging er zum Brückenwirt. Saß im hintersten Eck und schwieg, setzte sich nicht an den Stammtisch, ließ sich auch nicht dazu bewegen. Vier Bier trank er gegen die Wut, drei weitere gegen die Aufregung, nach dem neunten torkelte er heim. Es war kalt.

In dieser Nacht schlief Georg Dotzler schlecht. Immer wieder quälte ihn ein Gedanke: Hatte Babette Schmidt vielleicht doch recht gehabt damals? Eine unheimliche Wut stieg langsam in ihm auf, und er beschloss herauszufinden, wo dieser Mann jetzt tätig war. Er musste mit ihm reden, ihn zur Rede stellen. Oder ob er zur Polizei gehen sollte? Die würden ihm das sicher nicht abnehmen. Er hatte keinerlei Beweise, nur eine Geschichte. Und ob die überhaupt gerichtsfähig war, da er sie ja erlauscht hatte, wusste er auch nicht. Er hatte doch keinerlei Indizien, nichts. Und außerdem, dachte er sich: Einen Pfarrer zu beschuldigen ist wie einen Polizisten zu beschuldigen. Gegen beide hast du keine Chance. Die Pfarrer sind zu heilig und werden von oben gedeckt, und Polizisten decken sich gegenseitig. Du bist halt als normaler Mensch immer der Depp.

Zwei Tage später, am Samstag, ging der Dotzlers Gerch auf den Friedhof. Das Grab war noch da, hinten im Eck an der Mauer.

Lisette Prenzler
Lehrmädchen
6. 4. 1966 – 14. 9. 1982

Er sprach kein Gebet, er sprach nie Gebete und würde jetzt erst recht keines mehr sprechen. Er hatte auch keine Blumen dabei, denn wem sollten die nutzen. Er schüttelte nur nachdenklich den Kopf. Schlimm war das damals gewesen vor dreiunddreißig Jahren. Danach ging er wieder zum Brückenwirt, er brauchte jetzt ein Getränk. Bis zum vierten Bier machte er Pläne, bis zum siebten verwarf er sie, eins brauchte er noch für die Müdigkeit, schließlich torkelte er durch die kalte Nacht heim. Du bist ein Feigling, dachte er sich, ein jämmerlicher Feigling. Im Radio spielten sie Weihnachtslieder. *O du fröhliche, O Tannenbaum* und *Stille Nacht.* Er hätte schreien können, aber er trank nur noch ein Bier.

Pfarrer auf Friedhof gezerrt, erwürgt und vergewaltigt! – so eine Überschrift würde es nie geben, aber er wünschte es sich. Mit *Mädchen* hatte es diese Überschrift gegeben, das war lange her.

Eine Kirche betrat er nie wieder.

HELWIG ARENZ
KLEINE OPFER

»Dieser Junge hat gestunken«, sagte Migge, und ich antwortete: »Ich glaube, die Wohnung hat gestunken, nicht der Junge.« Wir drehten uns um und sahen noch mal auf das Haus, das wir eben verlassen hatten. Was für ein bizarrer Fall, dachte ich. Ein kleiner dicker Junge war bis jetzt unser einziger Anhaltspunkt. Ein hysterischer Schulpsychologe hatte uns angerufen, weil der Kleine seltsame Sachen beobachtet haben wollte. Die Aussage des Jungen hatte mich und meine Kollegin Migge während der letzten Viertelstunde gut unterhalten. Der Junge hatte sich einen Platz auf dem Sofa freigewühlt und sich auf die Polster geworfen. Uns hatte er stehen lassen. Migge hatte versucht, lässig auszusehen, aber das war ihr nicht gelungen, weil der Boden nicht eben war. Unter dem ganzen Spielzeug und Müll konnte man nicht mal die Farbe des Teppichs erraten. Sie begann einfühlsam mit der Befragung des Kleinen: »Mike?«, stellte Migge die Personalien fest. Der Junge nickte. »Mike Prall?«

»Ja«, sagte der Kleine.

»Sag seinen Namen noch mal, ich hab's nicht mitgekriegt«, bat ich, obwohl ich Migge deutlich verstanden hatte.

»Mike Prall«, wiederholte sie ernst. Ich verbarg prustend mein Gesicht und teilte mir dann unaufgefordert einen Sessel mit einem Klumpen alter Wäsche. Der Junge fing an zu erzählen, tonlos und ohne Modulation. Anhand der Fernsehsendungen, die er an dem Nachmittag gesehen hatte, konnte er uns sehr genau sagen, wann was passiert war.

»Meine Mutter hat mich angekackt weil ich so zappelig war sie sagt es ist kein Wunder wenn ich in der Schule nichts mitkriege wenn ich mich halt nicht mal zwanzig Minuten aufs Fernsehen konzentrieren kann da bin ich ans Fenster und hab geguckt ob Kinder draußen sind dann wär ich raus dann kam das Auto von dem fremden Mann.«

»Weißt du, was für ein Auto es war?«

»Ein Scheißauto.«

»Was ist ein Scheißauto?«

»So ein alter Bus ein kaputter ein Mercedes mit Gardinen der Mann ist ausgestiegen und ...«

»Wie sah der Mann aus?«

»Struppig.«

»Was heißt struppig?«

»So ohne Frisur und mit Bart.«

»Noch was?«

»Er hatte keine Jacke an obwohl es geschneit hat dann ist er rein ins Haus.«

Ich verließ meinen Sessel und ging zur Verandatür. Das Nachbarhaus stand grau und flach auf einem kahlgepflegten Grundstück. Neubau, Beton. Ein Skoda Kombi stand auf dem Parkplatz, irgendwelche formlosen Steinfiguren säumten die Einfahrt. Die Fenster sahen stumpf und tot aus. Mike Prall erzählte weiter: »Um Viertel nach fünf kam der Mann raus und hat die Marie hinter sich hergezogen sie hat geweint er hat sie ins Auto getan und ist weggefahren.« Ich kniete mich hin. Ich sah den kleinen Fettfleck, den Mike gemacht hatte, als er sich gestern immer wieder mit der Stirn gegen die Scheibe gelehnt und den Mann beobachtet hatte. Mike wollte den Unbekannten dann noch zweimal gesehen haben. Um zwanzig Uhr sei das Auto wieder da gestanden, und der Mann habe eine Leiche aus dem Laderaum geholt, eine Frau mit blonden Haaren. Um halb elf sei dann eine Gestalt mit einer Schaufel rausgegangen und habe ein Loch im Garten gegraben – aber da habe Mike in der Dunkelheit kaum noch etwas erkennen können. Wir nickten, verabschiedeten uns und gingen. Erst draußen fingen wir an zu lachen. Als Nächstes wollten wir die Mutter der kleinen Marie anhören. Am Telefon hatte ihre Stimme sehr sympathisch geklungen. Sie wohnte in dem kargen Nebenhaus mit ihrem neuen Lover. Dem gehörte bestimmt auch der nichtssagende Skoda. Auf dem Weg hinüber erklärte mir Migge das mit dem Geruch: »Man kann Asoziale am Geruch ihrer Wohnungen erkennen. Es ist immer der gleiche Geruch. Hat etwas mit der nassen Wäsche zu tun. Wenn die Maschine durchgelaufen ist, fangen sie an, sich anzubrüllen, wer die Wäsche aufhängen muss. Bis sie sich geeinigt haben, ist die Wäsche verschimmelt. Aber das riecht die Frau nicht mehr, weil der Mann ihr beim Streit auf die Nase gehauen hat. Deshalb hat er den Streit auch gewonnen.« Das klang einleuchtend. Ich blieb am Tor stehen und ließ Migge die Einfahrt hinauflaufen und klingeln. Die Aussicht auf ihren Hintern war bemerkenswert. Schade, seufzte ich, Migges Schönheit wird von ihrer Dummheit leider komplett neutralisiert.

»Kommst du?«, rief sie.

Maries Mutter war eine sehr gepflegte Frau, die etwas gestresst wirkte. Ich drückte Migge schnell meinen Block in die Hand und übernahm die Befragung selbst, man hat ja sonst keinen Spaß. Ich hätte das Ganze viel mehr genießen können, wenn nicht der Freund gewesen wäre.

Er saß schweigend und feindselig in der Küche herum und machte den Mund nur auf, um die Frau nach jedem Satz zu korrigieren. »Sie haben am Telefon gesagt, um Marie müssen wir uns keine Sorgen machen, ihr Vater holt sie von der Schule ab, stimmt's?«

»Ja«, sagte die Frau.

»Das heißt nicht, dass wir uns um sie keine Sorgen machen müssen«, murmelte der Freund. Ich ging nicht darauf ein.

»Und wo ist der Vater?«, fragte ich.

»Das weiß ich gerade nicht genau.«

»Was fährt er denn für einen Wagen?«, unterbrach mich Migge.

»So einen ausgebauten Bus«, gab die Frau an.

»Mercedes«, ergänzte der Mann unduldsam. Bei der Antwort zwinkerte mir Migge vielsagend zu und kritzelte etwas in ihren Block. Weil plötzlich ein unbehagliches Schweigen entstanden war, schlug ich fröhlich vor:

»Können Sie nicht mal ein Licht anmachen? Es ist so dunkel hier.« Die Küche sah aus wie in einer Möbelausstellung. Alles hatte seinen Platz, das hier waren gute Bürger. Ich hätte mir fast reflexartig die Schuhe ausgezogen, als wir hineingegangen waren; jetzt stand ich mit schlechtem Gewissen auf dem blanken Linoleum und spürte den Schnee unter meinen Sohlen schmelzen. Der Mann stand auf, fischte eine kleine weiße Fernbedienung aus seiner Hosentasche und drückte auf einen Knopf. Das Licht ging an. Migge lachte: »Toll!« Ich schämte mich ein wenig für sie. »Wann kommt denn Marie wieder?«, fragte ich. »Die müssen wir auch interviewen, fürs Protokoll.«

»Um eins«, sagte die Mutter.

»Nein«, mischte sich der Freund wieder ein, »nicht um eins, sondern um eins plus die Verspätung, die wir beim Kindsvater einrechnen müssen.« Jetzt wurde es mir wirklich zu ungemütlich. »Sie sagten was von Blutspuren draußen?«, fragte ich schnell. »Können Sie uns die zeigen?« »Wahrscheinlich ein Marder! So ein Blödsinn, Blutspuren!«, rief uns der Mann noch nach, als wir das Haus verließen. Draußen war es kalt und grau, Schnee fiel, und das Licht schien schon wieder nachzulassen. Dennoch atmete Maries Mutter erleichtert auf. Sie stand eine kleine Weile verloren da, dann begann sie zu erzählen: »Wir waren gestern auf einer Hochzeit. Maries Vater sollte babysitten, er kam, kurz nachdem wir gegangen waren. Ich ...«, sie stockte.

»Gibt es da etwas, das Sie uns verschwiegen haben?«, durchbrach Migge grob die kleine Stille. Ich nahm sie sofort beiseite. »Wie wär's, du gehst in den Garten und siehst dich ein wenig nach einem frischen Grab um, ja?«, schlug ich vor.

»Aber es hat den ganzen Tag geschneit!«, maulte Migge und sah lustlos in ihre Mütze. »Leichenteile sind auch gut!«, flüsterte ich noch und schob sie fort. Ich wandte mich wieder der Frau zu: »Erzählen Sie bitte weiter.« Die Frau hatte mit Maries Vater alles abgesprochen, war dann auf die Hochzeit gefahren und erst am nächsten Morgen wieder nach Hause gekommen.

»Ich war gestresst, weil Marie und auch ihr Vater nicht mehr ans Handy gegangen sind.«

»Warum haben Sie denn angerufen? Haben Sie sich wegen irgendetwas Sorgen gemacht?«, hakte ich nach.

»Nein, keine Sorgen!«, rief sie ungeduldig. »Nur wegen einer Kleinigkeit. Oder doch Sorgen. Aber lächerliche. Ich hatte Marie vergessen zu sagen, dass sie die Hamster füttern soll.«

»Hamster!«, rief ich begeistert.

»Zwerghamster. Und es ging niemand ran, und ich begann mir Sorgen zu machen. Einfach so, eben typische Muttersorgen. Ich kam hier an, war schon etwas nervös. Auf einmal sehe ich hier in der Einfahrt was Rotes. Ich bücke mich und denke: Das ist doch Blut! Ich denke gleich an eine angefahrene Katze oder so. Aber die Tropfen gingen von der Einfahrt bis zur Haustür. Ich glaube, auch innen war was!«

»Zeigen Sie es mir«, bat ich aufgeregt. Sie lächelte verlegen, dann deutete sie auf das weite, alles bedeckende Weiß im Vorgarten.

»Aber wenigstens hier unter dem Vordach muss doch noch was sein!«, meinte ich enttäuscht.

»Nein«, sie schüttelte den Kopf.

»Aber unter dem Vordach hat es nicht geschneit!«, rief ich. Plötzlich wurde es ganz still. Sie sah mich an. Dann sagte sie schnell: »Ich hab sie weggeputzt.«

»Okay«, sagte ich, schluckte und bat: »Vergessen Sie's. Erzählen Sie weiter!«

»Na ja, ich gehe rein und rufe: ›Hallo, Hallo!‹, aber es antwortet niemand, keiner ist da. Ich rufe wieder. Und auf einmal ruft es zurück von oben: ›Hallo!‹ Ganz schwach. Ich denke, das gibt's doch nicht. Was ist denn das für eine Stimme? Und dann renne ich hoch, und in meinem Bett liegt – Magda. Meine Freundin Magda, das ist doch absurd. Sie ist eine Freundin, eine Bekannte von mir. Sie liegt in meinem Bett und schläft noch halb, und ich denke: Das hat er nicht gemacht, das hat er nicht gemacht.«

»Er? Wer?«, fragte ich nach.

»Na, mein Ex. Der ist hier nicht seine Tochter besuchen gekommen, um dann in meinem Bett meine Freundin Magda zu ... zu ... Sie wissen schon!«

»Ach, was glauben Sie, was die Leute alles machen?«, winkte ich lachend ab.

»Nein. Eben nicht! So war es nicht!«, beharrte sie, fast ein wenig böse, um mich gleich darauf zurechtzuweisen: »Und hören Sie auf, so dreckig zu grinsen!« Ich schluckte schnell mein schmieriges Verschwörerlächeln herunter, das ich sonst bei delikaten Angelegenheiten verwendete.

»Magda hatte einen Verband um den Kopf und eine fette Wunde darunter und hat geschworen, sie hat keine Ahnung, wie sie hierhergekommen ist.«

»Ja, aber an irgendetwas muss sie sich doch erinnern!«, wandte ich ein. »Ist sie gestern Abend ausgegangen?«

»Nein. Sie sagte, sie hatte ein Nahtoderlebnis. Ein Tunnel. Und am Ende ein gleißendes Licht. Das war alles, wovon sie sprach. Ich habe sie zum Arzt gefahren.«

Mir war die Sache relativ klar. »Hatte sie was getrunken?«, fragte ich. »Vielleicht mit Ihrem Ex?«

»Nein. Sie kennt ihn nicht, und sie trinkt nicht!«, rief die Mutter.

»Das sagen sie ...«, begann ich einzuwerfen, aber wieder unterbrach mich die Frau: »Nein, das sagen sie nicht alle!« Und damit drehte sie sich auf dem Absatz um, ging ins Haus und schlug die Tür zu. Manche Menschen haben einfach keine Erziehung. In diesem Moment passierte etwas Schönes. Würde man seine Fälle erfinden, würde man genau in so einem Moment so etwas passieren lassen. Der Ermittler steht ganz allein und verlassen in der

Kälte und weiß nicht weiter, als ein großer alter Mercedesbus die Straße heruntergefahren kommt und genau neben dem Ermittler anhält. So ein richtiges Scheißauto. Mit Gardinen. Ein struppiger Mann kurbelt das Fenster runter, sieht einen an wie ein Hund, den man eben in der Speisekammer erwischt hat, und sagt: »Okay, ich geb's zu. Das mit dem Einbruch war ich. Aber mit dem Rest habe ich nichts zu tun, ich schwöre es! Es ist alles ...«

»... ein großes Missverständnis«, vervollständigte ich seinen Satz. In dem Moment, als ich den Mann gesehen hatte, war der Fall für mich klar. Alles Weitere war nur noch Schnickschnack, ein paar Einzelheiten, ein bisschen Gerede und der Bericht. Sonnenklar, dieser Mann war der Täter. Was auch immer getan worden war. Ein struppiger Hippie in seinem Scheißauto, ein unzuverlässiger Exmann, der seine Tochter vernachlässigt, ein Mann, der nicht mal seine Jacke anzieht, wenn er aus dem Auto steigt. Und was hatte er da eben von einem Einbruch gestottert? »Na, dann erzählen Sie mal«, sagte ich lässig und legte ihm schon mal die Hand auf die Schulter. Auf einmal wurde der Mann wortkarg, also übernahm ich das Reden: »Wo waren Sie gestern zwischen sechzehn und zwanzig Uhr?«

»Ich bin mit meiner Tochter in der Stadt rumgefahren.«

»Was wollten Sie denn in der Stadt?«

»Marie, meine Tochter, ... äh ... wollte in ein Zoogeschäft. Aber die waren alle zu.« Er schwieg und sah mich an. Ich sah ihn an: »Zoogeschäft. Na klar«, sagte ich. Und er: »Okay. Ich sage Ihnen die Wahrheit, aber Sie werden es nicht glauben.«

»Versuchen Sie's.«

Er versuchte es: »Ich hab was für meine Tochter abgeholt bei einer Bekannten. Um acht bin ich zurückgekommen. Ich mache mein Auto hinten auf, und da liegt eine Frau drin. Keine Ahnung, wie die da reingekommen ist. Ich denke erst, sie ist tot, ihr ganzer Kopf ist voller Blut! Aber ist sie nicht. Ich hole sie raus und trage sie ins Haus. Das war's. Keine Ahnung, wie das passiert ist«, schloss er. Dann sagte er noch: »Glauben Sie nicht, oder?«

»Gehen wir mal davon aus, Sie sagen die Wahrheit«, fing ich an. »Ist Ihnen irgendetwas aufgefallen, als Sie unterwegs waren? Haben Sie Ihr Auto abgesperrt, als Sie es geparkt haben?«

»Nein. Ich ... äh, ich hatte es eilig. Doch, da war was! Ich wurde geblitzt auf dem Nachhauseweg. Gleich hinter dem Tunnel. Ich war ein bisschen schnell unterwegs.«

»Warum?«

»Marie. Sie wartete zu Hause auf mich. Ich wollte sie nicht so lange allein lassen.«

»Und warum haben Sie die Frau nicht sofort in die Notaufnahme gebracht?«, fragte ich streng.

Der Mann biss sich auf die Lippe, dann nuschelte er: »Ich hab einen Freund, der Medizin studiert. Den wollte ich erst mal holen und fragen.«

»Und dann haben Sie sie in den Wald geschleppt und ihre Leiche vergraben!«, plärrte es auf einmal hinter uns. Es war Migge. Sie hatte uns zugehört, stand nun da und sah mich erwartungsvoll an. »Nein. Es gibt überhaupt keine Leiche«, sagte ich mürrisch. »Migge, geh zu der Mutter rein und lass dir die Adresse von dieser anderen Frau geben.«

Der Hippie und ich verstummten kurz. Beide sahen wir Migge nach, als sie zum Haus ging. »Lassen Sie das!«, fuhr ich ihn an, als ich seinen Blick bemerkte. »Wo ist denn überhaupt Ihre Tochter? Die möchte ich gerne auch noch interviewen«, schimpfte ich. Der Hippie zuckte nur mit den Schultern: »Schule vielleicht? Ist heute ein Werktag?« Ich wollte eben anfangen, ihn runterzuputzen, aber da kam Migge zurück. Den Hippie schickte ich los, seine Tochter zu suchen und auf die Wache zu bringen, während wir zu dieser Magda fuhren. »Warum lässt du den denn wieder laufen, da besteht doch Fluchtgefahr?«, fragte mich Migge im Wagen. »Ach, der verfährt sich doch bloß, wenn er versucht zu fliehen«, antwortete ich.

Die Bekannte von Maries Mutter wohnte in einer soliden Wohngegend in der Stadt. Wir mussten eine Weile klingeln, ehe sie uns öffnete. Sie war ein bisschen überdreht, vielleicht wegen der Kopfschmerztabletten, kochte uns Kaffee und erzählte: »Ich kam gestern vom Yoga heim und merkte gleich, dass etwas nicht stimmte. Von der Atmosphäre her. Ich dachte, vielleicht ist ja mein Sohn da mit Freunden und Alkohol. Der kommt manchmal unangemeldet, und dann sehen sie düstere Filme. Aber ich habe nicht gerufen. Ich muss was gespürt haben. Ich stelle also ganz vorsichtig meine Taschen ab und horche. Da höre ich Schritte. Ich kenne die Schritte meines Sohnes. Das war er nicht. Also habe ich mich an die Wand gedrückt. Ich wollte nach meinen Walkingstöcken greifen, um mich zu verteidigen, aber ich hatte zu viel Angst, ein Geräusch zu machen. Da sehe ich wirklich einen Einbrecher die Treppe herunterschleichen. Er geht auf Zehenspitzen – wie im Film. Absurd! Er hat eine Tüte in der Hand und ...«

»Können Sie ihn beschreiben?«, unterbrach ich.

»Ja, er sah ... hm ... ich weiß nicht. Also ...«

»Ich meine, sah er vielleicht irgendwie struppig aus?«, fragte ich ungeduldig.

»Was meinen Sie mit struppig?«

»Na, ohne Frisur und mit Bart!«

»Ja, genau, das war er! Ich bin ihm nachgeschlichen, als er raus ist. Er hat die Tüte hinten in seinen Sprinter geworfen und wollte losfahren. Aber er hatte eingeparkt. Deswegen hatte ich Zeit, nachzudenken. Das war, glaube ich, mein Fehler. Ich rannte zu dem Auto hin, riss die Türen hinten auf und sprang hinein! Wie entsetzlich. Ich griff nach der Tüte, aber da fuhr er schon los. Ich wollte raus, aber die Türen schwangen zu, ich hatte wahnsinnige Angst! Er fuhr immer schneller. Und dann plötzlich: eine Kurve. Ich fiel. Das Letzte, was ich sah: ein Tunnel und an seinem Ende ein roter Blitz. Und dann war ich tot.«

»Jaja«, unterbrach ich ungeduldig, »und was war jetzt in dieser Scheißtüte drin?« Sie sah mich mit großen waidwunden Augen an: »Meine Zwerghamster!«, antwortete Magda und begann zu weinen.

Klarheit brachte dann das Gespräch mit der Kleinen auf der Wache: »Mein Vater ist doof. Wir haben zusammen Lego gespielt und ein Haus gebaut. Ich wollte die Hamster meiner Mama reintun, damit sie durch die Legozimmer laufen. Mein Vater hat gesagt, das dürfen wir nicht, aber er wollte es selbst, das hab ich gesehen. Seine Augen haben geleuchtet. Wir haben die Hamster in das Haus getan und Spaß gehabt. Aber mein Vater hat das Türchen offen gelassen. Sie rannten auf seine Hand, fielen runter und waren sofort tot. Beide! Diese empfindlichen, unnützen Viecher! Mein Vater hatte Panik, dass er nicht mehr kommen darf. Er war richtig verzweifelt. ›Kaufen wir eben neue‹, habe ich gesagt. Also hat er mich durch die halbe Stadt gezerrt, aber die Geschäfte waren schon zu. Für seinen Seelenfrieden hab ich ihm dann vorgeschlagen, zu Magda zu fahren. Die hat die Biester zuerst gehabt und meine Mutter überhaupt erst auf die Idee gebracht, sich auch welche zu kaufen. Aber Magda war nicht da. ›Geh halt hintenrum ins Haus‹, habe ich gesagt, ›die Terrassentür ist immer offen‹. Aber er wollte nicht. Sind wir also wieder heim. Haben ferngesehen. Aber beruhigt hat er sich nicht. Also hab ich gesagt, er soll noch mal bei Magda vorbeischauen, vielleicht ist sie jetzt da. Er kam ewig nicht wieder, also bin ich ins Bett. Tja. Magda muss ihm dann wohl ihre geliehen haben, heut nach der Schule hab ich die neuen gesehen. Sie sehen genauso aus. Mama hat nichts gemerkt. Wozu die Aufregung?«

»Und die zwei toten – die hat dein Vater dann im Garten vergraben«, schlussfolgerte ich.

»Nee, der doch nicht! Das fiel mir ein, als ich schon fast am Schlafen war. Da bin ich raus und hab sie verbuddelt.« Das war's also. Zwei tote Hamster.

»Dann kriegen wir ihn wegen Einbruch, Tierquälerei und Entführung dran!«, rief Migge und rieb sich die Hände.

»Vergiss es«, wandte ich ein. »Ich erklär dir, wie das läuft. Sobald die Esoterikerin erfährt, wie das wirklich war, sagt die nichts mehr, was Marie und ihrem Vater schadet. Ich kenn diese Gutmenschen.« Migge sah mich enttäuscht an, ihre Unterlippe bebte.

Kurze Zeit später blickten wir Vater und Tochter nach, wie sie Hand in Hand den Flur runter zum Ausgang spazierten. »Scheiße«, klagte Migge. »Dann können wir dem Hippie jetzt gar nichts anhängen?« »Na ja«, antwortete ich, »wir können ja mal gucken, ob sein Auto noch TÜV hat.«

KILLEN MCNEILL
DER DUNKELSCHLAG

Vor dem Dunkelschlag, was ein Teil des größeren Steigerwaldes ist, lebte ein alter Mann mit seiner Enkeltochter in einer Hütte. Sie waren so arm, dass sie oft nicht wussten, wie das Brot auf den Tisch kommen sollte. Der Mann und seine Enkeltochter lebten allzeit, wie es die niederen Wesen auf der Schattenseite des Lebens in der weiten Welt tun, wenn sie gut geraten sind, so wie die kleine Maus in der großen Schlossküche; sie entwenden der Welt nur so viel, dass sie überleben können, und so wenig, dass der Aufwand, sie zu jagen und zu töten, sich nicht lohnt. So nahm der alte Mann gerade nur so viel Wild aus den Fallen des Jägers und nur gerade so viele abgefallene und morsche Äste aus dem Wald mit, dass sie nicht verhungern und erfrieren mussten, aber so wenig, dass der gutmütige Jäger des Fürsten darüber hinwegsehen und fünfe gerade sein lassen konnte.

Nur einmal im Jahr konnte der Großvater seinem Enkelkind die eine große Freude machen. Am Heiligabend begab er sich in den Dunkelschlag, stahl etwas Brennholz von einem Ster, ging zu einer Lichtung, wo sich die Wildhasen tollten, holte aus einer Falle des Jägers einen davon, schlug dann darüber hinaus eine Tanne und brachte sie als Christbaum zurück in die Hütte. Die Enkelin schmückte dann den Baum mit Kerzen, die sie aus Bienenwachs gemacht hatte, und mit dem Holzschmuck, was das Einzige war, das ihre Mutter ihr hinterlassen hatte, und das Mädchen und sein Großvater machten sich ein Feuer, beschenkten sich mit Kleinigkeiten, die sie gebastelt hatten, und brieten und aßen den Hasen. Dann waren sie frohen Mutes und gedachten auch der verstorbenen Tochter des alten Mannes, die zugleich die Mutter des Mädchens war.

Doch trug es sich zu, dass der gütige alte Jäger verstarb, und sein Nachfolger war ein vom Leben verbitterter Mann; einer derer, die eine alte Kümmernis im Leben ihr Heil nur noch in der Ordnung der Dinge suchen ließ. Er glaubte, alleine dadurch werde die Welt ein besserer Ort werden, wenn alles und jeder am rechten Platze sei. Er machte auf die Versäumnisse seines Vorgängers mit Fleiß aufmerksam und sprach immer wieder: »Einen solchen Schlendrian gibt es bei mir nimmermehr.« So kam er eines Tages bei der Hütte vorbeigeritten, ließ den alten Mann aus seiner armseligen Behausung heraustreten und sprach von seinem hohen Ross: »Alter Mann, mir ist wohl bekannt, dass du deinen Fürsten immer wieder bestohlen hast. Du sollst wissen, einen solchen Schlendrian gibt es bei mir nimmermehr. Solltest du deinem Fürsten jemals wieder etwas entwenden, und sei es nur das kleinste Ding, und sei es nur ein Wachtelei oder gar eine Beere, will ich dafür Sorge tragen, dass du in den Kerker des Schlosses im Wald kommst, wo du hingehörst, und niemals wieder das Tageslicht erblickst.«

So darbten der alte Mann und seine Enkeltochter noch schlimmer denn je, der Winter kam früh, und er war hart und unerbittlich.

Am Heiligabend, als der Großvater in der Früh aufstand, war es steinhart gefroren, und Berg und Tal lagen vollgeschneit. Als er sich auf den Weg in den Dunkelschlag machen wollte, sprach seine Enkeltochter: »Geht nicht in den Dunkelschlag, Großvater. Denkt dran, was der Jäger gesagt hat. Bitte, Großvater, geht nicht«, und schaute ihn mit flehenden Augen an.

Der alte Mann wusste, sie würde ihre Enttäuschung tunlichst unterdrücken, ginge er tatsächlich nicht in den Dunkelschlag. Sie war darin geübt, ihre Enttäuschung durch das Leben nicht zu zeigen. Aber er wusste ebenso, wie ihre Augen strahlen würden, wenn er in der Dämmerung aus dem Dunkelschlag mit dem Wildhasen und dem Weihnachtsbaum zurückkäme, und deswegen hatte er einen Entschluss gefasst, einen Pakt hatten sie geschlossen, dem er absoluten Gehorsam schuldete, keinen aufgesetzten, keinen ausgesprochenen, sondern einen stillen Pakt, wie wir es alle tun mit den Liebsten in unserem Leben.

Der Pakt besagte, dass dieses armselige Leben in ihrer Hütte draußen vor dem Wald, dieses Leben, das seine Enkelin führen musste, weil sie ihn nicht alleine lassen wollte, für ihn nur zu ertragen war, wenn er ihr einmal im Jahr ein besseres zeigte.

Also machte er sich auf den Weg in den Dunkelschlag. Seine Fußstapfen hinterließen keine Spuren im hartgefrorenen Schnee, und über seine abgetragenen Stiefel hatte er Socken gestreift, damit sie keinen Lärm verursachten. Trotzdem vernahm er unterwegs die raschelnden Laute der Tiere im tief verschneiten Wald, wie sie vor ihm flohen oder sich versteckten, und empfand sich als einer der ihren, ein niederes, unbedeutendes Wesen, das der Aufmerksamkeit der größeren Mächte zu entgehen versuchte.

In der Dämmerung kam er zu der Lichtung, an der der Jäger seine Wildhasenfallen legte. In einer lag ein gerade noch lebender Wildhase, dessen Leib vor Angst und Schmerz zitterte und der ihn mit traurigen Augen anschaute. »Du hast es bald hinter dir«, sprach der alte Mann, holte den todgeweihten Hasen aus der Falle, streichelte ihn zärtlich und brach ihm dabei das Genick, so sanft er nur konnte. Er blickte in die Augen des Tieres, damit es nicht so alleine auf seinen letzten Weg gehen musste, und fühlte sich dabei wie einer, der in einen Brunnen hineinschaut. Als des Tieres Augenlicht erlosch, bekam er auf einmal Angst, in die unergründliche Tiefe eingesogen zu werden, und trat einen Schritt zurück.

Da stapfte er selber in eine noch viel größere Bärenfalle hinein, sodass das mit Zacken bestückte Eisen um sein rechtes Bein zuschnappte und sein Schmerzensschrei durch den ganzen Dunkelschlag hallte und widerhallte. Vor lauter Schmerz verlor er das Bewusstsein, und als er wieder erwachte, war es stockfinster, und er wusste nicht, wie lange er dort gelegen hatte. Von der einen Seite hörte er jemanden, der sich ihm näherte. Es war seine Enkelin, und sie rief immerfort: »Großvater, Großvater, so antwortet doch.« Von der anderen Seite hörte er leise Schritte und wusste, es war der Jäger, der ihm auflauerte. So traute er sich nicht, auf die Rufe seiner Enkelin zu antworten, sondern hielt sich ruhig und hoffte, sie würde wieder nach Hause gehen, wenn er dann auch alleine im Wald verbluten müsste. Aber das mutige Mädchen gab nicht auf, bis es seinen Großvater am Boden liegen fand, mit einem Bein im Eisenmaul der Falle. »Warum habt Ihr nicht geantwortet, Großvater?«, fragte es. »Kind, du musst gehen, bevor dich der Jäger erwischt«, brach es aus ihm hervor, doch war es zu spät, schon stand der Jäger mit Gewehr da. »So habe ich euch beide auf frischer Tat ertappt«, sagte er nun. »Dass ein solches Gesindel, wie ihr es seid, sich am Wild von meinem Herren bedient, einen solchen Schlendrian gibt es bei mir nimmermehr. Jetzt geht ihr mit mir zum Fürsten mit, damit euch die gerechte Strafe ereilt, und sei es heute noch, am Heiligabend.«

Der Jäger machte die Falle auf, und der alte Mann zog sein Bein aus ihr heraus und richtete sich mühsam auf. Der Jäger machte keine Anstalten, ihm zu helfen, sondern nahm den Hasen an sich und zielte weiterhin mit dem Gewehr auf Großvater und Enkelin. »Da geht es lang«, sprach er und zeigte auf einen Weg, der immer tiefer in den Dunkelschlag führte. Das Mädchen legte sich den rechten Arm seines Großvaters um die Schulter und stützte ihn am Rücken mit der eigenen Linken, und so liefen sie den Weg entlang, immer tiefer in den Wald hinein, die zwei voraus, der Jäger hinterher.

Es wurde immer dunkler, der Jäger schimpfte auf die zwei ein und sprach fortwährend: »Dass ich Heiligabend bei euch Gesindel im Dunkelschlag verbringen muss und nicht im Schloss bei einem warmen Glas Punsch, einen solchen Schlendrian gibt es bei mir nimmermehr.« Derweil spürte der alte Mann das eigene warme Blut seine Wade hinunterlaufen und wie es alsbald zu einer Kruste um seine Fessel gefror. Sie durchquerten Waldstriche, die der alte Mann seit dem Tode seiner Tochter nie mehr begangen und die das Mädchen noch nie gesehen hatte: das verlorene Loch, das Bannholz, den Holderhag.

Als es am dunkelsten war, schimmerte auf einmal ein kleines Licht in der Finsternis, dann waren es zwei, und alsbald leuchteten Tausende Punkte durch den Wald. »Was ist das wohl, Großvater?«, fragte das Mädchen. »Es ist das Schloss des Fürsten«, antwortete der alte Mann.

»Im Winter ist es beleuchtet wie der schönste Weihnachtsbaum der Welt, da brennen in jedem Fenster eine Kerze und vor dem Hoftor zwei riesige Fackeln.« »Ihr sprecht, als ob Ihr es schon kennt«, sagte das Mädchen. »Ja, ich kenne es wohl«, antwortete der alte Mann. Das Mädchen schaute zu seinem Großvater hoch, aber sein Gesicht war schmerzverzerrt, ob von dem Bein oder von der Erinnerung, das konnte es nicht erkennen.

Alsbald erblickten sie das Schloss inmitten des Dunkelschlags, schemenhaft, doch riesig. Am Tor brannten Fackeln und in jedem Zimmer eine Kerze. Aus dem Inneren drangen fröhliche Musik und das Gelächter von vielen Menschen.

»Nun soll der Fürst endlich sehen, was für ein Gesindel sich an seinem Wald schamlos bedient«, sprach der Jäger. »Einen solchen Schlendrian gibt es bei mir nimmermehr.«

Zwei Wachen standen am Tor und versperrten den Durchgang mit gekreuzten Hellebarden, doch rief sie der Jäger zur Ordnung, und sie ließen die drei passieren. Sie betraten einen Festsaal, der von Kristallleuchtern hell erleuchtet war. Eine Kapelle spielte die schönsten Weihnachtsweisen, und in jeder Ecke stand ein festlich geschmückter Weihnachtsbaum. Der Saal war voller Adelsmänner aus dem Umland, einer prächtiger als der andere. Sie nahmen von köstlichen Speisen und feinen Weinen, die von zehn Dienern auf goldenen Tellern herumgereicht wurden, und der Geruch wehte zu dem alten Mann und seiner Enkelin herüber, dass es ihnen das Wasser in den Mund trieb, hatten sie doch seit zwei Tagen nichts gegessen. Vorne auf einem Podest saß der Fürst auf seinem Thron; weil er kurzbeinig war, hatte er die Füße auf eine Holzkiste gestellt. Neben ihm steckten Speere in einem eisernen Ständer, ausgefächert wie Riesennadeln in einem Kissen, und hinter ihm war ein Durchgang, der zu den fürstlichen Gemächern führte.

Als der alte Mann, seine Enkeltochter und der Jäger ihren Weg durch die Menge machten, hörte die Kapelle zu spielen auf, ein Instrument nach dem anderen schwieg, und eine Stille fiel über die Gesellschaft, dass die Schritte der drei auf dem Parkettboden als einziges Geräusch zu vernehmen waren; das Klappern der Holzschuhe des Mädchens, das Reiben der Socken des alten Mannes und das Klatschen der Lederstiefel des Jägers. »Schaut doch!«, rief einer empört in die Stille hinein. »Der alte Mann lässt sein Blut auf den schönen Boden sickern!« »Einen solchen Schlendrian gibt es bei mir nimmermehr«, sprach der Jäger.

So machten sie ihren Weg nach vorne und trieben das Schweigen vor sich her wie eine Herde Kühe, bis der Fürst vorne auf seinem Thron darauf aufmerksam wurde. »Was ist da hinten los?«, rief er. »Spielet auf, ihr Musikanten! Fürs Schweigen werdet ihr nicht entlohnt.« Dann teilte sich die letzte Reihe der Adelsleute vor ihm, und der alte Mann und seine Enkelin traten vor den Fürsten; Armut, Lumpen und Dreck vor Samt, Seide und Pracht.

»Nun, was haben wir denn da?«, sprach der Fürst in die Stille hinein. »Was seid ihr für übel riechendes Gesindel, das uns beim schönsten Feste des Jahres stört?«

»Das ist die Bagage, die am Rande des Dunkelschlags wohnt und sich schamlos an Eurem Wild und an Eurem Holz bedient«, sprach der Jäger mit geschwollener Brust. »Ich habe sie auf frischer Tat ertappt, wie sie einen Wildhasen aus einer Eurer Fallen klauen wollten. Schaut her, Durchlaucht.« Der Jäger öffnete seinen Lodenmantel und streckte dem Fürsten den toten Hasen, der wie eine Handglocke an den Ohren von seinen groben Händen baumelte, entgegen. Ein empörtes Gemurmel erhob sich hoch über die feine Gesellschaft wie ein Hummelschwarm. »Das Gesindel hat sich heute am Heiligabend beim Wildern sicher gewähnt«, fuhr der Jäger fort. »Aber selbst heute war ich in Eurem Dienste unterwegs. Weil es einen solchen Schlendrian ...« Der Fürst unterbrach ihn mit einer ungeduldigen Handbewegung und fragte den alten Mann und seine Enkelin, »Habt ihr etwas zu sagen, bevor ich euch auf Nimmerwiedersehen in den Kerker werfe und wieder Ruhe einkehrt?«

»Werft mich in den Kerker, wenn Euch danach ist«, sprach der alte Mann. »Aber lasst meine Enkeltochter gehen.«

»Warum sollte ich das tun?«, fragte der Fürst gelangweilt und trommelte mit seinen Fingern auf den Armlehnen und mit seinen kurzen Füßen auf der Holzkiste. »Damit sie weiter von meinem Besitz stehlen kann?«

Der alte Mann schnaufte tief und sein Kopf fiel nach vorne. Dann hob er ihn wieder und richtete seinen Blick auf den Fürsten, so gerade, als wäre er seinesgleichen. »Weil sie Euer Kind ist«, sprach er mit fester Stimme. »Weil Ihr meine Tochter Marie vor zwanzig Jahren mit Gewalt genommen habt, und als sie ein Kind gebar, habt Ihr sie und das Kind vom Hofe verbannt und mich ebenso, als ich Euch um ein paar Almosen bat, damit wir drei über die Runden kommen. Als meine Tochter dann aus lauter Gram und Scham verstarb, habe ich Euch noch ein letztes Mal aufgesucht, aber Ihr habt mich mit Schimpf und Schande verjagt. Werft mich in den Kerker, mir ist das einerlei, aber wenn ein Tropfen Ehre in Eurem Blut fließt, lasst meine Enkelin gehen, dass sie endlich von mir altem Mann befreit ist und in die weite Welt hinausziehen kann.«

»Ach, alter Mann«, sprach der Fürst, »Hör mit deinem Gejammer auf. Was interessieren mich deine Tochter und deine Enkelin. Der Festabend wartet auf uns, und auf euch beide wartet der Kerker. Führt sie ab!«, rief er den Wachen zu.

Da sprach der Jäger: »Einen solchen Schlendrian gibt es bei mir nimmermehr« und richtete sein Gewehr auf den Fürsten. Die Wachen, die mit ihren Hellebarden nach vorne geeilt waren, blieben stehen.

»Auf was wartet ihr noch?«, rief der Fürst. »Greift sie alle drei!«

»Sie mögen mich greifen«, sprach der Jäger. »Aber vorher jage ich Euch eine Kugel in die Brust. Ihr sollt wissen, dass Marie damals das Teuerste auf der Welt für mich war. Es brach mir das Herz, als sie vor zwanzig Jahren sagte, wir könnten uns nicht mehr sehen. Ich habe bis zum heutigen Tag nicht gewusst, warum. Gebt diesen armen Menschen von Eurem vielen Geld in der Kiste dort unter Euren kurzen Beinen. Auf dass sie genug zum Leben und mehr als genug haben, und lasst sie gehen, oder ich schwöre bei Gott, Ihr werdet mit Eurem Herzensblut zahlen.«

»So greift ihn doch!«, rief abermals der Fürst, aber die Wachen drehten ihm den Rücken zu und verstellten mit ihren Hellebarden nunmehr dem Adel den Weg zu ihrem Fürsten. Die Dienerschaft, die bis dahin dem Adel das Essen gereicht hatte, stellte sich quer neben die Wachen, auf jeder Seite fünfe, und streckten die Arme mit den noch vollen goldenen Tellern so weit aus, dass die Teller sich berührten und kein Durchgang mehr möglich war. Nunmehr war der Fürst vorne alleine mit dem alten Mann, dem Mädchen und dem Jäger.

»Nun, Fürst, macht schnell«, sprach der Jäger. »Oder sterbt, wie es Euch gefällt.«

So nahm der Fürst seinen großen Schlüssel aus seiner Samtjacke, beugte sich zur Kiste, öffnete sie, nahm zehn goldene Taler heraus und gab sie dem alten Mann. »Und jetzt legt noch einmal so viel darauf«, sprach der Jäger, und der Fürst griff widerwillig in die Kiste und legte noch einmal so viel darauf. Dann drängte die Dienerschaft mit ihren vollen Tellern die feine Gesellschaft nach links und rechts und machte so einen Weg durch die Mitte frei wie der Herrgott weiland für Mose und die Hebräer im Roten Meer. Die eine Wache marschierte voraus, dann kamen Großvater und Enkelin, dann der Jäger, dann die Dienerschaft, und zu guter Letzt schritt die zweite Wache in die rechte Ecke und nahm den schönsten Weihnachtsbaum mit. Als aber das Mädchen gerade durch die Tür entschwinden wollte, griff der Fürst aus lauter Wut zu einem Speer aus dem Ständer neben ihm und schleuderte ihn dem Mädchen mit voller Wucht hinterher. Der Großvater, der sich ein letztes Mal umgedreht hatte, sah den Speer im Anflug und stellte sich rasch vor seine Enkeltochter. Da durchbohrte ihm der Speer den Brustkorb, und er sank zu Boden. Daraufhin zielte der Jäger mit seinem Gewehr auf den Fürsten, der von einem Adeligen zum anderen rannte und sich zu verstecken versuchte, da sie ihn alle überragten. Diese schoben ihn aber allesamt beiseite und gingen selbst in Deckung. Weil der Fürst so klein war, mussten sie sich dazu auf den Boden legen. Der Fürst hetzte weiter im Saal umher wie ein gejagtes Tier, und alsbald lagen alle Adeligen außer ihm auf dem Boden. So hatte der Jäger wie auf einer Waldlichtung freie Sicht und mit seinem ersten Schuss streckte er den Fürsten nieder.

Derweil ging das Mädchen auf die Knie und nahm den Kopf seines sterbenden Großvaters in den Schoß. »So ist es recht, Mädchen«, flüsterte der alte Mann. »Nun bist du endlich von mir befreit. Begrabt mich im Garten und feiert bei uns Weihnachten wie weiland, und dann müsst ihr weiterziehen, weit weg von hier, wo euch keiner kennt.« So starb er in den Armen seiner Enkelin. Dann erhob sich ein Adeliger und sprach. »Der alte Mann hatte recht. Heute Abend habt ihr Zeit, den alten Mann zu begraben und Weihnachten zu feiern. Danach kommen wir euch suchen.« Dann führte er die anderen Adeligen hinten durch den Fürsteneingang, und die Dienerschaft verließ den Saal durch das vordere Tor zum Hof. Vier von ihnen hebelten einen Flügel des Tores aus, legten die Leiche des alten Mannes darauf und trugen ihn feierlich voraus. Im Saal blieb nur der tote Fürst liegen. Die Fackeln vorm Tor entriss die Dienerschaft ihren Halterungen und beleuchtete den Weg durch den Wald. Links und rechts des Weges sammelte sie eifrig Brennholz. So kamen alle zur Hütte, wo sie zuallererst den alten Mann würdevoll begruben. Dann blieb das Mädchen am Grabe stehen, und die anderen gingen ins Haus, wo der Jäger sprach: »Heute Abend feiern wir den schönsten aller Heiligabende, denn wir wissen nicht, was morgen kommen wird.« So klein die Hütte war, passten doch alle hinein, und sie stellten den Baum auf, machten ein Feuer und deckten den Tisch mit den Kostbarkeiten von den goldenen Tellern und dem Weine. »Jetzt haben wir alles, was wir brauchen«, sagte der Jäger. »Außer Musik.«

Schon klopfte es ans Fenster, und eine Stimme rief: »Heda! Ist ein Platz für uns Musiker da drin?« Es war die Kapelle vom Schloss. Für sie war auch noch Platz, und sie kamen herein und spielten auf, so schön, dass es jedem in der Hütte warm ums Herz wurde. Die Musik drang nach draußen, wo das Mädchen immer noch am Grabe stand. Es begann mitzusummen, seine Tränen trockneten langsam, und nach einer Weile ging es auch hinein, wo der Jäger es erst umarmte, dann einen Platz am Tisch freimachte. Nun aßen sie alle die Köstlichkeiten und tranken den Wein und sangen mit und dachten fürs Erste nicht mehr an den morgigen Tag.

ELMAR TANNERT
UNTER DEM APFELBAUM

Heute ist der 13. Dezember. Seit Ende November fällt Schnee. Berghäuser ist eingeschneit. Weite Teile der Oberpfalz sind von der Außenwelt abgeschnitten, würde der Satz normalerweise in den Nachrichten lauten. Aber es werden keine Schneepflüge kommen, um die Straße zu uns nach Berghäuser freizuräumen. Sie würde kurze Zeit später ohnehin wieder im Schnee versinken, und Kraftstoff ist knapp geworden. Alles ist knapp geworden.

Vor einer Woche hat zum letzten Mal ein Bundeswehrhubschrauber Versorgungspakete bei uns abgeworfen. Vermutlich überall dort, wo ein Infrarotsuchgerät Leben registrierte. Seitdem ist keiner mehr hier gewesen. Für uns allein lohnt es nicht. Alle haben das Dorf verlassen, als die heftigen Schneefälle begannen, aus Angst, in ihren Häusern zu verhungern.

Für unsere Freunde war das Anwesen in Berghäuser, das wir von Ruths Erbschaft gekauft hatten, ein Wochenendhaus mit Garten. Manche machten auch den Scherz vom Altersruhesitz und meinten, den würden sie sich lieber auf Gran Canaria oder Teneriffa einrichten als hier. Sie sprachen in den Sommern auf unserer Veranda von den harten oberpfälzischen Wintern und wussten nicht, dass wir unser Refugium nach anderen Gesichtspunkten ausgewählt hatten, wussten nicht, dass sich nur zwei Meter unter ihnen das Lebensmittellager befand, das wir nach und nach aufbauten. Ein Gesichtspunkt war die Nähe zu Nürnberg gewesen. In maximal eineinhalb Autostunden wollten wir in Sicherheit sein. Die Nähe zu einer Grenze war der andere Grund. Damit blieb keine andere Wahl als die östliche Oberpfalz.

Es ist halb acht. Sarah sollte schlafen gehen. Es ist wichtig, einen Lebensrhythmus beizubehalten. Sie spielt auf ihrer Flöte, untermalt vom Wind, der ums Haus streicht und Schneeberge auftürmt. Morgen werde ich das Dach abräumen müssen. Ruth liest. Wir spielen normales Leben. Keiner von uns beiden schickt Sarah zu Bett. Später, wenn sie schläft, wird Ruth in den eisigen Wind lauschen und mich fragen: »Meinst du, Florian wird es schaffen?« Natürlich werde ich antworten, Florian wird es schaffen, er ist klug, er ist umsichtig, er weiß sich zu helfen, er wird sich durchschlagen können. Wie immer.

Vergangene Nacht ist Sarah wieder aus dem Albtraum erwacht, der sie seit Tagen verfolgt. Ein Toter ohne Gesicht hat sich über sie gebeugt.

Als ich so alt war wie Sarah, bin ich in den Ferien oft bei meiner Großmutter gewesen. Sie war bei den Zeugen Jehovas und hat jeden Tag den Weltuntergang erwartet. Bei ihr hieß er Harmageddon, und sie freute sich darauf. Dann werden die Bösen vernichtet, und die Guten kommen ins ewig währende irdische Paradies. Sie lebte in Oberbayern in einem Haus mit einem riesigen Garten, und als Kind fand ich, sie lebte bereits im Paradies. Für sie war das Paradies in ihrem Dorf im Friesetal gewesen, im mährischen Altvatergebirge, und sie war überzeugt, dass Jehova selbst sie wieder dorthin zurückbrächte und die bösen Tschechen bestrafen würde.

Wenn das Wetter schlecht war, saß ich an ihrem Küchentisch und malte die Illustrationen im *Wachtturm* und in *Erwachet!* aus, während sie Mohnkuchen buk oder Buchteln im Ofen bereitete. Ich kolorierte einstürzende Wolkenkratzerstädte, die von Kratern verschlungen und aus dem Himmel mit Blitzen bombardiert wurden, Menschen, Häuser und Autos, die von Wirbelstürmen hinweggefegt wurden, und war sicher, dass ich Harmageddon überleben würde. Meine Eltern und ich waren nicht bei den Zeugen Jehovas. Aber wenn meine Großmutter zu den Guten gehörte, dann mussten auch wir dazugehören. Wenn ich jetzt aus dem Fenster sehe, in die Schneeflocken, die durch den Nebel treiben, blicke ich in einen Untergang, der schleichend ist und still. Es ist immer alles anders, als man es sich vorstellt.

Jenseits der Grenze heißt Nebel »*mlha*«. Manchmal habe ich Mirko nach tschechischen Wörtern gefragt. Einige habe ich mir gemerkt. »*Jablko*«, der Apfel. »*Hruška*«, die Birne. Aber nur »*mlha*«, geheimnisvoll und milchigweiß, fand ich schöner als sein deutsches Gegenstück. Mirko Ondrácek lebte in Pobežovice, zwanzig Kilometer von hier entfernt. Wir hatten ihn über ein Inserat im *Domažlický deník* gefunden. »*Hledáme zahradník*«, Gärtner gesucht. Schließlich konnten wir uns nur in den Ferien und an den Wochenenden um den Garten kümmern. Er war uns auf Anhieb sympathisch. Er und seine Jana. Wir wurden näher miteinander bekannt und verbrachten gemeinsame Abende, zu denen Jana die Nachspeisen mitbrachte, Kolatschen oder Zwetschgenknödel. Sie pflegten unseren Garten nicht nur, sie verschönerten ihn auch. Beide verstanden etwas von Rosenzucht.

Nie wäre uns in den Sinn gekommen, dass sie eines Tages als Plünderer vor unserer Haustür stehen würden, bereit, sich gewaltsam Einlass zu verschaffen. Sie sind nicht lang vor unserer Tür gestanden. Mirko hatte eben nicht alles gewusst. Die Grube unter der Falltür hat er erst kennengelernt, als er und Jana drei Meter tiefer lagen und schrien vor Schmerzen. Ich habe sie nicht lange leiden lassen. Wer keinen Waffenschein hat, organisiert sich zumindest ein Bolzenschussgerät. Mirko und Jana waren nicht die Ersten, die zum Plündern kamen, und werden auch nicht die Letzten gewesen sein. Tatsächlich haben wir die Situation in Tschechien nicht richtig eingeschätzt. Wir hatten Angst vor dem Krieg in den Großstädten. Wir hatten nicht bedacht, dass Tschechien ein Land ist, das sich nicht selbst ernähren kann und abhängig ist von Lebensmittelimporten aus Polen und Deutschland.

Spätestens, als wir nach und nach unsere Vorräte anlegten, wurde uns klar, dass zu den Vorbereitungen auch harte Beschlüsse gehören. Den schlimmsten Fall angenommen, also ein Hereinbrechen der Versorgungskrise zu Herbstbeginn, hieß das, dass wir von Vorräten für ein halbes Jahr ausgehen mussten. Das bedeutet für vier Personen eine Menge von rund einer Tonne fester Nahrung und etwa tausendzweihundert Litern Wasser. Nimmt man im Ernstfall jemanden auf, der an die Tür klopft, oder nicht? Beteiligt man Menschen, die es nicht für nötig hielten, selbst Opfer zu bringen, an den mühsam angelegten Vorräten? Ruth und ich mussten uns zur Entscheidung durchringen, nicht einmal engsten Freunden Asyl zu gewähren, falls einer von ihnen auf die Idee käme, bei uns in Berghäuser Zuflucht zu suchen. Wir waren uns darüber einig, dass wir auf vieles verzichtet haben in den vergangenen Jahren. Wir haben uns eingeschränkt, wir haben auf größere Urlaubsreisen verzichtet und dafür vorausschauend in unsere Zukunft investiert, wir haben uns mit Dingen befasst, die uns viel abverlangt haben. Wir sind als lebensfremde Großstadtmenschen aufgewachsen, als Büchermenschen, und mussten viel Zeit opfern, um die elementarsten Dinge zu lernen, vom Gartenbau bis zur Selbstverteidigung.

Im Keller lagern über eine Tonne Lebensmittel. Der Halbjahresbedarf von vier Menschen. Florian studierte in Leipzig, aber wir waren sicher, dass er es schaffen würde, im Ernstfall rechtzeitig bei uns Zuflucht zu suchen. Allein fünf Zentner entfallen auf Getreide, hauptsächlich Weizen, Roggen und Reis. Die Regale sind voll mit Konserven. Thunfisch, Hering, Ölsardinen. Corned Beef, Leberwurst, Bockwürstchen, Salami. Gulasch, Ravioli. Nudeln, Reis, Knäckebrot. Ananas, Aprikosen und Mandarinen in Dosen. Kekse, Schokolade, Salzstangen. Tee, Kaffee, Kakao. Wasser. Als Tauschwaren tschechische Zigaretten und tschechische Obstbrände aus den grenznahen Supermärkten in Lisková und Železná. Und natürlich unsere eigene Ernte. Gurken, Bohnen, Erbsen, Karotten, Sellerie, Kohl, Kürbisse. In Essig, in Salz, in Öl; in Einmiettöpfen und milchsauer vergoren. Unsere eigenen Himbeeren, Brombeeren, Stachelbeeren, Birnen. Und Äpfel. Was soll nächstes Jahr mit den Äpfeln geschehen?

In unserem Wohnzimmer brennen nur Kerzen. Die Nacht ist hell. Die Welt ist in ein Leichentuch gehüllt. Ruth starrt in ihr aufgeschlagenes Buch. Sarah übt Flöte. Sie kann nicht wissen, wie schwer es mir fällt, ihr Flötenspiel zu ertragen.

Später, wenn ich allein im Wohnzimmer bin, will ich den Weltempfänger einschalten und Nachrichten hören. Ruth ist nie dabei. Die Nachrichten könnten ihre Hoffnung darauf, Florian wiederzusehen, zunichte machen. *Hör sie dir allein an und sag mir nichts.* Bei mir ist es anders. Meine Hoffnung ist längst dahin. Ich will wissen, was draußen geschieht. In den Siebzigerjahren hat man auf einer philippinischen Insel einen japanischen Soldaten entdeckt, der sich im Glauben, der Zweite Weltkrieg dauere noch immer, als Guerillakämpfer im Dschungel versteckt hielt. Noch über dreißig Menschen soll er in den Jahren nach Kriegsende getötet haben.

Morgen werde ich wieder einen Rundgang durch Berghäuser machen.

Sarah hält sich an ihrer Flöte fest. Sie hat Angst vor dem Schlaf. Dreimal hat sie schon von dem Mann ohne Gesicht geträumt. Sie wird wieder über ihrem Flötenspiel einschlafen, und ich werde sie ins Bett tragen. Irgendwann wird der Traum sie wieder heimsuchen, das weiß ich.

Als Kind ist mir oft eine Frau im Traum erschienen. Ich versuchte jeden Abend, dem Schlaf zu widerstehen, indem ich mich wie ein Irrer im Bett hin und her warf. Ich hatte Angst vor ihr, die mich im Schlaf heimsuchte. Sie kam in vielen Nächten und nahm mich aus dem Bett. Ich schwebte an ihrer Seite durch die Wohnung und hörte unsichtbare Wesen flüstern. Ich sah meine schlafenden Eltern im fahlen Licht der Straßenbeleuchtung, das durch die Fenster fiel. Ich sah, an der Zimmerdecke schwebend, mich selbst in meinem eigenen Bett liegen. Der Raum summte, und die Unsichtbaren verwandelten sich in dunklen Schaum, der nach mir griff. Wenn ich aus diesen Zuständen zu mir kam, war mein Körper wie erstarrt. Ich wusste, dass sie tagsüber im fensterlosen Badezimmer hauste. Die Tür zum Badezimmer durfte niemals offen stehen, ich durfte niemals zu langsam an ihr vorbeigehen. Einmal erschien sie mir, als ich aus ängstlichem Schlaf auf dem Wohnzimmersofa erwachte. Ich war allein in der Wohnung, und sie entstand vor meinen Augen aus dem Nichts, eine menschliche Gestalt aus leuchtenden Punkten, indigo, smaragd, orange. Unsere Wohnung hat mir Albträume gemacht, habe ich viele Jahre später zu meiner Mutter gesagt, ich habe als Kind jeden Tag in Angst vor der Nacht gelebt. Da erzählte sie mir zum ersten Mal, dass die Vormieterin Selbstmord begangen habe. *Sie hat sich im Badezimmer mit dem Gasofen in die Luft gesprengt. Als wir einzogen, mussten wir die Löcher in den Wänden ausbessern.*

Manche Toten können sich nicht vom Leben lösen.

Wir klammern uns an ein Leben, das nur ein Überleben ist, und haben uns auf etwas vorbereitet, was wir nie erleben wollten. Der Mensch begreift nur das, was er an Leib und Seele selbst erlebt. Von Kindheit an haben wir mit alten Menschen zu tun, die gebrechlich, halb erblindet oder taub sind. Aber wie lange dauert es, bis uns zum ersten Mal in den Sinn kommt, dass auch wir einmal so enden werden. Und selbst wenn wir versuchen, es uns auszumalen, werden wir doch niemals wissen, wie es sich anfühlt, wenn ein Bein, ein Arm, wenn Auge, Ohr, der ganze Kopf, die inneren Organe nicht mehr so funktionieren, wie wir es gewohnt sind. Wir überleben in unserem Refugium und halten an unserem verkrüppelten Leben fest, so wie die Alten sich noch an einem Leben festhalten, das ihnen niemals mehr vergangene Freuden zurückbringen wird.

Wie tief ist der Abgrund, in den wir gestürzt sind? Wie konnte ein einziges Land ganz Europa zum Kollabieren bringen? Ich habe die Zusammenhänge noch immer nicht durchschaut. Ich habe das gesamte Finanzsystem nicht verstanden. Wie kann es funktionieren, dass Staaten sich von Banken Geld leihen und mit dem geliehenen Geld wiederum Banken unterstützen, um sich von ihnen von Neuem Geld leihen zu können?

Die Botschaft der Bilder habe ich verstanden. Es ist noch nicht lang her, dass ich Bölls *Anekdote zur Senkung der Arbeitsmoral* in einer neunten Klasse durchgenommen habe. Die Geschichte von dem Fischer und dem Touristen, jeder kennt sie. Sie war schon etwas angestaubt, als ich selbst Schüler war. Heute ist sie nur noch komisch. Noch in meiner Schulzeit galt der Fischer als das Ideal des Menschen, der arbeitet, um zu leben, und dem Reisenden aus dem Industrieland vor Augen führt, mit wie wenig Arbeit man eigentlich auskommen kann. Heute sitzen alle Europäer am selben Fließband und beäugen einander misstrauisch, ob auch jeder genauso viel arbeitet wie der andere. Die Wirtschaft ist endgültig der alleinige Maßstab geworden, an dem man Menschen und Völker misst. Im Bild des brennenden, halb entvölkerten Athen zeigte sich der Untergang von Kultur, Philosophie und Demokratie, während das Bild des in sich zerstrittenen Landes Belgien, das im Kongo als grausame Kolonialmacht gewütet hatte, jedem, der es sehen wollte, deutlich vor Augen führte, was für eine Art von Regierung in Europa die Macht ausübte.

Als schließlich die Menschen die Banken stürmten, um sich ihr Geld zu holen, zeigte sich, dass die Regierungen, von Brüssel gesteuert, sich mindestens ebenso lang und sorgfältig auf die Krise vorbereitet hatten wie wir selbst. Die einschlägigen Begriffe waren jedem bekannt, der ein wenig Recherchen angestellt hatte. Einer von ihnen war »Riot Control Weapons«. Zur Wahrung der inneren Sicherheit, zur zivilen Konfliktregulierung und natürlich zur Verteidigung der Demokratie. Die Militärstrategen bedienten sich perfiderweise bei den alten Griechen und nannten ihre Einsatzfahrzeuge »Trojaner«. Fahrzeuge, die wie Ambulanzwagen aussehen, aber tatsächlich Kampfgeräte sind, vollgepackt mit hochenergetischer Mikrowellentechnik und ABC-Kampfstoffen zur Erzeugung vorübergehender Lähmung oder Blindheit, zum Hervorrufen von Erbrechen oder »spontaner Defäkation«, was nichts anderes heißt, als dass Hunderte, Tausende von Menschen auf der Straße gleichzeitig heftigen Durchfall bekommen. Man hatte sogar mithilfe der globalen Gendatenbank des Human Genome Projects so genaue Erkenntnisse von Genstrukturen gewonnen, dass es möglich gewesen wäre, nur eine ganz bestimmte ethnische Gruppe kampfunfähig zu machen. Araber etwa. Aber diese Feinheiten waren unnötig. Es gibt kein Armuts-Gen, erhoben haben sich sämtliche Ausgeplünderten, und es mündete in einen Kampf aller gegen alle, zu dem die Ausschreitungen in Lettland, Island und Großbritannien nur einen Vorgeschmack geliefert hatten. Der Zorn, der sich auf den Straßen entlud, hatte sich jahrelang angestaut. Mein Kollege Winkler, Fachbereichsleiter Geschichte, hat nicht nur einmal gesagt, wir könnten glücklich sein, wenn wir nur den Zehnten abgeben müssten.

Wenn einem noch nach Ironie zumute gewesen wäre, hätte man sagen können, dass die Kriminellen, die uns regierten, in der Wahl ihrer Kampfmittel sogar einen gewissen Humor bewiesen. Mittels ihrer chemischen Waffen ließen sie die Menschen auf der Straße genau das ausdrücken, worum es ging: Wir scheißen auf den Staat, wir finden die Zustände zum Kotzen. Aber angesichts der Filmaufnahmen, die sich über das Netz verbreiteten, packte einen das blanke Entsetzen. Man sah Menschen, die schreiend vor Panik und Schmerzen blind durch die Straßen irrten, gegeneinander liefen, sich an Hauswänden entlangtasteten, sich wimmernd und entkräftet in Hauseingänge kauerten. Man hörte von zahllosen alten Menschen, die ihre Wohnungen aus Angst vor dem, was sich draußen abspielte, nicht mehr verließen und elend verhungerten.

Was mag Florian in Leipzig mitgemacht haben? Ruth spricht jeden Abend vom Schlimmsten, sobald Sarah schlafen gegangen ist. Es ist spät geworden. Sarah spielt immer noch. Seit Tagen geht mir dieses Märchen von der Flöte nicht mehr aus dem Kopf. Als ich ein Kind war, hatte ich ein Buch mit russischen Märchen, und eines von ihnen habe ich niemals vergessen. Es handelt von einem Vater mit drei Söhnen, dem ein Eber Nacht für Nacht einen goldenen Apfel stiehlt und dabei den Garten zerwühlt. Schließlich legen sich die drei Söhne reihum auf die Lauer, und der jüngste von ihnen erlegt den Eber in der dritten Nacht. Seine Brüder erschlagen ihn, vergraben ihn unter einem Schneeballstrauch und geben den erlegten Eber als ihren eigenen Erfolg aus. Einige Zeit später kommt ein Gutsherr des Wegs, bricht einen Ast vom Strauch und schnitzt sich daraus eine Flöte, die von selbst ein Lied spielt, als er sie an die Lippen führt: *Spiel, Gutsherr, spiel auf mir, brich aber nicht das Herze mir! Der Bruder hat mich erschlagen, der Bruder hat mich vergraben, um des Ebers willen, der im Garten hat gegraben.* Der Gutsherr reicht die Flöte weiter an den Bauern, der Bauer reicht sie an seine Söhne und zwingt sie, darauf zu spielen: *Spiel, Bruder, spiel auf mir, brich aber nicht das Herze mir! Du hast mich erschlagen, du hast mich vergraben, um des Ebers willen, der im Garten hat gegraben.*

Ich werde in den nächsten Tagen den Apfelbaum fällen.

Wir haben den Krieg auf den Straßen nicht miterlebt. Wir sind nicht inmitten der brandbomben- und pflastersteinwerfenden Meute vor den Banken gestanden. Wir hatten unser Barvermögen schon längst sukzessive in Silbermünzen und Gold verwandelt, in Lebensmittelvorräte und Grundbesitz. Noch bevor sich Massen von Menschen in den Städten um die letzten Lebensmittel aus den Supermärkten schlugen, noch bevor sie versuchten, Banken und Parlamente zu stürmen und mit Waffen bekämpft wurden, von deren Existenz die wenigsten gewusst hatten, waren wir an einem klaren, kalten Herbsttag zu unserem Refugium nach Berghäuser aufgebrochen, im Rücken die flammendrot untergehende Sonne wie eine Ankündigung des zweiten Untergangs der Stadt, die wir verließen. Die Gesetzmäßigkeiten kannten wir, und damit die Vorboten der Krise. Rapide steigende Inflation, steigende Arbeitslosigkeit, hungernde Menschen. Allmählicher Mangel an Verbrauchsgütern, Rationierung von Kraftstoffen und Lebensmitteln. Schließlich Hyperinflation und wirtschaftlicher Zusammenbruch. Unruhen, Aufstände, Kriegsrecht. Ähnlich hat sich die Weltwirtschaftskrise 1929 abgespielt. Dennoch gab es genug Optimisten, die für die Wirklichkeit blind waren und an Soft-Landing-Szenarios glaubten. Die geglaubt hatten, es würden sich in kommenden Notzeiten Netzwerke bilden. Menschen würden sich in kleinen, überschaubaren Gemeinschaften zusammentun, in die jeder seine speziellen Fähigkeiten einbringt. Vielleicht wäre dies sogar möglich gewesen, nur hätte man es vorbereiten müssen. Wenn der schlimmste Fall erst einmal eingetreten ist, tun die meisten Menschen nur noch das unmittelbar Nächstliegende, um ihre eigene Haut zu retten. Von Hunger und Durst getriebene Wölfe.

Aber all dies ist nicht der Anlass dafür, dass ich in unserem Haus am Schreibtisch sitze und abwechselnd in den Schnee und auf das Papier vor mir starre, das der Bleistift in meiner Hand mit Buchstaben, Wörtern, Sätzen füllt. Ich muss etwas aufschreiben, das nicht zu sagen ist. Nur ich weiß, was passiert ist. Es war am Tag, nachdem Mirko und Jana uns heimgesucht hatten. Zwei Wochen liegt der Tag zurück. Ich hatte in stundenlanger Arbeit eine Grube ausgehoben, beim Apfelbaum hinter dem Schuppen. Damit man die Stelle vom Haus aus nicht sehen muss. Ich hatte eben beide Leichname dorthin geschleift und war dabei, sie mit Erde zu bedecken. Da tauchte er plötzlich aus dem Nebel auf und lief direkt auf mich zu. An den Spuren konnte ich später sehen, dass er am unteren Ende des Gartens über den Drahtzaun geklettert war und sich auf den Komposthaufen hatte fallen lassen. Er lief auf mich zu, ein vermummter Mann, die Kapuze tief ins Gesicht gezogen. Jana und Mirko, dachte ich. Natürlich haben sie einen Freund eingeweiht. Mindestens einen. *Wenn wir nicht zurückkommen, dann seht nach uns.* Ich lief dem Mann entgegen, trat ihm in die Magengrube, nahm ihn in den Schwitzkasten, zerrte ihn zur Wassertonne, stieß seinen Kopf unter Wasser und hielt ihn fest, bis sein Körper erschlaffte. Ich zog ihn heraus, ließ ihn zu Boden fallen, drehte ihn auf den Rücken, riss ihm das Tuch vom Gesicht. Im nächsten Augenblick kniete ich über ihm, drückte gegen seinen Brustkorb, drückte in dem wahnsinnigen Versuch, das Wasser aus ihm zu saugen und ihn zugleich mit meinem Atem wieder zum Leben zu erwecken, meine Lippen gegen die seinen. Ich weiß nicht wie lang. Florian blieb tot. Ich zog ihn an den Rand der Grube, in der Mirko und Jana lagen. Vom Haus hörte ich ein Geräusch. Ich lief zum Schuppen, holte die Spitzhacke und schlug heulend wie ein Wolf auf sein Gesicht ein, bis es kein Gesicht mehr war, zog ihn zur Grube, die ich für Mirko und Jana ausgehoben hatte, legte ihn hinein und warf die ausgehobene Erde auf die Toten. Dann lief ich ins Haus, suchte Ruth und Sarah, fand sie am letzten Rückzugsort, im Keller, hinter der geheimen Tür. Sie fielen mir in die Arme. Als sie die Schreie hörten, hätten sie das Schlimmste befürchtet.

Ruth sagt mir gute Nacht. Wir werden ihn nie mehr wiedersehen, sagt sie. Da draußen ist die Hölle.

Nein, sage ich. Mach dir um Florian keine Sorgen. Er wird es schaffen.

BARBARA DICKER
DER ENGEL IM GRAB

Die Winter waren am schönsten. Bevor mein Freund verschwand. Im Sommer und im Herbst hatte er nicht so viel Zeit, weil er seinen Eltern auf dem Hof helfen musste. Das war damals so. Der Krieg war noch nicht lange vorbei, und die Kinder mussten mit anpacken. Mein Freund Peter war beim Heuen mit dabei, er band Strohballen und er klaubte Kartoffeln. Ich machte manchmal mit. Für mich war das keine Arbeit, sondern ein Spiel, eines, das ich aus dem Arzthaushalt meiner Eltern nicht kannte.

Aber im Winter waren wir fast den ganzen Tag zusammen. Wir rodelten im Teufelsgraben, wir bauten Schneehäuser im Festungswald, wir lieferten uns Schneeballschlachten mit den Jungs aus der oberen Stadt. Die Winter waren noch Winter. Es schneite ab Ende November bis Mitte Februar, und es war kalt. Von den Dachrinnen hingen Eiszapfen, die Haßlach war zugefroren, und wir schlitterten auf dem Eis. Erwischen lassen durften wir uns dabei nicht, weil vor ein oder zwei Jahren ein Junge eingebrochen war. Er wurde nie gefunden.

»Der ist bis in den Main und dann in den Rhein abgetrieben worden«, sagten die großen Jungs in der Vierten, »der war steifgefroren.«

Und sie malten aus, wie er in einem Panzer aus Eis wie in einem Boot bis in die See gespült worden war, die Augen blicklos wie die einer Puppe, den Mund zu einem stummen Schrei geöffnet.

Peter und ich gruselten uns, wenn wir aufs Eis stiegen, taten es aber trotzdem. Schon, um die aus der Vierten zu beeindrucken. Wenn es dämmerte, klopften wir die Eisklümpchen von unseren Steghosen und Wollfäustlingen und gingen übers Pottugässchen nach Hause. Das war nicht der kürzeste Weg, aber er führte am Rittmann-Haus vorbei. Dort leuchtete ab dem ersten Adventswochenende nach Einbruch der Dunkelheit eine Laterne, die an einer rostigen Eisenstange über dem Fenster rechts von der Haustür hing. Sie warf einen Kegel warmen Lichts auf das wunderbarste Schauspiel, das unser Städtchen im Winter zu bieten hatte. Auf einem hölzernen Podest stand da eine Weihnachtskrippe mit lebensgroßen Figuren. Am ersten Adventswochenende saßen nur zwei Hirten an einer leeren Futterraufe und passten auf drei Schafe auf. Am zweiten Advent bekamen sie Gesellschaft von Ochs und Esel und einem Engelchen, das zwischen den Beinen eines der Schafe hervorlugte. Das Engelchen hatte ein Lausbubengesicht, blonde Locken und nichts an außer einem weißen Tuch, das um seinen dicken Bauch geschlungen war. Die aus der Vierten hatten ihm einmal eine Pudelmütze über den Kopf gezogen. Der Herr Rittmann war so wütend darüber gewesen, dass er das Engelchen erst am vierten Advent wieder aufs Podest gestellt hatte, zu den drei anderen Engeln, die am dritten Advent bei Hirten, Schafen, Ochs und Esel gelandet waren, und zu Josef, der wunderschönen Maria und ihrem kleinen Jesuskind, die am letzten Sonntag vor Weihnachten dazukamen. Die Gesichter der Engel und Menschen hatte Rittmann aus Wachs geformt, die Körper aus Pappmaschee, die Kleider nähte er selbst, es hieß, dass er mit seinen feinen Händen sogar die Perücken aus echtem

Haar knüpfte. Alle paar Jahre gesellte sich eine neue Figur dazu. In dem Winter, als wir in der Zweiten waren, saß auf einmal eine getigerte Katze unter der Krippe und sah so echt aus, dass wir glaubten, sie schnurren zu hören.

»Vielleicht macht er für nächstes Jahr einen neuen Engel«, sagte Peter hoffnungsvoll, während wir das Kätzchen anstaunten, »meine Mutter kann sich noch erinnern, wie der Kleine, der immer unter dem Schaf hockt, zum ersten Mal aufgetaucht ist.«

»Ich hätte lieber ein Kamel«, sagte ich.

»Oder einen Mohren«, sagte Peter.

Und wir gingen durch die Schneenacht heim und bevölkerten die Krippe mit Königen, Schleiertänzerinnen und arabischen Banditen.

Baptist Rittmann lebte, schon so lange wir denken konnten, allein in dem hohen, schmalen Haus auf der Stadtmauer. Die Mutter von Peter erzählte, dass er einmal eine Frau hatte, aber dass sie ihn verlassen und das Söhnchen mitgenommen hatte.

»Schön war sie wie eine Filmschauspielerin, feine Hände und so zierlich gebaut ... der Kleine kam ganz nach ihr mit seinen Locken und den blauen Augen.«

»Riesige blaue Glupschaugen«, feixte Peter.

»Sei nicht so frech, Säuroidel«, sagte die Mutter und gab ihm einen sanften Klaps auf den Hintern, »ihr könnt in die Küche gehen, die Oma hat Vanillekipferl gebacken. Sie soll euch welche geben.«

In der warmen Küche, in der es nach Vanille, Zimt und warmer Milch roch, sagte Peter, dass der alte Rittmann die Muttergottes und das Christkind nach seiner durchgebrannten Ehefrau und dem verschwundenen Sohn modelliert habe.

»Hast du sie gekannt?«, fragte ich und leckte die duftenden Krümel des Kipferls, das ich gerade gegessen hatte, von meinen Fingern.

»Spinnst du? Der Rittmann ist uralt, der war bestimmt schon hundert, als ihr hergezogen seid.«

»Quatsch«, sagte ich, »so alt wird doch keiner.«

»Jedenfalls uralt«, meinte Peter. »los, wir gehen noch mal raus, im Stadtgraben eine Schneelaterne bauen, ich hab schon eine Kerze eingesteckt.«

Während wir in der frostroten Dämmerung die Schneewände unserer Laterne immer wieder glatt strichen, sodass sie dünn und durchscheinend wurden, stellte ich mir vor, wie der große, hagere Rittmann eine schöne blonde Frau umarmte.

»Warum ist sie weggegangen?«, fragte ich Peter.

»Weiß ich doch nicht«, sagte er und stellte die Kerze vorsichtig in die oben offene Laterne.

»Die war nicht von hier, hat meine Mama gesagt. Die ist zum Arbeiten hergekommen, hat sie gesagt.«

Er zog seine Wollfäustlinge aus, holte eine Streichholzschachtel aus der Tasche seines Anoraks und versuchte, ein Zündholz zum Brennen zu bringen. Seine schneestarren Finger schafften es erst beim dritten Mal. Die Kerze hinter den eisigen Scheiben sandte einen warmen Schein in die kalte Winternacht. Sie flackerte nicht. Sie starb nicht. Wir hockten uns vor der Schneelaterne hin und bewunderten schweigend unser Werk, bis unsere Füße vor Frost schmerzten.

Neujahr kam und Ostern und dann der Sommer. Ich durfte nicht beim Heuen helfen, weil ich im übernächsten Herbst aufs Gymnasium sollte. Die hatten da ein Orchester, und mein Vater wollte, dass ich dort mitspielte. Also holte er die Geige seines Vaters vom Dachboden und schaute sich nach einem Lehrer für mich um. Ein Kollege von ihm, der im Kreiskrankenhaus arbeitete, empfahl ihm den alten Rittmann.

Es wurde erzählt, dass er in seiner Jugend ein paar Jahre an der Musikhochschule in München studiert hatte, lange vor dem ersten großen Krieg. Aber dann starb sein Vater, und der junge Baptist musste zurück, um die Drogerie seiner Eltern zu leiten. Er war ein guter Sohn und gehorchte dem Wunsch seiner Mutter. Aber sein Herz war nicht dabei. Er war schweigsam, konnte mit den Kunden nicht plaudern und schaute von Jahr zu Jahr finsterer drein. Die Kunden kamen trotzdem. Rittmanns war der einzige Laden in der Gegend, in dem es Zahnbleichmittel, Schuhwichse, kunstvoll verzierte Kerzen und Rattengift zu kaufen gab. Der junge Baptist – er wurde noch so genannt, als er schon weit über vierzig war – saß am liebsten im Hinterzimmer, wo er Schellackplatten mit Violinkonzerten hörte und mit seinen langen Musikerhänden mit den Blechtöpfen hantierte, in denen er seine geheime Wachsmischung schmolz, die noch warme Masse zu Platten ausrollte, daraus mit einem skalpellfeinen Messer Ornamente ausschnitt oder gleich zierliche Madonnen- und Engelsköpfchen formte, die er auf den Kerzen aufbrachte. Die Kunden vorne im Laden wurden von Geigenmusik umsäuselt und umweht vom Geruch des heißen Wachses und der Farben, mit denen der junge Baptist seine Skulpturen bemalte. Dann wurde seine Mutter krank. Er gab eine Annonce im *Tagesboten* auf, in der er eine Verkäuferin suchte. Die Erste, die kam, war blond, zartgliedrig, hatte ein Gesicht wie eine Porzellanpuppe und das Gemüt eines Engels. So erzählten sich die Leute. Anna hieß sie und war erst vor Kurzem in den Ort gezogen. Sie stand ganz allein in der Welt und musste sich ihren Lebensunterhalt verdienen, seit sie vierzehn war.

Der finstere Baptist sah sie und stellte sie ein. Nach einem halben Jahr war sie seine Frau. Sie zog in das hohe, schmale Haus im Pottugässchen, sie pflegte die kranke Schwiegermutter, sie verkaufte lächelnd Zahnbleichmittel, Schuhwichse, kunstvoll verzierte Kerzen und Rattengift. Sie hatte für jeden ein gutes Wort. Das Glöckchen an der Ladentür bimmelte immer häufiger, die Kasse war gut gefüllt wie nie zuvor. Vor allem die Männer des Städtchens kauften ein, als ob sie jede Woche zwanzig Paar Schuhe zu putzen und eine ganze Kompanie Ratten zu vergiften hätten. Baptist ließ die Tür zum Hinterzimmer jetzt immer weit offen stehen. Wer abends am Rittmann-Haus durchs Fenster schaute, sah Anna auf dem grüngepolsterten Biedermeiersofa in der Wohnstube sitzen und Baptists Geigenspiel lauschen.

Die alte Frau Rittmann starb im zweiten Ehejahr der beiden, drei Monate, bevor Anna das Kind von Baptist auf die Welt brachte. Weil sie so zart war, nahm die Geburt sie sehr mit. Es dauerte ein halbes Jahr, bis sie wieder im Laden stand. Das Kind, ein Junge, der nach dem Großvater Rittmann Georg hieß, lag im Stubenwagen hinter der Ladentheke. Alles war anders. Die junge Frau – sie war knapp zwanzig – war blass und lächelte selten. Das Kind war kränklich und schrie viel. Es schrie, wenn die Ladenglocke bimmelte, es schrie, wenn aus dem Hinterzimmer Wachsgeruch schwebte, vor allem aber schrie es, wenn es Geigenmusik hörte. Die Falte zwischen den Augenbrauen von Baptist, die in den letzten Jahren fast verschwunden war, kam wieder und war tiefer als zuvor. Mehr als ein Kunde wurde Zeuge, dass er seine Frau beschimpfte, die Großmutter von Peter sah sogar einmal, wie er den Säugling aus dem Stubenwagen riss und schüttelte, und wie Anna versuchte, ihm das Kind zu entreißen.

Nach einiger Zeit blieb Anna mit dem Kind daheim. Abends drangen keine Beethoven-Sonaten mehr durch die Fenster des hohen Hauses, sondern eine zornige Männerstimme, das Weinen einer Frau und das Wimmern eines kleinen Kindes. Die Leute im Städtchen schüttelten den Kopf über den jungen Baptist, taten aber nichts. So ging es halt zu in manchen Ehen, da mischte man sich nicht ein. Als der Herbst in den Winter überging, wurde es besser. Die Fenster blieben geschlossen und die Geräusche des Rittmann'schen Unglücks blieben, wo sie hingehörten: im Haus. Mutter und Kind wurden immer seltener gesehen. Ein Fuhrmann, der im *Scharfen Eck* sein Feierabendbier trank, erzählte, dass die schöne Anna ihn gefragt habe, ob er Fahrgäste mitnehme, wenn er wieder eine Tour nach Nürnberg mache. Auch am Bahnhof sah man sie, den Kleinen auf dem Arm, wie sie die Tafel mit den Abfahrtszeiten des Zuges, der zweimal täglich hier hielt, studierte. Kurz vor Weihnachten erschien Rittmann auf der Polizeiwache. Schneeflocken schmolzen in seinem immer noch dunklen Haar, die Nase leuchtete rot vor Frost in seinem bleichen Gesicht.

»Meine Frau ist weg«, sagte er mit rauer Stimme zum Gendarmen, der sich im Kanonenofen der Wache wärmte. Der schaute mürrisch. Er war nicht sonderlich erpicht darauf, in der Kälte eine Suche zu starten.

»Das Kind ist auch verschwunden«, sagte Rittmann, zog ein Taschentuch aus der Manteltasche und schnäuzte sich.

Der Gendarm seufzte und stand auf.

»Wann haben Sie sie denn zuletzt gesehen?«

»Heute früh, bevor ich in den Laden bin. Vor zwei Stunden bin ich heimgekommen, da war das Haus leer. Ich hab noch gewartet, dachte, sie ist vielleicht in der Kirche oder jemand besuchen, aber dann hab ich gesehen, dass ihr Koffer weg ist und der große Rucksack von meinem Vater auch.«

Der Gendarm setzte sich wieder an den Ofen.

»Herr Rittmann, wenn Ihre Frau verreist, ohne Ihnen etwas zu sagen, ist das zwar nicht schön von ihr, aber auch kein Fall für die Polizei. Vielleicht ist sie zu ihren Eltern.«

»Sie hat keine Eltern«, sagte Rittmann.

Dann, erzählte der Gendarm später Peters Großvater, hatte er sich bedankt und war gegangen. Dass Frau Rittmann ihren Mann verlassen hatte, wunderte niemand im Städtchen. Das Mitleid für ihren Mann hielt sich in Grenzen. Das Leben ging weiter, und schon im Frühjahr sprach kaum jemand mehr von der schönen Anna und ihrem Kind. Rittmann stellte einen Ladenjungen an, und bald drangen wieder Geigenklänge und der Geruch von heißem Wachs aus dem Hinterzimmer. Im Städtchen ließ er sich immer weniger blicken. Kurz vor dem zweiten großen Krieg, Peters Oma erinnerte sich nicht mehr genau, ob es Weihnachten 1937 oder 1938 gewesen war, stellte er zum ersten Mal das Holzpodest vor sein Haus. Zuerst waren da nur Maria, Josef und das Kind. Dann kamen Jahr für Jahr mehr Figuren dazu, sogar im Krieg. Der junge Baptist, der langsam alt wurde, hatte Zeit. Ins Feld musste er nicht, genau wie im ersten Krieg, als ihn ein Lungenleiden vor den Schlachtstätten an der Somme bewahrt hatte. Das Geschäft war geschlossen, seit sein Ladenjunge eingezogen worden war. Rittmann hatte viel Zeit für seine neue Beschäftigung.

Die Sache mit dem Geigenunterricht zog sich hin, weil Herr Rittmann zuerst nicht wollte. Da er aber Patient bei meinem Vater war, gab er schließlich doch nach.

»Ich hab ihm versprochen, dass er nicht mehr ins Wartezimmer muss, wenn er kommt«, sagte mein Vater, »er ist ja nicht so gern unter Menschen. Außerdem kann er das Geld gebrauchen. Wenn er demnächst die Heiligen Drei Könige baut, muss er Gold, Myrrhe und Weihrauch ranschaffen.«

Ich war nicht besonders glücklich über die Aussicht, die herrlichen Sommertage zusammen mit Herrn Rittmann und dem Üben von Tonleitern verbringen zu müssen. Das Einzige, was mich ein wenig tröstete, war, dass ich das geheimnisvolle Haus im Pottugässchen betreten würde.

»Vielleicht siehst du sogar, wo der alte Rittmann die Figuren macht«, versuchte mich Peter zu trösten.

Gar nichts sah ich. Von der dunklen Diele lotste mich Rittmann direkt in die Wohnstube mit dem Biedermeiersofa. Das war nicht viel heller mit den schweren Vorhängen, die die Fenster verdeckten, dem im Dämmerlicht fast schwarzen Holzfußboden und den wuchtigen Möbeln. Es roch staubig und ein bisschen nach Wachs. Vor dem Esstisch war ein Notenständer aufgestellt. Das war mein Platz. Der alte Rittmann saß auf einem Stuhl daneben. Ich war ihm noch nie so nahe gewesen. Er war groß und hager, mit einem länglichen Gesicht, schmalen Lippen und dunklen Augen hinter einer Brille mit billigem Drahtgestell. Sein Haar war grau, seine Augenbrauen aber immer noch fast schwarz. Obwohl es Sommer war, trug er stets eine graue Wolljacke, Hosen aus dickem Stoff und braune Pantoffeln. Er redete wenig. Wenn er mich einließ, nickte er mir kurz zu, um dann wortlos voraus in die Wohnstube zu gehen. Dort übte ich Tonleitern, ich lernte, den Bogen richtig zu halten, ich spielte erste Etüden von vergilbten Notenblättern. Notenlesen konnte ich schon, die korrekte Körperhaltung beherrschte ich bald, aber die Töne, die ich hervorbrachte, klangen jämmerlich. Rittmann focht das nicht an. Er saß da, fixierte mich durch seine spiegelnden Brillengläser und korrigierte mich. Den Bogen höher ansetzen. Das Zählen nicht vergessen. Die linke Hand lockerer um den Geigenhals. Das Streichen aus dem Handgelenk. Ich tat, wie mir geheißen, ich übte brav zu Hause meine Etüden, aber es klang immer noch jämmerlich.

Der Sommer ging seinen Gang, der Weizen war bald erntereif, die großen Ferien waren da, und ich kratzte auf der Geige, als ob ich ein Stück Holz zersägen wollte. Der Schweiß lief mir über die Stirn, als ich mich eines Nachmittags im August zum x-ten Mal durch eine Wohlfahrt-Etüde quälte. Da stand Rittmann auf. Das war noch nie vorgekommen. Ich setzte den Bogen ab, aber er bedeutete mir, weiterzuspielen. Er ging zu einem der Fenster, zog den Vorhang auf, öffnete es und verließ dann den Raum. Ich fiedelte weiter und drehte mich dabei um meine eigene Achse, um die Stube in der ungewohnten Helligkeit zu betrachten. Zum ersten Mal fielen mir die Fotos auf, die in Messingrahmen auf der Kommode standen. Weiter geigend tappte ich hin. Da war ein streng blickendes Paar, dessen männliche Hälfte große Ähnlichkeit mit Rittmann hatte. Da war ein schlaksiger junger Rittmann, der mit geschlossenen Augen eine Violine strich. Und da war eine wunderschöne blonde Frau, die ein kleines Baby auf dem Schoß hielt und mir irgendwie bekannt vorkam.

Gerade als ich noch näher hinwollte, fiel ein Schatten aus dem Flur ins Zimmer. Ich schaffte es gerade noch zurück zum Notenständer, bevor Rittmann zurückkam. Er hatte ein Glas mit einer rötlichen Flüssigkeit dabei, das er mir hinhielt.

»Trink«, sagte er, »danach üben wir noch Flageoletts.«

Ich setzte die Geige ab und trank. Es schmeckte nach Himbeeren und etwas Säuerlichem. Von draußen hörte ich einen lang gezogenen Pfiff. Als ich mir die Geige wieder unters Kinn klemmte, schwankte ich. Mir war noch heißer als vorher. Die Julihitze draußen kam mir frisch vor im Vergleich zur staubigen Luft in Rittmanns Haus.

Ich war kaum die drei Eingangsstufen hinunter, als mich eine Hand am Hals packte. Sie roch nach Heu und Erde.

»Das klingt ja gräulich, was du da fiedelst«, sagte Peter, »als ob man einer Katze bei lebendigem Leib das Fell abzieht.«

Ich widersprach nicht. Er hatte ja recht.

»Los wir gehen ans Wehr, schwimmen«, sagte Peter, »und du erzählst mir, wie das bei dem Rittmann aussieht.«

Wir sollten nicht ans Wehr, weil es Strudel gab und wir außer Hundskraul keine Schwimmart beherrschten. Aber weil das Wasser dort am tiefsten und kühlsten war, gingen wir trotzdem hin. Nach dem Schwimmen ließen wir uns auf der Wehrbrücke trocknen. Ich berichtete ihm von der schönen Frau auf dem Bild, und dass ich sie zu kennen glaubte. Das interessierte ihn sehr. Wir überlegten den Rest des Nachmittags, wie er es anstellen könnte, ins Haus zu kommen und das Bild und vielleicht die Krippenfiguren ganz nah zu sehen.

»Vielleicht find ich ja sogar eine, die er für nächstes Weihnachten macht«, sagte er.

Zwei Tage später hatte ich wieder Geigenstunde. Ich hatte mir das Gesicht mit Mehl gepudert, damit ich blass und krank aussah. Außerdem schwankte ich bei der ersten Tonleiter so stark, dass Rittmann mich auf einen Stuhl drückte.

»Ist dir schwindelig?«, fragte er.

Ich nickte und versuchte, möglichst kläglich dreinzuschauen. Er ging zum Fenster, öffnete es und verließ dann die Stube. Ich pfiff leise. Peter kletterte durchs Fenster, rannte durchs Zimmer und versteckte sich unterm Sofa. Rittmann kam mit dem rötlichen Getränk zurück. Ich schluckte es gehorsam und fing wieder an zu geigen. Hinter Rittmanns Füßen sah ich Peter unterm Sofa vorlugen. Er verzog übertrieben das Gesicht und hielt sich die Ohren zu. Ich presste die Lippen aufeinander und konzentrierte mich aufs Zählen, um nicht loszulachen.

Bei der nächsten Etüde spielte ich besonders laut. Peter nutzte den Krach, um in den Flur zu robben. Ich sah und hörte nie wieder etwas von ihm.

Wir hatten ausgemacht, uns um vier am Wehr zu treffen. Ich wartete fast zwei Stunden, dann ging ich heim. Als wir beim Abendessen saßen, läutete es. Es war Peters Vater, der wissen wollte, ob sein Sohn bei uns war. Ich starrte auf meinen Teller und schüttelte den Kopf, als mich meine Eltern fragten, ob ich ihn heute gesehen hätte.

»Der Kerl soll mir nur heimkommen«, sagte Peters Vater, als er ging, »nichts als Blödsinn im Kopf hat der.«

Aber Peter kam nicht heim. Nicht an diesem Abend und auch nicht am nächsten. Ich trieb mich den ganzen Tag vor dem Rittmann-Haus herum, in der Hoffnung, durch ein Fenster einsteigen zu können. Aber nicht einmal in den oberen Stockwerken war eines offen. Der alte Rittmann hatte seine Festung dichtgemacht.

Abends zogen Peters Eltern, seine Geschwister und ein paar Nachbarn los, um ihn zu suchen. Sogar mein Vater ging mit, obwohl es seine Schafkopfnacht war.

»Weißt du wirklich nicht, wo er sein könnte?«, fragte meine Mutter mich. Ich schwor, dass ich keine Ahnung hätte. Ich schämte mich, traute mich aber nicht, von unserem Streich zu erzählen. Später, ich lag schon im Bett, drangen erregte Stimmen und lautes Weinen an mein Ohr. Ich schlich mich an den Kopf der Treppe. Unten in der Diele standen viele Menschen. Nur Peters Mutter saß auf der großen Truhe. Sie schluchzte und hielt etwas auf dem Schoß. Ich drückte mein Gesicht an die Stäbe des Treppengeländers. Ihre Tränen tropften auf die Hose, das Hemd und die Schuhe, die Peter anhatte, als er in Rittmanns Haus eingestiegen war. Ich fröstelte und spürte einen Kloß im Hals. Ich hörte auch im Bett nicht auf zu frieren. Ich träumte von Peter, der in Rittmanns Wohnstube Geige spielte, wachte auf, träumte, wie Rittmann sich über den nackten Peter beugte und ihn zwang, ein Glas mit einer blutroten Flüssigkeit zu leeren, wachte auf und träumte, wie mein Freund tot auf dem Schoß einer schönen blonden Frau lag.

Am anderen Morgen hatte ich hohes Fieber, Halsweh und einen roten Ausschlag.

»Scharlach«, sagte mein Vater, nachdem er mir in den Mund geguckt hatte, und befahl strikte Bettruhe. Ich war erst zu Schulbeginn wieder gesund. Jetzt war ich in der Vierten, aber der Platz neben mir blieb leer. Die anderen in der Klasse erzählten, dass Peters Kleider neben dem Wehr gefunden worden waren. Sein Körper wurde nicht entdeckt.

»Der ist abgetrieben bis in den Main«, hieß es in der Klasse, dass die Fische ihn gefressen hätten, und dass auf dem Friedhof ein leeres Grab mit seinem Namen auf ihn wartete.

Ich fühlte, dass etwas an der Geschichte nicht stimmte, konnte mich wegen des Fiebers aber nicht erinnern, warum.

Das Leben ging ohne Peter weiter. Es wurde Herbst, und es wurde Winter. Rittmann, zu dem ich seit meiner Krankheit nicht mehr gegangen war, stellte seine Krippe raus. Ein Kamel war nicht dazugekommen, aber ein neuer Engel, der rittlings auf dem Esel saß.

Es wurde Frühling, es wurde Sommer, und es wurde Herbst. Ich kam ins Gymnasium und hatte einen neuen

Tischnachbarn. Ich träumte manchmal von Peter. In diesen Träumen war immer die schöne Frau mit dabei, manchmal auch ein schwarzer Schatten, der Geige spielte. Ich kam in die nächste Klasse, trat dem Schachklub und dem Schulchor bei und dachte fast gar nicht mehr an Peter.

Bis im November der alte Rittmann starb. Er war schon länger krank gewesen und hatte zähneknirschend erlaubt, dass einmal am Tag eine Gemeindeschwester nach ihm sah. Als sie am letzten Mittwoch im November nach ihm sehen wollte, war er nicht in seinem Bett. Sie suchte das ganze Haus ab, den Dachboden und schließlich den Keller. Sie stieg, den Namen von Herrn Rittmann rufend, hinunter, stieg laut schreiend wieder hinauf und rannte schreiend zur Polizeiwache. Sie hatte den alten Rittmann gefunden. Er lag, eine Engelsfigur in den Armen, am Fuß der Treppe. Hinten glänzten die Glasaugen der anderen Krippenfiguren im Schein der Vierzig-Watt-Glühbirne, die von der Decke hing. Sie beleuchtete Ochs und Esel, Maria und Josef, das Jesuskind, die Hirten, Schafe, die Katze, die anderen Engel – und mindestens sieben kopflose Skelette, von Kindern und Erwachsenen, die in Glasvitrinen an der Wand aufgereiht waren. Hier standen sie und fixierten blicklos die Wachsfiguren, als suchten sie ihre verlorenen Schädel in ihnen. So kam es, dass Maria, Josef, das Jesuskind und all die Engel, die alten und der neueste, auf unserem Friedhof ihr Grab fanden. Nach all den Jahren, all den Wintern.

CLAUDIA BLENDINGER
DAVIDOFF

Das Leben geht immer weiter, und wenn es nicht mehr weitergeht ... dann endet es eben.
Der Lauf der Dinge – meiner Ansicht nach.

Tanja hat sich zu meinem Leidwesen von einem Auto mitnehmen lassen.
Was heißt hier Auto! Nee, nee, musste schon was Besonderes sein. Audi TT, anthrazitgrau, sehr schick, sehr rasant, sehr teuer.
Kein Blick zurück, pfeilgerade auf und davon. Bin ich vielleicht ein Monstrum, Ungeheuer? Hat's ihr bei mir nicht behagt?

Meine Mutter meinte vor geraumer Zeit leidlich genervt und wenig begeistert: »Wenn dir dein Vorname nicht passt, mein liebes Hänschen, suchst dir gern einen anderen aus, ich hab bestimmt nichts dagegen. Hast die freie Auswahl, doch erwarte nicht, dass ich mir den lange merken kann.«
Ich schwankte zwischen Marlboro und Davidoff. Entschied mich dann für Letzteren. Ich fand, der hatte noch *mehr* im Klang. Noch mehr Abenteuer, Freiheit, Wildnis und am Schluss sogar zwei »f«.
Mein Krabbelstall befand sich – richtig erraten – in einem Tabakgeschäft.
Der Laden gab genug her, meine Kindheit, frühe Jugend, ich möchte nicht prahlen, sagen wir mal so: Sie gestalteten sich erfreulich rosig, unbekümmert.

Die Gefahr lag draußen, strich tückisch um die Häuserzeilen.

Anfänglich verstand ich mich der dunklen, geheimnisvollen Lockungen noch brav zu erwehren, aber die irrwitzigsten Sehnsüchte, Fantasien zogen mich immer stärker in ihren Bann, bis ich meinem inneren Drängen nicht länger Einhalt gebieten konnte und mit den heimlichen Streifzügen begann.

Tastend, schnuppernd, witternd, berauscht, glückselig. Stets am Sprung und gefährlich nahe am Puls meiner erwachenden Triebe.

Der ganze Ärger fing dann mit Tanja an.

Davidoff, sei nicht blöd. Lass das Zuckerschnäuzchen man schön außen vor. Fall ja nicht gleich mit der Tür ins Haus. Da braucht's Fingerspitzengefühl, kluge, taktische Vorgehensweise, nicht dass Mama dir ernstlich böse wird, war mein erster Gedanke gewesen. Doch noch ehe ich den zu Ende gedacht hatte, Tanjas Qualitäten auch nur ansatzweise preisen konnte, fand ich mich mit gepacktem Bündel vor der heimischen Schwelle.

»Gewiss nicht meine Angelegenheit! Werd erwachsen, Hänschen oder Davidoff, wie du dich neuerdings nennst! Musste ja irgendwann so kommen. Gegen die Natur ist schwer anzugehen. Nicht dass ich nicht damit gerechnet hätte«, damit hatte mich Mama faktisch an die Luft gesetzt. Selbst meine größten, erschrocken zur Schau getragenen Kulleraugen, die sie früher immer milde gestimmt hatten, zogen nicht mehr.

»Aus die Maus«, wie Frau Schmidt, der eigentlich der Laden gehörte, immer so treffend formulierte.

Natürlich war ich in dem Moment heillos überfordert, musste erst mal tief durchatmen und kurz nachdenken. Denn über die weiterführenden Konsequenzen meiner spontanen Tanja-Aktion hatte ich mir in meiner kühnen, leidenschaftlichen Genialität kein Kopfzerbrechen gemacht. Und Tanja wieder zurück auf die Straße befördern ging gleich gar nicht.

Guter Rat war mehr als teuer. Welch Glück, dass ich per Zufall kürzlich an diesem leeren Haus vorbeigestromert war.

Okay, eher Abrissbude, die eigentlich nur als Zwischenstopp für Tanja angedacht gewesen war. Musste ja flott gehen, das mit der pressanten Aufenthaltslösung, als mir die Kleine, wundersam, fast wie von selbst, in die Arme lief.

Oberklasse Davidoff, jetzt kannst deine glorreichen Ansprüche ans Leben erst mal gehörig runterschrauben.

Das Drecksloch würde nun gleichwohl Tanja wie auch mich beherbergen müssen. Und für unseren gemeinsamen Lebensunterhalt ... dreimal darfst raten, mein reizendes Schätzchen. Ich hegte da so gewisse urgewerbliche Vorstellungen.

Tanja machte selbstverständlich Sperenzchen, als ich ihr nicht mal die Qual der Wahl offenließ. Sie wollte weder bei mir noch dort bleiben, wollte heim zu *ihrer* Mami.

Tanjas Tränen irritierten mich, hätt selbst glatt mitheulen mögen, nützten aber nichts.

Von wegen heim zu Mami, den Zahn zog ich ihr schnell.

Dank meines handwerklichen Geschicks und tüchtig einschüchternder Argumente gelang es mir, sie zwar widerwillig, doch trefflich verbarrikadiert von den Vorzügen dieses miefigen, trostlosen Kellerkabuffs zu überzeugen – hatte ich angenommen.

Tanja war ziemlich platt, so platt hab ich die noch nie erlebt. Nicht mal im Traum hätte die damit gerechnet, dass ich sie so einfach laufen ließe.

Zurückpfeifen? Für die Katz, verlorene Liebesmüh ...

Tanja hätte mit Sicherheit die nächstbeste sich bietende Gelegenheit beim Schopfe gepackt und war himmelschreienderweise auch schon zu sehr geblendet von der noblen Protzkarosse.

So geht's, wenn du dich einmal überreden lässt und in großzügiger Vertrauensseligkeit Freigang gestattest.

Verirrt sich eigentlich nachts kaum einer in diese heruntergekommene Gegend. Pustekuchen!

Wo war ich stehen geblieben? Ach ja, beim ... dann endet es eben.

Nachdem ich den ersten Jammer hinter mich gebracht hatte, beschloss ich, dies als erneuten Wink des Schicksals zu tolerieren und eine gründliche Veränderung meiner Lebensumstände anzustreben. Das alte Haus war quasi mit Tanja erledigt, dort brauchte mich niemand mehr zu suchen.

Draußen war es empfindlich kalt. Gottlob lag noch kein Schnee. Der Winter ist nicht wirklich meine Jahreszeit, falls dies jemanden interessiert.

Nun, mein Leben ging weiter, wie eingangs erwähnt. Fortuna war mir wohlgesinnt, ich entwischte all meinen Häschern, die, da brauchte ich mich keiner falschen

Illusion hinzugeben, längst zur Jagd auf mich geblasen hatten. Da kannste mal sehen, Tanja, was du mir mit deinem Davonlaufen eingebrockt hast.

Ich machte aus der gegebenen Not eine Tugend und entschied mich fix für ein großzügiges Loft in zweckdienlicher Innenstadtlage.

Als ich aus dem Fenster schaute, erblickte ich zu meiner Rechten die Kaiserburg, links, wenn ich den Hals verrenkte, das Dürerhaus.
»Astrein, Davidoff, das passt zu dir!«, sagte ich mir, gratulierte mir für meine Umsicht und meinen Schneid, dem schimmligen, unattraktiven Domizil den Rücken gekehrt zu haben.
Hell, ungemein hell und freundlich. Eindeutig Ateliercharakter, definitiv eine andere Kragenweite. Tanja hätte vielleicht endlich mal ihre Freude gehabt.
Hätte, täte, würde, aber nein, die hohle Nuss musste ja eine mir diametrale Alternative wählen. »Klug wird man nur aus Fehlern!«, tröstete ich mich lau und strich mir meine wenigen Barthaare.

Der Schnee konnte kommen.
Tat er natürlich, schließlich schrieben wir Dezember.
Ich betrachtete mein Spiegelbild in den bodentiefen Fensterscheiben und war's sehr zufrieden. Ich fand mich äußerst passabel. Jung, stark und gesund.
Attribute, die meinem Mitbewohner gänzlich abhandengekommen waren. Penner, diagnostizierte ich, alt, gebrechlich und langsam. Der kann dir nicht viel, Davidoff.

Männer-WG, nicht gerade der ultimative Hit, doch im Prinzip nichts dagegen einzuwenden, falls jeder dem anderen seinen Frieden lässt ... Gell, Tanja, wo läuft's schon dauerperfekt?

Meinen Mitbewohner schien ich nicht ernsthaft zu stören, kulanterweise machte er keinen unnötigen Aufstand, als ich mein Lager richtete.

Davidoff, du hast es voll drauf und endlich mal das große Los gezogen. Essen auf Rädern – genial –, dazu mit täglicher Nachschubgarantie, der Oberburner.

Der Alte genoss offensichtlich Vorteile und war nicht abgeneigt, die mit mir zu teilen. »Schweinefraß!«, ließ er sich vernehmen. »Ansichtssache!«, verkniff ich mir und haute tüchtig rein.

Der Essensservice erschien mit einer Präzision, danach hättest glatt die Uhr stellen können. Schon klar, dass ich mich verdünnisierte, sobald sich der Schlüssel von außen im Schloss drehte.

Brauchte ich Verwicklungen? Nee, nee! Außerdem war ich gut im Spurenverwischen. Manche Fähigkeiten werden einem zwar in die Wiege gelegt, aber verkümmern ohne Weckruf.

Hallo Wach – dein Name sei Davidoff!

Ich fühlte mich immer sicherer im Loft und gestattete meinen schweifenden Gedanken, eine neue Tanja anzuvisieren. Meine WG erschien mir diesbezüglich, so wie sie sich entwickelte, geradezu ideal. Der Alte nahm keinerlei Anstoß an mir, störte meine Kreise kaum, und insbesondere die hintere, nicht frequentierte Kammer beflügelte meine glühendsten Spekulationen.

Binnen Kurzem checkte ich, dass es sich immer um denselben Essenslieferanten handelte.

»No Problem, Davidoff«, sagte ich mir. »Der ist fleißig, pünktlich, zwar extrem unfreundlich, aber der Alte kann sich auch nicht raussuchen, wer die Tour innehat.«

Apropos Tanja, die Chemie macht's, und letztlich ein bisschen guter Wille! Aber der ging dir freilich ab. In dein Näschen hätt's leicht reinregnen können, so hoch, wie du es liebend gern getragen hättest.

Der Alte hieß Emanuel.

Aus den heftigen Worttiraden, die immer öfter auf meinen Mitbewohner einprasselten, habe ich seinen Namen erfahren.

Emanuel tat so, als sei der Lieferhampelmann die reinste Luft für ihn. Obwohl, manchmal stieß er seinen Pinsel schon zornig in die Farben, um ihn dann, in hohem Bogen, elegant spritzend gegen die nächstbeste Wand zu schmettern, doch da war die unangenehme Servicekraft bereits gegangen.

Mein Mitbewohner qualmte wie ein Schlot. Hätt er man besser bleiben lassen sollen, bei seinem schlimmen Husten.

»Kann mir keiner verbieten!«, räsonierte er bitter. »Meine einzige Freud, mein einziges Vergnügen noch. Das bringt mich in meiner gegenwärtigen, bodenlos beschissenen Situation auch nicht mehr um.«

Okay, wenn er's denn besser wusste. Jedem sein Pläsier, jedem seine eigene Wahrheit.

Gell, Tanja!

»Bin angeblich in der Schweiz. Auf Kur! Schöne Kur, herzlichen Glückwunsch! Eine Kur mit null Überlebenschance. Und ich Depp hab ihm das auch noch geglaubt. Ich geh zum Skilaufen, hat er mir die Sache schmackhaft gemacht, und du genießt derweil die saubere Bergluft. Ein Jungbrunnen, Labsal für deine Lungen, deine angegriffenen Bronchien, dein schwaches Herz. Danach, wirst sehen, fühlst du dich wie neu geboren!

Mein Galerist, meine vier Exfrauen, meine Kinder, mein kompletter Freundeskreis, alle wähnen mich munter und fidel in Davos, und der schließt mich hier ein, in diesem elenden, zudem schallisolierten, befristet angemieteten Albtraum. Ein Albtraum ohne den leisesten Funken Hoffnung auf frohes Erwachen.«

»Ruhig Blut«, wollte ich ihm aus geneigter Höflichkeit antworten. »Hat ja jeder so sein kleines Ungemach.« Ließ es aber bleiben, nicht dass Emanuel dies als Aufforderung verstand, mir noch mehr wahnwitziges Geschwätz aufzutischen.

Indes, der Alte wurde immer gesprächiger. »Auftragsarbeit!« Emanuel lachte sein sarkastisches, kratzendes Raucherlachen, das keines war. »Wenn das Bild fertig ist, bin ich's auch. Da geb ich dir Brief und Siegel drauf, das ist so sicher wie das Amen in der Kirche. Scheiße noch mal, werd ich auf meine alten Tage etwa fromm?«

Also mit Verlaub, so dringlich mit seiner »Auftragsarbeit« schien es mein Mitbewohner nicht zu haben.

»Den Zeitpunkt, *wann* ich abdanke, leg ich selber fest, da redet mir keiner rein. Heiligabend erleb ich noch, danach die Sintflut, so lang wird der sich wohl gedulden können. Das feiern wir gemeinsam, da lassen wir es uns ordentlich gutgehen. Nicht wahr, mein Lieber? Was hältst du von Eiern mit Speck zum Frühstück?«

»Viel, und noch mehr von Schokolade«, frohlockte der Liebe, somit ich.

Bereits am übernächsten Tag brachte unser Essenslieferant ein großes Glas Nutella mit. Ich liebe Nutella, genau so sehr wie Tanja! Also Nutella.

Auch wenn Emanuel schwer zu abstrusen Übertreibungen neigte, den Service, Teufel komm raus, den hatte er beneidenswert im Griff.

»Mit dem Neujahrsskispringen wird's definitiv nichts mehr werden. Außer ich guck mir das Spektakel in Garmisch von oben an«, Emanuel lachte wieder sein freudloses Lachen. »Feiner Sammler, Mäzen, Gönner, angeblicher Freund, fatalerweise auch mein Hausarzt«, ein Hustenanfall unterbrach ihn, er spuckte roten Schleim in ein Taschentuch, »und in Kürze Mörder. Das richtet der schon geschickt, der tut sich leicht. Bei meinem Krankheitsbild schreibt der einfach Herzversagen auf den Totenschein, den er mir, wie grotesk praktisch, höchstselbst ausstellen darf.«

Emanuel trat ein paar Schritte zurück, inspizierte sein Bild, indem er die Augen zusammenkniff, justierend den rechten Daumen hob, um seine Arbeit dann, in gewohnt bedächtiger Manier, fortzusetzen.

Also ich versteh ja nicht viel von Malerei – tosende Wellen, spritzende Gischt, die sich mit den ziehenden Wolken mengt, abstrakt, entfesselte Urgewalten, die virtuos aufeinanderprallen. Variierend getragene Schattierungen. Eine überlagernde, zarte, melancholische Dramatik. Ich hab echt schon scheußlichere Tapeten gesehen.

»Mit dem Ableben wird mein gegenwärtiger Marktwert astronomisch anziehen. Tote Künstler verkaufen sich bedeutend besser als lebende. Ich gönne es ihm ja, schließlich sammelt der meine Bilder seit Jahrzehnten. Aber mein letztes Werk, mein ultimatives Meisterstück, zu dem er mich hier eingesperrt nötigt, ihm hinterlassen ... Ich will mal bescheiden bleiben. Beim Veräußern, postum – ein nettes Häuschen im Grünen, mit nicht zu knapp Grün drum herum wohlgemerkt, sollte für diesen skrupellos kriminellen Zu-Tode-Spritzer allemal drin sein. Der jubelt mir irgend so einen kaum nachweisbaren Mördercocktail in die Ader rein und dann ... ade, du schöne Welt! Zudem kann der diese fürwahr lupenrein ausgeklügelte Kur mit meiner Privaten ordentlich abrechnen.

Alle mir Nahestehenden glauben, ich sei auf Erholung! Der hat mich, wie gesagt, sauber geködert, und ich Vollidiot geh diesem Schmierenkomödianten mit schreiend beispielloser Bravour dermaßen präzise auf den Leim. Melde mich selbstverständlich gewissenhaft ab, wegen des angeblich schlechten Empfangs in den Schweizer Bergen, und schicke auch noch, gemäß seiner ›löblichen‹ Intervention, vorzeitige Weihnachts- und Silvesterwünsche per Rundmail ab. Blöder geht's doch nimmer. Wenn das kein Potenzial hat? An Neujahr, das verspreche ich dir, sehen wir uns gesammelt. Und zwar auf meiner Beerdigung. Den zweifelhaften Spaß gönn ich mir, da geb *ich* den Hauptact. Die werden vielleicht betreten aus der Wäsche gucken, während sich mein Doc heimlich ins Fäustchen lacht. Aber das Vergnügen versalz ich ihm, da kannst du Gift drauf nehmen. Da zähl ich schwer auf dich. An meinem Todeswerk bereichert *der* sich nicht.«

Emanuel befand sich offensichtlich in welchem Delirium auch immer.

Rausch ohne Drogen? Gibt's so was? Ich stellte die ganze Bude gründlich auf den Kopf, hätt ja auch gern was davon abgehabt – nur mal so aus Neugier, der Erfahrung halber –, fand aber nichts.

»Nicht dass wir uns missverstehen, mein Lieber ...«

Langsam fühlte ich mich unwohl, wenn er mich »mein Lieber« nannte. Keine Verbrüderung, Davidoff, mahnte ich mich. Da läuft was gewaltig gegen die Regel.

»Mein naher Tod kümmert mich wenig. Meine Tage sind sowieso gezählt, das spüre ich selbst. Auch ohne des Doktors finale Hilfestellung – die Pumpe stolpert brachial, die Lunge pfeift aus dem letzten Loch. Brauchst jetzt nicht in Melodramatik versinken, mein Lieber.«

Sank ich?

»Wenn man permanent zu viel geraucht, gesoffen und auch sonst wenig ausgelassen hat. Sechs eigenproduzierte Kinder! Gott sei Dank hatten die mit ihren jeweiligen Müttern mehr Glück.

Als Vater ... bei jedem Einzelnen, ausnahmslos ... der Totalversager!

Meine Quittung schreibt mir nicht das Leben, was ich akzeptieren und leidlich gerecht finden würde. Falsch! Mich ätzt die perfide Ironie, die blanke Infamie! Denn letztlich präsentiert die mir nur ein sammelwütiger, profitorientierter Todesspezialist.«

Emanuels Tonfall wechsel abrupt von fatalistisch-geifernd-verächtlich zu weinerlich-sentimental. »Ach, was lag mir die Welt zu Füßen, ich darf mich wahrlich nicht beschweren. Meine Ausstellungen verteilen sich rund um den Globus. Besonders die Asiaten schätzen meine Kunst. Tokio, Hongkong, Taiwan ... Dubai meldet seit Neuestem starkes Interesse an. Super Timing! Sich noch mal groß abfeiern lassen, strapaziöse Fernreisen unternehmen? Egotrips, wohin, wofür? Genug ist genug! Wenn der Zenit erreicht ist ... Meine Kinder sind versorgt ... An Weihnachten ist Schluss. Da gedenke *ich* den Pinsel aus der Hand zu legen.«

Davidoff, zieh dir nicht fremder Leute Schuhe an. Schau zu, dass du in deine eigenen hineinpasst und darin laufen kannst.

Was soll ich sagen, Emanuel hat tatsächlich Wort gehalten.
 ... wenn es nicht mehr weitergeht, dann endet es eben.

Ich befand mich allerdings in der weit erfreulicheren Phase: Das Leben geht immer weiter.
 Der Essensauslieferer würde so schnell nicht wiederkommen, das hatte ich begriffen.

Was Emanuel damit gemeint hatte: »Ein ganz besonderer Firnis, der mindestens drei Monate strikter Ruhepause und Trockenzeit bedarf. Besser vor Ort belassen, nicht bewegen, damit der Spezialaufstrich richtig satt durchziehen kann ...«, interessierte mich eher weniger, als der Lieferantenheini ihn abholen kam.

Und es ging gar nicht so schlecht weiter, denn Emanuel hatte netterweise die komplette Rückseite der Leinwand großzügig mit dem Fett bestrichen, das er von unserer letzten gemeinsamen Mahlzeit, »Eier mit Speck«, sorgsam separiert hatte. Und zudem von der Bildmitte ausgehend, in großem Radius löffelweise Nutella in den strammen Stoff gerieben.

Ich liebe Nutella!

Hausmäusen wird zwar generell nachgesagt, sie seien insbesondere mit Speck zu fangen.

Aber da waren Tanja und ich uns mal einig, Nutella bleibt unübertroffen.

Ach Tanja, wärst du nicht so unglücklich unter den TT geraten ... wir hätten einen höchst angenehmen Winter verbracht. Gemeinsam in der leeren Farbendose, eng aneinandergekuschelt, inmitten der mollig warmen Holzwolle.

Alle Katzen draußen könnten uns mal. Unsere Bäuchlein wären runder und runder geworden, beim genüsslichen Knabbern an der geschmacklich so lecker gefirnissten Leinwand, von der binnen dreier Monate wenig bis gar nichts mehr übrig sein würde.

Wie auch immer, dann verputz ich die bunte Tapetenpracht eben allein.

Präzise von der Bildmitte nach außen ergötzlich nagend, getreu Emanuels Zerstörungswerkanleitung.

Der Lauf der Dinge – meiner Ansicht nach.

Der Lauf der Dinge – eine Kettenreaktion gemäß physikalischen Prinzipien?

ROLAND SPRANGER
CHRISTBAUM PSYCHO

Was bisher geschah:

Sven lernte Sandra während seines Zivildiensts kennen. Er brachte einer alten Oma »Essen auf Rädern«. Sandra wohnte im selben Haus in einer WG. Zufällige Begegnungen. Lächeln. Ein bisschen Reden. Willst du einen Kaffee? Ja, will ich. Beide waren flirtbereit. Sie zeigte ihren Hals. Beim Sex auf ihrem Futon aus Naturstoffen konnte Sandra den Kopf ausschalten, obwohl sie zu der Zeit Psychologie studierte und sehr analytisch war. Bei einer Explosion denkst du ja auch nicht darüber nach, was mit deinem Leben passiert. Erst danach. Sie hatten beide Partner. Lange Gespräche in Wohnküchen. Ich habe mich weiterentwickelt. Es war eine gute Zeit. Freunde bleiben. Dann ging alles ganz schnell. Gemeinsame Wohnung. IKEA. Sandra wollte in Weiß heiraten. Das volle Programm. Das Brautkleid stand ihr verdammt gut. Schulterlos. Sie füllte es auch aus. Dann die Kinder. Ein Mädchen. Luisa. Ein Junge. Pascal. Zwei Namen, die sich möglichst schlecht abkürzen lassen, aber natürlich kann man mit genug skrupelloser Energie für jeden Namen eine Koseform finden. Ganze Nachmittage auf Spielplätzen und im Freibad. Schön. Irgendwann wurden die Nächte anders. Weniger Sex. Viel weniger Sex. Dafür lange Diskussionen in der Küche. Geflüsterte Streitgespräche. Unbequemes Liegen auf der Couch. Den ganzen nächsten Tag trägst du die Couch mit dir herum. Sven ließ sich alles Mögliche einfallen, um die

Beziehung zu verbessern, aber jeder Rettungsversuch machte die Krise nur schlimmer. Und dann: Ich habe mich weiterentwickelt. Sandra blieb mit den Kindern in der Wohnung. Und er ist in dieses Loch gezogen, in dem er keine Bilder aufgehängt hat.

Christopher hat Julia bei Rock im Park getroffen. Campingplatz. Bierpogo. Überhaupt Bier. Damit lernt man einander kennen. Angetüdelte Gespräche in Campingstühlen. Er hat seinen ersten Job als Wirtschaftsingenieur. Sie studiert irgendwas mit Medien. Die Bierdosen kochen fast, aber wenn du gerade dabei bist, dich zu verlieben, trinkst du alles. Sogar warmes Bier. Dazwischen zwei Idioten retten, die in ihrem Zelt einen Grill aufgebaut haben und schon ohnmächtig auf ihren Schlafsäcken liegen. Schönes Gemeinschaftsgefühl. Superheldenmodus. Bei METALLICA ist es endgültig passiert. *Nothing Else Matters*. Der erste Kuss gleich tief in den Rachen. Mit der Zunge will man unbedingt die Seele erreichen. Und frisch verliebt glaubt man auch, dass man es schaffen kann. *Seek and Destroy*. Julia hat die Beine um seine Hüften geschlungen. Tiefe Küsse. Beide haben das T-Shirt ausgezogen. Sie schwitzen. Sie kleben aneinander. Keine Messerklinge würde dazwischenpassen. Sie sind gerockt. Nach dem Festival ziehen sie schnell zusammen. Viele Tage bei IKEA. Sie treiben sich in Beispielwohnungen herum, die von oben bis unten und bis ins letzte Eck zugepflastert sind mit IKEA-Möbeln. Filmkulissen fürs Glück. Das Zusammenleben klappt auch echt gut. Bei METALLICA reißen sie sich nicht mehr die Shirts vom Leib. Genaugenommen haben sie nie mehr danach METALLICA gehört. Er hätte gerne Kinder. Oder erst mal eins. Sie findet, dass es dafür noch zu früh ist. Christopher erschrickt, als er das erste Mal das Gefühl hat.

»Hey«, sagt es, »du könntest Julia tatsächlich verlieren. Einfach so.«

Man schaut miteinander eine Fernsehserie auf Netflix, und auf einmal ist das Gefühl da. Angst, kann man auch sagen.

In Svens Kopf, während er auf einen zu kleinen Flachbildschirm glotzt:

»Ich habe alles verloren. Ich sitze in diesem Loch. Keine Kunstdrucke an der Wand. Keine Poster. Ich will mich nicht einrichten. Die einzigen Bilder kommen von diesem billigen Flachbildschirm und aus meinem beschissenen Gedächtnis. Der Fernseher ist zu klein, und die Erinnerungen sind zu groß. Der Ultra-HD-TV steht noch in der alten Wohnung. Bildschirmdiagonale 65 Zoll. Wahrscheinlich sitzt Sandra jetzt mit Luisa und Pascal auf der Couchgarnitur und schaut *Dschungelbuch*. Oder einen anderen Familienfilm mit besserer Bildqualität. Ihr war ja der Bildschirm immer zu überdimensioniert. Zugegeben: Größe ist nicht alles. Gemeinsam lachen. Ich will mal wieder gemeinsam lachen. Und vor allem will ich nicht, dass sie auf dem Wohnzimmerteppich einen anderen fickt, während der Fernsehapparat zuschaut.«

In Christophers Kopf, während er in eine leere Kaffeetasse starrt:

»Ich muss mir dringend etwas einfallen lassen. Bevor es Julia mit mir langweilig wird. Bevor sie merkt, dass ich eine langweilige Null bin. Es muss schon was Besonderes sein. Etwas, womit sie bei mir nie rechnet. Romantik zum Beispiel. Das ist gut. Romantik ist die einzige Falle, die immer zuschnappt. Schau dir *Fifty Shades of Grey* an. Frauen wollen sogar SM, wenn du ein bisschen Romantik drüberschmierst. Und dann werden wir zwei Kinder haben. Ein Mädchen und einen Jungen. Alles wird perfekt sein. Und keine Angst mehr.«

September:
Sven markiert eine Nordmanntanne im *Weihnachtsbaum-Wald* mit einem roten Bändchen, auf das er seinen Namen schreibt.

September:
Christopher und Julia markieren eine Nordmanntanne im *Weihnachtsbaum-Wald* mit einem roten Bändchen, auf das sie ihre Namen schreiben.

Werbung *Weihnachtsbaum-Wald*:
Ein Christbaum verkörpert Tradition und natürliche Schönheit. Bei uns dürfen Sie den perfekten Baum frühzeitig auswählen. Treffen Sie selbst die Entscheidung, welcher Baum am besten zu Ihnen passt! Besuchen Sie ihn. Schauen Sie ihm beim Wachsen in seiner natürlichen Umgebung zu. Und beschenken Sie sich mit einem perfektem Tag im Advent, wenn Sie den Baum schließlich selbst fällen. Wir haben eine große Auswahl unterschiedlicher Nadelbäume: Nordmanntannen, Blautannen, Fichten und Kiefern. Durch den Kauf regionaler Produkte schützen Sie die Umwelt. Unser Betrieb ist mit dem Naturland-Gütezeichen zertifiziert.

Polizeiaussage Jörg Raithel (Mitarbeiter bei Weihnachtsbaum-Wald):

»Mit den Baumschlag-Tagen im Advent geben wir uns echt Mühe. Vorweihnachtliche Atmosphäre mit Lagerfeuer und Glühwein. Jedes Kind bekommt ein Geschenk. Ich musste mich die ersten Jahre als Weihnachtsmann verkleiden, aber das ist zum Glück vorbei. Kinderpunsch, Bratwurst, Ponyreiten – alles, bloß keine Hüpfburg. Eine Hüpfburg passt nicht zu Weihnachten, finden Sie nicht? Sonst passt ja fast alles dazu. Wir bieten sogar Kerzenziehen an, obwohl ich mir niemals echte Kerzen an meinen Weihnachtsbaum stecken würde. Einem Nachbarn, der das gemacht hat, dem ist die Bude abgebrannt. Bei Löschversuchen hat er sich Verbrennungen dritten Grades zugefügt. War monatelang im Krankenhaus und anschließend auf Reha. Brauchte eine neue Haut und ein neues Zuhause. Muss ja jeder selber wissen, ob er richtige Kerzen an seinen Weihnachtsbaum klemmen will, aber ich mach's jedenfalls nicht: Ich bin ja nicht bescheuert. Wir geben uns immer Mühe mit der schönen Stimmung im Weihnachtsbaum-Wald zu den Baumschlag-Tagen. Vor Weihnachten drehen ja alle ein bisschen am Rad, aber richtig Krieg war dieses Jahr das erste Mal.«

Diskussion, während sich im Hintergrund kratzende Lautsprecher an *O Tannenbaum* in der Version von Aretha Franklin abmühen:

»Lassen Sie den Baum los!«

»Nein, Sie lassen den Baum los!«

»Warum sollte ich? Es ist ja mein Baum.«

»Überhaupt nicht. Da ist mein Bändchen dran.«

»Da ist mein Bändchen dran, und mein Name steht drauf: schwarz auf rot.«

»Glauben Sie, auf meinem Bändchen steht kein Name?«

»Das sieht doch jeder, dass Ihr Bändchen eine billige Fälschung ist.«

»Verdrehen Sie mal nicht die Tatsachen. Ihr Bändchen ist eine Fälschung.«

»Da ist das Signet des Weihnachtsbaum-Walds drauf.«

»Das kann ich mit jedem Bildbearbeitungsprogramm problemlos einfügen.«

»Jetzt macht Ihre Freundin auch noch an dem Baum rum.«

»Das ist ihr gutes Recht. Es ist unser Baum.«

»Verdammte Scheiße noch mal: Es ist mein Baum. Da steht mein Name drauf!«

»Sie hören sofort auf, meine Freundin zu betatschen.«

»Okay, es ist Ihre Freundin – aber es ist mein Baum.«

»Mit Ihnen kann man nicht reden. Ich ruf meinen Anwalt an.«

»Wollen wir das nicht wie Männer klären?«

»Christopher, lass dich von dem Irren nicht provozieren. Der ist ja voll gestört.«

Polizeiaussage Jörg Raithel (Mitarbeiter bei Weihnachtsbaum-Wald):

»Als ich mitgekriegt habe, was los ist, bin ich sofort dazwischengegangen. Die beiden Männer haben sich angebrüllt. Und ihre Äxte bedrohlich gehoben. Ich weiß auch nicht, warum jeder eine Axt mitbringt. Eine Säge ist viel besser geeignet, um so einen Baum zu fällen. Wir weisen die Kunden auch auf unserer Homepage darauf hin. Und wir verleihen auf Wunsch auch gern eine Säge. Jedenfalls standen sie sich gegenüber mit bösem Blick und Äxten und schlechter Stimmung.

Die Frau hatte eine schrille Stimme. Das war das Schlimmste. Sonst ist es ja still im Wald. Und beim Baumfällen trägst du Schallschutz, aber an den Baumschlag-Tagen fahren die Ohren Achterbahn.

Natürlich hab ich erst mal versucht, das Trio zu beruhigen. Wir Mitarbeiter des Weihnachtsbaum-Walds sind psychologisch geschult – das hilft aber nicht immer. Vor Weihnachten sind ja alle seelisch labil. Da musst du mit extremem Zeug rechnen, aber diesmal war es wirklich das volle Psychoprogramm. Die haben sich gar nicht mehr eingekriegt.

Okay, dann hab ich was gemacht, das ich nur im äußersten Notfall mache. Ich habe mich zwischen die Streithähne gestellt und die Kettensäge angeworfen. Dann waren erst mal alle mucksmäuschenstill. Meinen Sie, dass ich deshalb Schwierigkeiten kriege, Herr Kommissar? Wegen der Kettensäge? Da trennt man leicht mal eine Schlagader damit auf, wenn man nicht damit umgehen kann, aber ich kann damit umgehen, klar. Hat ja auch geholfen.

Ich hab gesagt, wir klären das in Ruhe. Ruhe ist mir echt wichtig.

Und dann sind alle mit mir vor zum Weihnachtsbistro gewackelt. Das Pärchen hieß Christopher und Julia. Der Single Sven. Ich hab denen Glühwein und Bratwurst vorgesetzt. Das schien sie zu beruhigen.

›Ich check das mal im Computer‹, habe ich gesagt, ›und später ziehen wir Kerzen – aber jetzt rührt sich keiner vom Fleck, bis ich wiederkomme.‹

Ich muss schon sagen: Ich hab die Situation komplett falsch eingeschätzt. Psychologische Schulung hin oder her. Als ich zurückkam, waren alle verschwunden.«

Intermezzo im Weihnachtsbistro:
»Sie heißen also Sven?«
»Ja. Sie haben doch den Namen auf dem Bändchen gelesen. Dem Originalbändchen.«
»Ich heiße Julia.«
»Ich weiß. Und Ihr Freund Christopher. Ich habe Ihre Namen auf dem gefälschten Bändchen gelesen.«
»Das ist keine Fälschung.«
»Behaupten Sie. Warum fragen Sie mich überhaupt nach meinem Namen? Wollen Sie mich bei der Polizei anzeigen oder ganz gewöhnlich stalken?«
»Weder noch. Ich will mit Ihnen reden.«
»Wofür soll reden gut sein?«
»Zur Entspannung.«
»Ich bin entspannt. Wo bleibt eigentlich Ihr Freund?«
»Sogar Putin und der amerikanische Präsident sprechen gelegentlich miteinander.«
»Denen geht es ja auch nur um Geopolitik, während mir hier jemand meinen Christbaum klauen will.«
»Genau genommen ist es nicht Ihr Christbaum.«
»Machen Sie sich eigentlich keine Sorgen um Ihren Freund? Der bleibt ja ewig auf der Toilette.«
»Er hat eine schwache Blase. Und wenn er kalte Füße bekommt ...«
»Der kann ja nicht eine Viertelstunde pinkeln.«
»Wenn er sich aufregt, rebelliert sein Magen.«
»Ich lass mich von Ihnen doch nicht verscheißern, Julia.«

»He, was machen Sie?«

»Ich fessle Ihre Hände mit einem Kabelbinder an die Bierbank.«

»Warum machen Sie das?«

»Ich schau nach Ihrem Mann – und Sie bleiben hier.«

»Sie sind ja verrückt. Ich werde schreien!«

»Nur zu. Ich brauch nur ein wenig Vorsprung.«

In Svens hoch emotionalisiertem Weihnachtsbaum-Kopf:

Der Typ ist nicht im Klo.

Natürlich nicht.

Draußen wird es schon dunkel.

Während ich durch die Nadelbäume renne, schlagen mir Äste ins Gesicht. Die Nadeln ritzen meine Haut. Vielleicht ein Muster mit Engeln. Egal.

Kurz verliere ich die Orientierung. Ich halte die Luft an. So gut es geht: Mein Atem ist schwerer als sonst. Die Klopfgeräusche einer Axt ganz in der Nähe. Nach links.

Als ich durch das Geäst springe, fährt Christopher herum. Mein Weihnachtsbaum liegt bereits zu seinen Füßen.

»Da ist mein Bändchen dran«, brülle ich. Ich springe nach vorn und schwinge die Axt. Christopher kann den Hieb mit seinem eigenen Beil abwehren. Dadurch verliere ich das Gleichgewicht. Rutsche auf dem schneebedeckten Untergrund weg. Das rettet mir das Leben, als Christophers Axt auf mich niederfährt. Neben mir ein todbringender Luftzug. Er verfehlt mich. Mein Rücken tut verdammt weh, als ich auf dem Boden aufschlage, aber dafür ist jetzt keine Zeit. Sofort holt Christopher erneut aus. Ich trete ihm kräftig von der Seite gegen den Knöchel. Sofort verliert mein Feind auf dem Schneeboden den Halt. Einen Moment liegen wir beide schwer atmend auf dem Boden. Wir heben die Köpfe und starren uns an. Dann rappeln wir uns gleichzeitig auf. Wir beobachten einander dabei. Jetzt kommt es auf Zehntelsekunden an.

Er schlägt schneller zu, aber ich hebe die Axt rechtzeitig und treffe strategisch gut. Christopher lässt die Waffe in den Schnee fallen. Zwei seiner Finger liegen daneben.

Er brüllt wie ein Tier, während sich der Boden um ihn rot einfärbt. Aus seinem Gürtel zieht er mit der unverletzten Hand ein großes Bowiemesser, das er vermutlich in einem Outdoorshop der gehobenen Preisklasse gekauft hat. Bevor er damit Schaden anrichten kann, spalte ich Christopher mit der Axt den Schädel.

Ich will eigentlich nur noch den Weihnachtsbaum nehmen und in der vorweihnachtlichen Nacht verschwinden, aber in dem Moment springt mich Julia von hinten an und brüllt:

»Du Mörder! Du Schwein! Ich bring dich um.«

Mit einem Bowiemesser schlitzt sie den rechten Ärmel meiner Outdoorjacke und das Fleisch darunter auf. Offensichtlich hatten Julia und Christopher die gleichen Vorlieben. Dann hebt sie das Messer. Sie holt weit aus. Soll ein tödlicher Stich werden.

Es fällt mir leicht, sie abzuwerfen, während sie sich nur mit einer Hand festhält und in Bewegung ist. Sie ist ein Leichtgewicht. Hört sich trotzdem an wie ein Sack, der beim Aufprall ein hässliches Geräusch von sich gibt, weil er aufreißt.

Als ich mich umdrehe, starrt mich Julia mit dem letzten Leben in ihren blauen Augen an. Sie ist auf die Überreste meines Weihnachtsbaums gefallen. Auf den Teil, der im Wald bleiben muss. Der angespitzte Stumpf ragt aus ihrem Bauch.

Ich packe den Weihnachtsbaum mit der linken Hand an der Spitze und ziehe ihn durch den Wald zu meinem Auto. Rechts blutet es aus meinem Ärmel. Ich kümmere mich später darum.

Sandra spricht mit der Presse und genießt ihre Viertelstunde Ruhm:

»Ich hab die Tür geöffnet und gesagt: ›Die Kinder sind nicht da!‹ Sie waren auch wirklich nicht da, sondern mit Freunden bei der Eis-Disco auf der Schlittschuhbahn. Und dann noch: ›Außerdem musst du dich von ihnen fernhalten. Und von mir.‹

Er antwortete nur: ›Es ist das Fest des Friedens.‹

Da hab ich Sven das erste Mal genau angeschaut. In der einen Hand hatte er einen Weihnachtsbaum. War nicht mal besonders schön. Krumm gewachsen. Den hätte ich nicht ausgesucht.

Svens andere Hand war blutverschmiert. Darüber war der Ärmel seiner Jacke abgeschnitten, und der Arm war dilettantisch verbunden.

›Was ist denn mit deinem Arm passiert?‹, hab ich ihn gefragt, und er sagte, ein Hund habe ihn angegriffen.

Ich sagte: ›Dann solltest du mal zum Arzt gehen. Hier kannst du jedenfalls nicht bleiben.‹

Er hat mich angestarrt, also ... Wie der mich angestarrt hat! Schnell die Tür zu und die Polizei rufen, dachte ich mir – aber dann sagte er bloß:

›Ich hab euch einen Weihnachtsbaum gebracht. Das ist doch das Mindeste.‹

Den hat er dann vor der Tür abgelegt. Er hat sich umgedreht und ist gegangen, aber ganz wacklig. Nicht so wie sonst. Sven hat sonst einen festen Schritt. Einmal hat er sich noch kurz umgedreht. Dann ist er da vorne in der Einfahrt zusammengebrochen.

Natürlich habe ich den Weihnachtsbaum nicht aufgestellt. Den hat die Polizei als Beweismittel mitgenommen. Außerdem habe ich mir schon im Oktober einen künstlichen Baum gekauft. War ein Schnäppchen. Schaut aber wie echt aus.«

JAN BEINẞEN
SCHOPENHAUERS SCHÖNE BESCHERUNG

Dieser ganze Weihnachtsrummel wird mir zu viel. Die Atmosphäre in der Stadt ist zwar wunderbar stimmungsvoll, keine Frage. Und ich habe es ja gern, wenn Lichterketten über den Einkaufsstraßen hängen und die Schaufenster festlich dekoriert sind. Ich mag auch den Duft vom Maroni-Stand und selbstverständlich den aus den Glühweinbuden.

Aber dieses Drängeln, Schubsen und Schieben macht die ganze schöne Stimmung kaputt. Ebenso wie der panikartige Ausdruck im Gesicht derjenigen, die kurz vor dem Fest ihre Geschenke immer noch nicht beisammen haben.

Zugegeben: Zu denen gehöre ich auch, und würde mir jemand einen Spiegel vorhalten, könnte ich sehen, dass ich nicht freundlicher aus der Wäsche schaue als all die anderen Last-Minute-Shopper. Eigentlich dürfte ich mich gar nicht beklagen. Denn die meisten Präsente, nämlich die für die Kinder und die Enkelchen, hat Inge längst besorgt. Als vorausschauende Frau ist sie schon vor der Adventszeit losgezogen, um alles in Ruhe auszusuchen und die vorweihnachtliche Massenhysterie zu umgehen. Aber um das Geschenk für sie selbst muss natürlich ich mich kümmern. Als Rentner mit jeder Menge Zeit hätte ich das schon lang erledigt haben können. Aber nein, ich warte bis zum letzten Moment und stürze mich dann ins schlimmste Gewühl. Ergo: Ich habe es nicht anders verdient, als meine Nerven im Chaos der Geschenkejäger aufreiben zu lassen.

Nun bin ich froh, einen Platz in einem Café gefunden zu haben, um wenigstens für ein paar Minuten dem Getümmel zu entgehen. Die Pause tut gut und auch der heiße Cappuccino. Ein Viertelstündchen Ruhe ist jetzt genau das Richtige für mich.

»Grüß dich, Konrad.«

»Wer? Was? Entschuldige, ich war ganz in Gedanken.«

»Du sitzt hier im Café? Ausgerechnet an einem Tag, an dem jeder einigermaßen vernünftige Mensch die Stadt meidet. Musst du etwas für den Heiligen Abend besorgen, oder fällt dir daheim bei deiner Inge die Decke auf den Kopf?«

»Ersteres. Du hast mich durchschaut, Victor. Ewig nicht mehr gesehen, alter Skandalreporter!«

»Und doch wiedererkannt. Wie lange bist du eigentlich schon in Rente?«

»Mittlerweile im dritten Jahr. Aber dank der Kinder, der Enkel und Inges unerschöpflichen Reiseplänen wird's nicht langweilig.«

»Vermisst du den Polizeidienst denn gar nicht? Immerhin hast du als Kripochef ja im Zentrum des Geschehens gestanden.«

»Hin und wieder. Besonders dann, wenn ein Fall nicht aufgeklärt werden kann. Da würde ich den Kollegen gern helfen.«

»Kann ich mir gut vorstellen. In den goldenen Zeiten des legendären Hauptkommissars Konrad Keller kam es ja nie vor, dass eine Tat ungesühnt blieb.«

»Spar dir deinen Spott, Victor. Du weißt ganz genau, dass auch mir der ein oder andere Straftäter durch die Lappen gegangen ist – und hast dich weidlich darüber in deinem Schmierblatt ausgelassen.«

»Immer noch sauer deswegen?«

»Nein, das gehört ja zu deinem Job. Da heißt es für unsereins, gute Miene zum bösen Spiel zu machen.«

»Deine Miene sieht aber gerade alles andere als gut aus.«

»Liegt am Weihnachtsstress.«

»Selbst schuld, wenn du auf den letzten Drücker einkaufen gehst. Das Shoppen ist nicht dein Ding. Genauso wenig wie das Leben als Pensionär. Ich kenne dich, Konrad. Insgeheim brütest du doch immer noch über deinen alten Fällen.«

»Wenn du das sagst ...«

»Ja, das sage ich. Hand aufs Herz, Konrad. Es gibt gewiss die ein oder andere nicht geknackte Nuss, die dir keine Ruhe lässt und das Rentnerleben vermiest.«

»Zugegeben: Meine ungelösten Fälle liegen mir noch immer schwer im Magen.«

»Gibt es denn einen, über den du besonders häufig nachgrübelst?«

»Ja, allerdings. Es ist ... der Fall Schopenhauer.«

»Schopenhauer? So wie der Philosoph?«

»Ja, nur dass er nicht Arthur, sondern Herbert hieß. Realschullehrer von Beruf. Es ist gute zehn Jahre her, dass mir dieser Mann schlaflose Nächte bereitet hat.«

»Hm. Herbert Schopenhauer – zu diesem Namen fällt mir spontan nichts ein. Worum ging es denn?«

»Mord! Ich weiß es noch, als wäre es heute passiert: Es war ebenfalls kurz vor Weihnachten, ein grauer Tag im Dezember. Spätnachmittags platzte Schopenhauer bei mir herein. Ein schmächtiges Männchen von fünfundvierzig Jahren mit Stirnglatze und schlecht sitzendem Anzug. Er hatte zunächst den Pförtner rebellisch gemacht und war dann von einem Beamten in mein Büro geführt worden, weil er – wie er steif und fest behauptete – den Liebhaber seiner Frau umgebracht hatte.«

»Mord aus Eifersucht? Daran müsste ich mich doch erinnern ...«

»Nein, denn die Sache gelangte nie in den Polizeibericht.«

»Verstehe ich nicht. Bei einem Mord? Den kann man doch nicht einfach verschweigen!«

»Hör mir gut zu, Victor, dann wirst du verstehen: Nachdem sich Schopenhauer einigermaßen beruhigt hatte, schilderte er mir in allen Einzelheiten den Ablauf der Tat. Schon länger habe er seine Frau verdächtigt fremdzugehen. Also habe er es wissen wollen und vorgegeben, den ganzen Nachmittag über an einer Lehrerkonferenz teilnehmen zu müssen. Eine Konferenz, die gar nicht stattgefunden habe.«

»Und weiter?«

»Nur langsam. Eines nach dem anderen. Diese Lehrerkonferenz sei, wie gesagt, frei erfunden gewesen. In Wahrheit habe er sich vor dem eigenen Haus auf die Lauer gelegt und beobachtet, wie ein ihm fremder Mann an der Tür läutete und von seiner Frau eingelassen wurde.«

»Schopenhauer muss ziemlich sauer gewesen sein. Wie hat er reagiert?«

»Er sagte, er habe einige Minuten verstreichen lassen, bevor er selbst in die Wohnung gegangen sei – und Gattin plus Liebhaber in flagranti ertappt habe. In rasender Wut habe er nach einem Schürhaken gegriffen, der vorm Kamin lag, und auf den Ehebrecher eingeschlagen. Der sei blutüberströmt zusammengebrochen und regungslos liegen geblieben.«

»Krass. Was geschah dann?«

»Nachdem Schopenhauers Frau in wilder Panik geflohen sei, setzte sich der vermeintliche Totschläger in seinen Wagen und fuhr zum Polizeipräsidium, wo er sich stellte.«

»Du sprichst von einem *vermeintlichen* Totschläger. Was stimmte denn nicht an der Sache?«

»Zunächst stimmte alles. Da die Aussage sehr plausibel und detailliert klang, fuhren wir natürlich sofort zu seinem Haus. Gleich mit der großen Besetzung, Spurensicherung und Polizeiarzt inklusive.«

»Aber?«

»Aber – wir fanden nichts. Weder eine Leiche noch einen Tropfen Blut. Stattdessen begrüßte uns eine sichtlich beunruhigte Frau Schopenhauer, die sich um ihren Mann ängstigte. Dieser befinde sich seit einigen Wochen in psychiatrischer Behandlung und habe versäumt, seine tägliche Tablettenration einzunehmen. Nachdem er plötzlich verschwunden war, machte sie sich große Sorgen um ihn.«

»Jetzt wird ein Schuh aus deinen seltsamen Andeutungen: Du meinst, der Mord hat überhaupt nicht stattgefunden!«

»Genau, Victor. Der Besuch des Liebhabers und die anschließende Tat hatten sich ausschließlich im Kopf des verwirrten Schopenhauer abgespielt.«

»Dann verstehe ich nicht, warum dich diese Angelegenheit immer noch beschäftigt. Was kann es für einen Kommissar Bequemeres geben als einen Mord, den es nie gegeben hat?«

»Zunächst hat es mich gar nicht großartig beschäftigt. Ich hatte es als Skurrilität abgehakt und fast vergessen, als Schopenhauer einige Zeit später erneut auf der

Bildfläche erschien. Es war zwischen den Feiertagen, das Kommissariat lief nur mit einer Notbesetzung. Wie bei seinem ersten Besuch war Schopenhauer außer Rand und Band. Er erzählte uns eine irre Geschichte von seiner Frau, die ihn abermals hintergangen habe. Angeblich hatte sie diesmal ein Verhältnis mit einem Nachbarn. Er habe sie zur Rede gestellt, worauf ein erbitterter Streit entbrannt sei. In seiner Rage habe Schopenhauer seine Frau schließlich erwürgt.«

»Wie hast du reagiert?«

»Diesmal war ich ja vorgewarnt. Statt gleich wieder die ganze Kavallerie ausrücken zu lassen, ließ ich mir die Telefonnummer der Schopenhauers geben. Ich rief an, und schon nach dem ersten Rufzeichnen wurde abgenommen.«

»Lass mich raten: Frau Schopenhauer war am Apparat.«

»Genau. Ich schilderte ihr die Lage, woraufhin sie sich tausendfach entschuldigte und mich inständig bat, ihren Mann nicht in die geschlossene Psychiatrie einweisen zu lassen. Sie versprach, künftig besser darauf zu achten, dass er regelmäßig seine Medizin einnahm.«

»Also zwei eingebildete Morde.«

»Korrekt. Doch dabei ließ er es leider nicht bewenden.«

»Gab es etwa noch einen dritten?«

»Eine Weile blieb es ruhig, und das Tagesgeschäft ließ mich Schopenhauer abermals fast vergessen. Doch dann, es muss inzwischen Ende Januar gewesen sein, schlug Schopenhauer mit der nächsten Mordnachricht bei mir auf. Diesmal behauptete er, seinen Schwager umgebracht zu haben. Denn der habe seine Frau mit einem anderen Mann verkuppelt, um damit ihre Ehe auseinanderzubringen. Im Handgemenge habe er ihm mit einem Golfschläger den Schädel zertrümmert.«

»Was hast du unternommen? Die Männer im weißen Kittel angefordert?«

»Ich war kurz davor. Doch diesmal lieferte mir Schopenhauer einen Beweis: Er zeigte mir seine Handflächen – sie waren voller Blut.«

»Oha! Wie ging es weiter?«

»Natürlich mussten wir nach dem Rechten sehen und fuhren zu Wolfram Heyder, seinem Schwager.«

»Heyder, der Immobilienmogul? Der Mord an ihm geisterte damals wochenlang durch die Gazetten. Ich erinnere mich sehr gut daran. Aber von einem Prozess gegen Schopenhauer ist mir nichts bekannt.«

»Dazu kam es auch nicht. Obwohl er geständig war und wir seine Fingerabdrücke am Tatort fanden, glaubten weder wir noch die Staatsanwaltschaft an seine Schuld, denn zusätzlich entdeckten wir Einbruchspuren. Außerdem fehlten Wertgegenstände wie Schmuck und Gemälde.«

»Also Raubmord.«

»Ja, zu diesem Schluss führten unsere Ermittlungen. Schopenhauers Selbstbezichtigungen wurden von einem Gutachter als reine Fantasie bewertet.«

»Und das Blut an seinen Händen?«

»Schopenhauer und sein Schwager, die sich laut Zeugenaussagen übrigens immer gut verstanden haben sollten, waren an jenem Tag verabredet. Bei der Rekonstruktion der Ereignisse kamen wir zu dem Schluss, dass Schopenhauer seinen Schwager kurz nach dem Überfall aufsuchte, den Toten fand und dieser Schock den nächsten geistigen Aussetzer bei ihm auslöste. Diese Theorie erklärt auch seine Fingerabdrücke am Tatort.«

»Folglich hast du ihn gehen lassen. Und der Raubmörder wurde nie gefasst?«

»Genau.«

»Und heute hast du Zweifel?«

»Nun – ich habe Schopenhauer wiedergetroffen. Erst gestern bin ich ihm in der Kaiserstraße begegnet. Blendend sah er aus, ebenso wie seine Frau. Beide schleppten sich mit Tüten und Taschen aus Edelboutiquen ab.«

»Wie kann er sich das denn leisten als Realschullehrer?«

»Das habe ich mich auch gefragt und diskrete Erkundungen eingezogen. Man hat ja immer noch seine Verbindungen.«

»Und? Was hast du herausgefunden?«

»Die beiden sind finanziell auf Rosen gebettet, denn Frau Schopenhauer hat als Alleinerbin ihres Bruders ein beträchtliches Vermögen erhalten. Die beiden haben sicher keine finanziellen Sorgen, und das Geld hat wohl auch positive Auswirkungen auf Geist und Seele: Von Verwirrtheit ist bei Schopenhauer jedenfalls nichts mehr zu spüren.«

Als Victor Blohfeld gegangen ist, überlege ich, ob der ausgebuffte Boulevardreporter eine Story daraus machen wird. Vielleicht kommt dadurch tatsächlich noch einmal Bewegung in die Sache, und der Fall wird als abgekartetes Spiel des Ehepaars Schopenhauer demaskiert. Denn Mord verjährt bekanntlich nicht, und mit den Methoden der modernen Forensik und DNA-Analysen lassen sich wahre Wunder vollbringen.

Während ich darüber nachdenke, frage ich mich, ob ich mir noch einen Kaffee bestellen sollte. Doch dann fällt mir Inges Geschenk wieder ein, um das ich mich immer noch nicht gekümmert habe. Um den Einkaufsstress zu überstehen, werde ich etwas anderes brauchen als noch mehr Koffein. Also lasse ich mir einen Glühwein servieren.

SABINE FINK
LAST CHRISTMAS

Die Schneeflocken bildeten einen dichten Vorhang, während Frank das Auto vorsichtig über die verschneite Straße steuerte. Im Radio dudelten die Weihnachtshits der letzten Jahrzehnte. Martin, der mit verschränkten Armen auf dem Beifahrersitz hockte, summte leise mit.

»Pass doch auf!«, stieß er plötzlich hervor, weil der Wagen in einer engen Rechtskurve ins Rutschen gekommen war und auf die Gegenfahrbahn driftete.

»Mach mal keine Panik.« Frank war längst vom Gas gegangen und brachte das Auto durch sanftes Gegenlenken wieder auf die richtige Spur. »Es kam ja keiner.«

Hinter der nächsten Kurve tauchten Scheinwerfer auf.

Martin atmete tief ein. »Das hätte auch schiefgehen können!«

»Ist es aber nicht.«

Bedächtiger als zuvor nahm Frank die nächste Kurve in Angriff. »Besser so?«

Martin antwortete nicht, sondern summte das Lied mit, das gerade im Radio lief.

Last Christmas I gave you my heart
But the very next day you gave it away
This year, to save me from tears,
I'll give it to someone special ...

»Schön, dass wir dieses Jahr wieder zusammen Weihnachten feiern«, sagte Frank.

Martin zuckte mit den Schultern. »Warum denn nicht. Ich wäre ja sonst auch alleine.«

Sie schwiegen, bis Frank in einen Waldweg abbog und den Wagen neben einem Holzstapel abstellte. Skeptisch warf Martin einen Blick auf den zum Teil mehr als knöcheltiefen Schnee, der auf dem Weg lag.

»Meinst du, wir kommen hier wieder raus? Nicht, dass wir stecken bleiben.«

»Ach, kein Problem«, meinte Frank. »Ich habe mir die Schneeketten von meinem Vater ausgeliehen.«

»Kannst du die denn auch anlegen?«

Frank zuckte mit den Schultern. »Soll kinderleicht sein. Er hat's mir erklärt.«

Martin zog eine Grimasse. »Erklärt? Na toll.« In der Jackentasche grub er nach seinem Handy. »Ach, verdammt!« Missmutig stopfte er das Gerät zurück. »Akku leer.«

»Willst du meins haben?«, bot Frank an.

»Nein, schon gut. Ich wollte nur nachschauen, wo wir überhaupt sind. Bei dem Schnee hab ich etwas die Orientierung verloren.«

Frank lachte lauthals. »Immer noch der Alte. Was hättest du eigentlich früher gemacht, ohne GPS und Google Maps?«

»Ich wäre nicht mitten in den Wald gefahren, um selbst einen Tannenbaum zu schlagen, anstatt ihn an einem der Stände zu kaufen«, schnappte Martin.

Abwehrend hob Frank die Hände. »Hey, peace, Alter. Wir können auch einfach wieder zurückfahren, okay?«

Martin brummte etwas Unverständliches.

»Also?«

»War deine Idee, aber ich ziehe das jetzt durch. Lass uns gehen, damit wir es schnell hinter uns haben. Ich hab keinen Bock, mich am Ende auch noch im Dunkeln zu verlaufen.« Martin öffnete die Wagentür.

Kameradschaftlich boxte Frank ihm auf den Oberarm. »Du hast doch mich. Ich weiß, wo es langgeht.«

Anstatt zu antworten, seufzte Martin nur, bevor er ausstieg.

Frank stapfte zum Kofferraum. »Brauchst du wirklich deinen Rucksack? Wir wollen doch nur einen Baum holen.«

Entschlossen setzte Martin sich den Rucksack auf. »Ich hab Tee dabei.«

»Tee? Klar, der ist natürlich überlebenswichtig.«

»Du musst ihn ja nicht trinken.«

Frank hob die Brauen, dann holte er unter den Schneeketten eine handliche Axt hervor. Mit den Fingern prüfte er die Schneide, bevor er seine Handschuhe überstreifte und den Kofferraum schloss. »Gehen wir?«

Ohne ein weiteres Wort setzten sie sich in Bewegung. Zuerst folgten sie dem Waldweg. Außer dem Knirschen des Schnees unter ihren Stiefeln war nichts zu hören.

»Irgendwie unheimlich«, durchbrach Martin schließlich die Stille.

»Findest du?« Lässig hatte Frank die Axt über die Schulter gelegt.

»Hm. Meinst du, es wird bald dunkel?«

Frank blieb stehen. »Keine Ahnung. Und wenn schon. Komm, wir biegen hier ab.«

»Hier?«

Frank machte einen Schritt in den Wald. »Wir gehen einfach querfeldein.«

Martin zögerte, aber Frank war schon weitergegangen.

»Komm schon! Das hier ist doch vor allem ein Spaß! Ist doch egal, ob wir einen guten Baum finden oder nicht.«

Missmutig stapfte Martin hinterher. »Wozu hast du dann überhaupt die Axt mitgenommen?«

Abrupt wirbelte Frank herum. »Weil ich in Wahrheit der böse Axtmörder bin!«, sagte er mit Grabesstimme und wieherte vor Lachen, als Martin erschrocken zurückfuhr.

»Sehr witzig.« Ein kleines Schmunzeln huschte über Martins Lippen.

Nebeneinander gingen sie weiter.

»Wir haben so lange nicht mehr zusammen gelacht!« Franks Fröhlichkeit war jetzt wie weggewischt.

Martin schluckte. »Ja, ich weiß.« Er zog die Nase hoch. Dann nahm er den Rucksack ab und setzte sich auf einen umgestürzten Baum.

»Schon müde?«, fragte Frank.

Wortlos schraubte Martin den Deckel der Warmhaltekanne ab und goss Tee hinein. Mit seinen Handschuhen umschloss er den Becher, während er auf die heiße Flüssigkeit pustete. Frank setzte sich daneben.

»Halt mal.« Martin drückte ihm den Becher in die Hand und suchte in seinem Rucksack. »Hier. Magst du eine?«

»Eine Leberwurstsemmel?« Ungläubig riss Frank die Augen auf. »Das glaub ich jetzt nicht! Sag nicht, du hast sie extra wegen mir mitgenommen!«

»Klar wegen dir. Wegen wem sonst? Ich bin ja Vegetarier.«

Martin reichte sie Frank, nahm sich selbst eine mit Käse.

Herzhaft biss Frank hinein und verdrehte genüsslich die Augen. »Ich liebe diese grobe Leberwurst.«

»Ich weiß«, sagte Martin.

Gemeinsam vesperten sie und teilten auch den Tee.

»Glaubst du, sie hat gelitten? Jacqueline?«, fragte Martin nach einer Weile.

Beim Kauen hielt Frank inne. Mit zwei Bissen verspeiste er den Rest seiner Semmel, dann nahm er Martin den Tee aus der Hand und nippte ein paar Mal, bevor er antwortete: »Sie haben gesagt, sie hat sich mit Schlafmittel betäubt, bevor sie sich auf die Schienen gelegt hat.«

»Du hast sie nicht mehr gesehen, oder? Hinterher?«

»Nein.« Frank seufzte. »Sie war wohl ziemlich übel zugerichtet. Gott ... ich konnte doch nicht ahnen, was sie vorhat.«

»Sie hat dir geschrieben, sie hielte es nicht mehr aus, weil wir uns wegen ihr verkracht haben. In ihrer letzten SMS. Du hast sie mir doch gezeigt.«

Frank schluckte schwer. »Sie hat auch geschrieben, dass wir uns wieder vertragen sollen.«

»Und deswegen sind wir hier ...«, murmelte Martin.

»Ach, verdammt!« Frank rieb sich über die Augen. Energisch stand er auf. »Komm, lass uns weitergehen. Es wird sonst zu dunkel für den Rückweg.«

Martin räumte alles zurück in den Rucksack. »Darf ich mal dein Handy haben?«

»Klar.« Frank entsperrte es und reichte es Martin.

Martin wischte ein paar Mal. »Mist. Kein Empfang.«

»Was willst du denn überhaupt?«

»Nachsehen, wo wir sind. Unsere Fußspuren sind fast zugeschneit.«

Frank verdrehte die Augen. »Oh Mann. Ist doch egal. Wir finden den Rückweg schon. Da oben auf dem Hügel sind Tannen. Da schlagen wir eine und gehen denselben Weg zurück, den wir gekommen sind.«

Martin steckte Franks Handy in seine eigene Jackentasche. Der Aufstieg war steil, und sie brauchten lange, weil Frank immer wieder stehen bleiben musste.

»Was ist los?«, fragte Martin.

Erneut rieb sich Frank die Augen. »Keine Ahnung. Mir ist irgendwie komisch. Vielleicht krieg ich die Grippe oder so. Die beginnt doch immer plötzlich.«

Langsam marschierten sie weiter. Oben lehnte sich Frank an einen Baum. »Was für ein Scheiß, ich werde echt krank. Ausgerechnet an Weihnachten.« Dann rappelte er sich auf. »Also gut. Die da!« Er deutete auf ein kleines Bäumchen am Rande der Schonung.

»Wenn du meinst.«

Schwungvoll holte Frank mit der Axt aus – und taumelte vom Schwung einen Schritt rückwärts.

»Soll ich?«, fragte Martin.

»Passt schon.«

Noch einmal hob Frank die Axt, nicht ganz so schwungvoll diesmal. Die Klinge sauste herab, streifte den Stamm aber nur. Auch der nächste Schlag saß nicht gut. Der übernächste ebenfalls nicht.

»Lass mich das machen.« Energisch nahm Martin ihm das Werkzeug aus der Hand.

Frank schnaufte, als habe er einen meterdicken Baum gefällt. In Martins Händen sauste die Axt herab, traf präzise den Stamm. Einmal. Zweimal. Das Holz splitterte.

Für einen letzten Schlag holte Martin sehr weit aus und – hieb die Axt vor Franks Knie.

Frank brüllte wie von Sinnen. »Spinnst du völlig ... oh Gott, oh Gott ... tut das weh ...« Er wankte, versuchte zu gehen, doch mit einem neuerlichen Schmerzenslaut sank er in den Schnee. Tränen liefen über sein Gesicht. »Das ist ... oh Gott ...«

Wie angewurzelt stand Martin noch immer mit der Axt in der Hand am selben Fleck und starrte auf Franks verletztes Bein. Es war nicht die Schneide gewesen, mit der er es getroffen hatte, aber mit ziemlicher Sicherheit war das Knie zertrümmert.

»Du wirst es nicht alleine schaffen«, sagte er.

Frank keuchte. »Was?«

»Dass du es nicht allein aus dem Wald hinausschaffen wirst. Du brauchst es erst gar nicht zu versuchen.«

»Das ... ist nicht ... dein ... Ernst ...«

Martin lächelte grimmig. »Das hat Jacqueline auch gesagt.«

»Was meinst du damit?«

»Sie war Vegetarierin, genau wie ich. Aber der Frischkäse hat den bitteren Geschmack des Schlafmittels genauso überdeckt wie die Leberwurst. Du wirst ebenso wenig spüren wie sie, obwohl es bei dir länger dauern wird. Erfrieren geht nicht so schnell wie vom Zug überfahren werden.«

»Was? ... Aber ... warum?«

»Weil ihr mich lächerlich gemacht habt! Ich wollte Jacqueline. *Ich* wollte sie! Und sie wollte *mich*. Bis sie dich letztes Weihnachten kennengelernt hat. Du hast ihr Lügen über mich erzählt, bis sie sie geglaubt hat!«

»Ich habe nicht ... sie hat sich in mich verlie...«

»Das stimmt nicht!«, brüllte Martin. »Du hast ihr das nur eingeredet! Sie hat es mir gesagt. Als ich mit ihr darauf gewartet habe, dass sie endlich einschläft. Sie hat gesagt, dass sie mich liebt und dass sie mich immer geliebt hat und wieder mit mir zusammen sein wollte. Sie hat es *geschworen!*« Das letzte Wort schrie er so laut, dass es zwischen den Bäumen widerhallte.

»Warum hast du sie dann ...« Frank fiel es mit jeder Sekunde schwerer, die Augen offenzuhalten.

»Nachdem sie eingeschlafen war und ich dir die SMS geschickt hatte, habe ich gezögert. Sie war so schön. Und sie hat gesagt, sie liebt mich.« Die Erinnerung verklärte Martins Blick. »Aber sie hat mich betrogen. Und damit hatte sie es verdient zu sterben. Genau wie du!« Martin spuckte vor Frank aus.

»Martin, bitte ...« Franks Augen blieben geschlossen.

»Martin, bitte«, äffte Martin ihn nach. »Vergiss es. Du kannst zwar versuchen zu gehen, aber es wird höllisch wehtun, und weit wirst du nicht kommen. Bleib lieber hier, in ein paar Minuten bist du sowieso eingeschlafen. Und dann kriegst du nichts mehr mit. Also beschwer dich nicht.« Er warf die Axt neben Frank, bevor er sich umdrehte, um den Berg hinunterzugehen. Dann blieb er stehen. Noch einmal wandte er sich Frank zu. »Aber ich, ich muss jetzt alleine im Dunkeln den Weg zurück finden. So eine Scheiße!«

Während er sich vorsichtig an den Abstieg machte, pfiff er leise vor sich hin.

Last Christmas ...

THOMAS KASTURA
DER KLEINE EISENBAHNRAUB

Werner Nix, Gemütsmensch, großes Kind, Theaterliebhaber, Gelegenheitsgärtner und Rechtsanwalt (in dieser Reihenfolge), saß auf seiner Wohnzimmercouch und schluchzte ins Telefon. »Diese Verbrecher! Wie kann man nur so grausam sein?«

Das Gespräch mit seiner Frau kostete ihn die letzten Kräfte. Er nahm einen Schluck von dem Cognac, den Staatsanwalt Brandeisen ihm vorsorglich eingeschenkt hatte.

»Der ganze Familienschmuck ist weg. Ein Haufen Bargeld und die Krügerrands. Was im Tresor war, alles futsch!« – »Jetzt reg dich nicht so auf, das müssen Profis gewesen sein.« – »Bei dem alten Fenster zum Garten raus haben die den Rahmen aufgestemmt, so sind die reingekommen. Wir hätten ein neues, diebstahlsicheres einbauen lassen sollen.« – »Also noch mal zum Mitschreiben: Diese Halunken haben den Tresor einfach aus der Wand gerissen und mitgenommen. Hundertvierzig Kilo wiegt der, hoffentlich haben die sich einen Bruch gehoben.« – »*Du* fühlst dich traumatisiert? Und was ist mit *mir*? Hast du eine Ahnung, was ich gerade durchmache? Das Schlimmste weißt du noch gar nicht.« – »Nein, der Fernseher ist noch da. Aber die waren oben auf dem Dachboden, bei der Eisenbahn. ALLE MEINE LOKS WURDEN GEKLAUT! Das ist eine Katastrophe!« – »Hör zu, bleib bei deiner Mutter in Lüneburg. Ich komm hier ohne dich klar.«

Genervt pfefferte Werner Nix das Telefon auf die Ladeschale, lehnte sich zurück und schloss die Augen.

Konvulsivische Zuckungen durchliefen seinen Körper. Er gab unzusammenhängende Laute von sich, mal war es ein Wimmern, mal ein Knurren. Er litt wie ein Hund.

Der erste Adventsabend hatte es in sich. Eine Standuhr schlug elf, wie es Standuhren häufig taten, wenn sich Bedeutsames ereignete. Während zwei Polizisten noch mit dem Tatortbefund beschäftigt waren, leistete Brandeisen seinem Freund stumm Gesellschaft. Er wartete, bis der Juristenkollege wieder ansprechbar war.

»Keine Versicherung?«, probierte er es.

»Nur Hausrat. Das heißt, die Schäden an der Wand und am Fenster werden mir ersetzt. Aber was diese ... diese ... Barbaren zusammengerafft haben, sehe ich nie wieder. Bestimmt ist meine alte Nulleins mit Schlepptender schon auf dem Weg nach Moldawien. Die hat mir mein Opa zur Einschulung geschenkt!«

Damit spielte Nix auf einen Zeitungsbericht an. Im Raum Bamberg hatte es jüngst eine ganze Diebstahlserie gegeben. Sämtliche Einbrüche waren in den vergangenen Wochen erfolgt, und immer waren abgelegene Villen das Ziel der Raubzüge gewesen. Angeblich sollte eine Bande aus Osteuropa dafür verantwortlich sein – das übliche Gerücht, wenn man keinen blassen Schimmer hatte.

»Moldawien kannst du vergessen«, wandte Brandeisen ein. »Woher die Täter auch stammen – die bringen ihre Beute auf direktem Weg zu einem Hehler und fertig.«

»Wie lange waren wir im Theater?«, fragte Nix. »Zweieinhalb Stunden?«

»Geübte Diebe wissen genau, wonach sie suchen müssen, das geht blitzschnell. Fünfzehn Minuten, vielleicht eine halbe Stunde, länger dauert so ein Bruch selten. Bei einem Safe machen die sich nicht die Mühe, das

Schloss oder die Zahlenkombination vor Ort zu knacken. Die sacken das Ding einfach ein.«

»Brachial, diese Methoden.«

»Aber effektiv. Bestimmt sind sie gerade in aller Ruhe mit dem Schweißbrenner oder einem Stahlbohrer zugange.«

»Wie kommen die nur auf mich?« Nix hob beschwörend die Hände.

»Wahrscheinlich haben sie dein Haus schon seit Längerem ausgespäht und eine günstige Gelegenheit abgewartet. Im Paradiesweg ist ja kaum Verkehr. Kurz nachdem ich dich abgeholt habe, schlugen sie zu.«

»Shakespeare kann mir ab jetzt gestohlen bleiben.«

»Gib nicht dem Theater die Schuld. Das hätte auch zu einem anderen Zeitpunkt passieren können.« Brandeisen setzte sich neben ihn und klopfte ihm auf die Schulter.

»Ich hätte eine Alarmanlage installieren sollen.«

»Bringt wenig. Die Nachbarn rühren meistens keinen Finger, die fühlen sich von der Sirene eher belästigt.«

»Auf Döring nebenan trifft das hundertprozentig zu. Der hasst mich, weil mein Aufsitzrasenmäher mehr PS hat als seiner.«

»Eben. Und bis die Polizei eintrifft, sind die Einbrecher schon über alle Berge.«

Nix schüttelte den Kopf. »Bei uns geht's zu wie in der Walachei. Nichts ist mehr sicher.«

»Am besten, du findest dich damit ab. Wie heißt es im Othello: ›Zum Raube lächeln, heißt den Dieb bestehlen.

Doch selbst beraubst du dich durch unnütz Quälen.‹«

Der Rechtsanwalt sprang auf. »Ich muss da jetzt noch mal hoch!«

»Was soll das bringen?«

»Besser als tatenlos herumzusitzen.«

Der Staatsanwalt seufzte und folgte ihm. Im Grunde waren seinem Freund die materiellen Verluste an Gold und Schmuck egal. Viel schwerer wog die Eisenbahn.

Das Dachgeschoss war vollständig ausgebaut und ... riesig. Es wurde fast gänzlich beherrscht von einer großflächigen Märklin-H0-Anlage. Nix schaltete sie ein. Erneut kamen ihm die Tränen, als er seine leeren Regale sah. »Weißt du, wie viel Loks ich hatte? Hundertsiebenunddreißig!«

»Und wie viele kannst du gleichzeitig fahren lassen?«

»Vier oder fünf, mit komplettem Zug. Kennst du die V200? Diesel, ein Arbeitstier, Spitzname ›roter Elch‹, erste Probefahrt am 21. Mai 1953. Das gute Stück hat mitgeholfen, die Republik wiederaufzubauen. Oder die Baureihe 103. Sechsachsige Elektrolok, Purpurrot-Beige-Lackierung. Zog seit den Sechzigerjahren den TEE – Trans Europa Express. Deutschland bekam wieder Anschluss an die weite Welt. Das ist ein Stück Geschichte!«

Brandeisen stand staunend vor dem Heiligtum. Da gab es Bahnhöfe für Personen- und Güterverkehr, Tunnels und Brücken, Berge und Täler, dörfliche und städtische Ansiedlungen, Miniaturstraßen und -autos, jede Menge Schienen, Weichen, Signale. Gesteuert wurde alles über mehrere Trafos und Schaltpulte. Es war eine künstliche, in sich perfekte Welt, gewachsen seit Kindertagen, über einen Zeitraum von fünf Jahrzehnten. Viele junge Männer empfanden ihre Modelleisenbahn im Laufe der Pubertät als rückständig, irgendwann verscherbelten sie alles. Bei Werner Nix war das nicht der Fall gewesen. Er hatte einfach weitergebastelt und weitergeträumt, anfangs noch mit schmalem Budget, dann, nach abgeschlossenem Studium und der Gründung seiner Kanzlei, mit deutlich mehr Schotter.

»Mein Vater hat mich an seine Anlage nie richtig rangelassen«, sagte er. »Deswegen hab ich mir meine eigene gekauft, aus Trotz. Ich hab sie erst mit seiner zusammengelegt, als er gestorben war.«

»So viele Erinnerungen ...«, meinte Brandeisen verständnisvoll. »Zeige mir dein Spielzeug, und ich sage dir, wer du bist.«

»Spielzeug? Für Kinder ist das nichts, die machen bloß alles kaputt«, entgegnete Nix. Nachwuchs war für ihn nie ein Thema gewesen. Er wies auf einen Teil der Anlage, der besonders hell erleuchtet war, und löschte das Deckenlicht. »Dort drüben hab ich den Bamberger Weihnachtsmarkt am Maxplatz nachgebaut, mit Imbissbuden, Glühweinständen und Karussell. Schaut das Rathaus nicht so verschlafen aus wie in natura? Man kann förmlich spüren, wie da ein dickes Brett nach dem anderen gebohrt wird. Und die Kerzengeschäfte mit all den Sternen und Duftlampen – jedes einzelne Glühbirnchen von Hand verlegt und angeschlossen!«

»Sehr stimmungsvoll.«

»Ich hab einfach zu viel Zeit.« Nix lächelte wie ein Junge, der ein Fleißbildchen bekommt. Brandeisens Bemerkung schien ihm viel zu bedeuten. »Je nach Jahreszeit verändere ich was. Im Januar rüste ich auf Fasching um.«

»Du bist ein Verrückter.«

»Wenn ich dir wenigstens *einen* Zug im normalen Fahrbetrieb zeigen könnte ... Warum haben die meine Loks geklaut? Weil die am wertvollsten waren?«

Brandeisen hielt betreten inne. »Tut mir leid, Werner, aber ich glaube nicht, dass deine Loks irgendwann wieder auftauchen. Die musst du abschreiben.«

»Du kennst doch diesen Kommissar, wie heißt er? Küps! Kann der nicht was machen?«

»Vermögensdelikte sind für die Kripo Kinkerlitzchen, das weißt du doch.«

Nix wurde hysterisch, seine Stimme überschlug sich. »Heißt das, ich kriege mein Krokodil nie wieder?«

»Krokodil?«

»Meine Lieblingslok! Die CCS 800, dunkelgrün, Märklin-Nummer 3015. Ich hatte eine ganz alte, Kostenpunkt um die siebentausend Euro bei Auktionen.«

Langsam wurde Brandeisen klar, um welche Summen es hier jenseits des Nostalgiewertes ging. »Sind deine Loks alle so viel wert?«

»Ein paar schon, echte Raritäten. Aber der Preis ist nicht so wichtig. Es dauert eine Ewigkeit, meine Sammlung wiederaufzubauen, selbst wenn ich gleich damit anfangen würde. Außerdem müsste ich dann *gebrauchte* Loks kaufen, aus zweiter Hand! Unerträglich.«

»Also gut.« Brandeisen holte tief Luft. »Ich werde tun, was in meiner Macht steht. Viel Hoffnung habe ich aber leider nicht.«

»Und wie willst du vorgehen?«

»Ich zapfe meine Kontakte zur Unterwelt an.«

»Da will ich dabei sein!«

»Und deine Kanzlei?«

»Ist bis auf Weiteres geschlossen. Aber warte, gerade fällt mir etwas auf.« Nix betrachtete den Schienenverlauf, seine Augen sprangen fieberhaft hin und her. »Ich fass es nicht! Sämtliche Haltesignale stehen auf *Keine Durchfahrt*. Was soll denn das?«

»Sieht so aus, als hätte sich jemand einen Scherz erlaubt.«

»Aber ...«

»Die Diebe wussten wohl ganz genau, was sie taten ...«

Die Ermittlung begann am nächsten Morgen um zehn im *Hofbräu* – auf den ersten Blick ein ungewöhnlicher Ort für staatsanwaltliche Nachforschungen. Doch das Gasthaus mitten in der Altstadt war umzingelt von Antiquitätengeschäften. Deshalb galt es als Umschlagplatz von Informationen über rare, schwer zu beschaffende Güter.

Werner Nix trug zu seinem Kamelhaarmantel einen schwarzen Schlapphut und Sonnenbrille. Brandeisen verkniff sich eine Bemerkung, denn der Undercover-Rechtsanwalt wirkte im Vergleich mit ihrem Informanten völlig unauffällig. Vor einem Kännchen Kaffee saß nämlich Xystus Auf der Maur. Für einen Antiquitätenhändler war er ein erstaunlich gebildeter Mann. Doch im Laufe der Jahre hatte sich eine quasimonarchische Eitelkeit seiner bemächtigt. So war er mit einem rosafarbenen Trachtenjanker und einer weiß-blau gestreiften Weste angetan. Die Haarpracht nach der Art des Märchenkönigs Ludwig II. schimmerte in einem perfekt gefärbten Silberton. Und alle seine Finger, abgesehen von den Daumen, waren üppig beringt. Selbst in der halbseidenen Welt der Hehler, Rosstäuscher und Kommunalpolitiker machte ihn das zu einer schillernden Figur.

Brandeisen legte ihm den Fall dar unter Hinweis auf den untröstlichen Nix und dessen angegriffene Seelenlage. »Hier haben Sie eine Aufstellung der entwendeten Wertgegenstände«, fügte er hinzu und händigte Auf der Maur eine mehrseitige Liste aus, die sein Freund nächtens angefertigt hatte. »Vielleicht wird etwas von dem Diebesgut bereits auf dunklen Kanälen feilgeboten.«

»Wie kommen Sie darauf, dass ich Ihnen helfen kann? Halten Sie mich für jemanden, der mit Kriminellen Umgang hat?«

»Nie im Leben«, entgegnete Brandeisen und packte ein Lockmittel aus, das er in einem Karton mitgebracht hatte und von dem er wusste, dass es für Auf der Maur einen unwiderstehlichen Anreiz darstellte, zumindest kurzzeitig ins Lager der Gerechten zu wechseln. »Der Nachttopf meiner Tante Theophilia, altes Familienerbstück. Er trägt das Wappen König Ottos I. von Griechenland, der weiland ins Exil gehen musste und seine letzten philhellenischen Jahre in der Bamberger Residenz verbrachte.«

Auf der Maur erblasste vor Verlangen, galt er doch als einer der größten Sammler antiker Nachttöpfe in Mitteleuropa und der Neuen Welt. Rasch wurde er mit dem Staatsanwalt handelseinig. Er bezahlte einen Spottpreis für Tante Theophilias tragbare Toilette (Brandeisen war froh, dass er den Botschamber los war) und ließ sich endlich herbei, einen Blick auf Nixens Liste zu werfen. Zielsicher pickte er das wertvollste Stück heraus, ein Smaragdcollier von Van Cleef & Arpels aus den Zwanzigerjahren. »Probieren wir es damit«, sagte er und tippte eine Nachricht in sein Handy ein. »Meiner Kontaktperson sind selbst die geheimsten Internetforen nicht verschlossen.«

Die Kontaktperson, vermutete Brandeisen, war niemand anderes als Auf der Maurs einarmiger Gehilfe Sünderhaut, der ihm bei Auktionen mehr schlecht als recht assistierte, in Wahrheit jedoch Geschäftsführer, Buchhalter und Lagerist in einer Person war. Doch er schwieg.

Es dauerte keine fünf Minuten, bis Antwort kam. »Wir haben Glück«, jubelte der Antiquaire. »Die Halskette ist bei Prebitz zu besichtigen und zu erwerben.«

Nix runzelte die Stirn. »Wer ist denn das?«

»Ein als Trödler getarnter Hehler«, erklärte Brandeisen. »Lebt auf einem einsamen Bauernhof in den Haßbergen. Wir sollten ihm einen Besuch abstatten.«

»Unangemeldet dürfen Sie dort aber nicht auftauchen.« Auf der Maur schraubte an seinen Ringen herum. »Sonst empfängt Sie der alte Eigenbrötler mit einem Salut aus seiner Schrotflinte.«

»Könnte Ihre Kontaktperson uns nicht als Käufer ankündigen? Unter falschen Namen, versteht sich. Plisch und Plum fände ich ganz passend.«

Nach einigem Hin und Her willigte der Trachtenbejankerte ein und verschickte eine weitere Nachricht. »Ich hoffe sehr, dass Sie kein Polizeiaufgebot im Schlepptau haben. Prebitz hat zwar einen zweifelhaften Ruf, aber ohne Leute wie ihn müssten ich und meine Kollegen unsere Läden dichtmachen.«

»Wir brauchen nur einen heißen Tipp in Bezug auf die Diebe«, beruhigte ihn der Staatsanwalt. »Zur Not helfen wir mit Schmiergeld nach.«

»Dafür ist Prebitz immer empfänglich. Ein Versuch kann nicht schaden.«

»Würden Sie sich auch nach meinen Loks erkundigen?«, fragte Nix, dem der Schmuck seiner Frau, wie bereits erwähnt, gleichgültig war angesichts des viel herberen Verlustes seiner hoch geschätzten Miniaturtriebfahrzeuge.

»Der Markt für antike Spielwaren ist eine Welt für sich«, sagte Auf der Maur. »Damit möchte ich nichts zu tun haben.«

»Eine Eisenbahn ist kein Spielzeug!«

»Schon gut, immerhin haben wir jetzt eine Spur.«

Brandeisen dirigierte seinen Freund höflich, aber bestimmt nach draußen.

Es begann zu schneien, während Nix seinen Saab Richtung Haßberge lenkte. Tausende kleiner Flocken schwebten von dem schweren, fledermausgrauen Himmel herab und hüllten das Frankenland in eine Winterdecke, die selbst das Motorengeräusch wie aus weiter Ferne erklingen ließ. Nach einem Zwischenstopp am Geldautomaten war die Brieftasche des Rechtsanwalts prall gefüllt. Er würde sich jeden noch so kleinen Hinweis auf den Verbleib seiner Loks etwas kosten lassen.

»Hast du als Kind auch eine Eisenbahn gehabt?«, fragte Nix.

»Nur ein Starterset, von Fleischmann. Mit Weichen, die man von Hand verstellen musste.«

»Du Armer! Ein Wunder, dass du keinen bleibenden Schaden davongetragen hast.«

»Ich habe die Nase lieber in Bücher gesteckt.«

»Du warst ja immer mit dem BGB verheiratet.«

»In der Jugend waren es eher Romane. Marcel Proust. Den habe ich im Lateinunterricht unter der Bank gelesen.«

Nix schenkte Brandeisen einen bedauernden Blick. »Na ja, eigentlich ist der Unterschied gar nicht so groß. Wenn sich die kleinen Rädchen der Nulleins wie von Zauberhand in Bewegung setzen, kommt es einem so vor, als würde die Vergangenheit losdampfen. Türen schließen, Vorsicht bei der Abfahrt! Ein paar meiner Loks habe ich mit einem Rauchgenerator nachgerüstet. Das hat die gleiche Wirkung wie Lindenblütentee und Madeleines bei Proust.«

»Ah, du kennst dich aus.«

»Ich habe ... ich *hatte* auch einen TGV der französischen Staatsbahnen mit zwei Triebköpfen und serienmäßig eingebauter Innenbeleuchtung. Man muss mit der Zeit gehen.«

»Der TGV ist ein Hochgeschwindigkeitszug, oder?«

»Entgleist ganz gern. Wenn man es darauf anlegt ...«

»Du spielst also doch mit deiner Anlage!«, sagte Brandeisen.

»Ich stelle nur realistische Unfälle nach. Das ist etwas vollkommen anderes.«

»Hast du dir schon mal überlegt, deine Eisenbahn Kindern vorzuführen? Vor Weihnachten wäre das ein Akt der Nächstenliebe.«

»Ausgeschlossen!«, widersprach Nix.

Die beiden Freunde machten weiter Konversation, doch gelang es ihnen nur unzureichend, ihre Nervosität voreinander zu verbergen. Um die Mittagszeit näherten sie sich Goggelgereuth, bogen in einen verschatteten, von traurigen Fichten flankierten Feldweg ein und gelangten schließlich an ihr Ziel, einen Bauernhof mit hohen, spitzwinkeligen, windschiefen Giebeln. Nix parkte vor einer Fachwerkscheune, die ebenso baufällig wirkte wie der Rest des aus der Zeit gefallenen Anwesens.

Sie stiegen aus. Der schneebedeckte Boden gab bei jedem Schritt Klagelaute von sich, Eisluft füllte ihre Lungen. Wohin waren sie hier geraten? In ein Land jenseits der Hölle, wo die Gedanken noch im Flug erstarrten?

»Servusla!«, ertönte eine heisere Stimme. Sie schien von überallher zu kommen. Doch der Sprecher zeigte sich nicht.

»Gestatten, Plisch!«, rief Brandeisen. »Neben mir steht mein Kompagnon Plum. Sind wir hier richtig bei Prebitz?«

Die Sekunden verstrichen. Offenbar wollte sich der Hehler vergewissern, ob die beiden leichtsinnigen Städter allein gekommen waren. Dann, mit einem Quietschen wie von Ferkeln, die das blitzende Schlachtermesser gewahrten, öffnete sich das Scheunentor, und eine körperlose Hand winkte sie herein.

Kaum eingetreten, schloss sich das Tor. Ein Hüne von einem Mann nahm vor ihnen Aufstellung, mit groben, holzscheitartigen Gesichtszügen und der Gewissheit, Alleinherrscher über ein Reich von eigenen Gnaden zu sein. Sein flickenübersäter Mantel wurde mit einem Kälberstrick anstelle eines Gürtels zusammengehalten. Die besagte Schrotflinte hatte er sich unter die Achsel geklemmt.

»Tee?«, fragte Prebitz, bat um Verzeihung für den rustikalen, zur Abschreckung gedachten Empfang und legte überraschend kultivierte Manieren an den Tag. Er führte die Besucher zu einem Chippendale-Tischchen, auf dem eine silberne Kanne von dem Gebräu, das belebt, aber nicht berauscht, vor sich hin dampfte. Während Brandeisen und Nix dankbar an ihren Tassen nippten, sahen sie sich um. Von außen mochte die Scheune einen maroden Eindruck machen, doch ihr Inneres war ... ein Museum. Beziehungsweise ein Verkaufsraum. Wo man hinblickte, standen Antiquitäten: Barocksekretäre, Biedermeierkommoden, Empiretische und -stühle, sachkundig restaurierte Bauernschränke, eisenbeschlagene Truhen aus dem Mittelalter, Heiligenfiguren. Von der Decke hingen Kristalllüster, die nach dem matten Glas zu urteilen einem Fürstbischof einst Licht gespendet hatten.

»Sie sind an dem Smaragdcollier interessiert?« Prebitz führte seine Gäste zu einer von zahllosen Vitrinen, in denen Schmuck präsentiert war. »Van Cleef & Arpels, 1926. So etwas kriegen Sie derzeit nicht mal bei Sotheby's. Die Steine stammen nicht aus Kolumbien oder Brasilien, sondern aus dem Habachtal im Salzburgischen. Die Fassung besteht aus 750er-Gelbgold mit Brillantbesatz. Ein beachtliches Stück.« Er holte die Halskette heraus und legte sie zur Begutachtung auf ein samtbezogenes Pad. »Da Sie mir von einem Kollegen empfohlen wurden, mache ich Ihnen einen guten Preis. Fünfzehntausend inklusive Schlangenlederetui.«

»Sehr schön«, sagte Brandeisen und tauschte mit Nix Blicke. Dem kamen noch eine Reihe anderer Geschmeide aus den Vitrinen bekannt vor. »Ich denke, wir finden einen gemeinsamen Nenner. Zuvor würde ich aber gerne wissen, ob Sie auch alte Modelleisenbahnen im Angebot haben? Oder Teile davon?«

Prebitz zwinkerte irritiert. »Meinen Sie ... Spielzeug?«

»Eine Märklin Ho ist kein Spielzeug!«, empörte sich Nix. »Was reden Sie da bloß für einen Unfug?«

»Das war gewiss nicht meine Absicht ...«

»Sparen Sie sich Ihre Entschuldigungen! Schon lange sind Modelleisenbahnen als überteuerter Schnickschnack in Verruf geraten. Ich dachte jedoch, ein Mann mit Expertise wie Sie hätte dazu etwas reifere Ansichten.«

»Sie haben vollkommen recht«, beeilte sich Prebitz zu versichern. »Ich besitze selber eine nicht ganz unbescheidene Anlage.«

»Tatsächlich?«

»Aber ich handle nicht mit Loks oder dergleichen. Das wäre ein Sakrileg.«

»Und wenn Ihnen entsprechende Ware zum Weiterkauf angeboten würde?«, hakte Nix nach. »Was täten Sie dann?«

»Ablehnen natürlich. Aus Prinzip. Dann könnte ich ja gleich meine Großmutter verhökern.«

Prebitz schien die Wahrheit zu sagen. Er machte den Hehler für Nixens Schmuck, nicht aber für dessen Loks. Des Rätsels Lösung trat klarer zutage, nachdem Prebitz und Nix stundenlang gefachsimpelt hatten und in Sachen Ho zu Geistesverwandten geworden waren. In einem ehemaligen Lagerhaus für die Rübenmiete führte er seine eigene Anlage vor. Sie besaß eine Alpensektion mit einer täuschend echt nachmodellierten Zugspitze samt Zahnradbahn, ein Aufwand, den Nix immer gescheut hatte und über die Maßen bewunderte.

Als der richtige Zeitpunkt gekommen war, lüftete der Rechtsanwalt sein und Brandeisens Inkognito – keine Sorge, Prebitz gehe straffrei aus – und klagte dem neuen Freund sein Leid: Das Smaragdcollier und andere Preziosen gehöre eigentlich ihm beziehungsweise seiner Frau. Er sei das Opfer schändlicher Einbrecher geworden, die zu allem Überdruss auch seine hundertsiebenunddreißig Märklin-Loks in ihre Gewalt gebracht hatten.

Nach Minuten argwöhnischen Zögerns lenkte Prebitz ein und gab seine Quelle preis mit der Begründung: Wer einen Ho-Kollegen bestahl, habe das Recht auf Geheimhaltung verwirkt. Bei den Langfingern handele es sich um die Zipfel-Brüder, ein Bandentrio aus Coburg, dessen Revier eigentlich mehr im Nordoberfränkischen liege und die sich selten nach Bamberg hineinwagten. Auf Modelleisenbahnen hätten es die drei eher schlichten Gesellen bislang nicht abgesehen. Deswegen könne er, Prebitz, sich nur vorstellen, dass jemand den Zipfels einen Spezialauftrag erteilt habe, nämlich die Loks zu entwenden. Als Belohnung oder Gegenleistung durften sie wahrscheinlich alle anderen erbeuteten Wertsachen behalten und zu Geld machen, das sei in solchen Fällen üblich.

»Aber wer ist der Hintermann?«, fragte Nix.

»Hast du nicht diesen Nachbarn erwähnt?«, schaltete sich Brandeisen ein. »Der dich um deinen Aufsitzrasenmäher beneidet?«

Endlich dämmerte es dem Rechtsanwalt. »Warum bin ich nicht gleich darauf gekommen? Döring! Der hat ja auch eine Ho-Anlage – die allerdings an Lächerlichkeit kaum zu überbieten ist. Er hat sie mir einmal gezeigt. Dabei konnte ich mir die eine oder andere kritische Bemerkung nicht verkneifen.«

»Was ist daran so lächerlich?«, wollte Prebitz wissen.

»Es fängt schon beim Platz an. Seine Frau bestand beim Umbau des Hauses auf einer Sauna, Fitnessstudio, Whirlpool und so weiter, deshalb blieb für die Eisenbahn nur ein Kabuff im Keller übrig. Da hat er dann reingequetscht, was sich auf die Schnelle zusammenkaufen ließ. Unnötig zu erwähnen, dass er die typischen Anfängerfehler beging: einfallslose Streckenführung, zu kleiner Gleisradius, zu viele Abstellgleise und Kehrschleifen ... Soll ich weitermachen?«

»Das reicht für einen ungefähren Eindruck«, sagte Brandeisen.

»Und weil er es nicht ertragen konnte, dass deine Anlage viel schöner ist«, ergänzte Prebitz, »hat er sich deine Loks unter den Nagel gerissen.«

»Furchtbar, oder?« Nix seufzte. »Warum gibt es solch missgünstige Leute?«

»Die Frage ist: Wie kriegst du deine Loks von diesem Döring wieder zurück?« Prebitz nahm eine Denkerpose ein und fuhr sich übers unrasierte Stoppelkinn.

»Eine Hausdurchsuchung könnte helfen«, schlug Brandeisen vor. »Aber was wird dann aus den Zipfel-Brüdern? Die sollte man ebenfalls dingfest machen.«

»Keine Ahnung, ich bin ratlos«, antwortete Nix.

»Ich nicht«, sagte Prebitz.

Stunden später saßen sie zu dritt im Gartenhäuschen von Werner Nix und beobachteten dick eingemummelt die benachbarte Villa. Ein klarer Sternenhimmel entsandte eine Ahnung der Unendlichkeit, es war kurz vor zehn, nach Sonnenuntergang hatte es gefroren. Im Schein einer schwachen Straßenlaterne glitzerten die Schneekristalle wie von Elfenhand verstreute Juwelen.

Bei Döring brannte Licht, unter anderem im Keller, vermutlich vergnügte er sich mit der Beute. Seine aufgetakelte Frau war zu irgendeiner Weihnachtsfeier abgedampft.

Nix stellte sich das Krokodil CCS 800 auf viel zu engen Gleisradien vor, unter schlampig verlegten Oberleitungen, und mahlte verdrossen mit den Kiefern. »Wie lang müssen wir noch warten? Ich halte das nicht mehr aus!«

»Ruhig«, mahnte Prebitz. »Bestimmt ist es bald so weit.«

Eine Runde Kaffee aus der Thermoskanne wärmte von innen. Der Atem der drei bildete kleine Wölkchen. Dann wurde ihre Geduld belohnt.

Ein Lieferwagen schaukelte bei ausgeschalteten Scheinwerfern langsam die Einfahrt hoch. Der Motor verstummte, drei Vermummte huschten zur Eingangstür und machten sich daran zu schaffen. Als das Schloss geknackt war, drangen sie ein.

Nix, Brandeisen und Prebitz verließen ihr Versteck, stiegen über den Gartenzaun und folgten den Gestalten ohne große Eile. Die Falle war zugeschnappt.

Die Inneneinrichtung des Hauses war genauso langweilig und funkelnagelneu wie Dörings Eisenbahn. Sämtliche Möbel wirkten so, als seien sie an einem verregneten Aprilnachmittag aus einem Hochglanzkatalog ausgeschnitten und an die Wände geklebt worden. Sofa, Sideboard, Kommode – Sarkophage ohne Patina. Beherrscht wurde dieser Neureichenalbtraum von einem überdimensionalen Flachbildfernseher, der auch als dunkles Tor zu einem menschen- und geschmacksbefreiten Paralleluniversum figurieren mochte.

Vom Keller waren erstickte Schreie zu hören. »Nein! Hilfe!« Dazwischen raue Männerstimmen: »Du bist a ganz Schlauer! Hast wohl gedacht, wir merken net, dass du die wertvollen Teile für dich behältst.« – »Wer uns bescheißt, der kriegt Ärger! Des können wir net auf uns sitzen lassen!« – »Genau!«

»Die Zipfel-Brüder, wie sie leiben und leben«, flüsterte Prebitz und ging mit geladener Schrotflinte voran.

Er hatte den Dieben ein telefonisches Angebot gemacht, das sie nicht ablehnen konnten: Schmuck ginge derzeit leider ganz schlecht, der Markt sei übersättigt. Dagegen erzielten alte Modelleisenbahnloks in der Adventszeit Höchstpreise, tausend Euro pro Stück wären keine Seltenheit. Ob sie dergleichen möglichst bald liefern könnten?

Anscheinend hatten Franz, Freddy und Fridolin Zipfel den Köder sofort geschluckt und waren zu ihrem Auftraggeber gefahren, um ihm die Loks wieder abzunehmen und ein paar Dinge richtigzustellen.

»Bitte nicht!«, winselte es.

Nix, Brandeisen und Prebitz spähten um die Ecke. Döring lag bäuchlings auf seiner Eisenbahn. Zipfel 1 und Zipfel 2 hielten ihn fest, während Zipfel 3 sich einen Spaß daraus machte, das Zugset Rheingold BR 18 wiederholt ins Hinterteil seines Opfers rauschen zu lassen.

Prebitz wollte sich schon zu erkennen geben, doch Nix hielt ihn zurück. Der Kellerraum besaß kein Fenster, es bestand keine Fluchtgefahr. Nur nichts überstürzen, fand Nix. Mit Döring wurde ein Mann gefoltert, der die Signale seiner Anlage zum Hohn auf *Keine Durchfahrt* hatte stellen lassen. Strafe musste sein.

Also warteten sie, bis die von Brandeisen herbeigerufene Verstärkung eintraf. Döring musste noch eine halbe Stunde leiden. Schließlich wurden er und seine ungnädigen Komplizen festgenommen. Zusammen fuhren sie ins Café Sandbad ein, wo sie in Bälde Knastweihnachten feiern konnten.

Hundertsiebenunddreißig Loks wechselten erneut das Haus und den Besitzer. Das inzwischen arg lädierte Zugset Rheingold gehörte glücklicherweise Döring. Nix befüllte drei Cognacschwenker und wandte sich an Brandeisen und Prebitz. »Wie kann ich euch danken?«

Prebitz wehrte ab. Das sei Ehrensache gewesen.

Doch der Staatsanwalt äußerte einen Wunsch ...

... den Nix am vierten Advent erfüllte. Er hatte ein paar Klassen seiner alten Grundschule am Kaulberg zum

Spielen eingeladen. Die Kinder sollten erfahren, wie eine Modelleisenbahn funktionierte, was alles nötig war für den reibungslosen Fahrbetrieb, wozu all die Schalter und Regler dienten. Nix sollte launige Einführungen in die Geheimnisse der Elektrifizierung, Probleme beim Tunnelbau, Gleisplanzeichnung mithilfe von Schablonen und vieles mehr geben. Natürlich sollten die kleinen Besucher auch Züge sehen und – leider! – sogar selber steuern dürfen, wenn's sein musste mit Höchstgeschwindigkeit. Nix verabschiedete sich bereits von seinem TGV und schaute zweifelnd zu seiner Gattin, die Lebkuchen, Plätzchen und Kakao bereitstellte.

Brandeisen ließ es sich nicht nehmen, dieser pädagogischen Großtat beizuwohnen. Mit huldvoller Miene betrachtete er das fröhliche Treiben. Es fühlte sich gut an, den lieben Kleinen in der Weihnachtszeit etwas Selbstgestaltetes nahezubringen. Was man mit Eifer, Akribie und Sachverstand alles schaffen kann! »Und sieht das Gebäude dort drüben nicht aus wie eure Schule? Die habe ich mit dem Herrn Rechtsanwalt selbst gebaut!«

Indes, die Blagen zeigten nicht das geringste Interesse. Stattdessen wischten sie auf ihren Handys herum und grinsten, wenn es ihnen gelungen war, eine WhatsApp-Nachricht zu verschicken. Kakao tranken nur ein paar, die restlichen Kids waren Veganer, laktoseintolerant oder auf Diät. Und sie mussten alle gleichzeitig aufs Klo.

Das Krokodil fuhr in den Bamberger Bahnhof ein. Kein Kind schaute hin.

HANS KURZ
ERST EINS, DANN ZWEI, DANN DREI, DANN …

»Bitte nicht die Türe einschlagen!«, meldete sich der aufgeregte Bürgermeister zu Wort. Er war zeitgleich mit der Feuerwehr vor dem Rathaus eingetroffen. Zwei Mann setzten bereits das entsprechende schwere Werkzeug an. Andere in Atemschutzausrüstung standen bereit. »Ich öffne«, sagte der Bürgermeister und schob eine Magnetkarte in das Lesegerät.

Rundum war die Aufregung groß. Im Rathaus von Bissdorf brannte der Weihnachtsbaum. Sonntagsspaziergänger hatten das Flackern im Foyer bemerkt. Inzwischen standen Dutzende Schaulustige vor dem erst im vergangenen Jahr für mehrere Millionen Euro errichteten neuen Verwaltungsgebäude. Die Feuerwehr hatte leichtes Spiel, die Flammen waren schnell erstickt, aber das gesamte Foyer war bereits verraucht und verrußt. Doch noch immer waren Martinshörner zu hören – und sie kamen näher. Aus allen Richtungen eilten Feuerwehren zum Einsatzort, aus Bamberg und Fräsbach und Ziegendorf.

Auch der Fotograf des *Fränkischen Tags* war bereits unterwegs. Vom Auto aus rief er in der Redaktion an. Anette Schreiber, die Sonntagsdienst hatte, erkannte die Nummer auf dem Display sofort – und ahnte schon, was kommen würde. Schwerer Unfall oder …

»Ronald, wo brennt's?«, meldete sie sich.

»Bissdorf, das Rathaus. Alles, was im Landkreis ein Blaulicht auf dem Dach hat, ist auf dem Weg …« Der Rest war nicht mehr zu verstehen. Der Fotograf wurde offenbar gerade von mehreren Einsatzfahrzeugen überholt.

»Gut, ich komme!«, rief die Schreibera, wie sie genannt wurde, noch in den Apparat und legte auf. Die Montagsausgabe war schon fast fertig. Das war gut, denn so konnte sie ruhigen Gewissens ihrem Kollegen die Fertigstellung der restlichen Seiten überlassen und zum Schauplatz des Geschehens eilen. Was weniger gut war:

»Wahrscheinlich bringe ich einen neuen Aufmacher mit«, gab sie Bescheid.

Und das bedeutete, dass noch mal alles umgebaut werden musste. Die Hoffnung auf einen zeitigen Feierabend war dahin.

Von der Redaktion bis nach Bissdorf brauchte sie keine zehn Minuten. Länger dauerte es, sich durch die ganzen Straßensperren zu kämpfen. Zum Glück kannten die meisten Feuerwehrleute, die dort den Verkehr regelten, »die Schreibera vom Eff-Dee« und winkten sie durch. So konnte sie bis zum Eingang des Rathauses vordringen.

Etliche Kreisbrandinspektoren und sogar der Kreisbrandrat sowie der Leiter des Katastrophenschutzes im Landratsamt waren da. In dieser Runde entdeckte Anette Schreiber Wolfgang »Charly« Kühn von der Kripo. Den kannte sie als Kollegen von Sigi Kögel, einem guten Freund von ihr, der vor zwei Jahren bei der Untersuchung eines Mordes von der Täterin erschossen worden war. Da die Feuerwehrspitzenkräfte erfahrungsgemäß erst mal mit sich selbst und ihrer Arbeit beschäftigt waren, versuchte die Reporterin, Blickkontakt zu dem Polizisten zu bekommen, um ihn zu sich ans Absperrband zu locken. Sie hatte Erfolg.

»Vermutlich eine defekte Lichterkette, Kurzschluss«, meinte Kühn. »Aber wart bitte auf die offizielle Pressemitteilung.«

»Die kriegen doch alle. Kannst mir nicht was sagen, was nicht da drin stehen wird?«

Kühn überlegte, und noch während er grübelte, was er der Reporterin sagen konnte oder durfte, bahnte sich ein kleiner, rundgesichtiger und kahlköpfiger Mann in Lederjacke einen Weg durch die Schaulustigen, grüßte Kühn mit einem Kopfnicken, stieg über das Absperrband und stapfte, ohne auf die dort herumstehenden Einsatzleiter zu achten, durch den Löschschaum direkt zu dem verkohlten Weihnachtsbaum.

»Was war jetzt das für einer?«, wandte sich die Schreibera an Kühn.

»Der ist seit Sommer bei uns, ein Spezialist aus München, Boris Ganslinger, hat gleich in der ersten Woche den Burger-Krieg am Bahnhof – das hat der FT so geschrieben – aufgeklärt.«

Anette Schreiber war journalistisch zwar vor allem auf dem Land und weniger in der Stadt zugange, aber an den spektakulären Fall mit zwei Toten, einer war in seiner Imbissbude verbrannt, der andere vor der benachbarten Edelbraterei erschlagen worden, erinnerte sie sich natürlich.

»Eine Koryphäe aus der Landeshauptstadt in der fränkischen Provinz, wie kommt denn das?«, erkundigte sich die Schreibera.

Kühn zog sie am Arm etwas näher zu sich und murmelte: »Strafversetzt, heißt es, soll in München ein bisschen zu oft mit der Dienstpistole rumgefuchtelt haben. Aber hier bei uns ist er in dieser Richtung bisher unauffällig.«

Für den Artikel zum Brand, den sie nachher schreiben musste, tat das nichts zur Sache. Und Kühn konnte ihr dann schließlich auch nicht mehr sagen. Die Reporterin hätte gern noch den örtlichen Feuerwehrkommandanten gefragt, der ihr sicher die besten authentischen Eindrücke vom Einsatz hätte liefern können. Doch der stand nun mit diesem Ganslinger vor den Resten des Baums – und ihre Zeit drängte. Also musste sie mit dem obersten Feuerwehrler im Landkreis vorliebnehmen, als dieser sich auf den Heimweg machte.

»Herr Kreisbrandrat ...«, sprach sie ihn an. Der nannte die Fakten zum Einsatz – Alarmierungszeitpunkt, wer alles alarmiert wurde, wie viele Einsatzkräfte von welchen Wehren vor Ort waren. »Wer hat denn den Brand gemeldet?«, wollte die Schreibera wissen.

Die gleiche Frage stellte in diesem Moment auch Kommissar Boris Ganslinger dem Feuerwehrkommandanten.

»Ein Spaziergänger, habe ich gehört«, gab der Auskunft. »Das Ganze läuft ja jetzt über die Integrierte Leitstelle, die dann uns alarmiert.«

»Noch bevor der Brandmelder angeschlagen hat?«, hakte Ganslinger nach.

»Ja«, sagte der Kommandant.

»Erstaunlich«, meinte der Kommissar.

»Dabei müssen wir sonst wegen dem Ding alle paar Tage ausrücken. Wahrscheinlich raucht da einer heimlich auf der Toilette«, erklärte der Feuerwehrler. Ganslinger spitzte die Ohren.

Anette Schreiber rundete indessen ihr Bild vom Schauplatz ab und machte sich schon mal ein paar Notizen. Die strenge Betonarchitektur des neuen Rathauses hatte offenbar ein Übergreifen der Flammen auf andere Gebäudeteile verhindert. Die Schar der Schaulustigen, die vor den Scheiben standen, hatte sich weiter vergrößert. Die Glasfront ermöglichte im Gegensatz zum Beton in diesem Fall ein nicht nur theoretisch offenes und bürgernahes Rathaus. Der Beifall für die örtliche Feuerwehr war jedenfalls groß gewesen, nachdem sie den brennenden Baum in Sekundenschnelle mit Schaum gelöscht hatte, bekam die Journalistin zu hören. Und als sie noch ein paar Umstehende befragte, meinte einer sogar angesichts der vom weißen Löschschaum dick bedeckten Zweige, die Weihnachtsbaumdeko sei jetzt eigentlich perfekt. Allein, die brennenden Lichtlein fehlten nun leider. Ein anderer wies darauf hin, dass das eigentlich ganz korrekt sei. Schließlich schreibe man erst den dritten Advent. Da könne man zwar am Kranz eine dritte Kerze entzünden, der Christbaum solle jedoch erst an Heiligabend geschmückt und ins rechte Licht gerückt werden. Die Schreibera machte sich mit diesen Eindrücken auf den Rückweg in die Redaktion. Sie wollte gerade in den Dienstwagen steigen, als ihr jemand auf die Schulter tippte. Es war die Sekretärin des Bürgermeisters. Die Schreibera erkannte sie in ihrer Feuerwehrmontur nicht auf Anhieb.

»Ich wusste gar nicht, dass Sie ... Da müssen wir doch irgendwann mal eine schöne Geschichte für die Zeitung machen«, meinte die Reporterin. Was die Sekretärin ihr erzählte, war dann aber keine Geschichte für irgendwann mal. Zur selben Zeit verbreitete sie sich wie ein Lauffeuer in der Gemeinde. Und auch Boris Ganslinger bekam sie vom Feuerwehrkommandanten zu hören.

Geht in Bissdorf ein Feuerteufel um?, lautete die Schlagzeile im Lokalteil der Montagsausgabe des *Fränkischen Tags*.

Am ersten Adventssonntag war die Bissdorfer Wehr zu einer brennenden Mülltonne gerufen worden. Das kam zu dieser Jahreszeit öfter vor. Da kippten die Leute immer wieder mal heiße Asche rein. Die Meldung hatte es nicht mal in den Polizeibericht geschafft. Genau eine Woche später gab es dann einen Schwelbrand in einer Holzlege an einem Einfamilienhaus. Da hätte schon was Größeres draus werden können. Doch der aufmerksame Nachbar, der den Rauch rechtzeitig bemerkte, war ausgerechnet der Feuerwehrkommandant, der betroffene Hausbesitzer der Bürgermeister. Anhaltspunkte für eine Brandstiftung gab es keine. Im Polizeibericht war davon nichts gestanden. Es war so unspektakulär, dass selbst diejenigen Bissdorfer, die es mitbekommen hatten, sich erst nach dem Christbaumbrand am dritten Adventssonntag wieder daran erinnerten. Doch nun war es in aller Munde. Das Feuer im Rathaus war eine klare Eskalation. Und alle fragten sich nun: Was wird am vierten Advent passieren? Was toppt ein brennendes Rathaus?

Die Fragen hatte sich Boris Ganslinger ebenfalls bereits aufgeschrieben, noch bevor ihm Kollege Kühn Montagfrüh die Zeitung ins Büro brachte. Er hatte für sich schon die üblichen Verdächtigen notiert, die er sich zur Brust nehmen würde: den Feuerwehrkommandanten, den Bürgermeister und einen bislang unbekannten Rathausangestellten, der heimlich auf dem Klo rauchte. Denn eines hatte er am Vortag rausbekommen: Der Feuermelderalarm war bei der örtlichen Wehr auch nicht angesprungen, nachdem der Passant den Brand gemeldet hatte. Infrage kam natürlich ein technischer Defekt. Eine bewusste Manipulation – entweder im Rathaus oder im Feuerwehrhaus – schien Ganslinger wahrscheinlicher.

Anette Schreiber machte sich gerade ähnliche Notizen. Vom ausgefallenen Brandmelder wusste sie zwar nichts, dafür hatte nur sie die Sekretärin des Bürgermeisters auf der Rechnung. Ganslinger las aufmerksam die Tageszeitung und fragte sich, wer hier mehr wusste. Ob er diese Reporterin mal kontaktieren sollte? Erst mal nicht. Das war nicht sein Stil. Er arbeitete vorzugsweise auf eigene Rechnung. Verbindlichkeiten ging er lieber aus dem Weg. Den Laborbericht der Spurensicherung, der ihm wenig später auf den Schreibtisch flatterte, überflog er nur. Die Erkenntnis daraus, dass nichts gegen den Kurzschluss in der verwendeten Billiglichterkette aus China sprach, schob er beiseite. Hier war mehr im Spiel, vor allem für ihn selbst. Nach seinem phänomenalen Einstand mit der Burger-Krieg-Geschichte konnte ihm das endgültig höhere Weihen bescheren. »Geh nach Franken, da kannst du noch Karriere machen«, hatten sie ihm in München nahegelegt nach dieser blöden Geschichte, als ihm ein Vierzehnjähriger vorübergehend die Dienstwaffe geklaut hatte. »Untragbar« sei das, hatte der Polizeipräsident gemeint, obwohl doch schlussendlich alles gutgegangen war.

»Sag da droben lieber, du kommst aus der Oberpfalz«, hatte ihm ein wohlwollender Kollege aus Franken geraten. »Da sind sie etwas toleranter als gegenüber Oberbayern.«

»Scheiß drauf«, sagte sich der gebürtige Bayerwäldler Ganslinger, steckte seine Dienstpistole in den Schulterhalfter und machte sich auf den Weg nach Bissdorf.

Vor dem Rathaus traf er auf die Reporterin des *Fränkischen Tags*. Sie kannten sich nicht, hatten sich gegenseitig am Vortag nur ganz am Rande wahrgenommen. Doch beide wussten sofort Bescheid, wem sie gegenüberstanden. Die Schreibera versuchte gleich mal ihr Glück.

»Grüß Gott, Herr Kommissar ...«

Ganslinger nickte kurz, schaute nicht vollkommen unfreundlich, schritt aber wortlos an ihr vorbei zur Empfangstheke im Foyer und fragte nach dem Bürgermeister. Schade, zu dem hatte die Reporterin auch gewollt. Dann halt zu seiner Sekretärin. Im Foyer war ein Putztrupp zugange und versuchte, Betonwände und Glasscheiben vom Ruß zu befreien. Ansonsten schien der Verwaltungsbetrieb schon wieder normal zu laufen. »Zur Frau Federlein«, gab sie Auskunft und stieg ebenfalls die Treppen hoch. Als sie das Vorzimmer des Bürgermeisters betrat, fiel ihr auch wieder ein, dass das Rathaus nach dem neuen Konzept ja ein gläsernes sein sollte. Hinter der nächsten Glastüre saß der Kommissar, zum Glück mit dem Rücken zu ihr. Der Bürgermeister winkte ihr freundlich zu, Ganslinger drehte sich aber nicht um. Die Schreibera fragte die Sekretärin nach Details der drei Brandeinsätze. Sie sprach leise, denn die Glastüren waren nicht ganz schalldicht. Was drinnen im Bürgermeisterzimmer gesprochen wurde, war leider nicht zu verstehen.

Als Nächstes suchte Anette Schreiber den Besitzer der Mülltonne auf, die am ersten Advent gebrannt hatte. Ein älterer Mann öffnete die Tür des schlichten Reihenhauses aus den Sechziger- oder Siebzigerjahren.

»Sie sind doch die Schreibera«, schoss er los, noch ehe diese etwas sagen oder fragen konnte.

»Ich bin ja ein ganz großer Fan von Ihnen und Ihrem Dochäbuch.« Ihre Mundart-Kolumne, ihr Tagebuch auf Fränkisch, kam gut an bei den Lesern, das wusste die Schreibera. Aber ihre hartnäckigsten Verehrer waren meist Männer in den Siebzigern, also zwanzig Jahre älter als sie. Sie bedankte sich trotzdem artig und stellte dann ihre Fragen.

»Heiße Asche, hat's geheißen«, erzählte der Mann. »Dabei hab ich doch gar keinen Holzofen. Ich heize mit Öl. Nach vierzig Jahren auf das jetzt wieder neumodische Zeug umzubauen, das lohnt sich einfach nicht bei mir.«

»Haben Sie das auch der Polizei gesagt?«

»Polizei war doch deswegen gar keine da. Die Feuerwehr schon.«

»Und was haben die dazu gemeint?«

»Heiße Asche, haben sie gesagt. Die hat dann wohl mein Nachbar, der alte Kettenraucher, reingekippt, hab ich gesagt.«

»Und, hat er?«, wollte die Schreibera wissen.

»Ich würd's ihm schon zutrauen. Der hat ständig eine Kippe im Mund und schmeißt sie achtlos weg, wenn er sich die nächste dran anzündet. Aber er hat den Brand ja selber entdeckt und bei der Feuerwehr gemeldet, der Herr Federlein.«

So häufig war der Name in Bissdorf sicher nicht. Sie zückte ihr Smartphone, fand im Internet nur zwei Telefonnummern zu Federlein, Bissdorf: die private und die dienstliche der Sekretärin. Aber gab das schon was her? Beim Wegfahren sah sie im Rückspiegel, wie ein Auto vor dem Reihenhaus hielt und dieser kahlköpfige Kommissar ausstieg. Kurz überlegte sie, ob sie es noch mal beim Bürgermeister versuchen sollte, ließ es dann aber bleiben. In der Redaktion wartete genug anderes Tagwerk auf sie.

Viel Greifbares hatte auch Boris Ganslinger nicht herausgefunden, als er in sein Büro zurückkehrte. Nur, dass in allen drei Fällen die Feuerwehr vermutlich mit Kommandant vor Ort war und es zwei Mal eine Beziehung zum Bürgermeister gab. Also versuchte er sich auf die Prävention zu konzentrieren. »Was wäre in Bissdorf die Steigerung eines Rathausbrandes?«, fragte er seinen Kollegen Kühn. Das neue Rathaus war vielen ein Dorn im Auge, zu teuer, zu groß, zu hässlich, hatte ihm der Bürgermeister berichtet. Der fühlte sich aber sichtlich wohl darin.

Kühn überlegte, zuckte schließlich mit den Schultern. »Ich bin ja ein Brettstädter, das ist zwar gleich auf der andern Seite vom Fluss, aber der ist halt dazwischen, da gibt es wenig Gemeinsamkeiten«, stellte er fast entschuldigend fest.

»Bissdorf. Vierter Advent! Ist da irgendwas?«, ging ihn Ganslinger etwas harsch an.

Kühn zuckte erneut mit den Schultern und verdrückte sich in sein Büro. Von dort rief er beim *Fränkischen Tag* an.

»Bissdorf. Vierter Advent. Ist da irgendwas Größeres geplant?«, wollte er von der Schreibera wissen.

Die wurde sofort hellhörig.

»Ein Großbrand oder was? Ja woher soll ich das wissen. Das ist euer Job. Aber sagt mir bitte Bescheid, sobald ihr was wisst.«

Kühn am anderen Ende der Leitung fühlte sich hörbar ertappt.

»Des hab ich fei jetzt net so gesagt.«

Die Schreibera verzieh ihm, nahm den Hinweis jedoch dankbar auf und war bereit, sich zu revanchieren. Denn da war tatsächlich was geplant.

»Der Bürgermeister will seine gläserne Politik krönen – mit einer Weihnachtsfeier für die ganze Gemeinde. Da reicht aber das Rathaus nicht aus. Da braucht er schon was Größeres. ›Bürgerweihnacht‹, nennt er das. Am nächsten Sonntag in der Hausbachhalle.«

Das war's! Da war sich die Schreibera sicher. Und auch Boris Ganslinger, nachdem Kühn ihm davon berichtet hatte. Die Schreibera war sich nur nicht darüber im Klaren, wie sie das handhaben sollte. Panik schüren und eine Großveranstaltung platzen lassen? Das konnte auf sie zurückfallen. Und wenn doch was passierte? Ebenfalls! Sie wollte gerade Kühn zurückrufen, um sich mit diesem neuen Starkommissar aus München verbinden zu lassen, als es bei ihr klingelte.

»Ganslinger. Kripo Bamberg«, meldete er sich.

Er mochte zwar ein Einzelgänger sein, aber ebenso wie die Journalistin war er auf Quellen und Informanten angewiesen. Sie verständigten sich darauf, dass die Schreibera erst mal keine Spekulationen schrieb, dass die Polizei ab sofort die Hausbachhalle bei Tag und Nacht beobachtete und dass beide sich gegenseitig informierten, sobald sie etwas Neues in Erfahrung brachten. Sie tauschten ihre Handynummern.

Weil sein Vorgesetzter die Eskalationstheorie von Ganslinger nicht gleich ins Reich der Märchen verweisen, aber auch nicht mehr Personal zur Verfügung stellen konnte und wollte, mussten Ganslinger und Kühn die

Observation der etwas außerhalb des Ortes gelegenen Halle weitgehend unter sich aufteilen.

Am Freitagabend nahm Kühn erstmals etwas Verdächtiges wahr. Ein Auto fuhr vor. Es war bereits dunkel und daher vom hintersten Winkel des Großparkplatzes nicht auszumachen, wer dort ausstieg und sich – offenbar mit einem Schlüssel – Zutritt zu der Halle verschaffte. Kühn passte ihn beim Herauskommen an der Tür ab. Es war der Feuerwehrkommandant. Er zeigte sich wenig überrascht, dass die Polizei die Halle im Auge behielt.

»Ja, da gibt es diese Gerüchte«, sagte er. »Ich wollte darum nur die Sicherheitslage für Sonntag checken.«

Kühn ließ es dabei bewenden und den Kommandanten ziehen, meldete es aber gleich an Ganslinger weiter.

»Der Kommandant? Der ist erst ein Jahr im Amt«, wusste die Schreibera zu berichten, als Ganslinger sie wie abgemacht verständigte. »Da kann es schon sein, dass der Profilierungsehrgeiz einen antreibt. Aber soviel ich weiß, war er bei der Mülltonnengeschichte im Urlaub in Thailand und beim Christbaumbrand den ganzen Tag bei einer Schulung in Bamberg.«

»Und irgendwas, was mir weiterhilft?«, wollte Ganslinger von Anette Schreiber wissen.

Die musste leider passen. In den letzten Tagen hatte sie zu viel anderes um die Ohren gehabt, als dass sie sich um eine Geschichte kümmern konnte, die sie vorerst ohnehin nicht veröffentlichen durfte. Ihr Interesse war aber immer noch da. Für die Samstagsausgabe war es allerdings sowieso zu spät, und am Montag würde alles ganz anders ausschauen – so oder so.

Da klingelte das Telefon, auf dem Display erschien eine Nummer mit Bissdorfer Vorwahl. Es war ein alter

Schulfreund von ihr, der über jeden und jede im Ort genau Bescheid wusste und der Schreibera regelmäßig Gerüchte zutrug. Das meiste war für die Zeitung nicht verwertbar. Darum hatte sie ihn in dieser Sache nicht schon kontaktiert. Außerdem trug er alles, was man ihm anvertraute, ebenso zuverlässig nach draußen. Zu den Bränden hatte er nichts zu sagen. »Aber wenn's dich interessiert, Anette, der Bürgermeister hat was mit seiner Federlein, aber amtlich. Das ist sein Betthupferl«, verkündete er im Brustton der Überzeugung. »Als beim Bürgermeister das Holz vor der Hütte geschwelt hat, da war sie quasi bereits vor Ort. Seine Frau war weg, und ihr Alter hat schon drauf gewartet, sie heimzubringen, hat mir die Frau vom Kommandanten erzählt.« Er wartete ein Weilchen, ob die Schreibera im Gegenzug etwas rausrückte. Doch die schwieg, also legte der Schulfreund auf.

Die Schreibera überlegte, was das zu bedeuten hatte. Wer hatte mit allen drei Bränden etwas zu tun? Und wer konnte sich Zutritt zum Rathaus verschaffen? Sie überlegte bis Samstagmittag, dann rief sie Ganslinger an. Der hatte eben den Beobachtungsposten vor der Halle von Kühn übernommen. Er fror jetzt schon in dem zugeschneiten Auto, das damit perfekt getarnt am Waldrand stand. Nun war es an Ganslinger, darüber nachzudenken, ob er die beiden Personen, die ihm die Reporterin genannt hatte, sofort verhören sollte. Er entschied sich dafür, dass es wichtiger war, einen weiteren Brandanschlag zu verhindern, zumal nun wohl wirklich Menschenleben in Gefahr waren. Ein- bis Zweitausend mochten sicher in die Halle passen. Also fror er weiter. Es wurde allmählich dunkel, nach und nach verließen Lieferanten und Handwerker, die für das Fest hier tätig waren, die Halle. Der letzte machte das Licht aus.

Mit dem Bürgermeister hatte er die Überwachungsaktion abgesprochen. Zum Glück hatte die Reporterin ihm diesen nicht als Verdächtigen genannt. Ganslinger hatte ihn zwar durchaus auf der Liste, versprach sich aber in diesem Fall eine abschreckende Wirkung – was ihm sinnvoller schien als eine Überführung des Täters nach vollbrachtem Werk. Der Bürgermeister hatte ihm auch eine Liste der Lieferanten und Handwerker gegeben, mit der Ganslinger die Fahrzeuge vor der Halle abglich. Ob die Sekretärin, die diese Liste zusammengestellt hatte, wusste, dass sie für die Polizei war? Ganslinger hatte um strengste Vertraulichkeit gebeten.

Es brannten nun nur noch die Laternen im vorderen Bereich des Parkplatzes. Die Halle selbst lag völlig im Dunkeln. Es fing wieder an zu schneien. Ganslinger stieg aus, um die Sehschlitze an der Windschutzscheibe zu vergrößern, und machte bei der Gelegenheit gleich ein paar Aufwärmübungen. Er war gerade wieder eingestiegen, als ein Lieferwagen vorfuhr, ein unbeschriftetes weißes Fahrzeug. Ein Mann stieg aus, ging zur Hallentüre und schloss sie auf. Dann kam er zurück, öffnete die Heckklappe seines Wagens, holte zwei Kanister heraus und trug sie in die Halle.

Ganslinger stieg aus, versicherte sich, dass seine Dienstwaffe schuss- und griffbereit war, und näherte sich dem Lieferwagen. Der Mann kam aus der Halle zurück, sein Gesicht leuchtete rötlich von der Glut der Zigarette in seinem Mund. Er beugte sich wieder in den Lieferwagen. Den Polizisten im Schatten bemerkte er nicht.

»Was machen Sie hier?«, rief ihm Ganslinger aus etwa zwanzig Meter Entfernung zu.

Der Mann drehte sich um und blieb ganz gelassen.

»Den Glühwein für morgen anliefern«, meinte er.

»Lassen Sie mich mal probieren?«, fragte Ganslinger und machte einen Schritt auf ihn zu.

Der Mann griff hinter sich und nahm einen der Plastikkanister aus dem Wagen. Unvermittelt holte er aus, um den Kanister in Richtung des Kommissars zu schleudern. Ganslinger zog seine Pistole, schoss zwei Mal und warf sich seitlich in den Schnee. Er traf nicht den Arm, auf den er zielte, sondern den Kanister, gerade als dieser sich auf Kopfhöhe des Mannes befand. Die Flüssigkeit entzündete sich an der Zigarette. Mit brennenden Haaren stürzte der Mann auf den Fahrersitz des Lieferwagens zu. Ganslinger schoss auf das startende Fahrzeug. Er zielte auf die Reifen, aber er traf einen der Kanister, die gerade aus dem offenen Heck herausrutschten. Diesmal gab es eine Stichflamme, als die austretende Flüssigkeit auf die bereits brennende traf. Das Feuer griff auf das Fahrzeug über, und dann gab es eine heftige Explosion.

Wenige Minuten später war die Bissdorfer Feuerwehr vor Ort. Anja Federlein erkannte nicht, dass es sich bei der verkohlten Leiche in dem ausgebrannten Lieferwagen um ihren Mann handelte.

Kurz nach dem Fotografen des *Fränkischen Tags* traf auch die Schreibera ein. Sie hatte ihn gebeten, ihr bei jeder Tages- oder Nachtzeit sofort Bescheid zu geben, wenn es in Bissdorf brannte. Nun stand sie neben Boris Ganslinger, dessen Lederjacke leicht angesengt war. Haare auf dem Kopf hatte er zu seinem Glück ja keine.

Die wären jetzt wahrscheinlich weg gewesen, stellte die Reporterin fest.

»Das war dieser Federlein, oder?«, fragte Ganslinger.

»Das müssen jetzt wohl Ihre Forensiker klären. Aber ich bin mir verdammt sicher«, sagte die Schreibera. »Mit seiner Zündelei hat er wahrscheinlich jedes Mal nur seine Frau aus dem Bett vom Bürgermeister herausreißen wollen.«

»Habt ihr in Franken da keine anderen Methoden?«, brummte Ganslinger und schnüffelte an seiner Jacke.

»Na ja, hat doch fast funktioniert«, meinte die Schreibera.

GEORG KÖRNER
BÖSE ALTE ZEIT

Es war kurz vor Weihnachten, und es regnete. Ich saß im Bademantel am Frühstückstisch und genoss das gedämpfte Prasseln des Regens auf dem Fensterbrett. Seit Langem war ich wieder einmal allein im Haus, las in aller Ruhe die Zeitung und trank eine Tasse Tee dazu. Auf dem Plattenspieler drehte sich eine meiner Lieblingsplatten. Maria Callas, aufgenommen 1953. Mono, mit leichtem Hintergrundknistern der alten Schallplatte. Herrlich! Im Lokalteil las ich in der Rubrik *Vor 30 Jahren* mit Interesse, was damals die Nürnberger bewegte: *Klirrende Kälte legt ganz Nürnberg lahm. Seit zehn Tagen ist die Temperatur nicht mehr über minus acht Grad gestiegen, nachts wurden in den letzten Tagen Werte von bis zu minus zwanzig Grad gemessen.*

Ich lehnte mich zurück und rechnete. Dreißig Jahre. Damals war ich vierzehn. Jetzt konnte ich mich genau erinnern. Es war ein wirklich eiskalter Winter. Kein Schnee, aber schon Ende November waren alle Seen zugefroren. Abends dampfte es aus den Gullydeckeln auf den Straßen. Viele Autos sprangen damals nicht mehr an. Dann der letzte Schultag vor den Weihnachtsferien, wir durften schon eine Stunde früher nach Hause. Das Geschrei in der Schule war riesengroß. Schnell hatten wir uns am Nachmittag zum Eishockeyspielen auf dem Weiher verabredet. Zu Hause auf das Mittagessen warten, schnell alles herunterschlingen, dann die Schlittschuhe und den Eishockeyschläger gegriffen und zum See gelaufen.

Ich schenkte mir noch etwas Tee ein, trank einen Schluck und hörte zu, wie Callas in ihrer unverwechselbaren Stimme sang: »O Scarpia, avanti a Dio!«

Doch schon war ich in Gedanken wieder bei diesem Tag kurz vor Weihnachten. Eine wunderbare Zeit war das damals. Der Duft von Plätzchen und Kerzen im Haus, meine Mutter, die mit viel Liebe alles vorbereitete, und meine kleine Schwester, die Weihnachten gar nicht erwarten konnte. Auch mein Vater veränderte sich vor Weihnachten. Er nahm sich frei, besorgte den Weihnachtsbaum, machte Spiele mit uns, half meiner Mutter bei den Essensvorbereitungen und schien sich genauso auf die Feiertage zu freuen wie wir. Ich kann mich noch erinnern, dass er jedes Jahr am 24. Dezember vormittags mit uns in den Wald ging, um einen Tannenbaum für die Tiere im Wald zu schmücken. Wir hängten Meisenknödel an die Äste und legten Äpfel und Walnüsse unter den Baum. Meine Schwester stellte sich dann vor, dass am Abend Hasen, Füchse und Vögel um den Baum saßen und Weihnachten feierten.

Dann der denkwürdige Nachmittag am Valznerweiher. Als ich ankam, war noch keiner meiner Freunde da. Mit eiskalten Händen zog ich meine Schlittschuhe an, dann ging es rauf auf das spiegelblanke Eis. Mit geringstem Kraftaufwand glitten die Schlittschuhe dahin, als würde man schweben. Ich fuhr einmal die Runde, vorbei an den Eisstockschützen, die versuchten, sich mit Schnaps warm zu halten und schon an diesem frühen Nachmittag ein Gejohle machten. Wehe, man fuhr mit den Schlittschuhen über ihre Bahn, dann konnte man was erleben. Dann weiter hinter, wo einige Mädchen Pirouetten übten. Ich sah ihnen eine Weile zu und entdeckte, dass die Dunkelhaarige wieder da war.

Ebs, er hieß eigentlich Eberhardt, hatte mir tags zuvor gesagt, dass ihr Name Danny war und sie sehr eingebildet war, denn ihr Vater war Bankdirektor. Na ja, auch wenn ich das den anderen gegenüber nicht zugab: Ich fand sie klasse. Sie hatte eine tolle Jacke mit einem Pelzkragen, eine schwarze Hose, die in die Schlittschuhe hineinlief, und eine flauschige Mütze auf dem Kopf. Und sie konnte vorwärts wie rückwärts gleich elegant über das Eis gleiten, machte Drehungen wie die Eiskunstläuferinnen im Fernsehen und hatte dabei immer etwas Elegantes und Erwachsenes an sich.

Wahrscheinlich hatte ich etwas zu neugierig und zu lange geguckt. Sie sah mich plötzlich an, schüttelte den Kopf und sagte mit weit aufgerissenen Augen: »Bäääh, was glotzt du so, du Gnom?« Fand ich nicht so nett. Zugegeben, sie war gut zehn Zentimeter größer als ich und sah wohl auch zwei Jahre älter aus, aber sie war auch erst vierzehn und hatte kein Recht, mich als Gnom zu bezeichnen. Ich wollte gerade weiterfahren, da hörte ich Klaus schon hinter mir rufen: »Na Edi, belästigst du schon wieder die kleinen Mädchen?« Ich drehte mich um und sah Klaus daherfahren, unverwechselbar mit seinem rot-weißen Clubschal, der immer gut sechsmal um seinen Hals geschlungen war, damit er nicht am Boden streifte.

Zehn Minuten später waren auch Franz, Georg und Hans da, und wir spielten gegen die anderen von der 8c so lange Eishockey, bis wir alle glühend rote Backen hatten und kaum noch Luft bekamen. »Bringt euch morgen mal Verstärkung mit, damit es nicht wieder so langweilig wird«, entließen wir die 8c. Die meisten gingen nach Hause, nur Klaus und Hans blieben noch. Völlig aufgedreht begannen wir, Danny und ihre beiden Freundinnen zu jagen. Später durften sie sich an den langen Schal hängen, und wir zogen sie übers Eis. Wir hatten einen Riesenspaß. Dann schleuderten wir Jungs uns über das Eis. Zwei zogen, der Dritte hatte den Schal um die Hüfte und wurde während der Fahrt wie aus einer Schleuder herausgeschossen. Ich war an der Reihe, wir hatten schon ordentlich Schwung, als mir durch einen Ruck kurz vor dem Katapultstart der Schal von der Hüfte an die Knie herunterrutschte. Ich wollte gerade etwas rufen, als die beiden anderen mit aller Kraft anzogen. Meine beiden Füße beschleunigten immens, wurden nach oben gerissen, bis ich in einem Meter Höhe waagerecht in der Luft lag und dann auf den Rücken und den Kopf nach unten krachte. Es war, als wäre ein Panzer über mich gefahren. Ich lag auf dem Rücken und kämpfte um etwas Luft in meinen Lungen. Vor meinen Augen drehte sich alles, immer wieder sah ich dunkle, geometrische Muster vor mir. Mein Kopf schmerzte und fühlte sich an, als würde er brennen. »Wow, das war ein Schlag, ich dachte schon, das Eis bricht«, hörte ich Hans wie durch Watte. Ich drehte mich auf den Bauch, legte die Stirn zum Kühlen auf das Eis und versuchte ruhig zu atmen. Danny hatte sich heruntergebeugt, legte die Hand in meinen Nacken und sprach leise: »Alles in Ordnung, Gnom?« Es klang so lieb, dass ich ihr den Gnom verzieh. Ich öffnete die Augen und sah in das blanke Eis. Da bewegte sich was. Ein Fisch? Ganz langsam trieb etwas unter dem Eis vorbei. Ich polierte mit der Hand die Eisfläche, um noch besser sehen zu können. Ja, da, eindeutig sah ich ein Gesicht unter dem Eis. Aufgerissene Augen, ein offener Mund, schneeweiße Haut. Total verschwommen, sich leicht bewegend, aber eindeutig. »Öh, öh«, gatzte ich vor mich hin »öh, da ist jemand. Da, unter dem Eis.«

Ich drehte mich herum zu den anderen, mein Kopf schmerzte. »Da, unter dem Eis, da ist jemand«, sagte ich wieder. Hans, Klaus und Danny standen über mir. Klaus hatte seinen Schal wieder um seinen Hals gewickelt, sein Kopf war kaum noch zu sehen. »Mann, hat's den erwischt, hoffentlich bleibt dem nichts«, sagte er aus seinem Schal heraus. »Was soll da sein?«, fragte Hans und beugte sich zu mir herunter. Ich drehte mich noch einmal zum Eis und guckte hinein. Ich wischte mit der Hand, aber nichts. Es war nichts zu sehen, alles war dunkel. »Da war jemand unter dem Eis«, sagte ich. Als ich aufstand, sausten wieder die schwarzen Muster an meinen Augen vorbei. Hans sah mich an und sagte zu den anderen: »Ich glaube, ich bring Edi mal heim.« »Nein, es geht schon, ist schon wieder gut, aber da war wirklich jemand.«

»Kommt, dann fahren wir noch eine Runde, mir wird kalt«, meinte Danny.

»Super Idee«, sagte ich, um dann einen Augenblick später die Eisfläche mit meinem Mageninhalt zu verzieren. Die Ravioli von heute Mittag, mit Schokopudding als Nachspeise. So zusammengemischt sah das ziemlich gruselig aus. Leider traf ich auch einen der weißen Schlittschuhe von Danny. »Iiih, ist das ekelig«, hörte ich Danny schreien. Dann mindestens zehnmal hintereinander: »Iih, iih, mein Schlittschuh, iih ...« Na super, dachte ich, jetzt bin ich ein ekeliger Gnom. Der Eisprinzessin brauchte ich wohl nicht mehr unter die Augen zu treten.

Jedenfalls brachte mich Hans dann nach Hause. Unterwegs übergab ich mich noch einmal. Ich hatte eine

Gehirnerschütterung und musste die nächsten Tage im Bett bleiben. Die Beule an meinem Hinterkopf schmerzte so, dass ich nur seitlich liegen konnte. Die Geschichte mit dem Gesicht unter dem Eis erzählte ich noch ein paar Mal, bis meine Mutter sagte, dass der Arzt meint, dies sei ganz normal bei einer Gehirnerschütterung, dann gab ich es auf. Vielleicht war es ja auch das Spiegelbild von Dannys Gesicht im Eis gewesen. Das versuchte ich mir einzureden. Ohne Erfolg.

Meine Schallplatte war am Ende angelangt, und der Teller stoppte. Ich saß einen Moment still da und dachte nach. Viele Jahre hatte mich die Leiche unter dem Eis in Albträumen verfolgt. Ich war mir auch heute noch sicher, sie gesehen zu haben, und fasste jetzt endlich den Entschluss, der Sache auf den Grund zu gehen. Als Journalist konnte ich mir die Zeit nehmen, und mein Beruf würde mir helfen, die nötigen Fragen zu stellen. Mein Entschluss stand fest.

Ich griff zum Telefon und wählte. »Hallo? Dieter, bist du am Telefon? Ja, prima, hier spricht Eduard Fischer. Ja genau, Edi, schön, dass du dich gleich erinnerst. Ja, gut, gut und dir hoffentlich auch? Hauptkommissar, gratuliere, du machst ja ganz schön Karriere. Du, ich rufe an, weil ich deine Hilfe brauche. Du weißt, ich bin Journalist. Im Moment schreibe ich einen Bericht über vermisste Personen in Nürnberg. Speziell interessiert mich der Dezember 1984. Kannst du herausfinden, ob damals jemand als vermisst gemeldet wurde? Oder ob jemand in den Folgemonaten tot aufgefunden wurde?«

»Dreißig Jahre ... Das war lange vor meiner Zeit, und in den Computern finde ich darüber nichts. Aber ich werde nach dem Mittagessen mal ins Archiv sehen, vielleicht kann ich dir helfen. Also dann, ich habe deine Nummer, ich gebe Bescheid.«

Jetzt, wo ich mich entschlossen hatte, konnte ich nicht zu Hause sitzen und warten. Eine halbe Stunde später war ich unterwegs zum Weiher, in dessen Nähe ich nach zwei Umzügen wieder wohnte. Ich hatte meine Gummistiefel an, die mir bis zu den Knien reichten. Es regnete noch immer, aber es war nicht kalt. Direkt neben der Abflussröhre des großen Weihers stieg ich in den See, um bis zu ihrem Eingang zu waten. Dann blickte ich in die Röhre, die so breit war, dass eine Leiche hineintreiben konnte. Oben auf der Böschung stand ein älterer Herr, der nach vorne gebeugt zu mir herunterblickte. Ich wollte nicht wissen, was er dachte, als ich die Stirnlampe einschaltete, mich so klein wie möglich machte und in der Röhre verschwand. Das Wasser darin war tiefer, als ich geglaubt hatte, es lief über den Rand meiner Gummistiefel, was alles andere als angenehm war. In der Hand hatte ich die Gartenharke, mit der ich den Boden nach Knochen absuchen wollte. Nach etwa zehn Metern wurde die Röhre ein wenig breiter, und ich sah etwas weiter ein senkrechtes Edelstahlgitter. Noch vier Schritte, und ich würde mit meiner Harke den im Wasser liegenden Teil des Gitters nach einem Skelett absuchen. Wenigstens der Schädel musste doch noch zu finden sein. So war mein Plan. Doch plötzlich trat ich mit dem Fuß ins Leere. Ich sank mit dem ganzen Körper ein und war schlagartig komplett unter Wasser.

Die Kälte schnürte meinen Körper zusammen. Meine Stirnlampe ging aus. Dann steckte plötzlich mein Fuß fest. Irgendwie war mein Gummistiefel unter das Gitter gekommen und hatte sich dort zwischen zwei Gitterstäben eingefädelt. Ich zog mit aller Kraft, doch der rechte Fuß hing fest. Jetzt stieg Panik in mir auf. Die Luft in meiner Lunge wurde knapp. Erste dunkle Rauten begannen, vor meinen Augen zu tanzen, weitere gesellten sich dazu. Ich ruderte und zerrte noch einmal, so gut es ging. Mein Verstand arbeitete wie in Zeitlupe, aber mir wurde klar, dass der Fuß nur nach unten wieder aus dem Gitter zu fädeln war. Irgendwie schaffte ich es und gelangte an die Oberfläche. Doch die Kraft reichte nicht mehr, um zurück in die Röhre zu kommen. Verzweifelt rief ich um Hilfe, aber es gelang mir kaum, da mein Kiefer zitterte wie Espenlaub. Dann hörte ich etwas im Wasser klatschen, ich sah die Beine des Mannes von der Böschung in der Röhre erscheinen. Und nun wurde es endgültig dunkel vor meinen Augen und ganz still um mich.

Ich hörte ein ratschendes Geräusch, die Helligkeit blendete mich. »Guten Morgen, genug geschlafen. Aufstehen und waschen, in zehn Minuten kommt die Visite, in zwanzig Minuten das Frühstück«, trällerte eine schrecklich gut gelaunte Krankenschwester. Ich schloss die Augen noch einmal und fühlte in mich hinein. Mein rechter Fuß schmerzte, mein Hals tat beim Schlucken weh und mein Kopf glühte, aber ansonsten schien alles in Ordnung zu sein. Kurze Zeit später erfuhr ich, dass ich neben einer kräftigen Unterkühlung und einem gezerrten und geschwollenen rechten Fuß nichts abbekommen hatte. »Wir behalten Sie noch bis morgen hier, sicherheitshalber, dann lassen Sie sich am besten abholen«, meinte der Stationsarzt. »Und beim nächsten Mal, wenn Sie tauchen gehen, an eine passende Ausrüstung denken.« Der sonnengebräunte Arzt grinste, die beiden jungen Schwestern neben ihm kicherten und schon rauschten sie zur Zimmertüre hinaus. Der Spruch »Können Sie mir auch ein paar von den Pillen geben, die Sie hier alle so lustig machen« fiel mir leider erst ein, als sie bereits weg waren.

Am späten Vormittag schaffte ich es endlich, über ein Telefon im Krankenhaus mit Dieter verbunden zu werden. »Na, was hast du herausgefunden?«, fragte ich ungeduldig. »Hallo Edi, also, du wirst es kaum glauben, aber in der ganzen Adventszeit damals gab es keine einzige Vermisstenmeldung. So was gibt es heute nicht mehr, war halt noch die gute alte Zeit damals.«

Ich dachte nach. »Und später, ich meine im Januar oder Februar, vielleicht wurde die Person ja nicht gleich vermisst?« Ich ließ nicht locker. »Da habe ich natürlich auch nachgesehen. Ende Januar hat sich eine ältere Frau gemeldet, die angab, dass ihre Tochter nach Kanada verschleppt worden sei. Das Ganze wurde zu Protokoll genommen, aber nicht recht weiterverfolgt, da die Tochter fast dreißig war und offensichtlich das Land aus eigenen Stücken verlassen hat. Zumindest ist sie offiziell in Kanada eingereist, hat dort mit ihrem Mann eine Gaststätte gekauft und eine Aufenthalts- und Arbeitsgenehmigung beantragt und erhalten. Und dann ist erst im Sommer wieder ein Achtzehnjähriger als vermisst gemeldet worden.« Dieter zögerte etwas. »Was versuchst du eigentlich herauszufinden?« Meine Gedanken drehten sich im Kreis. Wie konnte das sein? Natürlich konnte die Leiche unter dem Eis auch aus einer völlig anderen Gegend kommen. Ich spürte, dass Dieter die Geduld verlor und das Gespräch beenden wollte. Ich durfte jetzt keine Zweifel zeigen: »Ich habe genau vor dreißig Jahren eine Leiche im Valznerweiher gesehen und diese jetzt in der

Abflussröhre wiederentdeckt, du musst sie nur bergen.« Hoffentlich stimmte das auch, dachte ich mir, sonst würde es schwer, das Geheimnis der Leiche zu lösen. Ich schleppte mich zu meinem Bett zurück und spürte, wie mir immer heißer wurde. Die Krankenschwester, die später nach mir schaute, gab mir ein Mittel gegen Fieber, und ich schlief zum Glück wieder ein.

Ich träumte verrückte Sachen, immer wieder erschien eine Leiche, die unter dem Eis vorbeitrieb. Dann wieder das Gesicht ganz groß, nur durch das Eis von mir getrennt. Aufgerissene Augen starrten mich an. Das Gesicht war weiß wie Schnee. Kleine Luftblasen kamen aus der Nase und dem leicht geöffneten Mund. Da bewegte sich der Mund und sagte etwas zu mir. Ich konnte erst nichts hören, und doch wusste ich, was es war. Dann wurde die Stimme langsam lauter. »Gnom, Gnom, kannst du mich hören? Kannst du mich hören, Gnom?« Mit einem Ruck schreckte ich auf, ein Schrei entwich meinen Lippen. Ich war in Schweiß gebadet.

Über mir sah ich das lächelnde Gesicht meiner Frau mit ihren langen, schwarzen Haaren, die seitlich mit einem Band gefasst waren. Elegant wie immer. »Na, mein Gnom, ich hoffe, es war nicht ich, die dir in deinem Traum so viel Angst gemacht hat, das würde mir doch zu denken geben.« Sie beugte sich zu mir herunter und gab mir einen Kuss. »Hallo Eisprinzessin, schön, dich zu sehen. Wo sind die Kinder ...« Ich kam nicht weiter, weil die beiden Mädchen hinter dem Rücken meiner Frau zu kichern anfingen. »Hallo, Paps«, sagten Biene und Caro wie aus einem Mund und traten jetzt an das Bett heran. Biene hatte die gleichen glatten, schwarzen Haare wie meine Ehefrau; ich musste wieder einmal feststellen, was für eine hübsche junge Frau sie geworden war. Caro war nur zwei Jahre jünger und hatte leider das Pech, optisch eher nach mir zu kommen, dafür hatte sie ein absolut sonniges Gemüt. »Ich glaube, du hast ihnen gerade noch etwas Angst gemacht«, sagte Daniela.

Drei Tage später, es war der Tag vor Weihnachten, läutete Dieter an unserer Türe. Als ich öffnete, sah er mich lange mit unbewegtem Gesicht an. Ich wollte gerade mit der vorbereiteten Entschuldigungsrede beginnen, als er »du hattest recht« sagte, um dann zu schweigen. »Komm rein, und lass dir nicht alles aus der Nase ziehen«, drängte ich.

»Also«, begann Dieter, »die Abflussröhre verbindet den großen mit dem kleinen Weiher. Weil das Schmutzfanggitter in der Röhre ständig verstopft war, wurde vor dem Gitter eine große Auffangwanne eingebaut, seitdem war das Problem erledigt. In dieser Wanne haben wir neben jeder Menge Unrat auch die ziemlich mitgenommenen Überreste eines Skeletts gefunden. Relativ schnell war klar, dass es sich um eine Frauenleiche handelte, die um die dreißig war, als sie durch einen Schlag auf den Hinterkopf starb. Die Frau, die damals die Geschichte mit der verschleppten Tochter zu Protokoll gab, lebt heute im Seniorenheim und ist bereits fünfundachtzig Jahre alt. Wir konnten sie mit einer Genanalyse eindeutig als die Mutter zuordnen. Wir nehmen jetzt an, dass der Ehemann seine Frau ermordet und dann durch eine Komplizin, die seiner Frau sehr ähnlich sah, ersetzt hat. Mit den Originalpapieren fiel dies in Kanada nicht auf. Die umfangreichen Konten seiner toten Frau hatte er vorher leergeräumt und auf kanadische Banken übertragen, die Auswanderung war dafür ein unauffälliger Grund. Der Mann lebt noch heute in Kanada und wird in Kürze einen für ihn unerfreulichen Besuch von der kanadischen Polizei bekommen. Nach dreißig Jahren wird er damit wohl nicht mehr rechnen.«

»Die arme Frau, jetzt mit fünfundachtzig zu erfahren, dass die Tochter tot ist«, sagte meine Frau.

»Sie hatte Tränen in den Augen«, meinte Dieter, »und sagte immer wieder: ›Ich habe es gewusst, ich habe es gewusst, kein Mensch hat mir geglaubt.‹«

»Ja, und ich habe gedacht, der kleine Gnom will vor mir etwas angeben, aber er überrascht mich immer wieder.« Meine Frau sah lächelnd zu mir. Ich liebte sie.

BALLWIESER & RINKES
AISCHGRÜNDER GOLDKARPFEN

»Komm einfach einen Tag vor Heiligabend bei uns vorbei, und dann bekommst du einen schönen, frisch aus dem Weiher. Einer von uns beiden ist immer auf dem Hof, brauchst nicht vorher anrufen.«

So verabschiedeten sich Rudi und Irmi in der letzten Tanzstunde von Maike. Und damit Maike nicht dachte, das sei nur leeres Gerede, überreichte Irmi ihr einen liebevoll handgeschriebenen Gutschein, sogar mit einem Tannenzweig dran.

»Als kleinen Dank«, wisperte sie ihr dabei zu, »mit dem Tanzen hast du unsere Ehe gerettet. Das hat uns wieder zusammengebracht, weil einmal in der Woche denken wir dann nicht an unsere Probleme.«

Die beiden hatten Geldsorgen, das wusste Maike. Die Tanzschule hatte monatelang auf den Kursbeitrag warten müssen. Erst kurz vor der letzten Mahnung war Rudi mit der Hälfte des Geldes vorbeigekommen. Er hatte Maike von einem Brand auf dem Hof und von Schulden erzählt, weil er die Versicherung nicht rechtzeitig bezahlt hatte. Irmi war in dieser schlimmen Zeit einige Wochen zu ihrer Schwester gezogen, und Rudi hatte große Angst gehabt, dass sie sich scheiden lassen würde. Doch jetzt schien es wieder zu laufen bei den beiden. Wenn die Tanzstunden dabei geholfen hatten, umso besser.

Am Tag vor Weihnachten steuerte Maike ihren Fiat 500 auf den Hof von Irmi und Rudi. Es herrschte nasskaltes

Schmuddelwetter. Typisch. Mit weißer Weihnacht würde es dieses Jahr wieder nichts werden.

Maike wollte Andrea mit dem Aischgründer Karpfen für Heiligabend überraschen. Sie selbst aß zwar nicht so gerne Fisch, aber Andrea, ihre Zwillingsschwester und Mitbewohnerin, dafür umso mehr. Noch dazu handelte es sich um einen Biokarpfen, da würde Andrea sich besonders darüber freuen.

Maike stellte den Wagen im Hof ab und klingelte. Sie musste nicht lange warten, und Irmi öffnete ihr die Tür. Sie hatte Mehl an den Händen und im Gesicht.

»Maike, grüß dich. Du kommst wegen dem Karpfen, des ist prima. Musst aber ein bisschen warten, dann hol ich dir einen schönen. Weil ich backe grade Quarkstollen, und die muss ich schnell noch fertig machen, dann müssen sie in Ruhe aufgehen, und ich hab Zeit. Komm doch rein.«

Maike folgte ihr in die Küche. Sie setzte sich auf die Ofenbank und schaute Irmi beim Arbeiten zu. Die beiden quatschten ein bisschen. Maike genoss die Wärme, die der Kachelofen ausstrahlte. Sie fror schon den ganzen Tag. Wahrscheinlich bekam sie genau an Weihnachten eine Erkältung.

»So.« Irmi zog ihre Schürze aus. »Jetzt hol ich dir einen schönen Karpfen. Einen von den kleineren. Die sind nicht so fett. Magst du mitgehen und zuschauen, wie er den letzten Atemzug macht, der Gute?« Irmi lachte. Maike winkte schnell ab. Da war sie doch zu sehr ein Stadtkind. Sie blieb lieber in der warmen Stube sitzen.

Es dauerte eine ganze Weile, bis Irmi wiederkam. »Mensch, die wollten heute nicht so wie ich. Aber jetzt hab ich einen richtig Schönen. Bloß, dass ich jetzt keine

Zeit mehr habe, ihn auszunehmen und zu halbieren. Sonst kann ich die Stollen wegschmeißen.« Sie deutete auf die jetzt deutlich größeren Teiglinge. »Ich pack dir den Karpfen schnell in eine Tüte, tut mir echt leid. Blöd, dass der Rudi gerade nicht da ist.«

»Nein, nein«, beeilte sich Maike zu versichern. »Das geht schon in Ordnung. Andrea kann das bestimmt, da bin ich mir sicher. Vielen Dank noch mal und frohe Weihnachten.«

Sie legte den Karpfen auf den Beifahrersitz. Während der ganzen Fahrt zurück nach Nürnberg glotzte er sie vorwurfsvoll durch die Plastiktüte an. Zumindest kam es ihr so vor. Irgendwann warf sie ihren Schal über den glitschigen Kerl.

Andrea staunte nicht schlecht, als sie am Abend nach Hause kam und den Kühlschrank öffnete.

»Ich hoffe sehr, dass du schon mal einen Fisch ausgenommen hast«, rief Maike mit gepresster Stimme aus ihrem Zimmer. Sie absolvierte gerade vor dem Laptop ein Ausdauer-Workout mit ihrem virtuellen Fitnesstrainer. Wegen der aufkeimenden Erkältung hatte sie die kurze Version gewählt, aber ganz ohne Sport wollte sie auch in den Ferien nicht sein. »Ist ein Biokarpfen aus dem Aischgrund«, fügte sie noch hinzu, dann ging ihr die Puste aus. Zehn Minuten später war sie fertig und betrat die Küche. Andrea schärfte gerade das große Messer. Auf dem Tisch lag der Karpfen und glotzte.

»Lecker«, sagte Andrea, »ich freu mich schon auf morgen Abend. Gebackener Karpfen mit Kartoffelsalat und danach die Bescherung. Wie früher.« Sie strahlte. »Aber jetzt nehm ich ihn erst mal aus.« Andrea fuhr mit dem Daumen über die Klinge des Messers und setzte an der Brust des Karpfens an. Maike ging schnell ins Bad, um zu duschen.

Gerade als sie sich die Haare einshampoonierte, ging die Badezimmertür auf, jemand riss den Duschvorhang zur Seite. Maike sah ein riesiges blutiges Messer und stieß einen Schrei aus – aber es war nur Andrea. Die hielt das Messer in der rechten Hand und streckte ihr die ebenso blutige linke Hand hin. Maike sah etwas blitzen, konnte aber wegen des Schaums, der ihr ins Gesicht lief, nicht erkennen, was es war. »Was ist los?«, stammelte sie und versuchte, sich das Shampoo aus den Augen zu wischen.

»Ich weiß nicht«, sagte Andrea, »erklär du es mir. Das habe ich im Inneren des Karpfens gefunden.« Jetzt war der Schaum endlich weg, und Maike konnte in Andreas Hand einen goldenen Ring erkennen. Einen ziemlich großen goldenen Ring mit einem Stein, einem Diamanten, zumindest sah es für Maike so aus.

»In dem Karpfen?« Maike sah Andrea verständnislos an. »Ja«, sagte Andrea, »Seltsam, nicht?« Sie ging zurück in die Küche. Maike duschte schnell zu Ende, trocknete sich ab und folgte ihrer Schwester. Der Karpfen lag noch immer auf dem Küchentisch. In zwei Hälften zerlegt, und aus jeder Hälfte glotzte Maike ein Auge an. Die Innereien des Karpfens lagen daneben. Maike wandte sich ab. Sie ging zu Andrea, die den Ring unter fließendem Wasser abspülte.

»Wie kommt denn ein Ring in den Karpfen?«, fragte Maike, musste niesen und hielt das Handtuch an ihrem Körper fest.

»Der Fisch hat ihn gefressen«, sagte Andrea. »Oder hast du ihn den Ring fressen lassen, um mir ein Weihnachtsgeschenk zu machen? Mein Geschmack ist so ein protziger Ring aber nicht, das müsstest du eigentlich wissen.«

»Mach keine Witze. Ich zwing doch keinen Karpfen so einen Riesenring zu schlucken. Ich muss Irmi und Rudi anrufen, der wird denen gehören.«

Maike lief, noch immer nur mit dem Handtuch bekleidet, in ihr Zimmer und suchte in ihren Unterlagen die Telefonnummer. Sie wählte, Rudi meldete sich. Als Maike ihm von dem Fund erzählte, sagte er erst einmal gar nichts.

Maike wartete eine Weile. »Rudi? Bist du noch dran? Soll ich dir den Ring beschreiben? Der gehört doch sicher euch. Ich kann ihn heute noch vorbeibringen, wenn ihr wollt.« »Nein.« Rudi war nur schwach zu hören, er sprach sehr leise. »Nein, behalt ihn bei dir, kannst ihn mir ja bei der nächsten Tanzstunde geben.« Maike hörte im Hintergrund Irmi. »Wer ist dran?«, fragte die. Ihr Mann gab keine Antwort, sondern flüsterte noch leiser. »Also ich meld mich bei dir. Tschüss, Maike.« Dann legte er auf.

»Komische Reaktion«, sagte Andrea, als Maike ihr von dem Telefonat berichtete. »Finde ich auch«, sagte die. »Aber vielleicht soll es ein Geschenk für Irmi sein, und Rudi hat ihn am Weiher verloren.« »Hm«, sagte Andrea. »Hast du nicht gesagt, die beiden haben Geldprobleme? Der Ring sieht echt wertvoll aus, und außerdem, warum will er ihn dann nicht jetzt sofort wiederhaben? Schließlich ist morgen Weihnachten. Das ist doch seltsam, oder?« Maike zuckte mit den Schultern und ging in ihr Zimmer, um sich endlich etwas Richtiges anzuziehen.

Der Karpfen war wirklich lecker, das musste sogar Maike zugeben. Die Zwillinge hatten den Tisch festlich mit Kerzen geschmückt und genossen das erste gemeinsame Weihnachtsfest in ihrer neuen Wohnung. Für den zweiten Weihnachtsfeiertag hatten sie Freunde eingeladen, aber heute, am Heiligen Abend, wollten sie nur zu zweit feiern. »Das ist einer der besten Karpfen, die ich je gegessen habe«, sagte Andrea und schob sich das letzte Stückchen vom Schwanz in den Mund. »Vielleicht liegt es an der Goldfüllung«, meinte Maike. Sie klang etwas nasal. Ihre Erkältung war leider nicht besser geworden, im Gegenteil.

Andrea schüttelte den Kopf. »Ich muss dauernd an den Ring denken. Irgendetwas stimmt da nicht. Ich frag mich nur, was?« »Ach, du immer«, sagte Maike und nahm sich noch etwas Kartoffelsalat. »Wahrscheinlich glaubst du, da steckt wieder ein Verbrechen dahinter, das du lösen musst.« Maike schnäuzte sich ausgiebig. »Warum nicht?«, meinte Andrea. »Uns passieren doch ständig solche Sachen.« Das stimmte. Die beiden Schwestern waren schon öfter in Verbrechen hineingestolpert und nur knapp mit heiler Haut davongekommen.

»Na, wenn du meinst«, sagte Maike. »Aber jetzt gibt es erst einmal Bescherung.«

Damit war das Thema goldener Ring vorerst erledigt.

Am ersten Weihnachtsfeiertag blieb Maike im Bett liegen. Aus der Erkältung war eine handfeste Grippe geworden. Nach den anstrengenden Wochen in der Tanzschule nahm sich der Körper eben eine Auszeit.

Andrea ließ ihre Schwester schlafen, das war besser als jede Medizin. Vielleicht war sie dann am nächsten Tag für die Feier mit den Freunden wieder einigermaßen fit. Andrea holte den Ring, der noch immer auf dem Küchentisch lag, und zog sich in ihr Zimmer zurück. Sie knipste ihre Schreibtischlampe an und betrachtete das Schmuckstück genauer. Sie steckte ihn sich an den Ringfinger. Viel zu groß, eher was für einen Mann. Ein wuchtiger Goldring mit einem großen Stein. Würde zu einem Zuhälter passen oder zu einem Kredithai. Andrea lachte. Solche Gedanken durfte sie keinesfalls Maike gegenüber äußern. Sie nahm den Ring wieder ab und suchte nach einer Gravur. 750 konnte sie erkennen, das war der Goldgehalt, ein echt wertvolles Stück also. Doch daneben stand noch etwas, etwas Winziges. Sie holte eine Lupe aus einer Schublade ihres Schreibtisches, aber die war nicht stark genug. Andrea überlegte eine Weile, dann fiel ihr etwas ein, das sie einmal im Fernsehen gesehen hatte. Sie nahm ihr Handy und machte ein paar Fotos von der Innenseite des Ringes. Mal sehen, ob die eingebaute Kamera wirklich so gut war, wie der Verkäufer ihr vorgeschwärmt hatte. Die Fotos lud sie auf ihren Laptop und vergrößerte sie. Und tatsächlich konnte sie jetzt etwas erkennen, eine längere Zahlen- und Buchstabenkombination. Was sollte das heißen? Sie holte ihre Schmuckschachtel, doch keiner ihrer eigenen Ringe hatte so eine Gravur. In denen stand immer nur 333. Bestimmt hatte das alles nichts Besonderes zu bedeuten, aber ihre Neugier war nun einmal geweckt. Sie recherchierte ein wenig im Internet. Es dauerte eine ganze Weile, dann hatte sie endlich etwas. Die Art von Gravur, wie sie sich in dem Ring befand, wurde von Versicherungen verwendet, für besonders wertvolle Stücke. Wie kam dieser Teichwirt mit Schulden zu so einem Ring, und vor allem, warum wollte er ihn nicht schleunigst wiederhaben? Andrea ging zu Maikes Zimmer und öffnete vorsichtig die Tür. Maike schlief. Sie schnarchte ein bisschen, wie immer, wenn sie erkältet war. Andrea schloss leise die Tür, ging zurück und überlegte. Dann holte sie das Telefon, suchte die eingespeicherte Nummer der Biobauern und wählte. Nach dem zehnten Klingeln wollte Andrea schon auflegen, da meldete sich eine Frauenstimme. Das musste Irmi sein.

»Ja?«

»Hier spricht Andrea, ich bin die Schwester Ihrer Tanzlehrerin. Ich spreche doch mit Irmi, oder?«

»Ja.«

»Also, entschuldigen Sie die Störung und erst mal frohe Weihnachten. Ähm, ich rufe wegen dem Ring an. Sie wollen ihn doch bestimmt so schnell wie möglich wiederhaben. Der ist ja sehr wertvoll.«

Andrea lauschte, aber es kam keine Antwort. »Hallo?«, sagte sie deshalb noch einmal.

»Ich habe im Moment gar keine Zeit«, erwiderte die Frau. Ihre Stimme klang zittrig. »Wir melden uns bei Ihnen. Und«, die Stimme stockte, wurde dann aber etwas fester, »sagen Sie Ihrer Schwester Cordula einen schönen Gruß.«

Aufgelegt.

Andrea starrte das Telefon an. Cordula? Was sollte denn das?

Sie überlegte kurz, steckte dann den Ring ein, holte ihren Mantel, lief in die Küche, kramte im Müll nach der Tüte, in der der Karpfen verpackt gewesen war, schrieb die Adresse vom aufgeklebten Etikett ab, nahm ihre Autoschlüssel und zog die Wohnungstür leise hinter sich zu. Maike würde sie später anrufen, sie hatte jetzt keine

Zeit, einen langen Erklärungsbrief zu schreiben. Außerdem, wenn sie sich lächerlich machte, weil es für das alles eine völlig harmlose Erklärung gab, dann konnte sie ihren kleinen Ausflug auch ganz verschweigen. Aber hier war nichts harmlos, das spürte sie bis in die Knochen.

Zweimal musste sie umdrehen, weil sie sich verfahren hatte, aber dann kam sie an einen Feldweg, an dem ein handgemaltes Schild mit der Aufschrift *Biokarpfen frisch aus dem Weiher* den richtigen Weg zeigte. Vor dem Haus standen drei Autos, eins davon mit ausländischem Kennzeichen. Andrea zögerte. Die Bauersleute hatten wahrscheinlich einfach Weihnachtsbesuch und wollten ihre Ruhe haben. Vielleicht hatte Irmi zu viel Glühwein getrunken und Maike deshalb mit irgendeiner Cordula verwechselt. Also doch alles ganz harmlos. Und mit ihr war die Fantasie durchgegangen.

Aber wenn sie nun schon mal da war, konnte sie ja wenigstens den Ring abgeben und dann schnell wieder verschwinden. Sie stellte ihr Auto am Rand des Weges ab und lief zum Haus. Gerade wollte sie klingeln, da hörte sie ein lautes Scheppern, wie von einem umfallenden Stuhl, und eine Männerstimme rief: »Wo ist Schmuck?«

Andrea blieb wie erstarrt stehen und hielt den Atem an. Ganz leise ging sie von der Tür weg. Sie drückte sich gegen die Hauswand und spähte vorsichtig durch ein Fenster. Im Zimmer standen zwei Männer. Einer der beiden, mit Glatze und Militärjacke, hatte eine Pistole in der Hand. Er zielte Richtung Tisch, an dem eine Frau und weitere zwei Männer saßen. Die Frau und einer der Männer trugen Latzhosen und Gummistiefel, also wahrscheinlich Irmi und Rudi. Der andere Mann war sehr dick und platzte fast aus seinem Anzug. Er blutete an der Lippe und hatte einen hochroten Kopf. Andrea sah sich vorsichtig um. Ein paar Meter vom Haus entfernt stand ein Backofenhäuschen. Dort versteckte sie sich. Sie atmete tief durch. Wo war sie denn da wieder reingeraten? Wie ein normaler Weihnachtsbesuch sah das nicht aus. Aber diesmal würde sie nicht versuchen, die Heldin zu spielen, sondern gleich die Polizei anrufen. Sie holte ihr Handy aus der Daunenjacke. Ihre Hände zitterten. Sie wollte gerade wählen, da sah sie einen Mann um die Hausecke kommen, auch er hatte eine Pistole in der Hand. Schnell zog sie ihren Kopf zurück. Hatte er sie gesehen? Sie war sich nicht sicher. Andrea steckte schnell das Handy weg und griff nach dem Backschieber, der neben ihr lehnte. Sie hörte die Schritte immer näherkommen. Der Mann hatte wohl doch Verdacht geschöpft. Sie hob den Backschieber, und als der Typ um die Ecke kam, schlug sie zu. Der Mann sank vor ihr auf die Knie und stöhnte. Die Waffe hatte er fallen lassen. Andrea bückte sich schnell, um sie an sich zu nehmen, da riss sie jemand grob herum. Dann wurde es ihr schwarz vor den Augen.

Maike wachte auf, weil ihr Handy brummte. Das Schlafen hatte ihr gutgetan, sie fühlte sich besser, zumindest hatte sie keine Kopfschmerzen mehr. Sie nahm das Telefon vom Nachtkästchen und schaute aufs Display. Andrea. Sie hatte gar nicht gemerkt, dass Andrea weggegangen war. Wahrscheinlich wollte sie wissen, wie es ihr ging.

»Hallo, Andrea, wo bist du denn?«

Keine Antwort. »Andrea?«

Maike wollte schon wieder auflegen, da hörte sie Stimmen, fremde Stimmen.

»Zum letzten Mal: Wo ist Schmuck?«, sagte eine Stimme mit deutlichem Akzent.

Eine andere Stimme, ebenfalls ein Mann, antwortete. »Ich habe doch gesagt, Rudi hat ihn für mich versteckt. Damit ihn diese Versicherungsschnüffler nicht entdecken. Wenn ihr euch nicht so blöd angestellt hättet bei dem Einbruch, hätten die nie Verdacht geschöpft.«

»Schnauze!« Wieder die erste Stimme. »Du da, wo ist das Zeug?«

»Im Karpfenteich.« Maike hielt die Luft an. Das war eindeutig Rudi.

»Dann wir gehen jetzt fischen. Und keine Tricks, sonst es geht euch wie dem Schnüffler, den die Kleine hat k. o. geschlagen. He, Kleine, was fummelst du da in Tasche?«

Kleine! Das musste Andrea sein! Maike horchte weiter – nichts. »Verdammt!« Sie wählte 110. Vor Aufregung ließ sie das Handy fallen. Und dann dauerte es eine Weile, bis sie der Polizistin alles erklärt hatte, aber die versprach, sofort einen Streifenwagen vorbeizuschicken.

Maike zog sich blitzschnell an und fuhr ebenfalls los. Sie konnte schließlich nicht einfach zu Hause bleiben und Däumchen drehen, während Andrea in Gefahr war.

»Los! Mach schnell!«

Der glatzköpfige Kerl fuchtelte mit der Pistole herum, während Andrea und der Versicherungsdetektiv im Schlamm des hüfttiefen Weihers wühlten. Bei zwei Grad über Null.

»Ihr müsst mehr in der Mitte suchen!«, rief Rudi und deutete nach vorne. »Au!«, rief Irmi, denn die Gangster hatten sie und Rudi mit Kabelbinder aneinandergefesselt. Der Juwelier saß am Boden, ebenfalls gefesselt. Daneben stand der zweite Gauner und betrachtete den protzigen Ring, den er Andrea abgenommen hatte.

»Es ist ein kleiner Jutesack. Wahrscheinlich ist er aufgegangen, sonst hätte der Karpfen den Ring nicht erwischt«, rief Rudi.

»Ich glaube, ich habe etwas«, sagte der Versicherungsdetektiv. »Es steckt aber fest.«

Andrea zitterte am ganzen Körper. Und das nicht nur wegen der Kälte. Würden die Kerle sie laufen lassen, wenn sie hatten, was sie wollten? Hoffentlich hatte der Trick mit dem Handy funktioniert. Sie watete zu dem Detektiv und tastete ebenfalls am Boden herum. Da spürte sie etwas Glitschiges. Ein Karpfen? Vielleicht könnte man den ... Sie warf einen Blick zu Irmi und Rudi. Die Gangster standen jetzt beide dicht am Rand des Weihers und beobachteten den Detektiv. Da kam Andrea eine Idee. Maike übte manchmal mit ihr die Figuren, die sie in der Tanzstunde durchnahm. Hoffentlich hatten die beiden Teichwirte denselben Kurs besucht.

»Irmi und Rudi«, rief sie. »Ihr kennt doch den Paso Doble?«

Die beiden sahen Andrea ziemlich verdattert an. Die deutete mit dem Kopf auf die Gangster. Da begriffen sie und nickten. Auch der Detektiv hatte das mitbekommen. Er zwinkerte Andrea zu. Die nahm ihren ganzen Mut zusammen und rief: »Jetzt!«

Sie packte den Karpfen und warf ihn in Richtung der Gangster. Der Versicherungsdetektiv schleuderte den Sack, der keineswegs festgesteckt hatte, ebenfalls auf die beiden. Gleichzeitig machten Irmi und Rudi eine Drehung, schlugen dem ersten Gangster ihre zusammengefesselten Hände in den Rücken, sodass dieser das Gleichgewicht verlor und hinfiel. Seine Pistole landete im Matsch. Bevor der andere Gangster reagieren konnte, machten sie einen eleganten Sidestep und stießen ihn in den Weiher. Sofort stürzte sich der Versicherungsdetektiv auf ihn. Rudi nahm die Pistole des ersten Gangsters an sich, bevor der sich aufrappeln konnte, und hielt ihn damit in Schach. Schließlich hatte der Detektiv seinen Gegner im Polizeigriff und bugsierte ihn ans Ufer. Dann nahm er die Pistole an sich.

»G-g-g-gut gemacht!«, sagte er zitternd. »Das werde ich in meinem Bericht erwähnen. Dann kommen Sie glimpflich davon. Im Gegensatz zu Ihrem Juwelierfreund.« Er deutete auf den Dicken, der vergeblich versuchte, seinen massigen Körper hochzubekommen. »J-j-jetzt aber erst mal ab ins Warme.«

Maike fand kaum Platz, ihr Auto abzustellen, so voll war der Hof mit Polizei, Feuerwehr und Rettungswagen. Ein Notarzt sprang gerade aus seinem Auto und rannte zum Haus. Ihr wurde flau im Magen.

»Andrea!«, schrie sie und stürmte ins Haus, bevor sie der Polizist an der Tür aufhalten konnte.

»Hallo, schön, dass du auch kommst«, sagte eine in eine Decke eingehüllte Andrea, die in einem gemütlichen Lehnstuhl direkt neben dem Kachelofen saß. »Weißt du was? Nächstes Jahr gibt es an Weihnachten eine Gans.«

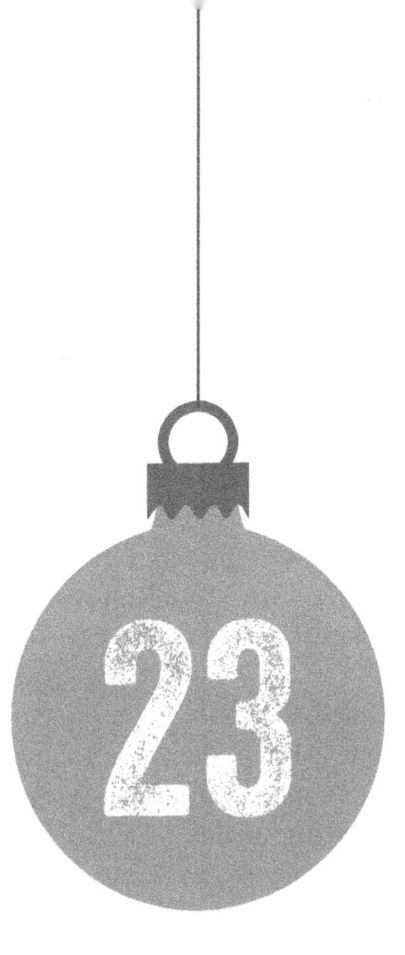

TESSA KORBER
STATISTIK

Lisa und Matthias saßen am Frühstückstisch. »Hör dir das an«, sagte er, die Zeitung vor dem Gesicht. »Es ist statistisch erwiesen, dass im Advent die Bereitschaft zum Fremdgehen um dreißig Prozent steigt.«

»Ach«, sagte sie. »Und ich dachte, Weihnachten ist das Fest der häuslichen Gewalt. War das nicht so, dass die Zahl der handgreiflichen Familienauseinandersetzungen an Heiligabend signifikant ansteigt?«

»Das verwechselst du mit den Oberschenkelhalsbrüchen.«

»Richtig, weil die alten Leute bei Glatteis zur Mitternachtsmette gehen.« Sie lachte und nahm sich noch etwas von der Orangenmarmelade. Sie musste neue kaufen, notierte sie im Kopf. Für die Vanille-Orangen-Plätzchen würde sie noch welche brauchen.

»Aber es würde doch passen«, sagte er. »Erst wird auf einer Weihnachtsfeier fremdgegangen, dann unterm Tannenbaum fliegen die Fetzen.«

»Ach so, ja, die Weihnachtsfeiern.« Sie biss von ihrem Toast ab und kaute. Und schluckte. »Bei Advent denkt man ja zuerst an Backen und leuchtende Kinderaugen und Geschenkeverpacken. Aber natürlich, die Weihnachtsfeiern. Wann war eure noch mal?« Sie fragte es unlustig. Matthias' Firma legte den Termin ihrer Feiern immer ziemlich spät, sodass sie jedes Jahr alleine damit beschäftigt war, die ganzen Päckchen für die Verwandtschaft einzuwickeln und zu beschriften. Lisa fand das im Grunde rücksichtslos. Zwei Tage vor Heiligabend hatte man doch abends weiß Gott anderes zu tun, als im Büro rumzustehen und beim Glühwein Konversation zu betreiben. Weihnachtskarten, fiel es ihr ein. Sie mussten noch die Karten schreiben und aufgeben. Wieder ein Abend futsch.

»Weißt du doch, am 22.« Er faltete die Zeitschrift zusammen. »Also wenn ich so nachdenke, mit wem ich bei uns auf der Feier fremdgehen sollte ...« Er machte ein hilfloses Gesicht.

Auch Lisa musste lachen. »Na, bestimmt nicht mit der Westermann.« Sie schüttelte sich. »Oder denk nur an die Beyerlein.«

»Wie wäre es mit der alten Dame aus dem Archiv?« Auch Matthias lachte.

Eine Weile frühstückten sie schweigend. Es war Samstag. Auf sie warteten ein paar aufreibende Stunden im Einkaufszentrum. Playstation-Spiele für Matthias' drei Neffen. Was Nettes für die Schwiegermutter. Für die Väter würden sie sich etwas einfallen lassen müssen, da zeigte ihre Liste Fragezeichen. Und die Kleinigkeiten für alle Freunde, von denen sie ihrerseits Geschenke erwarteten. Sie würden Geschenkpapier brauchen, Band, Anhänger. Nicht zu vergessen die Flaschenpräsenttüten. Dann die neue Baumdeko. Dieses Jahr sollte es Violett und Silber sein, hatte Lisa sich vorgenommen. Und am Schluss die Lebensmittelabteilung. Herrgott, da würden sich wieder alle aufführen, als drohe eine Zombieapokalypse und als wäre es die letzte Gelegenheit zum Plündern. Letztes Jahr waren sie fünfmal über die Parkdecks gekurvt, und Matthias hatte sich fast mit einem BMW-Fahrer geprügelt, der ihnen ihre Lücke wegschnappen wollte. »Wir sollten los, bevor es gar keine Parkplätze mehr gibt. Matthias? He!« Sie nahm die Zeitung und schlug ihm spielerisch auf die Schulter. »Schluss mit dem Grübeln. Denkst du gerade nach, mit wem sich das Fremdgehen lohnt?«

»Wenn das Grübeln nur helfen würde«, sagte er mit komischem Seufzen. Im Stehen stürzte er den letzten Schluck Kaffee hinunter. »Stellen wir uns dem Wahnsinn.« Gut gelaunt brachen sie auf.

Die nächsten Tage im Büro waren für Matthias eine interessante Erfahrung. Zum ersten Mal fiel ihm auf, wie viele Frauen bei ihnen arbeiteten. Das heißt, die einzelnen Damen, die er natürlich kannte, fielen ihm erstmals als Frauen ins Auge. Und er musste zugeben, je länger man sie betrachtete, desto mehr gewannen sie. Als Frauen. Man sollte ja auch nicht so gnadenlos kritisch sein. Hatten wir nicht alle Nachsicht verdient, gerade an Weihnachten?

Im Grunde war es höchst ungerecht, sich über Frau Westermann, die im Übrigen Monika hieß, lustig zu machen, nur weil ihr Gebiss ein wenig vorstand und sie diese hängenden Schultern hatte. Dafür waren ihre Beine bemerkenswert lang und schlank, hatte er festgestellt. Und ihr Humor war nun wirklich eine Freude. Im Grunde mochten sie alle Monika. Und mit der richtigen Frisur ...

Die Beyerlein, nun ja, die war fett, da half nichts. Aber ihr Gesicht war hübsch. Und gab es da nicht diese Bilder von dicken Frauen von diesem Südamerikaner, diesem Botero? Da sahen die alle auf einmal ganz gut aus. Und natürlich Rubens. In einem anderen Zeitalter wäre Gabriele Beyerlein womöglich eine umschwärmte Schönheit gewesen. Und mal ganz ehrlich: Schlank sah ja gut aus. Aber rein taktil, also, wenn es zur Sache ging, da war es doch ganz nett, wenn eine Frau sich weich anfühlte. Tatsächlich stellte Matthias fest, dass er ganz persönlich ein Typ war, der es schätzte, dass Frauenfleisch auf so eine gewisse, genau bemessene Weise nachgab, so man es packte. Die Wortwahl seiner Gedanken veranlasste ihn, für einen Moment die Toilette aufzusuchen. Auf dem Weg dorthin begegnete ihm die Praktikantin, Annalena Schmidt. Sie hatte langes, seidenweiches Haar, das beim Gehen über ihrem Hintern schwang, und eine tolle Haut. Wie das eben so war mit achtzehn. Natürlich war das Gesicht nichtssagend, völlig nichtssagend, beeilte Matthias sich, festzustellen. So leer wie ihre Seele vermutlich. Was hatte so ein junges Ding schon erlebt? Das eine oder andere fiel ihm ein, als er die Kabinentür hinter sich schloss. Gerade noch rechtzeitig gelang es ihm, Lisas Kopf auf die ganze Sache zu setzen. Als er fünf Minuten später wieder an seinem Platz saß, war er stolz darauf, für die Erotik junger Frauen nicht empfänglich zu sein.

»Nein, Mama, nein, es gibt keine Wiener mit Kartoffelsalat.« Lisa lauschte genervt in den Hörer. »Weil ich Wiener nicht mal an normalen Tagen leiden kann, darum.« Für den folgenden Sermon nahm sie den Hörer ein Stück weg vom Ohr. Mit der anderen Hand rührte sie den Teig in der Schüssel um, die sie vergeblich zwischen Hüfte und Ellenbogen einzuklemmen versuchte. »Mama, ich muss Schluss machen. Ich ruf dich wieder an. Nein, sechzehn Uhr ist nicht zu früh. Wir wollen doch noch den Glühwein zusammen trinken. Du weißt ja, Matthias'

Vater besteht darauf, sein Rezept selbst zuzubereiten.«
Wie jedes Jahr wäre er danach zu betrunken, um mit in die Andacht zu gehen, was Matthias und ihr Vater als Ausrede benutzen würden, um ebenfalls fernzubleiben. Und weiter zu trinken. Während sie vorgeben würde, das Krippenspiel reizend zu finden. Kinder in schlecht genähten Vorhängen. Lisa fragte sich, ob es ihr mit siebzig dann auch gelingen würde, darüber feuchte Augen zu bekommen. Oder ob die alten Damen alle aus anderen Gründen weinten. Zum Beispiel aus Angst vor den Oberschenkelhalsbrüchen. »Ja, Mama, ciao, Mama. Ade.«

Endlich. Die Schüssel entglitt ihr und verspritzte ihren Inhalt gegen die Wandkacheln. Aus dem Backofen roch es grenzwertig aromatisch. Lisa fluchte. Wenn sie das hinter sich hatte, musste sie die Gästetoilette putzen und die Lichterketten aus dem Keller holen, damit Matthias sie irgendwie um den Baum wickelte. Dann noch einmal in den Supermarkt, für die vergessenen fünf Artikel und damit sie Matthias' Fluchen nicht hörte. Danach würde er sich dann auf seine Weihnachtsfeier verpissen, und sie würde sich mit dem Adressbuch und dem viel zu hohen Stapel Karten hinsetzen, um endlich die Weihnachtspost zu erledigen, die wie jedes Jahr zu spät dran war, zu spät, zu spät. Vermutlich würde das keinen stören, außer ihrer Tante Hildegard, die jährlich schon an Nikolaus einen fünfseitigen Brief versandte, der unweigerlich begann mit »Ihr Lieben, und wieder einmal ...« Danach, falls Matthias noch nicht da war, würde sie sich den Spätfilm ansehen und doch schon mit den Päckchen anfangen. Sie hatten zwar besprochen, das diesmal auf den letzten Drücker zu erledigen, damit er wenigstens mitbekam, wem sie was schenkten. Aber morgen gab es noch so viel zu erledigen, dass es vermutlich besser war, wenn sie schon einmal anfing.

»Und wieder einmal«, seufzte sie und setzte sich an den Schreibtisch. *Adamski* lautete die erste Adresse in ihrem Buch. Waren die nicht inzwischen geschieden? Besser vermutlich, sie schickte beiden je eine SMS auf ihr Handy. Und Häkchen dran.

Matthias schlich durch die Räume. Er nickte im Takt zu der dröhnenden Musik und lächelte, wenn er jemandes Blick auffing. Party-Small-Talk war nicht seine Stärke, die Leute waren auch alle ein wenig schlicht gestrickt, kaum Akademiker dabei, da musste man sich nach zehn Jahren Uni erst mal dran gewöhnen. Ohnehin war es viel zu laut, um sich zu unterhalten. Er suchte sich, immer weiter wie ein gutmütiges Tier vor sich hin nickend, einen Platz an der Wand, um das Treiben zu beobachten. Immer noch besser als Geschenke einwickeln, sagte er sich. Er hasste es, mit Tesafilm und Geschenkpapier herumzuhantieren. Ohnehin waren all diese Dinge, die sie da einwickelten, Sachen, die Lisa für andere Leute besorgt hatte. Sicher war es das Passende, er kannte sich da nicht aus. Er selber mochte keine Geschenke. Sie hatten irgendwie so einen Aufforderungscharakter. Trag mich, verlangten die Hemden. Lies mich, schrien die Bücher. Und mach was aus mir. Riech nach mir und sei wie ich, forderten die Rasierwasser, die er eh immer vergaß. Gar nicht zu reden von den Gutscheinen für das Fitnessstudio. Er zog seine Ruhe vor. So wie jetzt.

Da war der Chef. Natürlich im Mittelpunkt. Und an seiner Seite die Westermann. Hätte er gar nicht gedacht, dass die so eng waren. Aber sie sah auch echt nicht schlecht aus in dem engen Rock mit den Pailletten. Billig zwar, aber es passte irgendwie zur Beleuchtung. Weihnachten war halt nur einmal im Jahr. Eben setzte sie dem Direktor eine Weihnachtsmannmütze auf und küsste ihn auf die Wange. Er hielt sie fest, damit sie nicht umfiel auf den hochhackigen Schuhen, vielleicht ein wenig zu tief in der Taille. Matthias dachte an die Frau vom Chef, die gerade schwanger mit dem zweiten Kind und deshalb zu Hause geblieben war, und nippte an seinem Glas. Da hinten in der Ecke wurde schrill gelacht. Hoch und brünstig, wie Lisa sagen würde. Besser vielleicht, er ginge mal ans Buffet.

Die Schnittchen waren geplündert, aber Bowle gab es genug, in die der zweite Buchhalter eben augenzwinkernd eine Flasche Wodka kippte. Die Raucher verabschiedeten sich nach draußen. Pärchenweise, von Pfiffen und guten Wünschen begleitet. Matthias verzog sich aufs Klo, war sich aber nicht sicher, wie er die Geräusche hinter der zweiten Kabinentür von links zu deuten hatte. Jetzt, wo er hinschaute, schien es ihm, als hätte der Zeitungsartikel recht. Die ganze Feier war von Hormonen durchzittert. Ja, war er denn der Einzige, der hier nur ein Schlückchen trinken wollte? Die Tür ging auf, und zu seiner Erleichterung kam lediglich Müller von der Logistik heraus, alleine. Er kam herüber, stellte sich neben ihn ans Waschbecken und fragte, sich energisch die Hände befeuchtend: »Toller Abend, was?«

Matthias nickte. Schon wieder. »Hmm.« Er kam sich blöd vor. »Haben Sie die Praktikantin irgendwo gesehen?«, fragte er. »Ich meine nur, weil ich, wegen des Projektes ...« Die Worte wollten sich nicht so recht sortieren. Mit einem Mal merkte er, dass er nicht mehr ganz nüchtern war.

Müller lachte. »Die Annalena? Da müssen Sie früher aufstehen, mein Freund.« Mit einem dröhnenden Lachen ging er aus dem Waschraum.

Matthias fühlte sich leise beleidigt. Früher aufstehen. Er. Dabei war er der Einzige hier, der noch über volles Haupthaar verfügte. Sogar der Computerfuzzi, und der kam frisch von der Uni, hatte schon Geheimratsecken, aber so was von. Er fuhr sich mit der Hand über die Schläfen und ging forschen Schrittes hinaus. An der Hintertür die Raucher, frierend in tapferer Gemeinschaft. Huber starrte der Ehrlich auf die Gänsehauttitten. In den Mantelbergen an der Garderobe wühlte jemand umeinander. Kichern verriet, dass derjenige wohl nicht seinen Geldbeutel suchte. Aus dem nahen Festsaal platzten, als die Tür aufging, Lärm und Gelächter heraus. Die Anlage spielte *Hurry Down the Chimney Tonight*. Die Westermann tanzte dazu, von der Meute beklatscht. Matthias schaute sich um. Dann auf die Uhr. Es ging auf Mitternacht. Vielleicht sollte er nach Hause gehen.

Lisa schaltete den Fernseher aus. Sie hatte den Film schon gekannt. An Weihnachten war es mit den Wiederholungen noch schlimmer als sonst. Und die Werbepausen waren noch länger. Sie rieb sich den Rücken und musterte den Geschenkeberg. Alles in trockenen Tüchern. Allerdings hatte sie den grünen Salat vergessen. Und die Zitronen für die Bowle würden nicht reichen. Es wäre eine Katastrophe, wenn Eberhardt, ihr Schwiegervater, keine Zitronen vorfände für sein traditionelles Rezept. Die Kerzen für den Baum passten nicht in die Halter, da musste sie auch noch mal nachfassen. Und natürlich das Baguette, das musste bis spätestens zwölf beim Bäcker abgeholt werden. Vielleicht könnte sie Matthias schicken, wenn er nicht zu spät kam. Sie lauschte auf die Schläge der Standuhr. Schon eins. Wie lange konnte so eine fade Bürofeier denn dauern?

Sie machte sich fürs Bett zurecht. Lange betrachtete sie ihr abgeschminktes, gepeeltes und eingefettetes Gesicht im Spiegel. Die Nacht vor Weihnachten. Dem Fest der Liebe. Sie war jung und schlank. Sie trug ein Satinnachthemd. Und sie lag alleine im Bett. Wie jedes Jahr. Nun, bis zwei würde sie noch warten.

Als sie ins Bett stieg, fiel ihr Blick auf das Telefon. Anrufen konnte sie ja mal. Nach dem zwanzigsten Klingeln legte sie auf. Niemand ging ran. War die Feier nicht im Büro? Hatte sie sich vertan? Sie schüttelte den Kopf, nahm ein Buch zur Hand und schlief drüber ein. Als sie aufwachte, war es drei. Matthias' Bett war unberührt. Lisa geriet in Panik. Sie stand auf und ging auf und ab. Erst scheute sie sich, etwas zu unternehmen, damit ihre Sorgen nicht greifbar würden. Aber für das hier gab es keine beruhigende Erklärung mehr. Eine muffige kleine Autozuliefererfirma mit einem Altersschnitt von sechzig, Kerzen und Plätzchen. Nichts davon konnte einen Mann wie Matthias so lange aufhalten. Morgen war ihr traditioneller Brunch im Bett. Er liebte den Brunch im Bett!

Sie nahm sich ein Herz und versuchte es bei einem Kollegen, den sie kannte. Niemand ging ran. Dann, als wäre der Bann gebrochen, rief sie in allen drei Krankenhäusern der Stadt an. Und weil sie schon dabei war, auch bei der Polizei. Keine Spur von Matthias.

Eine Stunde später, die sie sekundenweise abgesessen hatte, in der Wohnung auf und ab tigernd wie ein gefangenes Tier, über die Geschenke streichelnd, die sie ihm hatte machen wollen, die schöne Seidenkrawatte, das Buch über Freeclimbing, von dem er neulich mal erwähnte, dass es ihn interessierte, das noble Deo, das er vielleicht nie mehr tragen würde, klingelte es an der Tür. Exakt in dem Moment, als sie glaubte, dass es nie mehr geschehen würde. Es war Matthias.

Er war zu betrunken, um alles so schnell zu erfassen, wie es über ihn hereinbrach: die Tränen, die Fragen, die Aufzählung all der Dinge, die sie unternommen, all der Fragen, die sie sich gestellt, der Ängste, die sie ausgestanden hatte. Und dann natürlich: Wo warst du? Warum kommst du so spät? Und wieso, wieso, wieso nur hast du nicht angerufen?

Seine Zunge war schwer. Er wollte sich setzen. Sie war hübsch, vor allem mit den verweinten Augen. Lisa war eine von den Frauen, denen Tränen standen. Sie roch gut. Er nahm sie in den Arm. Gott sei Dank, er war zu Hause. Sie weinte an seiner Schulter hemmungslos, während er versuchte, ihr klar zu machen, wie man immer dachte, man ginge ja gleich, sodass das Anrufen sich nicht lohne. Und dann kam dies, dann kam das. Auf einmal war es spät.

»Und da«, sagte er und musste rülpsen, »hab ich die Beyerlein noch heimgebracht. Wir hatten beide zu viel getrunken, Taxis gab es keine. Und ich konnte sie ja nicht alleine. Bis in die Siedlung raus. Und da hat sie mich noch reingebeten auf einen Sekt.«

»Reingebeten?«, unterbrach sie ihn.

»Ja, und dann bin ich heim. Und dabei hab ich mich auch noch verirrt. Du weißt schon, der Waldstreifen hinter der Siedlung. Der macht immer diesen«, er deutete es mit einer Bewegung an und unterdrückte ein weiteres Rülpsen, »Knick.«

Dann hielt er inne, saß nur da. Sein Kopf hing leicht vorneüber. Ihm schien, als nicke er noch immer im Takt der Musik, die in seinen Ohren nach wie vor dröhnte. Verirrt, dachte er, soweit er zum Denken in der Lage war. Und wie er sich verirrt hatte. Bei der Beyerlein. Insofern war er strikt bei der Wahrheit geblieben. Und dann hatte sie ihn nicht mal rangelassen, die blöde alte Kuh. Er starrte seine Frau aus trüben Augen an und verstand es nicht. Wie hatte er auch nur sekundenweise die fette Schlampe vorziehen können. Sicher, weich war sie gewesen. Aber die ganze Mühe. Und dann noch der Fußmarsch. Er war ein Idiot. Aber jetzt war er daheim. Schwamm drüber. Erneut drückte er Lisa an sich.

Die hielt ihn ein wenig nachdenklich in den Armen. Das war alles recht seltsam. Aber das hier war Matthias. Frau Beyerlein, war, du liebe Zeit, eine übergewichtige Fünfzigerin mit hennagefärbten Haaren, so etwas kam in ihrer Welt gar nicht vor. Unvorstellbar das Ganze. Sie fühlte den Satin auf ihrer Haut. Sie war dreißig und bestens in Form. Und was mehr zählte: Sie liebte ihren Mann. Ihre Beziehung war etwas Besonderes. Anders als die Welt da draußen. Deshalb machte sie sich ja die ganze Mühe mit Weihnachten und überhaupt. Nicht etwa aus Konvention. Es sah vielleicht so aus, aber das war rein äußerlich.

Und hatte er ihr die ganze Geschichte, diese nun wirklich komische Geschichte, nicht komplett freiwillig erzählt? Er hätte die Beyerlein ja nicht mal erwähnen müssen, oder dass er mit drinnen war. Nein, so etwas dachte man sich nicht aus, dafür war es zu dämlich. Schon gar nicht als Entschuldigung. Denn dafür taugte es ja nun sichtlich nicht. Also war es keine ausgedachte Entschuldigung, es war die Wahrheit. Lisa lachte erleichtert. All ihre Zärtlichkeit kehrte mit einem Schlag zurück. Sie streichelte Matthias so innig, wie sie gerade die Geschenkpäckchen für den Totgeglaubten gestreichelt hatte. »Na komm, dann werden wir dich mal ins Bett bringen.«

Matthias ließ sich bemuttern. Nach der Scheißmusik, der Scheißbowle, dem Sofa von der Beyerlein und dem Scheißwald war das hier der Himmel. Hier würde er bleiben.

Lisa erwachte zu ihrem eigenen Erstaunen mit dem folgenden seltsamen Gedanken: Matthias' Geschichte war hanebüchen. Aber war sie deshalb wahr? War ihre völlige Unglaubwürdigkeit als Entschuldigung wirklich der beste Beweis für ihre Glaubwürdigkeit? »Du?«, fragte sie, als sie den Brunch auftrug. »Wegen gestern Abend.«

Matthias war ohnehin schlechter Laune. Er konnte Essen im Bett nicht ausstehen. Er blieb morgens nicht gerne länger liegen als nötig, und schon gar nicht, um die Laken vollzukrümeln. Andere Leute taten das auch nicht, schon gar nicht an Weihnachten. Aber Lisa musste ja immer alles anders machen als die anderen. »Ach lass doch«, sagte er, »das ist doch geklärt. Es war dämlich von mir. Ich wär dankbar, wenn du nicht noch darauf herumreiten würdest.« Er ging ins Bad.

Das Telefon klingelte; es war die Metzgerei, die in letzter Minute fragte, ob das vorbestellte Fonduefleisch auch zu zwei Dritteln aus Schwein bestehen dürfe. Er hörte, wie Lisa rief »Ich komme sofort vorbei«. Gerettet für den Moment. Er schaute in den Spiegel und sagte sich, dass er ein schönes Bad besaß, eine schöne Frau und ein gemütliches Leben. Er war ein Idiot. Aber er würde etwas dagegen unternehmen. »Ich mach das«, sagte er, als er frisch geduscht und einparfümiert in die Küche kam, und nahm ihr den Einkaufszettel aus der Hand. Es war ein spontaner Entschluss. Außerdem hatte er noch kein Weihnachtsgeschenk für sie. Und irgendwie hatte er das Gefühl, dass es dieses Jahr mehr sein musste als etwas aus der Parfumabteilung des Müller-Marktes. Als sein Blick auf den Zettel fiel, runzelte er die Stirn und wurde unsicher. »Erklär's mir noch mal«, verlangte er.

Lisa war erleichtert, als er aus der Tür war. Sie hatte das Wohnzimmer noch nicht gesaugt, das vom Reinschleppen des Baumes voller Nadeln war. Und sie schmückte den Baum ganz gern alleine. Sollte er dieses Mal die Lichter später anbringen. Sie würde in die Küche flüchten, um sein Fluchen nicht zu hören. Er war komisch gewesen heute Morgen, aber auch lieb. Und er hatte ja recht, er fühlte sich wie ein Depp, und sie hackte noch drauf rum. Vermutlich war es das Beste für sein Selbstwertgefühl, wenn sie die dumme Sache nicht mehr ansprach.

Gut gelaunt stellte sie das Radio an. Weihnachten war die einzige Zeit des Jahres, in der sie das tat und klaglos all die tausendmal gehörten Songs durchdudeln ließ. Man durfte nur nicht den Fehler machen, die Musiksender schon in der Adventszeit anzustellen. So war *Hurry Down the Chimney Tonight* noch taufrisch und witzig. Sie bewegte sich dazu sexy wie ein Monroe-Imitat und warf Lametta und Kusshände auf den Baum. Sie war auf dem besten Weg, den gestrigen Abend zu vergessen. Da klingelte das Telefon.

Es war Frau Beyerlein. Sie wollte wissen, ob Matthias nach dem Fest noch gut nach Hause gekommen sei. »Bei mir hat er ja doch sehr gewankt, als er aufbrach, da macht man sich Gedanken.« Aber gut gelaunt sei er gewesen. Und o lala. Aber Lisa solle sich keine Sorgen machen. Sie habe seine Avancen natürlich keinen Moment ernst genommen. Weihnachtsfeiern eben. In ihrer Stimme schwangen gute Laune und eine Menge Restalkohol mit. »Hat er's denn überstanden?«

»Blödsinn«, sagte Lisa scharf. »Mein Mann hat nur aus Mitgefühl noch einen Sekt angenommen. Damit Sie sich nicht abgelehnt fühlen.«

Aus dem Hörer drang Gelächter. »Mitgefühl sieht anders aus«, sagte Frau Beyerlein. Jetzt war auch sie wütend.

»Hören Sie mal.«

»Einen Sekt hat er schon gekriegt, aber dann hab ich ihn rausgeworfen, Ihren Mann.« Sie betonte das letzte Wort. »Frohe Weihnachten noch.« Das Gespräch war beendet.

Lisa drückte den Knopf, um das Tuten zum Verstummen zu bringen. Sie sank auf ihre weiße Ledercouch. Sie versuchte, sich die Szene vorzustellen. Matthias auf dem Sofa dieser Frau, das vermutlich geblümt war. Oder mit irgendetwas Abwaschbarem bezogen. In Apricot. Sein angetrunken-geiler Blick. Sie kannte ihn. So hatte er sie angesehen, auf der Feier im Keller des Studentenheimes damals, wo sie sich kennengelernt hatten. Sie dachte, er würde nur sie so ansehen. Und weil der Anblick lohnte, Himmel! Hatte er die Beyerlein angefasst? Hatte es Küsse gegeben, feuchte Kussversuche? Hatte er ihr an die Titten gefasst? Sie hielt inne, schockiert davon, dass sie zum ersten Mal im Leben, wenn auch nur in Gedanken, dieses erniedrigende Wort ausgesprochen hatte: Titten. So weit war sie schon. Ihr Herz klopfte. Ihr war schwindelig. Irgendwann ließ die Aufregung nach. Es war nichts passiert, sagte sie sich. Nichts war geschehen. Matthias hatte keinen Sex mit der Frau gehabt. Dennoch wurde Lisa nicht ruhiger.

Sie überlegte, ob sie ihre Mutter anrufen sollte. Damit die ihr sagte, dass alle Männer gleich wären? Dass es früher oder später jeden träfe? Na danke. Die Wut kam zurück bei dem Gedanken. Sollte sie sich also damit abfinden, mit einem untreuen Mann? Lisa nahm die Spitze des Weihnachtsbaumes, ein graziles, höchst kitschiges Kunstwerk aus Glas und Glitter, und zerbrach es in ihrer Hand. Trotzdem hatte sie das Gefühl, noch nicht zum Kern ihres Zornes vorgestoßen zu sein.

Matthias schlenderte durch die Fußgängerzone. Er hatte die Einkäufe besorgt, mit dem guten, sauberen Gefühl, mit dieser Strafarbeit seine Schuld abgedient zu haben. Jetzt suchte er nach einer Inspiration für das Geschenk, das alles entscheidende, das Lisa-Präsent. Wie lange dauerte ihre Beziehung nun schon, sieben Jahre? In den ersten Jahren war ihm das Schenken nicht schwergefallen, er hatte über sich selber gestaunt. In den letzten Jahren allerdings war die Sache irgendwie zäher geworden. Er hatte das Gefühl, sich leer geschenkt zu haben. Oder lag es daran, dass Lisa inzwischen alles hatte, was sie brauchte? Oder stagnierte ihre Beziehung? Jedenfalls war der Spaß weg.

Aber der Spaß sollte wiederkommen. Da war Matthias sich mit einem Mal sicher. Meine Güte, die Frau hatte geweint! Um ihn! Weil sie dachte, es sei ihm etwas zugestoßen! Er hatte doch wirklich Glück. Er hatte jemandem, dem er wirklich am Herzen lag. Und der verdammt gut für ihn sorgte. Ihre Plätzchen waren jedenfalls 1 a. Wie gut hatte es getan, nach der ganzen peinlichen Angelegenheit in ihren Armen zu liegen.

Nein, Matthias hatte seinen Entschluss gefasst. Das gestern war eine dumme und lächerliche Idee gewesen. Ein Glück, dass niemand ihn gesehen hatte. Das würde er vergessen, ganz schnell. Und sein Leben auf eine ganz neue Ebene heben. Er blieb vor einem Juwelierladen stehen. Ein Ring, das war es. Der Ring. Er würde Lisa einen Antrag machen. An Weihnachten. Unter dem Baum. Vor ihrer beider Eltern. Romantischer und ernsthafter zugleich ginge es ja wohl kaum. Lisa würde strahlen vor Glück. Auf Glück legte sie ja sehr viel Wert.

Mehr als zufrieden mit sich stieß Matthias die Ladentür auf.

Zwei Stunden später war Lisa in ihren Überlegungen immer noch nicht weiter und ihre Wut nicht verraucht. Die Christbaumkugeln lagen, von ihrer Hand geschleudert, alle zerbrochen im Kaminofen. Das Fleisch hatte sie gegen die Wand geklatscht, wo es, rosafarbene Blutspuren hinterlassend, die Raufastertapete hinunterrutschte. Die Pakete waren ein Berg zerfetzten Papiers. Langsam bekam Lisa das Gefühl, übertrieben zu haben. Gab es nicht auch die christliche Vergebung?

Und trotzdem bohrte da etwas in ihr und nagte. Schließlich ging sie ins Schlafzimmer, zog ihren Koffer vom Schrank und begann, ihn mit Kleidern, Schmuck und Büchern vollzustopfen. Es konnte ja nicht so schwer sein, an Heiligabend ein Hotelzimmer zu bekommen.

Wo doch alle daheim bei ihren Liebsten hockten. Sie würde gehen, ja, sie würde ihn verlassen. Diesen Fremdgänger. Nur einmal, flüsterte eine Stimme in ihr Ohr. Völlig betrunken, und nicht mal richtig.

»Dann eben Möchtegernfremdgänger«, sagte sie laut, nahm den Koffer auf und ging zur Tür. War es der Klang ihrer Stimme? Oder lag es an der noch weiter wachsenden Wut über das schwere Teil in ihrer Hand, das sie bis an die Grenze ihrer Kraft brachte? Mit einem Mal wusste Lisa, was es war, das sie störte. Und warum sie gehen musste: Ihr Mann war jung und klug und willig gewesen. Und trotzdem hatte diese alte, fette Frau ihn zurückgewiesen. Weil sie nicht wollte. Das war die Wahrheit. Die Beyerlein hatte etwas erkannt, das sie selbst schon immer geahnt, aber verdrängt hatte: Matthias war ein Ladenhüter. Nicht mal die Sekretärin wollte ihn. Wieso sollte dann sie ihn behalten?

Im vollen Furor dieser Erkenntnis, geblendet vom Glanz der Wahrheit, die ihr auf einmal heller zu leuchten schien als jeder Weihnachtsstern, riss sie die Tür auf.

Und stieß frontal gegen Matthias, der auf Freiersfüßen die Treppe hinaufgeeilt war. Der Aufprall seiner Stirn an ihrer machte sie bewusstlos. Dadurch verpasste sie den gemeinsamen Treppensturz. Ungebremst und von dem Koffer zusätzlich bedrängt, der mit seiner Überlast auf ihre Knochen drückte, rumpelten sie drei Etagen in die Tiefe, vorbei an den Wohnungstüren der Rübsams, der Gutzkes und der Wagners, die hinterher alle aussagten, das junge Paar aus der Dachgeschoss-Maisonette-Wohnung sei immer so reizend gewesen.

Für die Statistik muss festgehalten werden, dass beide zusätzlich zu den letalen Verletzungen einen Oberschenkelhalsbruch erlitten.

FRIEDERIKE SCHMÖE
DAS NACKTE LICHT

Wir sehen eine Frau in einem roten Mantel die Straße hinabeilen. Ihre Schritte treiben dem Asphalt das Leben aus. Die Absätze klacken laut, ihr wütender Rhythmus zersplittert die Nacht. Ab und zu kratzt ein Absatz über das Pflaster und hinterlässt eine Narbe auf jemandes Nerven. Die Schritte dieser Frau sind das einzige Geräusch, das in der stillen Straße zwischen den Häusern umherjagt wie Katzen aus Schatten.

Ihre Augen sind ausdruckslos. Diese Frau macht sich keine Sorgen über die Gefahren, die ihr in den düsteren Eingängen und hinter den dornigen Hecken auflauern könnten. Sie ist beschäftigt mit einer Sache, die nicht ans Licht soll. Einer Sache, die sie sich selbst nicht eingesteht. Das Messer hat sie weggeworfen und mit ihm die Erkenntnis ihrer Tat.

Über der Schulter trägt sie eine Tasche. Keine besonders große. Eine, in der Kleidung fürs Wochenende verborgen sein könnte; vielleicht noch ein Buch. Ein krümeliger Pfefferkuchen von der letzten Weihnachtsfeier im Betrieb. Und ein Weihnachtsgeschenk. Ihre Hände stecken in den Manteltaschen. Wir wissen: Sie sind zu Fäusten geballt. Zuvor hat sie sie notdürftig gewaschen, mit kaltem Wasser, und mit Krepppapier abgerieben. Wir wissen auch: Überall bleiben Spuren.

Die Nacht ist eisig, vor ihrem Mund steigen Wolken auf wie Qualm. Wenn sie redete, würden ihre Worte nach Jauche stinken. Die Frau ist eine von denen, die für Schönheit keinen Blick haben. Nicht für die weihnachtslichtergeschwängerten Häuser rechts und links. Nicht für die stille Anmut der alten Villen, deren Verfall mehr über sie erzählt, als jeder Memoirenband es könnte. Es sind Häuser, die dem Leben ihrer Bewohner gleichgültig beiwohnen. Deren Eigentümer meinen, sie zu besitzen, doch sie sterben, einer von ihnen noch heute Nacht. Es ist jener, der den Revolver in den Händen hält. Im kalten Metall spiegelt sich sein Gesicht. Wer auch immer geht, es kommen neue Bewohner. Die Menschen gehören den Häusern, doch sie wissen es nicht.

Bäume säumen die Straße, Gärten, Sträucher, zerfledderte Organismen, die tot wirken im Dezember, wenn man nicht mehr glaubt, dass aus ihnen je wieder Leben hervorbricht. Aus einem halb geöffneten Fenster dringt der Geruch nach Zigarettenrauch, verfolgt von Fetzen eines Weihnachtsliedes. Lehnt dort im Schatten ein einsamer Beobachter, der den Auslöser deiner Hast erahnt? Ein potenzieller Zeuge?

Winzige Schneeflöckchen flirren. Angst und Wut schlittern hinter der Frau her. Klirrend, rasselnd, scheppernd, wie leere, zerdrückte Blechdosen von der Art, wie sie gerne an Autos gebunden werden, die die Aufschrift *Just married* tragen. Nur dass hier die Voraussetzungen ganz und gar nicht stimmen.

Ich löse mich aus den Schatten. Wohin gehst du, Frau? Wer treibt dich wohl am Heiligen Abend aus dem Haus ganz oben an der Straße, mit einer Tasche, die du für ein, zwei Übernachtungen gepackt hast, hm? Ich liebe es, solchen wie dir zu folgen, weißt du? Frauen, die viel über sich verraten, ungewollt, gleichwohl glaubend, dass alle ihnen ihre Fassade abkaufen, das Lächeln, den höflichen Augenaufschlag, die Zurückhaltung, nein, bitte, nach Ihnen. Ich lote längst den Riss aus, der dich spaltet, als hätte jemand eine Eisaxt durch deinen Scheitel getrieben und wäre knapp unterhalb des Nabels stecken geblieben.

Im Frost der Dezembernacht wärmt ein Schal dein Genick. Dein Haar wippt fröhlich, hohnlacht dem, was dort oben, in dem feinen Viertel auf dem Berg, gerade geschehen ist.

Mir gegenüber kannst du ehrlich sein. Ich warte auf solche wie dich. Dein Leiden ist mir vertraut! Ich kauere in den widerlichsten Verschlägen, um so eine wie dich zu finden. Denn ich ernähre mich von deiner Art! Von euch Mädchen, die ihr Rücksichten nehmt. Die ihr geduldig seid und euch ausnutzen lasst, ohne es zu merken. Die ihr Liebe mit Dienen verwechselt. Die ihr den Augenblick für andere gestaltet, statt ihn selbst zu leben. Du und dein Kerl, ihr wohnt immer noch nicht zusammen, weil ER seinen Mitbewohner nicht vor die Tür setzen kann, der by the way ein Schmarotzer ist und deinem Freund den Kühlschrank leerfrisst. Nachdem du eingekauft hast, und zwar die teuren Filetsteaks, die du dir nicht leisten kannst. Weshalb du immer noch den Mantel trägst, denselben wie schon die vergangenen sieben Jahre, schließlich geht das, was du nicht für die Rechnungen brauchst, an IHN. Ich sauge euch leer, euch Frauen, die ihr schwanger seid und es dem Macker nicht sagt. Da bleibt nichts von euch übrig, nur Hülle.

Du bist eine, die du nie werden wolltest. Hast dein Leben damit verbracht, die Rollen zu spielen, die man von dir erwartete. Gott, die Eltern, der Geliebte haben dir eingeimpft, ›vernünftig‹ zu sein. Du wirst allen gerecht, kommst aber nie zu deinem eigenen Kram. Zufrieden sind die anderen dennoch nicht, wie? So ist es immer, weißt du! Meine Verachtung umweht dich kurz wie ein feuchter, eisiger Hauch.

Du greifst in die Tasche und kramst den Pfefferkuchen hervor. Unterzucker. Morden macht hungrig.

Dein Mantel ist rot; selbst im trüben Licht dieser steilen Straße sehe ich, dass Flecken den dicken Stoff sprenkeln. Es gibt Flecken, die sich für immer in das Gewebe einbrennen.

Du eilst Richtung Innenstadt. Wirst du in einen Bus steigen? Zu Fuß zum Bahnhof stürmen? Oder mit dem Taxi? Hast du deinen Pass bei dir? Oh, was für herrliche Fragen. Besser, du lässt dich zum Flughafen bringen. Sehen Sie, Sie und ich, wir ahnen, was geschehen ist, nicht wahr? Solche Dinge passieren. Besonders an Weihnachten, wenn uns vorgesäuselt wird, dass die Welt innehält, in einem Frieden, der vom Himmel kommt. Aber wir, Sie und ich, wir wissen doch, dass es keinen solchen Frieden gibt, noch nicht, noch erfahren wir mit jedem KLACK-KLACK der Absätze dieser jungen und bis vor Kurzem sehr durchschnittlichen Frau auf dem Asphalt, dass der vermeintliche Frieden nur eine Starre ist. Wir geben uns Mühe, aber wir sind nur Menschen! Strahlende Kinderaugen sind eine Satire. In dieser Welt glänzen nur die Augen der Toten, wenn das Mondlicht auf sie fällt und sie sich nicht mehr wehren können gegen Kränkung, Einsamkeit, dagegen, weggestoßen zu werden. Wenn die Sucht der Selbstoptimierung, die nichts ist als eine Selbstbekämpfung, ein widerlicher Parasit, gemeinsam mit dem Wirt gestorben ist. Der Schmarotzer ist mein Verwandter. Wir kennen einander, und wir sind eins.

Die Frau hastet über Kopfsteinpflaster und Treppen. Ich schätze, sie geht zum Bus. Oder in eine der vielen Kneipen im Zentrum. Die sind in den Tagen vor Heiligabend beliebt gewesen, Tummeln und Tumult, Glühwein, Spekulatius und Fichtennadelduft, die Leute haben sich eng an eng gedrängt, Hintern und Schultern aneinandergewetzt, unter dem Motto *X-Mas* schrilles Vergnügen in ihr Vakuum gesaugt. Dieselben sitzen nun zu Hause, allein. Oder mit ungeliebten Menschen.

Ich bin dir so nahe, Frau. Nur wenige Meter hinter dir, neben dir, vor dir. Ich weiß, wie man jemandem auf den Fersen bleibt. Du bist ja nur mit dir beschäftigt, und ja, sieh dich nur von Zeit zu Zeit um, ein gehetzter Blick über die Schulter, du wirst mich nicht wahrnehmen, dazu bin ich zu flink, zu klug.

Wie sie hastet! Die Tasche mal über die Schulter wirft, dann wieder von Hand zu Hand wandern lässt. Es ist wenig darin, aber doch zu viel für einen so langen Spaziergang. Sie überquert den Fluss. An der Bushaltestelle hievt sie die Tasche auf die Bank, reibt die Finger aneinander. Sie kleben noch, die Hände, wie? Ich wehe um dich, Frau, ich bin der eisige Schleier, der dich frösteln lässt, nicht das eiskalte Wasser, mit dem du vorhin deine Hände geschrubbt hast! Klar, du bist so eine, die sich nicht allein in eine Kneipe traut. Macht nichts. Allein ist man immer. Ich bin der kühle Begleiter der Einsamkeit. Der tiefe Schmerz der Leere, der dich umgibt, das bin ich, wenn ich dein Inneres streife.

Der Bahnhof! Als hätte ich es nicht gewusst. Ein paar versprengte Reisende schleppen ihr Gepäck zu den Gleisen oder schlendern in die Ankunftshalle. Das sind die mit dem frohen Augenglanz. Diejenigen, die erwartet werden. Diejenigen, für die schon ein Geschenk unter dem Baum liegt, hübsch verschnürt. Du streifst diese vermeintlich Glücklichen mit einem missgünstigen Blick. Auf dich wird lange niemand mehr warten, nicht wahr? Dort, wo du hingehst, wo immer das ist, wird niemand dich kennen. Wäre viel zu gefährlich! Das ist es, was dir zu schaffen macht, dabei ist diese Erkenntnis noch gar nicht ganz bei dir eingeschwebt. Aber sie wird kommen, glaub mir, wird nicht lange auf sich warten lassen, und sie wird grauenvoll sein.

Du betrittst den kleinen chinesischen Imbiss, in dessen Fenster neben einem nadelnden Adventskranz eine goldene Katze mechanisch winkt, stellst dich im nackten Licht der Snackbude an die Theke und bestellst gebratene Nudeln mit Huhn. Dabei waren dir doch die Geschmacksstoffe immer zuwider, wenn ich recht informiert bin? Ja, einer wie ich weiß das. Einer wie ich liest dir deine Vorlieben und Abneigungen an der Nasenspitze ab. Du hast – zu anderen Zeiten, als es nichts zu fürchten gab – von Glutamat Kopfschmerzen bekommen. Ui, was hast du gejammert, als würde eine Schraubzwinge deinen Schädel umschließen. Und das Huhn ist bestimmt ein Hormonhuhn oder ein Chlorhuhn, aber nein, jetzt hast du keine Zeit, dir deswegen den Kopf zu zerbrechen, weil zuvor oben auf dem Berg Größeres zerbrochen ist, und die Scherben poltern und rasseln in deinen Eingeweiden und zerschneiden das Leben, das dort wächst, noch bevor es geboren wurde.

Du knöpfst den Mantel auf, trägst die dampfende Schüssel zu einem Tisch. Der Chinese legt noch einen Gratislebkuchen drauf, weil ja Weihnachten ist. Die billigsten, die, die seit September in den Regalen liegen.

Du sagst »Danke«, mechanisch, die Höflichkeitsroutine läuft gut geschmiert.

Plastikstuhl, Plastiktisch, Plastiktischdecke. Alles ist unecht hier, das verzweifelte Bemühen eines Chinesen, der eigentlich Uigure ist, hier in der Fremde ein Auskommen zu finden. Eines Chinesen-Uiguren, der sich nicht geschlagen gibt, weil das zu feige wäre, und der vielleicht Glück hat und aus seinem Imbiss mehr rausholt, als er reinsteckt. Wenn auch nicht gerade heute Abend, doch wer will schon negativ denken, schließlich gibt es noch andere Zeiten im Jahr.

Du legst den Mantel ab. Ich habe mehr als genug Gelegenheit, deinen Pulli zu mustern und deine Jeans. Billige Allerweltsstücke. War es das, was ihm missfiel? Wollte er eine Schickere, Elegantere? Männer sind aber nicht so, weißt du. Ich spreche aus Erfahrung, denn ich lungere in den Schlafzimmern herum, ich atme die Zweifel, die Selbstüberschätzung, die aufgeplusterten Egos. Den inneren Aufruhr. Den Ekel. Ich bin derjenige, der Versagensängste einspielt, ich bin der DJ der Unsicherheit und der großen Furcht vor dem Moment, in dem die Selbsttäuschung nicht mehr zu ignorieren ist. Bist du die einzige Frau im Raum, gieren sie nach dir, Orangenhaut hin, Orangenhaut her. Doch haben sie den Vergleich ...

Nimm nur ein Stück Huhn, komm schon, du wirst dich schon nicht vergiften! Kinder, wie kompliziert ihr euch alle das Leben macht! Als käme es auf so ein bisschen Glutamat an! Ihr vergiftet euch doch ständig, durch eure Erwartungen, die alles durchdringen wie Öl, ranziges, denn die Erwartungen werden niemals erfüllt, weißt du das nicht, bist du erwachsen geworden, ohne genau das zu lernen? Schule des Lebens, darf ich lachen, nie davon gehört? Gehörst du etwa zu jenen Zeitgenossinnen, die meinen, sie hätten in der Schule gut aufgepasst, und damit wären sie gerüstet für das, was nach dem Zeugnis kommt? Weit gefehlt, Madame. Du hast noch nicht gemerkt, dass es meinesgleichen gibt, den Räuber aller Träume, der nur die nackten, zersplitterten Gerüste der Hoffnungen übrig lässt.

Ich habe mich längst zu dir an den Tisch gesetzt, doch du bemerkst mich nicht, das kalte Licht fließt über dein Gesicht und deine Hände, tropft in dein Essen, in dem du sowieso nur stocherst, macht es wässrig und fad.

Wäre es nicht Zeit, deine Mutter anzurufen? Zu allen Zeiten haben Frauen Trost bei der eigenen Mutter gesucht. Doch halt, richtig, das sehe ich in deinen Augen glimmen: Da ist nur noch Distanz. Abgestorbene Versuche, einander nahezukommen. Hier eine Shoppingtour, dort eine Stippvisite, nicht zu vergessen der weihnachtliche Pflichtbesuch. Aber es war nie so, wie du es gerne gehabt hättest, oder? Passiert leider häufig, denke ich, während deine Gabel über den Boden der Essschale kratzt, da sind ja noch andere Kinder. Eines wird immer vorgezogen. Das kennt man nicht anders. Kann mir keiner mit Mutterliebe kommen. Meine Art hat sich vom Konzept »Liebe« verabschiedet. Lebt sich leichter ohne. Die Liebe ist nie die Lösung, die Liebe ist immer das Problem, kleine, zierliche Frau im roten Mantel mit den Blutsprenkeln, und auch an deinen Händen, die jetzt wütend das Geschirr wegschieben. Oder musstest du nie den scharfen Anruf »Reiß dich zusammen!« hören, wenn du gerade eine Umarmung brauchtest? Hat Muttern dir nie vorgeworfen, du seist egoistisch und undankbar? Hat Vatern dir nie signalisiert, dass seine Arbeit wichtiger ist als du? Und du hast es geglaubt. Diffuse Schuldgefühle sind in dich eingesickert, haben dich verdorben, zu etwas Künstlichem gemacht. Wie das Glutamat das Essen.

Gerade jetzt, in dieser Sekunde, erschießt sich der Mann in dem alten Haus in der steilen Straße. Ich kann den Knall seines Revolvers bis hierher hören. Alles Übung. Glauben Sie nicht? Lernen Sie! Es ist nicht so schwer, die nie zu erfüllenden Bedürftigkeiten der Menschen zu spüren.

Aber wer wird heute, am Heiligabend, so streng sein! Sie da draußen, die Sie bequem und warm sitzen, bei Kerzenschein, weil der eben dazugehört, ein Narrativ der Romantik wie der Spaziergang im Schnee, haben Sie sich schon ein paar Schnäpse genehmigt, um in Stimmung zu kommen? Ausreichend Fichtennadelaroma in das Duftlämpchen geträufelt, um durchzuhalten?

Was meinen Sie, soll ich die Frau mit den blutigen Fingern einladen zu einem Drink? Sake? Whiskey? Cognac? Hier? Im China-Imbiss? Ja, Blut lässt sich schwer abwaschen, bleibt in den feinen Hautritzen und um die Fingernägel herum kleben wie Harz.

»Ich weiß, was du getan hast«, raune ich der Frau zu.

Nicht, dass sie mich einordnen kann. Aber sie hat mich gehört. Sieht sich suchend um. Doch an diesem trostlosen Ort lässt nur nacktes Licht die Atemluft gefrieren. Matt sickert eine Durchsage durch die offene Tür. Verspätung. Draußen in der Halle wandeln sich lächelnde Mienen in Eisfratzen. Warten will keiner. Warten stört. Wie du. Du störst mit deinen Ansprüchen, die nun wachsen, weil du ja das Kind bekommst, nicht wahr?

Hast du IHN umgebracht?

Oder den Mitbewohner?

Du willst das jetzt alles mit dir allein ausmachen. Du hattest den Tisch gedeckt, die Filetsteaks mariniert. Du hast das schöne Kristall für den Rotwein genommen und die Stoffservietten. Hast immer noch nicht kapiert, dass Schönheit ihn gleichgültig lässt. Und als er dann sagte, er will das Kind nicht, da hast du den Tisch einfach umgeworfen, in einer Aufwallung von Kraft, die du dir sonst versagst, du hast das Messer genommen, du hast getan, was der Moment dir auftrug, und dann bist du davongelaufen. Hat dir seine Unreife einen solchen Strich durch die Rechnung gemacht? Kindchen, was hast du denn erwartet!

Du stöhnst, beugst dich, beide Hände auf den Bauch gepresst, über den Tisch. Der Chinese hinter der Theke, der eigentlich Uigure ist, obwohl er das schon fast vergessen hat, daddelt auf seinem Handy. Fettiger Schweiß bedeckt sein Gesicht. Ob er jetzt Schluss macht oder in drei Stunden, das spielt keine Rolle, denn in seinem Zuhause teilen sich sieben Leute zwei Zimmer, das nenne ich wohlig! Schließlich ist Weihnachten, wenngleich er nicht Weihnachten feiert.

Krümm dich nicht so! Wer wird denn so wehleidig sein? Nun gut, die Liebe schmerzt, sie bohrt und nagt; wer sich einlässt, wird leiden, das ist nichts Neues.

In dem Haus in der steilen Straße haben die Nachbarn nach dem Schuss die Polizei gerufen. Blaulicht schießt zwischen den Fassaden hin und her wie eine außerirdische Billardkugel. Bald wird auch oben am Berg eine ganze Armada von Einsatzfahrzeugen anrollen.

Ruf doch den Notarztwagen, Frau! Du musst nicht vom Stuhl rutschen und auf den Chinesen hoffen, der interessiert sich nicht für dich, weißt du! Ich werde, mit

Verlaub, niemanden rufen. Ich lege nur meine Hand kurz auf deine Schulter, eine Prise Kälte, du schreckst kurz auf, dann sinkst du mit einem spitzen Schrei zu Boden.

Der Chinese kapiert's endlich, starrt auf die Frau, die da auf seinen schmutzigen Fliesen liegt, während das Blut aus ihr rausläuft, bis er nach ein paar Schrecksekunden schaltet, den Notruf wählt, und da bin ich schon weg, gleite aus dem Imbiss, aus dem Bahnhof, niemand wird sich an mich erinnern, ich bin auf keiner Kamera, nirgends. Lächelnd verschmelze ich mit dem Dezemberdunkel.

DIE AUTORINNEN UND AUTOREN

HELWIG ARENZ, 1981 in Nürnberg geboren, wuchs in Fürth auf. Sein geisteswissenschaftliches Studium in Erlangen gab er zugunsten eines Schauspielstudiums in Linz auf, das er 2006 abschloss. Engagements an Bühnen, u. a. in Hamburg, Wilhelmshaven, Memmingen und Hof, folgten. Seit 2013 arbeitet er als Autor und Schauspieler am Theater Pfütze in Nürnberg und am Stadttheater Fürth. Im Frühjahr 2013 gewann er mit seinem Kurzkrimi *Tom und Tierchen* den Publikumspreis des Fränkischen Krimipreises. 2014 erschien sein Romandebüt *Der böse Nik* bei *ars vivendi*.

LUCAS BAHL (Pseudonym von Achim Schnurrer, *1951) ist seit 1979 als Journalist, Ausstellungsmacher und freier Schriftsteller tätig. Zuletzt wurde 2014 *Drei Kurze plus Zugabe* publiziert. Bei *ars vivendi* erschienen die Kriminalromane *Wenn der Berg ruft* (2007) und *Abseits!* (2008). Arbeiten für Hörfunk und Fernsehen (*BR, WDR, ZDF*). 1984–1998: Initiator und Mitorganisator des Internationalen Comic-Salons, Erlangen. 1985–2000: Zunächst Chefredakteur, später auch Verleger und Herausgeber von *U-Comix* und *Schwermetall*. Seit 2002: Executive Producer bei *Eins A Medien*. Seit 2006: Essay-Serie über die *Klassiker der phantastischen Literatur* in der Zeitschrift *phantastisch!*. Seit 2012 Arbeit an verschiedenen Dr Crime-Projekten.
www.dr-crime.de, www.luc-bahl.de

JAN BEINSSEN, 1965 in Stadthagen geboren, arbeitet als Journalist und Autor in Nürnberg, wo er auch mit seiner Familie lebt. 1997 erschien sein Debütroman *Zwei Frauen gegen die Zeit*. Nach weiteren Publikationen eröffnete 2005 *Dürers Mätresse* bei *ars vivendi* die erfolgreiche Krimireihe um den Nürnberger Fotografen Paul Flemming. Es folgten 2006 *Sieben Zentimeter*, 2007 *Hausers Bruder*, 2008 *Die Meisterdiebe von Nürnberg*, 2009 *Herz aus Stahl*, 2010 *Das Phantom im Opernhaus*, 2012 *Die Paten vom Knoblauchsland*, 2013 *Lokalderby*, 2014 *Die Schäufele-Verschwörung* und 2015 *Sechs auf Kraut*. Außerdem bei *ars vivendi* erschienen: der »KrimiSnack« *Die Tote im Volksbad* (2013) sowie der Kriminalroman *Görings Plan* (2014). www.janbeinssen.de

CLAUDIA BLENDINGER wurde 1959 geboren und lebt heute in Altdorf bei Nürnberg. *Leise tröpfelt das Blut*, ihr Wettbewerbsbeitrag für den Fränkischen Krimipreis 2012, ging als Sieger aus dem Onlinevoting hervor, wurde damit zum Publikumsliebling gekürt und in *Tatort Franken No. 3* veröffentlicht. Ihr Kurzkrimi *Donau, so blau* war für den Ralf-Bender-Preis des HePeLo-Verlages nominiert und erschien im Herbst 2013 in *Der Zamp und andere Kriminalgeschichten aus dem Bayerischen Wald*. In zwei Weihnachtsanthologien des *ars vivendi verlags* ist sie bereits mit Kurzkrimis vertreten: in *Christkindles-Morde* (2013) mit *Erst eins, dann zwei, dann drei, dann vier ...* und in *RauschGiftEngel* (2014) mit *Sonnige Weihnacht*.

BARBARA DICKER, 1964 in Franken geboren, studierte neben allerlei anderen Fächern Anglistik. Sie arbeitete als Redakteurin in einem Fachverlag und als freie Mitarbeiterin für Medien wie die *Wiener Zeitung* oder die *taz*. Gemeinsam mit ihrem Mann Hans Kurz veröffentlichte sie bei ars vivendi *Das Bierkochbuch* (2011), *Das Schnapskochbuch* (2012) und *Das Weinkochbuch* (2013). 2014 gewann sie den zweiten Preis beim Wettbewerb um den Fränkischen Krimipreis. 2015 erschien die mit Hans Kurz verfasste Krimigeschichtensammlung *Promillekiller. 12 Krimis mit Schuss.*

SABINE FINK, geboren 1969 in Dortmund, lebt nach Stationen in Köln, Braunschweig und Hongkong mit ihrer Familie in Mittelfranken. Die gelernte Informatikerin war einige Jahre in der Erwachsenenbildung tätig. Heute arbeitet sie als freie Autorin und Museumspädagogin. Neben einigen Kurzgeschichten erschien im Jahr 2011 ihr erster Erlangen-Krimi *Kainszeichen*, 2013 folgte *Judasbrut*, 2015 *Dreikampf.*
www.sabine-fink.de

BERND FLESSNER, geboren 1957 in Göttingen, studierte Germanistik, Theaterwissenschaft und Geschichte in Erlangen, Promotion 1991. Der Autor und Zukunftsforscher unterrichtet am Zentralinstitut für Angewandte Ethik und Wissenschaftskommunikation der Friedrich-Alexander-Universität Erlangen-Nürnberg. Er schreibt u. a. für die *Neue Zürcher Zeitung, Nürnberger Nachrichten, mare – Die Zeitschrift der Meere, Kultur & Technik* und den *BR*. Als Autor wurde er 2007 mit dem Utopia-Preis (Aktion Mensch) und 2011 mit dem International Corporate Media Award ausgezeichnet. Zuletzt veröffentlichte er die Anthologie *Expeditionen zum Planeten Franconia. Neue Science Fiction aus Franken* (2012). Vom fünften Fall seines ostfriesischen Ermittlers Gerd Greven berichtet sein neuer Krimi *Tod auf dem Siel*, der 2014 erschien. www.bernd-flessner.de

THEOBALD FUCHS kam 1969 im schönen Dörfchen Artelshofen im oberen Pegnitztal auf die Welt. Er studierte Germanistik, Mathematik und Physik und promovierte 1998 in Erlangen. Er ist Mitglied der Deutschen Physikalischen Gesellschaft und Mitgestalter der Veranstaltungsreihe *Radio Bernstein* in der Galerie Bernsteinzimmer, beispielsweise als Verfasser von Hörspielen und Moderator verschiedener populärwissenschaftlicher Sendungen. Seit 1997 schreibt Fuchs Glossen für die Satirezeitschrift *Salbader*. Später begann er, im Magazin *Titanic* unter der Rubrik *Vom Fachmann für Kenner* lustige Miniaturen zu veröffentlichen und Beiträge für die Kolumne *Fürther Freiheit* in den *Fürther Nachrichten* zu erdichten. 2014 gewann er mit seiner Geschichte *Der Tote im Wehr* den Jurypreis des Fränkischen Krimipreises.

TOMMIE GOERZ (Dr. Marius Kliesch, geb. 1954) hat Soziologie, Philosophie und Politische Wissenschaften studiert, wohnt in Erlangen, ist verheiratet und Vater zweier Kinder. Nach 20 Jahren bei einem der größten Agenturnetzwerke der Welt war er Dozent für Text und Konzeption an der Georg-Simon-Ohm-Universität Nürnberg. Heute lehrt er an der Faber-Castell-Akademie in Stein und ist bei den hl-studios Tennenlohe. Er gewann unter anderem den Bronzenen Löwen in Cannes (2007), ist Mitglied im Syndikat und spielt in der Band *Hans, Hans, Hans und Hans*. Bei *ars vivendi* erschienen seine Kriminalromane *Schafkopf* (2010), *Dunkles* und *Leergut* (beide

2011) sowie *Auszeit* (2012), *Einkehr* (2014) und *Schlachttag* (2015), in denen jeweils der Nürnberger Kommissar Friedo Behütuns ermittelt.
www.tommie-goerz.de

ANNE HASSEL lebt als freie Autorin in Miltenberg. Sie schrieb viele Jahre lang Kindergeschichten für Zeitungen und Verlage. Veröffentlicht wurden zwei Kinderbilderbücher und zwei Märchenbücher. Neben Beiträgen in Sammelbänden erschien 2004 ihr erster Kriminalroman *Grüningers Tod*. Anne Hassel ist außerdem Mitherausgeberin von sechs Krimianthologien, Mitglied bei den Mörderischen Schwestern, im Syndikat und im AutorenVerband Franken.

THOMAS KASTURA, geboren 1966, lebt mit seiner Frau und seinen beiden Töchtern in Bamberg, studierte Germanistik und Geschichte und arbeitet als Autor für den *Bayerischen Rundfunk*. Seit 1998 veröffentlichte er zahlreiche Erzählungen, Jugendbücher und Kriminalromane. Thomas Kastura ist außerdem Herausgeber der Krimianthologien *Tatort Garten* und *To die, or not to die* (beide bei *ars vivendi*). Im Herbst 2012 erschien im *ars vivendi verlag* der Sammelband *Drei Morde zu wenig* mit seinen Brandeisen & Küps-Geschichten, 2015 folgte *Fünf Leichen zu viel*.
www.thomaskastura.de

CHRISTIAN KLIER, 1970 in Nürnberg geboren, lebte an verschiedenen Orten in Deutschland und Frankreich. Nach einem Sprachenstudium ist er heute als Autor und Lehrer in Franken tätig. Er veröffentlichte mehrere Romane und zahlreiche Kurzgeschichten. Im November 2013

erschien sein Kriminalroman *Das ganze Jahr November* im *ars vivendi verlag*.
www.christian-klier.de

GEORG KÖRNER, 1963 in Nürnberg geboren und bekennender Krimifan, lebt mit seiner Familie in Schwaig und ist als Betriebswirt im Einzelhandel tätig. Seine Kriminalgeschichten *Pauls Geheimnis* (2012) sowie *Der Mann im Wald* (2013) wurden beide im Rahmen des Wettbewerbs um den Fränkischen Krimipreis mit dem 2. Preis der Jury ausgezeichnet. 2015 gewann Körner dann den 1.Preis der Jury mit der Geschichte *Das Grab, so kühl und nass*.

TESSA KORBER studierte Literatur und Geschichte, ist freie Autorin und wurde mit ihren historischen Romanen bekannt. Bei *ars vivendi* erschienen bisher ihr Band *Das Leben ist mörderisch* mit Kurzkrimis (2010), ihr historischer Kriminalroman *Todesfalter* um Maria Sibylla Merian (2011) sowie der schwarzhumorige Krimi *Die Saubermänner* (2013). Zudem gab sie die Krimianthologien *Fiese Morde in der Provinz* (2011) und *Auf leisen Pfoten kommt der Tod* (2013) heraus. Tessa Korber ist Trägerin des Forchheimer Kulturpreises 2010 und lebt mit ihrem Mann, dem Autor Christian Klier, in Unterfranken.
www.tessa-korber.de

HANS KURZ, Jahrgang 1961, ist Redakteur bei einer Tageszeitung in Bamberg. Er studierte Sinologie und Politische Wissenschaften in München, Taipei und Erlangen, jobbte als Taxi- und Kurierfahrer, als wissenschaftlicher Hilfsbibliothekar, im Buchhandel sowie als Übersetzer, Werbetexter, Kulturmanager und freier Journalist.

Sein erster Kriminalroman heißt *Hühnertod* (2013). Ebenfalls bei *ars vivendi* veröffentlichte er gemeinsam mit Barbara Dicker 2011 *Das Bierkochbuch*, 2012 *Das Schnapskochbuch* und 2013 *Das Weinkochbuch*. Kurzkrimis erschienen auch in *Tatort Franken No. 4* und *No. 5*. 2015 erschien die mit Barbara Dicker verfasste Krimigeschichtensammlung *Promillekiller. 12 Krimis mit Schuss*.

KILLEN MCNEILL stammt aus Nordirland und wurde 1953 in Kilrea geboren. Er studierte Germanistik, war in den Jahren 1973/74 Austauschstudent in Erlangen und zog 1975 nach Franken. Seit 1976 arbeitet er als Fachlehrer für Englisch an der Haupt- bzw. Mittelschule Scheinfeld. Er ist verheiratet und lebt in Unterlaimbach. Er schreibt Romane und tritt im fränkischen Kabaretttrio *McNeills & Winkler* sowie in der fränkischen Band *Nauswärts* auf. Sein Kurzkrimi *Pfarrers Kinder, Müllers Vieh* wurde 2012 als Siegergeschichte der Jury im Wettbewerb um den 1. Fränkischen Krimipreis ausgezeichnet. 2013 erschien bei *ars vivendi* sein Roman *Am Schattenufer*, 2015 folgte *Am Strom*.

HORST PROSCH, 1964 in Neuendettelsau im Landkreis Ansbach geboren, lebt mit seiner Familie in Wolframs-Eschenbach. Er arbeitet als Bilanzbuchhalter, ist Mitglied im Kulturverein Speckdrumm e. V. (Beirat für Literatur) und Initiator und Leiter der Reihen »Erlesene Genüsse« im Kunsthaus Reitbahn 3, Ansbach, sowie »Literatur in alten Mauern« in Wolframs-Eschenbach. Auch für Lesungen ist er bekannt, etwa für Themenlesungen wie »Literatur und Schokolade«. Bei *ars vivendi* erschien 2008 eine Erzählung von ihm in *Smoke – Geschichten* *vom blauen Dunst*. 2014 folgte sein Kriminalroman *Blaue Bäume*. Für *Süß klangen die Glocken nie* aus der Anthologie *RauschGiftEngel* wurde er für den Friedrich-Glauser-Preis 2015 in der Sparte »Bester Kurzkrimi« nominiert. Im November 2015 erschien sein Kriminalroman *Frankenruh*. www.horst-prosch.de

SUSANNE REICHE, Jahrgang 1962, wurde in Nürnberg geboren und entdeckte schon früh ihre Leidenschaft für Bücher. Nach dem Abitur und einer Gärtnerlehre studierte sie in Erlangen Biologie. Sie engagiert sich seit vielen Jahren in der Nürnberger (Sub-)Kultur, insbesondere im Theater, sowie in der Lokalpolitik. Susanne Reiche koordiniert derzeit die Umweltplanung in der Bauleitplanung beim Umweltamt, hat eine Tochter und wohnt mit ihrem Lebensgefährten und fünf Katzen im Nürnberger Stadtteil Wetzendorf. 2014 gewann sie mit ihrer Geschichte *Der Tod des Baulöwen* den Publikumspreis des Fränkischen Krimipreises.

PETRA RINKES UND ROLAND BALLWIESER sind beide Jahrgang 1962 und arbeiten als Lehrer in Nürnberg. Seit dreizehn Jahren sind sie ein Paar, und seit sieben Jahren schreiben sie gemeinsam. Bisher erschienen beim *ars vivendi verlag* drei Kriminalromane um das Ermittlerduo Stefan Simpel und Mike Ziegler: *Kunigundentod* (2011), *Goldschlägernacht* (2012) und *SchneeWehen* (2014) – sowie etliche Kurzkrimis in unterschiedlichen Anthologien. www.ballwieser-rinkes.de

FRIEDERIKE SCHMÖE, geboren und aufgewachsen in Coburg, wurde früh zur Büchernärrin – eine Leidenschaft,

der die Universitätsdozentin heute beruflich frönt. In ihrer Schreibwerkstatt in Bamberg verfasst sie seit 2000 Kriminalromane und Kurzgeschichten und gibt Kreativitätskurse für Kinder und Erwachsene. Ihr literarisches Universum umfasst u. a. die Krimireihe um die Bamberger Privatdetektivin Katinka Palfy und eine Krimiserie mit der Münchner Ghostwriterin Kea Laverde als Hauptfigur. Im April 2014 erhielt sie für ihre historische Kurzgeschichte *Das geheime Wissen der Zofe* den Homer in Bronze.
www.friederikeschmoee.de

ANGELIKA SOPP, geboren 1955, hat in Mannheim studiert und arbeitete zuletzt als Amtsrätin bei einer Bundesbehörde. Gemeinsam mit ihrem Sohn lebt sie in der Nähe von Erlangen. Ihr erster Kriminalroman *Giftige Pfeile* erschien 2013 bei *ars vivendi*.

ROLAND SPRANGER, geboren 1963, lebt in Hof. Neben seiner Tätigkeit als Autor arbeitet er in ambulant betreuten Wohnprojekten für geistig Behinderte. Roland Spranger wurde 1998 mit dem Stück *Tiefseefische* zu den Autorentheatertagen am Staatstheater Hannover eingeladen. Danach folgten mehrere Stücke und Auftragsarbeiten für deutsche Theater. Außerdem war/ist er in verschiedenen Live-Literatur- und Performance-Projekten aktiv. Sein erster Roman *ThRAX* erschien 2002. Sein Thriller *Kriegsgebiete* wurde mit dem Friedrich-Glauser-Preis 2013 in der Sparte »Roman« ausgezeichnet. Im November 2013 folgte der Roman *Elementarschaden*.
www.roland-spranger.de

BLANKA STIPETIĆ, 1967 im ehemaligen Jugoslawien geboren, wuchs in der Nähe von Stuttgart auf. Sie studierte Slawistik und Politik in Würzburg und war lange Zeit in der Erwachsenenbildung tätig. Seit 2007 lebt sie mit ihrer Familie in Berlin und arbeitet als freie Autorin und Übersetzerin. Mit Roman Rausch schrieb sie *Der Bastard* (2007), unter Pseudonym erschien *Schandfleck* (2010).

ELMAR TANNERT, 1964 in München geboren, absolvierte ein Studium der Musikwissenschaft und Romanistik. Von 1991 bis 2003 war er in verschiedenen Berufen tätig, beispielsweise als Datentypist, Zeitungsverkäufer, Postbote und Tankwart. Ab 1994 erfolgten erste Veröffentlichungen seiner Kurzgeschichten. Seit 2003 arbeitet er als freier Schriftsteller sowie unter anderem beim *Bayerischen Rundfunk* und der *Abendzeitung Nürnberg*. 1999 erhielt er den Kulturförderpreis der Stadt Nürnberg wie auch des Freistaats Bayern und 2001 den Kulturförderpreis des Bezirks Mittelfranken. Bei *ars vivendi* erschienen von ihm *Der Stadtvermesser* (1998), *Keine Nacht, kein Ort* (2002), *Ausgeliefert* (2005) und die gemeinsam mit Petra Nacke verfassten Romane *Rache, Engel!* (2008), *Blaulicht* (2010) sowie *Der Mittagsmörder* (2012).
www.elmar-tannert.de